U0146048

脂砚斋批评本

〔清〕曹雪芹 著

〔清〕脂砚斋 批评

红楼梦 下

岳麓書社·长沙

潇湘馆求借蔷薇硝　柳叶渚巧编柳枝篮

庆寿辰宴红香圃 憨湘云醉眠芍药裀

贾宝玉垂泪感知音 林黛玉重建桃花社

欣逢贾母八旬之庆 荣宁两府齐开筵宴

宁国府赏月丛绿堂　开夜宴异兆发悲音

凸碧堂品笛感凄清　凹晶馆联诗悲寂寞

睹落红宝玉悼亡者 痴公子杜撰芙蓉诔

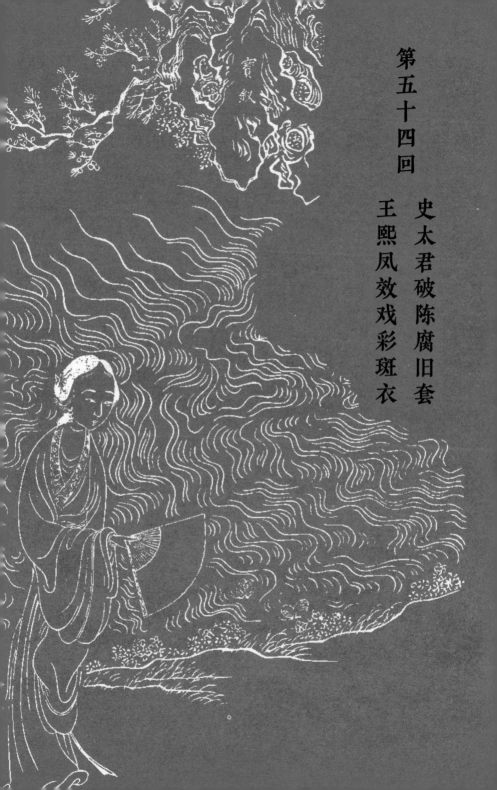

第五十四回　史太君破陈腐旧套
王熙凤效戏彩斑衣

首回楔子内云：古今小说"千部共出一套"云云，犹未泄真，今借老太君一写，是劝后来胸中无机轴之诸君子，不可动笔作书。凤姐乃太君之要紧陪堂，今题"斑衣戏彩"，是作者酬我阿凤之劳，特贬贾珍、琏辈之无能耳。

却说贾珍、贾琏暗暗预备下大簸箩的钱，听见贾母说"赏"，他也忙命小厮们快撒钱。只听满台钱响，贾母大悦。

二人随起身，小厮们忙将一把新暖银壶捧在贾琏手内，随了贾珍，趋至里面。贾珍先至李婶席上，躬身取下杯来，回身，贾琏忙斟了一盏；然后便至薛姨妈席上，也斟了；二人忙起身，笑说："二位爷请坐着罢了，何必多礼？"于是，除邢、王二夫人，满席都离了席，俱垂手傍侍。贾珍等至贾母榻前，因榻矮，二人便屈膝跪了。贾珍在先捧杯，贾琏在后捧壶，虽止二人奉酒，那贾环弟兄等，却也是排班按序，一溜随着他二人进来。见他二人跪下，也都一溜跪下。宝玉也忙跪下了。史湘云悄推他，笑道："你这会又帮着跪下作什么？有这样，你也去斟一巡酒，岂不好？"宝玉悄笑道："再等一会子再斟去。"说着，等他二人斟完起来，方起来。又与邢夫人、王夫人斟过来。贾珍笑道："妹妹们怎么样呢？"贾母等都说："你们去罢！他们到便宜些。"说了，贾珍等方退出。当下天未二鼓，戏演的是《八义》中《观灯》八出。正在热闹之际，宝玉因下席往外走。贾母因说："你往那里去？外头爆竹利害，仔细天上掉下火纸来烧了。"宝玉回说："不往远去，只出去就来。"贾母命婆子们："好生跟着。"于是宝玉出来。只有麝月、秋纹并几个小丫头随着。贾母因说："袭人怎么不见？他如今也有些拿大了。单支使小女孩子出来。"王夫人忙起身，笑回道："他妈前日没了，因有热孝，不便前头来。"贾母听了点头，又笑道："跟主子却讲不起这'孝'与'不孝'。若是他还跟我，难到这会子也不在这里不成？皆因我们太宽了，有人使，不查这些，竟成了例了。"凤姐儿忙过来，笑回道："今儿晚上，他便没孝，那园子里也须得他看着。灯烛花炮最是耽险的，这里一唱戏，园子里的人谁不偷着来瞧瞧？他还细心，各处照看照看。况且这一散后，宝兄弟回去睡觉，各色都是齐全的。若他再来了，众人又不经心，散了回去，铺盖也是冷的，茶水也不齐备，各色都不便宜。所以我叫他不用来，只看屋子。散了，又齐备。我们这里也不耽心，又可以全他的礼。岂不三处有益？老祖宗要叫他，我叫他来就是了。"贾母听了这话，忙说："你这话很是，比我想的周到，快别叫他了。但只他妈几时没了？我怎么不知道？"凤姐笑道："前儿袭人去亲自回老太太的。怎么到忘了？"贾母想了一想，笑说："想起来了。我的记性竟平常了。"众人都笑说："老太太那里记得这些事！"贾母因又叹道："我想着他从小儿伏侍了我一场，又伏侍了云儿一场，末后给了一个魔王宝玉，亏他魔了这几年，他又不是咱们家的根生土长的奴才，没受过咱们什么大恩典，他妈没了，我想着要给他几两银子发送，也就忘了。"凤姐儿道："前儿太太赏了他四十两银子，也就是了。"贾母听说，点头道："这还罢了。正好鸳鸯的娘前儿也死了，我想他老子娘都在南边，我也没叫他家去走走守孝。如今叫他两个一处作伴儿去。"又命婆子将些果子、菜馔、点心之类与他两个吃去。琥珀笑说："还等这会子呢！他早就去了。"说着，大家又吃酒、看戏。

且说宝玉一径来至园中，众婆子见他回房，便不跟去，只坐在园门里茶房里烤火，和管茶的女人偷空饮酒斗牌。宝玉至园中，虽是灯光灿烂，却无人声。麝月道："他们都睡了不成？咱们悄悄的进去，唬他们一跳。"于是大家蹑足潜踪的进了镜壁一看，只见袭人和一人，二人对面都歪在地炕上。那一头有两三个老嬷嬷打盹。宝玉只当他两个睡着了，才要进去。忽听鸳鸯叹了一声，说道："可知天下事难定。论理，你单身在这里，父母在外头。每年他们东去西来，没个定准。想来你是不能送终的了。偏生今年就死在这里。你到出去送了终。"袭人道："正是。我也想不到能彀看父母回首。太太又赏了四十两银子。这到也算不罔养我一场。我也不敢妄想了。"宝玉听了，忙转身，悄向麝月等道："谁知他也来了。我这一进去，他又赌气走了，不如咱们回去罢。让他两个清清静静的说一回。袭人正一个人闷闷的，幸而他来的好。"说着，仍悄悄的出来。

宝玉便走过山石之后，去站着撩衣。麝月、秋纹皆站住，背过脸去，口内笑说："蹲下再解小衣。仔细风吹了肚子。"后面两个小丫头子知是小解，忙先出去茶房预备去了。这里宝玉刚转过来，只见两个媳妇子走来，问是谁，秋纹道："宝玉在这里。你大呼小叫，仔细唬着他罢！"那媳妇们忙笑道："我们不知道二爷下来了，惹祸了。姑娘们可连日辛苦了。"说着，已到了跟前。麝月等问："手里拿的是什么？"媳妇们道："是老太太赏金、花二位姑娘吃的。"秋纹笑道："外头唱的是《八义》，没唱《混元盒》,那里又跑出金花娘娘来了。"宝玉笑命:"揭起来,我瞧瞧!"秋纹、麝月忙上去将两个盒子揭开,两个媳妇忙蹲下身子。细腻之极,一部大观园之文,皆若食肥蟹。至此一句,则又三月于镇江江上啖出网之鲜鲥矣。宝玉看了,两盒内都是席上所有的上等果品、菜蔬,点了一点头,迈步就走。麝月二人忙胡乱掷了盒盖,跟上来。宝玉笑道:"这两个女人到和气,会说话。他们天天乏了,到说你们连日辛苦。到不是那矜功自伐的。"麝月道:"这好的也很好,那不知礼的也太不知礼。"宝玉笑道:"你们是明白人,耽代他们是粗笨可怜的人就完了。"一面说,一面来至园门。那几个婆子虽吃酒斗牌,却不住出来打探。见宝玉来了,也都跟上了。

来至花厅后廊上,只见那两个小丫头,一个捧着小沐盆,一个搭着手巾,又拿着沤子壶,在那里久等。秋纹先忙伸手向盆内试了一试,说道:"你越大越粗心了!那里弄的这冷水。"小丫头笑道:"姑娘瞧瞧这个天。我怕水冷,巴巴的倒的还是滚水。这还冷了。"正说着,可巧见一个老婆子提着一壶滚水走来。小丫头便说:"好奶奶!过来给我倒上些。"那婆子道:"哥哥儿!这是太太泡茶的。劝你走了舀去罢,那里就走大了脚了。"秋纹道:"凭你是谁的,你不给?我管把老太太茶盅子倒了洗手。"那婆子回头见是秋纹,忙提起壶来就倒。秋纹道:"嗐了!你这么大年纪,也没个见识。谁不知是老太太的水,要不着的人,就敢要了?"婆子笑道:"我眼花了,没认出姑娘来。"宝玉洗了手,那小丫头子拿小壶倒了些沤子在他手内,宝玉沤了。秋纹、麝月也趁热水洗了一回,沤了,跟进宝玉来。

宝玉便要了一壶暖酒,也从李婶、薛姨妈斟起,二人也让坐。贾母便说："他小，让他斟去。大家到要干过这杯。"说着，便自己干了。邢、王二夫人也忙干了。让他二人，薛、李也只得干了。贾母又命宝玉道："连你姐姐、妹妹，一齐斟上。不许乱斟，都要叫他干了。"宝玉听说，答应着，一一按次斟了。至黛玉前，偏他不饮，拿起杯来，放在宝玉唇上边，宝玉一气饮干。黛玉笑说："多谢。"宝玉替他斟上一杯。凤姐儿便笑道："宝玉，别喝冷酒，仔细手打颤儿，明儿写不得字，拉不得弓。"宝玉忙道："没有吃冷酒。"凤姐儿笑道："我知道没有，不过白嘱咐你。"然后宝玉将里面斟完，只除贾蓉之妻是丫头们斟的。复出至廊上，又与贾珍等斟了，坐了一回，方进来，仍归旧坐。一时，上汤后，又接献元宵来。贾母便命："将戏暂歇歇。小孩子们可怜见的，也给他们些滚汤滚菜的，吃了，再唱。"又命将各色果子、元宵等物，拿些与他们吃去。

一时歇了戏，便有婆子带了两个门下常走的女先生儿进来，放两张杌子在那一边。命他坐了，将弦子、琵琶递过去。贾母便问李、薛听何书，他二人都回说："不拘什么都好。"贾母便问："近来可又添了些什么新书？"那两个女先儿回说道："倒有一段新书，是残唐五代的故事。"贾母问是何名，女先儿道："叫做凤求鸾。"贾母道："这一个名字到好，不知因什么起的，先大概说说原故。若好，再说。"女先道："这书上乃说，残唐之时，有一位乡绅，本是金陵人氏，名唤王忠。曾做过两朝宰辅。后来，告老还家，膝下只有一位公子，名唤王熙凤。"众人听了，笑将起来。贾母笑道："这重了我们凤丫头了。"媳妇忙上去推他："这是二奶奶的名字，少混说！"贾母笑道："你说，你说。"女先生忙笑着站起来，说："我们该死了。不知是奶奶的讳。"凤姐儿笑道："怕什么！你们只管说罢。重名重姓的多着呢。"女先生又说道："这年，王老爷打发了王公子上京赶考。那日遇见大雨，进到一个庄上避雨。谁知这庄上也有个乡绅，姓李。与王老爷是世交，便留下这公子住在书房里。这李乡绅膝下无儿，只有一位千金小姐。这小姐芳名叫作雏鸾。琴、棋、书、画，无所不通。"

贾母忙道："怪道叫作'凤求鸾'。不用说，我猜着了。自然是这王熙凤要求这雏鸾小姐为妻。"女先儿笑道："老祖宗原来听过这一回书。"众人都道："老太太什么没听过？便没听过也猜着了。"贾母笑道："这些书都是一个套子，左不过是些佳人才子，最没趣儿。把人家女儿说的那样坏，还说是佳人。编的连影儿也没有了，开口都是书香门第，父亲不是尚书，就是宰相；生一个小姐，必是爱如珍宝；这小姐必是通文知礼，无所不晓，竟是个绝代佳人。只一见了一个清俊的男人，不管是亲是友，便想起终身大事来了。父母也忘了书礼，也忘了鬼不成鬼、贼不成贼，那一点儿是佳人？便是满腹文章，做出这些事来，也算不得是佳人了。比如男人，满腹文章去作贼，难道那王法就说他是才子，就不入贼情一案不成？可知那编书的，是自己塞了自己的嘴。再者，既说是世宦书香、大家小姐都知礼读书，连夫人都知书识礼，便是告老还家，自然这样。大家子的人口不少，奶母、丫嬛伏侍小姐的人也不少，怎么这些书上，凡有这样的事，就只小姐和紧跟的一个丫嬛？你们白想想：那些人都是管什么的？可是前言不答后语。"众人听了，都笑说："老太太这一说，是谎都批出来了。"贾母笑道："这有个原故。编这样书的有一等妒人家富贵，或有求不遂心，所以编出来污秽人家。再一等，他自己看了这些书，着魔了，他也想一个佳人。所以编了出来取乐，他何尝知道那世宦读书大家的道理？别说他那书上那些世宦书礼大家，如今眼下真的拿我们这中等人家说起，也没有这样的事，别说是那些大家子。可知是诌掉了下巴的话。所以我们从不许说这些书，丫头们也不懂这些话。这几年我老了，他们姊妹们住的远，我偶然闷了，说几句听听，他们一来就忙歇了。"李、薛二人都笑说："这正是大家的规矩，连我们家也没这些杂话给孩子们听见。"

凤姐儿走上来斟酒，笑道："罢，罢，酒冷了，老祖宗喝一口，润润嗓子再掰谎。这一回就叫作'掰谎记'。就出在本朝本地本年本月本日本时。老祖宗一张口，难说两家话，花开两朵，各表一枝。是真是谎且不表，再整那观灯看戏的人。老祖宗，且让这二位亲戚吃一杯酒、看两出戏之后，再从昨朝话言掰起，如何？"他一面斟酒，一面笑说，未曾说完，众人俱已笑倒。两个女先生也笑个不住，都说："奶奶好刚口！奶奶要一说书，真连我们吃饭的地方也没了。"薛姨妈笑道："你少兴头些。外头有人，比不得往常。"凤姐儿笑道："外头的只有一位珍大爷，我们还是论哥哥、妹妹，从小儿在一处淘气到这么大。这几年，因做了亲，我如今立了多少规矩了。便不是从小儿的兄妹，便以伯叔论，那二十四孝上'斑衣戏彩'，他们不长来'戏彩'，引老祖宗笑一笑，我这里好容易引的老祖宗笑了一笑，多吃了一点儿东西，大家喜欢，都该谢我才是，难道反笑话我不成？"贾母笑道："可是，这两日我竟没有痛痛的笑一场。到是亏他，才一路笑的我心里痛快了些。我再吃一钟酒。"吃着酒，又命宝玉："也敬你姐姐一杯。"凤姐儿笑道："不用他敬我，讨老祖宗的寿罢！"说着，便将贾母的酒拿起来，将半杯剩酒吃了，将杯递与丫嬛。另将温水浸的杯，换了一个上来。于是，各席上的杯都撤去，另将温水浸着待换的杯斟了新酒上来。然后归坐。

女先生回说："老祖宗不听这书，或者弹一套曲子听听罢。"贾母便说道："你们两个对一套《将军令》罢。"二人听说，忙和弦按调拨弄起来。贾母因问："天有几更了？"众婆子忙回："三更了。"贾母道："怪道寒浸浸的起来。"早有众丫嬛拿了添换的衣裳送来。王夫人起身笑说道："老太太不如挪进暖阁里地炕上倒也罢了。这二位亲戚也不是外人，我们陪着就是了。"贾母听说，笑道："既这样说，不如大家都挪进去，岂不暖和？"王夫人道："恐里间坐不下。"贾母笑道："我有道理。如今也不用这些桌子，只用两三张并起来。大家坐在一处挤着，又亲香又暖和。"众人都道："这才有趣。"说着，便起了席。众媳妇忙撤去残席，里面直顺着并了三张大桌。另又添换了果馔摆好。贾母便说："这都不要拘礼，只听我分派你们就坐才好。"说着，便让薛、李正面上坐，自己西向坐了，叫宝琴、黛玉、湘云三人皆紧依左右坐下，向宝玉说："你挨着你太太！"于是，邢夫人、王夫人之中夹着宝玉。宝钗等姊妹在西边，挨次下去便是娄氏带着贾菌，尤氏、李纨夹着贾兰。下面横头便是贾蓉之妻。

贾母便说："珍哥儿，带着你兄弟们去罢！我也就睡了。"

贾珍忙答应，又都进来。贾母道："快去罢！不用进来，才坐好了，又都起来。你快歇着，明日还有大事呢。"贾珍忙答应了。又笑说："留下蓉儿斟酒才是。"贾母笑道："正是，忘了他。"贾珍答应了一个"是"，便转身带领贾琏等出来，二人自是欢喜。便令人将贾琮、贾璜各自送回家去，便邀了贾琏去追欢买笑。不在话下。

　　这里贾母笑道："我正想着，虽然这些人取乐，竟没一对双全的，就忘了蓉儿。这可全了。蓉儿，就和你媳妇坐在一处，到也团圆了。"因有媳妇回说开戏，贾母笑道："我们娘儿们正说的兴头，又要吵起来。况且那孩子们熬夜，怪冷的，也罢了。叫他们且歇歇去罢。把咱们的女孩子们叫了来，就在这台上唱两出，给他们瞧瞧。"媳妇听了，答应了出来。忙的一面着人往大观园去传人，一面二门口去传小厮们伺候。小厮们忙至戏房，将班中所有的大人一概带出，只留下小孩子们。

　　一时，梨香院的教习带了文官等十二个人，从游廊角门出来。婆子们抱着几个软包。因不及抬厢，故料着贾母爱听的三五出戏的彩衣包了来。婆子们带了文官等进去见过，只垂手站着。贾母笑道："大正月里，你师父也不放你们出来逛逛！你等唱什么？刚才八出《八义》闹得我头疼，咱们清淡些好。你瞧瞧，薛姨太太、这李亲家太太，都是有戏的人家，不知听过多少好戏的。这些姑娘都比咱们家的姑娘见过好戏，听过好曲子。如今这小戏子又是那有名顽戏家的班子，虽是小孩儿们，却比大班子还强。咱们好歹别落了褒贬，少不得弄个新样儿的，叫芳官唱一出《寻梦》。只要提琴，至于管箫合笙笛，一概不用。"文官笑道:"这也使得。我们的戏,自然不能入姨太太和亲家太太、姑娘们的眼。不过听我们一个发脱口齿,再听一个喉咙罢了。"贾母笑道:"正是这话了。"李婶、薛姨妈喜的都笑道:"好个灵透孩子!他也跟着老太太打趣我们。"贾母笑道:"我们这原是随便的顽意儿。又不出去做买卖,所以竟不大合时。"说着,又道:"叫葵官唱一出《惠明下书》,也不用抹脸。只用这两出,叫他们听个嗓音罢了。若省一点力,我可不依。"

文官等答应了出来,忙去扮演上台,先是《寻梦》,次是《下书》。众人都鸦雀无闻。薛姨妈因笑道:"实在亏他。我也看过几百班戏,从没见不用箫管的。"贾母道:"也有。只是像方才《西楼楚江晴》一支,多有小生吹箫和的。这大套的实在少。这也在主人讲究不讲究罢了。这算什么出奇!"指湘云道:"我像他这么大的时节,他爷爷有一班小戏,偏有一个弹琴的凑了来,即如《西厢记》的《听琴》,《玉簪记》的《琴挑》,《续琵琶》的《胡笳十八拍》,竟成了真的了。比这个更如何?"众人都道:"这更难得了。"贾母便命个媳妇来:"分付文官等,叫他们吹一套《灯月圆》。"媳妇领命而去。

当下贾蓉夫妻二人捧酒一巡。凤姐儿因见贾母十分高兴,便笑道:"趁着女先儿们在这里,不如叫他们击鼓,咱们传梅,行一个'春喜上眉梢'的酒令,如何?"贾母笑道:"这是个好令。正对时对景。"忙命人取了一面黑漆铜钉花腔令鼓来,与女先儿们击着。席上取了一枝红梅。贾母笑道:"若到谁手里住了,吃一杯,也要说个什么才好。"凤姐儿笑道:"依我说,谁像老祖宗要什么有什么呢?我们这不会的,岂不没意思?依我说，也要雅俗共赏，不如谁输了，谁说个笑话罢。"众人听了，都知道他素日善说笑话，最是他肚内有无限的新鲜趣谈。今儿如此说，不但在席的诸人喜欢，连地下伏侍的老小人等无不欢喜。那小丫头子们都忙出去找姐唤妹的，告诉他们："快来听！二奶奶又说笑话儿了。"众丫头子们便挤了一屋子。

　　于是戏完乐罢。贾母命将些汤点、果菜与文官等吃去，便命响鼓。那女先儿们皆是惯的，或紧或慢，或如残漏之滴，或如进豆之疾，或如惊马之乱驰，或如疾电之光而忽暗。其鼓声慢，传梅亦慢；鼓声急，传梅亦急。恰恰至贾母手中，鼓声忽住。大家呵呵一笑。贾母也笑了，贾蓉忙上来斟了一杯。众人都笑道："自然该老太太先喜了。我们才托赖些喜。"贾母笑道："这酒也罢了。只是这笑话到有些个难说。"众人都说："老太太的比凤姐儿的还好还多。赏一个，我们也笑一笑儿。"贾母笑道："并没什么新鲜发笑的。少不得老脸皮子厚的，说一个罢了。"因说道："一家子养了十个儿子，娶了十房媳妇。惟有第十个媳妇，聪明伶俐，心巧嘴乖，公婆最疼，成日家说那九个不孝顺。这九个媳妇委屈，便商议说：'咱们九个心里孝顺，只是不像那小蹄子嘴巧，所以，公公婆婆老了，只说他好。这委屈向谁诉去？'大媳妇有主意，便说道：'咱们明儿到阎王庙去烧香，和阎王爷说去。问他一问，叫我们托生人，为什么单单的给那小蹄子一张乖嘴，我们都是笨的。'众人听了，都喜欢，说：'这主意不错。'第二日，便都到阎王庙里来，烧了香，九个人都在供桌底下睡着了。九个魂专等阎王驾到。左等不来，右等也不到，正着急，只见孙行者驾着筋斗云来了。看见九个魂，便要拿金箍棒打，唬得九个魂忙跪下，央求孙行者。问原故，九个人忙细细的告诉了他。孙行者听了，把脚一跺，叹了一口气，道：'这原故幸亏遇见我，等着阎王来了，他也不得知道的。'九个人听了，就求说：'大圣发个慈悲！我们就好了。'孙行者笑道：'这却不难。那日你们妯娌十个那日托生时，可巧我到阎王那里去的。因为撒了泡尿在地下，你那小婶子便吃了。你们如今要伶俐嘴乖，有的是尿，再撒泡，你们吃了就是了。'"说毕，大家都笑起来。凤姐儿笑道："好的。幸而我们都笨嘴笨腮的。不然，也就吃了猴儿尿了。"尤氏、娄氏都笑向李纨道："咱们这里谁是吃过猴儿尿的，别妆没事人儿！"薛姨妈笑道："笑话儿不在好歹，只要对景就发笑。"说着，又击起鼓来。

小丫头子们只要听凤姐儿的笑话，便悄悄的和女先儿说明，以咳嗽为暗号。须臾传至两遍，刚到了凤姐儿手里，小丫头子们故意咳嗽，女先儿便住了。众人齐笑道："这可拿住他了！快吃了酒，说一个好的。别太逗的人笑的肠子疼。"凤姐儿想了一想，笑道："一家子，也是过正月半，合家赏灯吃酒，真真的热闹非常。祖婆婆、太婆婆、婆婆、媳妇、孙子媳妇、重孙子媳妇、亲孙子、侄孙子、重孙子、灰孙子、滴滴搭搭的孙子，孙女儿、外孙女儿、姨表孙女儿、姑表孙女儿，嗳哟哟！真好热闹。"众人听他说着，已经笑了，都说："听数贫嘴，又不知编派那一个呢？"尤氏笑道："你要招我，我可撕你的嘴。"凤姐儿起身，拍手笑道："人家费力说，你们混我，我就不说了。"贾母笑道："你说，你说，底下怎么样？"凤姐儿想了一想，笑道："底下就团团的坐了一屋子，吃了一夜酒，就散了。"众人见他正言厉色的说了，别无他话，都怔怔的，还等他往下说。只觉冰冷无味。史湘云看了他半日，凤姐儿笑道："再说一个过正月半的。几个人抬着个房子大的炮仗，往城外放去。引了上万的人跟着瞧去。有一个性急的人，等不得，便偷着拿香点着了。只听'噗哧'一声，众人哄然一笑，都散了。这抬炮仗的人抱怨卖炮仗的捍的不结实，没等放就散了。"湘云道："难道他本人没听见响？"凤姐儿道："这本人原是聋子。"众人听说，一回想，不觉一齐失声，都大笑起来。又想着先前那一个没完的，问他："先一个怎么样？也该说完。"凤姐儿将桌子一拍，说道："好啰唆！到了第二日，是十六日。年也完了，节也完了，我看着人忙着收东西还闹不清，那里还知道底下的事了。"众人听说，复又笑将起来。凤姐儿笑道："外头已经四更。依我说，老祖宗也乏了，咱们也该'聋子放炮仗——散了'罢！"尤氏等用手帕子握着嘴，笑的前仰后合，指他说道："这个东西，真会数贫嘴。"贾母笑道："真真这凤丫头越发贫嘴了。"一面说，一面分付道："他提起炮仗来，咱们也把烟火放了，解解酒。"

贾蓉听了，忙出去带着小厮们，就在院内安下屏架，将烟火设吊齐备。这烟火皆系各处进贡之物，虽不甚大，却极精巧。各色故事俱全，夹着各样花炮。林黛玉禀气柔弱，不禁毕驳之声，贾母便搂他在怀中。薛姨妈搂着湘云，湘云笑道："我不怕！"宝钗等笑道："他专爱自己放大炮仗，还怕这个呢！"王夫人便将宝玉搂入怀内。凤姐儿笑道："我们是没有人疼的了。"尤氏笑道："有我呢！我搂着你，也不怕臊！你这孩子，又撒娇了。听见放炮仗，吃了蜜蜂儿屎的，今儿又轻狂起来。"凤姐儿笑道："等散了，咱们园子里放去。我比小厮们还放的好呢。"说话之间，外面一色一色的放了又放。又有许多的满天星、九龙入云、一声雷、飞天十响之类的零碎小爆竹。放罢，然后又命小戏子打了一回莲花落，撒了满台钱，命那孩子们满台抢钱取乐。

又上汤时，贾母说道："夜长，觉的有些饿了。"凤姐儿忙回说："有预备的鸭子肉粥。"贾母道："我吃些清淡的罢。"凤姐儿忙道："也有枣儿熬的粳米粥。预备太太们吃斋的。"贾母笑道："不是油腻腻的，就是甜的。"凤姐儿又忙道："还有杏仁茶。只怕也甜。"贾母道："到是这个还罢了。"说着，又命人撤去残席，外面另设上各种精致小菜。大家随便随意吃了些，用过漱口茶，方散。

十六日一早，又过宁府行礼，伺候掩了祖宗祠，收过影像，方回来。此日便是薛姨妈请吃年酒。十八日便是赖大家，十九日便是宁府赖昇家，二十日便是林之孝家，二十一日便是单大良家，二十二日便是吴新登家。这几家贾母也有去的，也有不去的，也有高兴直待众人散方回来的，也有兴尽，半日一时就来的。凡诸亲友来请，或来赴席的，贾母一概怕拘束不会。自有邢夫人、王夫人、凤姐儿三人料理。连宝玉只除王子腾家去了，馀者亦皆不会，只说贾母留下解闷。所以倒是家下人家来请，贾母可以自便之处，方高兴去逛逛。闲言不提，且说当下，元宵已过……

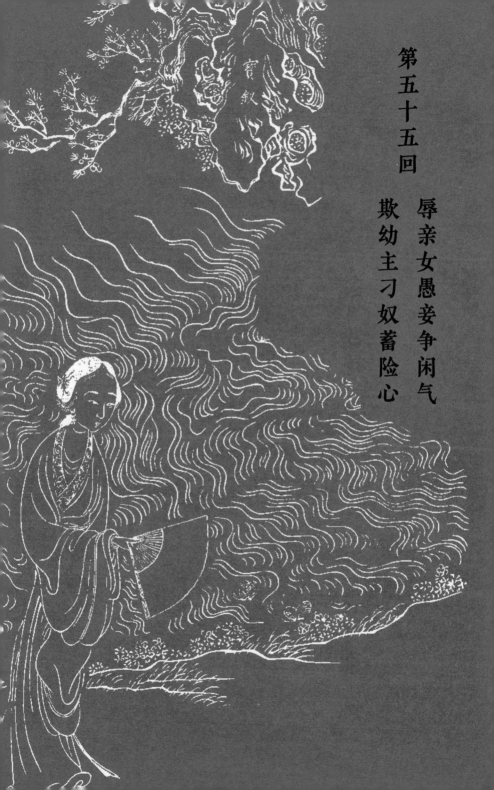

第五十五回

辱亲女愚妾争闲气

欺幼主刁奴蓄险心

　　且说元宵已过。只因当今以孝治天下，目下宫中有一位太妃欠安，故各嫔妃皆为之减膳谢妆，不独不能省亲，亦且将宴乐俱免。故荣府今岁元宵亦无灯谜之集。

　　刚将年事忙过，凤姐儿便小月了，在家一月不能理事，天天两三个太医用药。凤姐儿自恃强壮，虽不出门，然筹画计算，想起什么事来，便命平儿去回王夫人。任人谏劝，他只不听。王夫人便觉失了膀臂，一人能有许多的精神？凡有了大事，自己主张。将家中琐碎之事，一应都暂令李纨协理。李纨是个尚德不尚才的，未免逞纵了下人。王夫人便命探春合同李纨裁处，只说过了一月，凤姐将息好了，仍交与他。谁知凤姐禀赋气血不足，兼年幼不知保养，平生争强斗志，心力更亏，故虽系小月，竟着实亏虚下来。一月之后，复添了下红之症。他虽不肯说出来，众人看他面目黄瘦，便知失于调养。王夫人只令他好生服养，不令他操心。他自己也怕成了大症，遗笑于人，便想偷空调养，恨不得一时复旧如常。谁知一直服药调养，到八九月间，才渐渐的起复过来，下红也渐渐止了。此是后话。

　　如今且说目今王夫人见他如此，探春与李纨暂难谢事。园中人多，又恐失于照管。因又特请了宝钗来，托他各处小心："老婆子们不中用，得空儿吃酒斗牌。白日里睡觉，夜里斗牌，我都知道的。凤丫头在外头，他们还有个惧怕；如今他们又该取便了。好孩子，你还是个妥当人。你兄弟、妹妹们又小，我又没工夫，你替我辛苦两天，照看照看。凡有想不到的事，你来告诉我。别等老太太问出来，我没话回。那些人有不好，你只管说。他们不听，你来回我。别弄出大事来才好。"宝钗听说，只得答应了。

时届孟春，黛玉又犯了嗽疾。湘云亦因时气所感，亦卧病于蘅芜苑，一天医药不断。探春同李纨相住间隔，二人近日同事，不比往年，来往回话人等亦不便，故二人议定：每日早晨皆到园门口南边的三间小花厅上去，会齐办事。吃过早饭，于午错方回房。这三间厅，原系预备省亲之时，众执事太监起坐之处。故省亲之后也用不着了，每日只有婆子们上夜。如今天已和暖，不用十分修饰，只不过略略的铺陈了，便可他二人起坐。这厅上也有一匾，题着"补仁谕德"四字。家下俗呼皆只叫"议事厅"儿。如今他二人每日卯正至此，午正方散，凡一应执事媳妇等来往回话者，络绎不绝。

众人先听见李纨独办，各各心中暗喜，以为李纨素日原是个厚道多恩无罚的，自然比凤姐儿好搪塞；便添了一个探春，也却想着不过是个未出闺阁的年轻小姐，且素日也最平和、恬淡。因此都不在意，比凤姐儿前更懈怠了许多。只三四日后，几件事过手，渐觉探春精细处不让凤姐，只不过言语安静，性情和顺而已。这是小姐身分耳，阿凤未出阁想亦如此。可巧连日有王公侯伯世袭官员十几处，皆系荣、宁非亲即友，或世交之家，或有升迁，或有黜降，或有婚丧红白等事，王夫人贺吊迎送，应酬不暇。前边更无人。他二人便一日皆在厅上起坐；宝钗便一日在上房监察，至王夫人回方散。每于夜间针线暇时，临寝之先，坐了小轿，带领园中上夜人等，各处巡察一次。他三人如此一理，更觉比凤姐儿当差时到更谨慎了些。因而里外下人都暗中抱怨，说："刚刚的倒了一个巡海夜叉，又添了三个镇山太岁。越性连夜里偷着吃酒顽的工夫都没了。"

　　这日，王夫人正是往锦乡侯府去赴席。李纨与探春早已梳洗伺候，出门去后，回至厅上坐了。刚吃茶时，只见吴新登的媳妇进来，回说："赵姨娘的兄弟赵国基昨日死了。昨日回过太太，太太说知道了，叫回姑娘、奶奶来。"说毕，便垂手旁侍，再不言语。彼时来回话者不少，都打听他二人办事如何？若办得妥当，大家则安个畏惧之心；若少有嫌隙、不当之处，不但不畏伏，出二门还要编出许多笑话来取笑。吴新登的媳妇心中已有主意：若是凤姐前，他便早已献勤，说出许多主意；又查出许多旧例来，任凤姐儿拣择施行。<small>可知虽有才干，亦必有羽翼方可。</small>如今他藐视李纨老实，探春是年轻的姑娘，所以只说出这一句话，来试他二人有何主见。探春便问李纨。李纨想了一想，便道："前儿袭人的妈死了，听见说赏银四十两，这也赏他四十两罢了。"吴亲登家的听了，忙答应了"是"，接了对牌就走。探春道："你且回来！"吴新登家的只得回来。探春道："你且别支银子。我且问你：那几年，老太太屋里的几位老姨奶奶，也有家里的，也有外头的，这两样必有个分别。家里的若死了人，是赏多少？外头的死了人，是赏多少？你且说两个，我们听听。"一问，吴新登家的便都忘了，忙陪笑回说："这也不是什么大事！赏多少，谁还敢争不成？"探春笑道："这话胡闹！依我说，赏一百到好。若不按例，别说你们笑话，明儿也难见你二奶奶。"吴新登家的笑道："既这么说，我查旧账去。此时却记不得。"探春笑道："你办事办老了的，还记不得？到来难我们！你素日回你二奶奶，也说现查去？若有这道理，凤姐姐还不算利害，也就是算宽厚了。还不快找了来我瞧！再迟一日，不说你们粗心，反相我们没主意了。"吴新登家的满面通红，忙转身出来。众媳妇们都伸舌头。这里又回别的事。一时吴家的取了旧账来。探春看时，两个家里的赏过，皆二十四两；两个外头的，皆赏过四十两；外还有两个外头的，一个赏过一百两，一个赏过六十两。这两笔底下，皆有原故：一个是隔省迁父母之柩，外赏六十两；一个是现买葬地，外赏二十两。探春便递与李纨看了。探春便说："给他二十两银子。把这账留下，我们细看看。"吴新登家的去了。

忽见赵姨娘进来，李纨、探春忙让坐。赵姨娘开口便说道："这屋里的人都踩下我的头去还罢了，姑娘你也想一想，该替我出气才是。"一面说，一面眼泪、鼻涕哭起来。探春忙道："姨娘这话说谁？我竟不解？谁踩姨娘的头，说出来，我替姨娘出气。"赵姨娘道："姑娘现踩我，我告诉谁？"探春听说，忙站起来，说道："我并不敢。"李纨也站起来劝。赵姨娘道："你们请坐下，听我说。我这屋里熬油似的，熬了这么大年纪；又有你和你兄弟，这会子连袭人都不如了。我还有什么脸！连你也没脸面！别说我了。"探春笑道："原来为这个。我说我并不敢犯法违理。"一面便坐了，拿账番与赵姨娘看，又念与他听。又说道："这是祖宗手里旧规矩，人人都依着，偏我改了不成？也不但袭人，将来环儿收了外头的，自然也是同袭人一样。这原不是什么争大争小的事，讲不到有脸没脸的话上。他是太太的奴才，我是按着旧规矩办。说办的好，领祖宗的恩典，太太的恩典；若说办的不均，那是他糊涂，不知福，也只好凭他抱怨去。太太连房子赏了人，我有什么有脸之处？一文不赏，我也没什么没脸之处。依我说，太太不在家，姨娘安静些养神罢了。何苦只要操心？太太满心疼我，因姨娘每每生事，几次寒心。我但凡是个男人，可以出得去，我必早走了，立一番事业，那时自有我一番道理。偏我是女孩儿家，一句多话也没有我乱说的。太太满心里都知道。如今因看重我，才叫我照管家务。还没有做一件好事，姨娘到先来作践我。倘或太太知道了，怕我为难，不叫我管，那才正经没脸，连姨娘也真没脸。"一面说，一面不禁滚泪下来。

赵姨娘没了别话答对，便说道："太太疼你，你越发拉扯拉扯我们，你只雇讨太太的疼，就把我们忘了。"探春道："我怎么忘了？叫我怎么拉扯？这也问你们各人！那一个主子不疼出力得用的人？那一个好人用人拉扯的？"李纨在傍，只管劝说："姨娘别生气，也怨不得姑娘。他满心里要拉扯，口里怎么说的出来。"探春忙道："这大嫂子也糊涂了。我拉扯谁？谁家姑娘们拉扯奴才了？他们的好歹你们该知道，与我什么相干？"赵姨娘气的问道："谁叫你拉扯别人去了？你不当家，我也不来问你。你如今现说一是一，说二是二。如今你舅舅死了，你多给了二三十两银子，难道太太就不依你？分明太太是好太太，都是你们尖酸克薄！可惜太太有恩无处使。姑娘放心，这也使不着你的银子，明儿等你出了阁，我还想你额外照看赵家呢。如今没有长羽毛，就忘了根本。只拣高枝儿飞去了。"探春没听完，已气的脸白气噎，抽抽咽咽的一面哭，一面问道："谁是我舅舅？我舅舅年下才升了九省检点。那里又跑出一个舅舅来？我倒素习按理尊敬，越发敬出这些亲戚来了。既这么说，环儿出去，为什么赵国基又站起来？又跟他上学？为什么不拿出舅舅的款来？何苦来！谁不知道我是姨娘养的，必要过两三个月，寻出由头来，彻底来番腾一阵，生怕人不知道，故意的表白表白。也不知谁给谁没脸。幸亏我还明白，但凡糊涂、不知理的，早急了。"李纨急的只管劝，赵姨娘只管还唠叨。

忽听有人说："二奶奶打发平姑娘说话来了。"赵姨娘听说，方把口止住。只见平儿进来，赵姨娘忙陪笑让坐，又忙问："你奶奶好些？我正要瞧去，就只没得空儿。"李纨见平儿进来，因问道："你来做什么？"平儿笑道："奶奶说赵姨奶奶的兄弟没了，恐怕奶奶和姑娘不知有旧例。若照常例，只得二十两；如今请姑娘裁夺着，再添些也使得。"探春早已拭去泪痕，忙说道："又好好的添什么？谁又是二十四个月养下来的？不然也是那出兵放马、背着主子逃出命来过的人不成？你主子真个倒巧，叫我开了例，他做好人！拿着太太不心疼的钱，乐得的做人情！你告诉他，我不敢添减，混出主意；他添他施恩，等他好了出来，爱怎么添，添去。"平儿一来时，已明白了对半，今听这一番话，越发会意。见探春有怒色，便不敢以往日喜乐之时相待。只一边垂手默侍。

时值宝钗也从上房中来，探春等忙起身让坐。未及开言，又有一个媳妇进来回事。因探春才哭了，便有三四个小丫嬛捧了沐盆、巾帕、靶镜等物来。此时探春因盘膝坐在矮板榻上，那捧盆的丫环走至跟前，便双膝跪下，高捧沐盆；那两个小丫环，也都在傍屈膝捧着巾帕并靶镜、脂粉之饰。平儿见侍书不在这里，便忙上来与探春挽袖、卸镯，又接过一条大手巾来，将探春面前衣襟掩了。探春方伸手向面盆中盥沐。那媳妇便回道："回奶奶、姑娘，家学里支环爷和兰哥儿的一年公费。"平儿先道："你忙什么！你睁着眼看见姑娘洗脸，你不出去伺候着，先说话来！二奶奶跟前你也这么没眼色来着！姑娘虽然恩宽，我去回了二奶奶，只说你们眼里都没姑娘，你们都吃了亏，可别怨我。"唬的那个媳妇忙陪笑道："我粗心了。"一面说，一面忙退出去。

探春一面匀脸，一面向平儿冷笑道："你迟了一步，还有可笑的，连吴姐姐这么个办老了事的，也不查清楚了就来混我们。幸亏我们问他，他竟有脸说忘了。我说他回你主子事，也忘了再找去？我料着你那主子，未必有耐性儿等他去找。"平儿忙笑道："他有这一次，管包腿上的筋早拆了两根。姑娘别信他们，那是他们瞅着大奶奶是个菩萨，姑娘又是个腼腆小姐，固然是托懒来混说。"说着又向门外说道："你们只管撒野，等奶奶大安了，咱们再说。"门外的众媳妇都笑道："姑娘你是个最明白的人，俗语说，'一人作罪一人当'。我们并不敢欺弊小姐。如今小姐是娇客，若认真惹恼了，死无葬身之地。"平儿冷笑道："你们明白就好了。"又陪笑向探春道："姑娘知道，二奶奶本来事多，那里照看的这些？保不住不忽略。俗语说，'傍观者清'。这几年，姑娘冷眼看着，或有该添该减的去处，二奶奶没行到，姑娘竟一添减。头一件，于太太的事有益；第二件，也不枉姑娘待我们奶奶的情义了。"

话未说完，宝钗、李纨皆笑道："好丫头！真怨不得凤丫头偏疼他。本来无可添减的事，如今听你一说，到要找出两件来斟酌斟酌，不辜负你这话。"探春笑道："我一肚子气，没人煞性子。正要拿他奶奶出气去，偏他碰了来。说了这些话，叫我也没了主意了。"一面说，一面叫进方才那媳妇来，问："环爷和兰哥儿家学里，这一年的银子是做那一项用的？"那媳妇便回说："一年学里吃点心，或者买纸笔。每位有八两银子的使用。"探春道："凡爷们的使用，都是各屋领了月钱的。环哥的是姨娘领二两，宝玉的是老太太屋里袭人领二两，兰哥儿的是大奶奶屋里领。怎么学里每人又多这八两？原来上学去的，是为这八两银子？从今儿起，把这一项蠲了。平儿回去告诉你奶奶我的话，把这一条务必免了。"平儿笑道："早就该免。旧年奶奶原说要免的，因年下忙，就忘了。"那个媳妇只得答应着去了。

就有大观园中媳妇捧了饭盒来。侍书、素云早已抬过一张小饭桌来。平儿也忙着上菜。探春笑道："你说完了话，干你的去罢。在这里忙什么？"平儿笑道："我原没事的，二奶奶打发了我来，一则说话；二则恐这里人不方便，原是叫我帮着妹妹们伏侍奶奶、姑娘的。"探春因问："宝姑娘的饭怎么不端来一处吃？"丫环们听说，忙出至帘外，命媳妇去说："宝姑娘如今在厅上一处吃。叫他们把饭送了这里来。"探春听说，便高声说道："你别混支使人！那都是办大事的管家娘子们。你们支使他要饭要茶的，连个高低都不知道！平儿这里站着，你叫叫去！"

平儿忙答应了一声，出来。那些媳妇们都忙悄悄的拉住，笑道："那里用姑娘去叫！我们已有人叫去了。"一面说，一面用手帕掸石矶上，说："姑娘站了半天乏了，这太阳影里且歇歇。"平儿便坐下。又有茶房里的两个婆子，拿了个坐褥铺下，说："石头冷。这里极干净的，姑娘将就坐一坐儿罢。"平儿忙陪笑道："多谢！"一个又捧了一碗精致新茶出来，也悄悄笑说："这不是我们的常用茶。原是伺候姑娘们的。姑娘且润一润罢。"平儿忙欠身接了，因指众媳妇，悄悄说道："你们太闹的不像了！他是个姑娘家，不肯发威动怒，这是他尊重。你们就藐视欺负他，果然招他动了大气，不过说他个粗糙就完了，你们就现吃不了的亏。他要撒娇，太太也得让他一二分，二奶奶也不敢怎样。你们就这么大胆子，小看他？可是'鸡蛋往石头上碰'。"众人都忙道："我们何尝敢大胆了？都是赵姨奶奶闹的。"平儿也悄悄的说："罢了，好奶奶们！'墙倒众人推'。那赵姨奶奶原有些倒三不着两，有了事都就赖他。你们素日那眼里没人，心术利害，我这几年难道还不知道？二奶奶若是略差一点儿的，早被你们这些奶奶治倒了。饶这么着，得一点空儿，还要难他一难。好几次没落了你们的口声。众人都道他利害，你们都怕他；惟我知道，他心里也就不算不怕你们呢！前儿我们还议论到这里，再不能依头顺尾，必有两场气生。那三姑娘虽是个姑娘，你们都小看了他。二奶奶这些大姑子、小姑子里头，也就只单畏他五分。你们这会子到不把他放在眼里了。"

正说着，只见秋纹走来。众媳妇忙赶着问好，又说："姑娘也且歇一歇，里头摆饭呢。等撤下饭桌子再回话去。"秋纹笑道："我比不得你们，我那里等得。"说着，便直要上厅去。平儿忙叫："快回来！"秋纹回头，见了平儿，笑道："你又在这里充什么外围的防护？"一面回身便坐在平儿褥上。平儿悄问："回什么？"秋纹道："问一问宝玉的月银、我们的月钱，多早晚才领？"平儿道："这什么大事！你快回去告诉袭人，说我的话：凭有什么事，今儿都别回。若回一件，管驳一件；回一百

件，管驳一百件。"秋纹听了，忙问："这是为什么了？"平儿
与众媳妇等都忙告诉他原故，又说："正要找几件利害事与有体
面的人，开例作法子，镇压与众人作榜样呢！何苦你们先来碰在
这钉子上。你这一去说了，他们若拿你们也作一二件榜样，又碍
着老太太、太太；若不拿着你们作一二件，人家又说偏一个，向
一个，仗着老太太、太太威势的就怕，也不敢动；只拿着软的作
鼻子头。你听听罢，二奶奶的事，他还要驳两件才压的众人口声
呢。"秋纹听了，伸舌笑道："幸而平姐姐在这里，没的燥一鼻
子灰。我趁早知会他们去。"说着，便起身走了。

接着，宝钗的饭至。平儿忙进来伏侍。那时赵姨娘已去。三
人在板床上吃饭。宝钗面南，探春面西，李纨面东。众媳妇皆在
廊下静候。里头只有他们紧跟常侍的丫嬛伺候，别人一概不敢擅
入。这些媳妇们都悄悄的议论说："大家省事罢。别安着没良心
的主意，连吴大娘才都讨了没意思，咱们又是什么有脸的？"他
们一边悄议，等饭完回事。只觉里面鸦雀无声，并不闻碗箸之
声。一时，只见一个丫嬛将帘拢高揭，又有两个将桌抬出。茶房
内早有三个丫头，捧着三沐盆水。见饭桌已出，三人便进去了。
一回，又捧出沐盆并漱盂来，方有侍书、素云、莺儿三个，每人
用茶盘捧了三盖碗茶进去。一时等他三人出来，侍书命小丫头
子："好生伺候着，我们吃饭来换你们，别又偷坐着去。"众媳
妇们方慢慢的，一个一个的安分回事，不敢如先前轻慢疏忽了。

探春气方渐平，因向平儿道："我有一件大事，早要和你奶
奶商议。如今可巧想起来，你吃了饭快来。宝姑娘也在这里，
咱们四个人商议了，再细细问你奶奶可行可止。"平儿答应，

回去。

凤姐因问："为何去这一日？"平儿便笑着将方才的原故细细说与他听了。凤姐儿笑道："好，好，好。好个三姑娘。我说他不错，只可惜他命薄，没托生在太太肚里。"平儿笑道："奶奶也说糊涂话了。他便不是太太养的，难道谁敢小看他，不与别的一样看了？"凤姐儿叹道："你那里知道！虽然庶出一样，女儿却比不得男人。将来攀亲时，如今有一种轻狂人，先要打听姑娘是正出庶出，多有为庶出不要的。殊不知，别说庶出，便是我们的丫头，比人家的小姐还强呢。将来不知那个没造化的挑庶正误了事呢；也不知那个有造化的，不挑庶正的得了去。"

说着，又向平儿笑道："我这几年，生了多少省俭的法子，一家子大约也没个不背地里恨我的。我如今也是骑上老虎了，虽然看破些，无奈一时也难宽放；二则家里出去的多，进来的少。凡百大小事仍是照着老祖宗手里的规矩，却一年进的产业又不及先时多，省俭了，外人又笑话，老太太、太太也受委屈，家下人也抱怨、克薄；若不趁早儿料理省俭之计，再几年就都赔尽了。"平儿道："可不是这话！将来还有三四位姑娘，还有两三个小爷，一位老太太，这几件大事未完呢。"凤姐儿笑道："我也虑到这里，到也勾了：宝玉和林妹妹，他两个一娶一嫁，可以使不着官中的钱，老太太自有梯己拿出来；二姑娘是大老爷那边的，也不算；剩了三四个，满破着每人花上一万银子；环哥娶亲有限，花上三千两银子，不拘那里省一抿子，也就勾了；老太太事出来，一应都是全有了的，不过零星杂项使费，也满破三五千两。如今再俭省些，陆续也就勾了。只怕如今平空又生出一两件

事来，可就了不得了。咱们且别虑后事，你且吃了饭，快听他商
议什么。这正碰了我的机会，我正愁没个膀臂。虽有个宝玉，他
又不是这里头的货，纵收伏了他，也不中用；大奶奶是个佛爷，
也不中用；二姑娘更不中用，亦且不是这屋里的人；四姑娘小
呢；兰小子更小；环儿更是个燎了毛的小冻猫子，只等有热灶火
坑让他钻去罢。真真一个娘肚子里，跑出这样天悬地隔的两个人
来。我想到这里，就不伏。再者林丫头和宝姑娘，他两个到好，
偏又都是亲戚，又不好管咱家务事。况且一个是美人灯儿，风吹
吹就坏了；一个是拿定了主意，不干己事不张口，一问摇头三不
知，也难十分去问他。到只剩了三姑娘一个，心里、嘴里都也来
的，又是咱家的人，太太又疼他，虽然面上淡淡的，皆因是赵姨
娘那老东西闹的，心里却是和宝玉一样呢。比不得环儿，实在令
人难疼。要依我的性，早撵出去了。如今他既有这主意，正该和
他协同，大家做个膀臂，阿凤有才处，全在择人，收纳膀背、羽翼，并非一味以才自恃者，可知这方是大才。我也
不孤不独了。按正理，天理良心上论，咱们有他这个人帮着，咱
们也省些心，于太太的事，也有些益。若按私心藏奸上论，我也
太行毒了，也该抽头退步，回头看了看，再要穷追苦克，人恨极
了，暗地里笑里藏刀，咱们两个才四个眼睛两个心，一时不防，
到弄坏了。趁着紧溜之中，他出头一料理，众人就把往日咱们的
恨，暂可解了。还有一件，我虽知你极明白，恐怕你心里挽不过
来。如今嘱咐你：他虽是姑娘家，心里却事事明白，不过是言语
谨慎；他又比我知书识字，更利害一层了。如今俗语'擒贼必先
擒王'，他如今要作法开端，一定是先拿我开端。倘或他要驳我
的事，你可别分辩，你只越恭敬，越说驳的是才好，千万别想着

怕我没脸，和他一强，就不好了。”

平儿不等说完，便笑道：“你太把人看糊涂了。我才已经行在先，这会子又反嘱咐我。”凤姐儿笑道：“我是恐怕你心里眼里只有了我，一概没有别人之故，不得不嘱咐。既已行在先，更比我明白了。你又急了，满口里‘你’‘我’起来。”平儿道：“偏说‘你’。你不依，这不是嘴巴子，再打一顿？难道这脸上还没尝过的不成？”凤姐儿笑道：“你这小蹄子！要掂多少过子才罢。看我病的这样，还来沤我！过来坐下！横竖没人来，咱们一处吃饭是正经。”

说着，丰儿等三四个小丫头子进来，放小炕桌。凤姐只吃燕窝粥、两碟子精致小菜，每日分例菜已暂减去。丰儿便将平儿的四样分例菜，端至桌上，与平儿盛了饭来。平儿屈一膝于炕沿之上，半身犹立于炕下，陪着凤姐儿吃了饭，凤姐之才，又在能邀买人心。伏侍漱盥。漱毕，嘱咐了丰儿些话，方往探春处来。只见院中寂静，人已散出，要知端的——

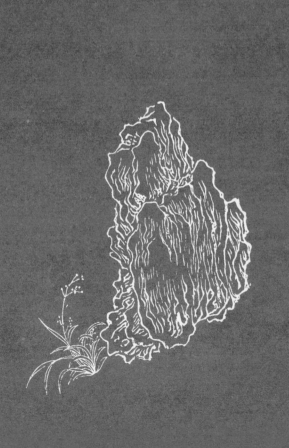

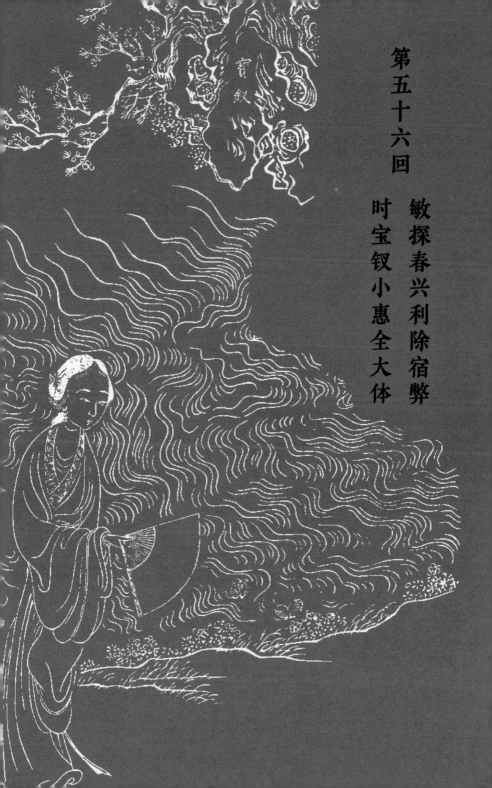

第五十六回

敏探春兴利除宿弊

时宝钗小惠全大体

话说平儿陪着凤姐儿吃了饭，伏侍盥漱毕，方往探春处来。只见院中寂静，只有丫环、婆子、园内执事人，在窗外听候。

平儿进入厅中，他姊妹三人正议论些家务，说的便是年内赖大家请吃酒，他家花园中事故。见他来了，探春便命他脚踏上坐了，因说道："我想的事，不为别的，因想着我们一月有二两月银外，丫头们又另有月钱。前儿又有人回要我们一月所用的头油、脂粉，每人又是二两。这又同才刚学里的八两一样，重重叠叠。事虽小，钱有限，看起来也不妥当。你奶奶怎么就没想到这个？"平儿笑道："这有个原故。姑娘们所用的这些东西，自然是该有分例。每月买办买了，令女人们各房交与我们收管，不过预备姑娘们使用就罢了。没有一个姑娘们天天各人拿钱找人买头油，又是脂粉去的理。所以外头买办总领了去，按月使女人按房交去。姑娘们的每月这二两，原不是为买这些的，原为的是一时当家的奶奶、太太或不在家，或不得闲，姑娘们偶然一时可巧要几个钱使，省得找人去。这原是恐怕姑娘们受委屈。可知这个钱并不是买这个才有的。如今我冷眼看着，各房里的我们的姊妹，都是现拿钱买这些东西的，竟有一半。我就疑惑，不是买办脱了空，迟下日子；就是买的不是正经货，弄些使不得的东西来搪塞。"探春、李纨都笑道："你也留心看出来了？脱空是没有的，也不敢。只是迟些日子，催急了，不知那里弄些来。不过是个名儿，其实使不得。依然得现买。就用这二两银子，另叫别人的奶妈子的，或是弟兄、哥哥的儿子买了来，才使得。若使了官中的人，依然是那一样的。不知他们是什么法子？是铺子里坏了，不要的，他们都弄了来，单预备给我们？"平儿笑道："买小买的是那样的，他买了好的米，买办岂肯和他善开交？又说他安坏心，要夺这买办了。所以，他们也只得如此，宁可得罪了里头，不肯得罪了外头办事的人。姑娘们只能可使奶妈妈们，他们也就不敢有闲话了。"

探春道："因此，我心中不自在。钱费两起，东西又白丢一半。通算起来，反费了两折子。不如竟把买办的每月蠲了为是。此是一件事。第二件，年里往赖大家去，你也去的，你看他那小园子，比咱们这个如何？"平儿笑道："还没有咱们这一半大。树木花草也少多了。"探春道："我因和他家女儿说闲话儿，谁知那么个园子，除他们带的花、吃的笋菜鱼虾之外，一年还有人包了去，年终足有二百两银子剩。从那日，我才知道：一个破荷叶，一根枯草根子，都是值钱的。"宝钗笑道："真真膏粱纨绔之谈。虽是千金小姐，原不知这事，但你们都念过书识字的，竟没看见朱夫子有一篇《不自弃文》不成？"探春笑道："虽看过，那不过是勉人自励，虚比浮词，那里都真有的？"宝钗道："朱子都有'虚比浮词'？那句句都是有的！你才办了两天时事，就利欲熏心，把朱子都看虚浮了。你再出去见了那些利弊大事，越发把孔子也看虚了。"探春笑道："你这样一个通人，竟没看见姬子书？当日姬子有云：'登利禄之场，处运筹之界者，窃尧舜之词，背孔孟之道。'"宝钗笑道："底下一句呢？"探春笑道："如今只断章取意。念出底下一句，我自己骂我自己不成？"宝钗道："天下没有不可用的东西。既可用，便值钱。难为你是个聪敏人，这些正事、大节目事竟没经历，也可惜迟了。"反点题。文法中又一变体也。李纨笑道："叫了人家来，不说正事，且你们对讲学问。"宝钗道："学问中便是正事。此刻于小事上用'学问'一提，那小事越发作高一层了。不拿'学问'提着，便都流入市俗去了。"三人只是取笑之谈。说了笑了一回，便仍谈正事。<small>作者又用金蝉脱壳之法。</small>探春因又接说道："咱们这园子，只算比他们的多一半，加一倍算，一年就有四百银子的利息。若此时也出脱生发银子，自然小器，不是咱们这样人家的事；若不派出两个一定的人来，既有许多值钱之物，一味任人作践，也似乎暴殄天物。不如在园子里所有的老妈妈中，拣出几个本分老诚、能知园圃的事的，派准他们收什料理，也不必要他们交租纳税，只问他们一年可以孝敬些什么。一则园子有专定之人修理，花木自又一年好似一年的，也不用临时忙乱；二则也不至作践，白辜负了东西；三则老妈妈们也可借此小补，不枉年日在园中辛苦；四则亦可以省了这些花儿匠、山子匠、打扫人等的工费。将此有馀，以补不足，未为不可。"

宝钗正在地下看壁上的字画，听如此说一句，便点一回头，说完，便笑道："善哉！三年之内，无饥馑矣。"李纨笑道："好主意！这果一行，太太必喜欢。省钱事小，第一省人打扫，专司其职；又许他去卖钱，使之以权，动之以利，再无不尽职的了。"平儿道："这件事须得姑娘说出来。我们奶奶虽有此心，也未必好出口。此刻姑娘们在园里住着，不能多弄些顽意儿陪衬，反叫人去监管、修理，图省钱，这话断不好出口。"

宝钗忙走过来，摸着他的脸，笑道："你张开嘴我瞧瞧，你的牙齿舌头是什么作的？从早起来到这会子，你说这些话，一套一个样子，也不奉承三姑娘，也没见你说奶奶才短，想不到，也并没有三姑娘说一句，你就说一句'是'。横竖三姑娘一套说出，你就有一套话进去。总是三姑娘想的到的，你奶奶也想到了，只是必有个不可办的原故。这会子又是因姑娘们住在园子里，不好因省钱令人去监管。你们想想这话，若果真交与人弄钱去的时候，那人自然是一枝花也不许掐，一个果子也不许动了。姑娘们分中自然不敢，天天与小姑娘们就吵不清。他这远愁近虑，不亢不卑，他奶奶便不是和咱们好，听他这一番话，也必要自愧的变好了，不和也变和了。"探春笑道："我早起一肚子气，听他来了，忽然想起他主子来。素日当家使出来的好撒野的人，我见了他，便生了气。谁知他来了，避猫鼠儿的站了半日，怪可怜的。接着又说了那么些话，不说他主子待我好，到说'不枉姑娘待我们奶奶素日的情意了'这一句，不但没了气，我到愧了，又伤起心来。我细想，我一个女孩儿家，自己还闹得没人疼、没人顾的，我那里还有好处待人？"口内说到这里，不免流下泪来。李纨等见他说的恳切，又想他素日因赵姨娘每生诽谤，在王夫人跟前亦为赵姨娘所累，都不免流下泪来，都忙劝道："趁今日清净，大家商议两件兴利剔弊的事，也不枉太太委托一场。又提这没要紧的事做什么！"平儿忙道："我已明白了。姑娘竟说谁好，竟一派人就完了。"探春道："虽如此说，也须得回你奶奶一声。我们这里搜剔小过，已经不当，皆因你奶奶是个明白人，我才这样行；若是糊涂多蛊多妒的，我也不肯。倒像抓他的乖一般。岂可不商议了行？"平儿笑道："既这样，我去告诉一声。"说着去了，半日方回来，笑说："我说是白走一趟。这样好事，奶奶岂有不依的。"探春听了，便和李纨命人将园中所有婆子的名单要来。大家参度，大概定了几个。又将他们一齐传来。李纨大概告诉与他们。众人听了，无不愿意，也有说："那一片竹子单交给我，一年工夫，明年又是一片。除了家里吃的笋，一年还可交些钱粮。"这一个说："那一片稻地交给我，一年这些顽的大小雀鸟的粮食，不必动官中钱粮，我还可以交钱粮。"

探春才要说话，人回大夫来了，进园瞧姑娘。众婆子只得去接大夫。平儿忙说："单你们有一百个也不成个体统。难道没有两个管事的头脑带进大夫来？"回事的那人说："有吴大娘和单大娘他两个在西南角上聚锦门等着呢。"平儿听说方罢了。众婆子去后，探春问宝钗如何？宝钗笑答道："幸于始者怠于终，缮其辞者嗜其利。"探春听了，点头称赞，便向册上指出几人来与他三人看。平儿忙去取笔砚来。他三人说道："这一个老祝妈是个妥当的，况他老头子和他儿子代代都是管打扫竹子，如今竟把这所有的竹子交与他。这一个老田妈本是种庄家的，稻香村一带，凡有菜蔬稻稗之类，虽是顽意儿，不必认真大治大耕，也须得他去，再一按时加些培埴，岂不更好？"

探春又笑道："可惜蘅芜苑和怡红院这两处大地方，竟没有出利息之物。"李纨忙笑道："蘅芜苑更利害。如今香料铺并大市大庙卖的各处香料、香草儿都不是这些东西？算起来比别的利息更大。怡红院别说别的，单只说春夏天一季玫瑰花共下多少花？还有一带篱笆上蔷薇、月季、宝相、金银藤，单这没要紧的草花干了，卖到茶叶铺、药铺去，也值几个钱。"探春笑道："原来如此。只是弄香草的没有在行的人。"平儿忙笑道："跟宝姑娘的莺儿他妈就是会弄这个的。上回他还采了些，晒干了瓣成花蓝葫芦给我顽的。姑娘到忘了不成？"宝钗笑道："我才赞你，你到来捉弄我了。"三人都诧异，都问："这是为何？"宝钗道："断断使不得！你们这里多少得用的人，一个一个闲着没事办。这会子我又弄个人来，叫那起人连我也看小了。我到替你们想出一个人来，怡红院有个老叶妈，他就是茗烟的娘。那是个诚实老人家，他又和我们莺儿的娘极好，不如把这事交与叶妈。他有不知的，不必咱们说，他就找莺儿的娘去商议了。那怕叶妈全不管，竟交与那一个，那是他们私情儿，有人说闲话也就怨不到咱们身上了。如此一行，你们办的又至公道，于事又甚妥。"李纨、平儿都道："是极！"〔宝钗此等非与凤姐一样。此是随时俯仰，彼则逸才逾蹈也。〕探春笑道："虽如此，只怕他们见利忘义。"〔这是探春敏智过人处，此讽亦不可少。〕平儿笑道："不相干。前儿莺儿还认了叶妈做干娘，请吃饭吃酒，两家和厚，好的很呢。"〔夹写大观园中多少儿女家常闲景，此亦补前文之不足也。〕探春听了，方罢了。又共同斟酌出几人来，俱是他四人素昔冷眼取中的，用笔圈出。

一时婆子们来回："大夫已去！"将药方送上去。三人看了，一面遣人送出去，取药监派调服；一面探春与李纨明示诸人：某人管某处，按四季除家中定例用多少外，馀者任凭你们采取了去取利，到年终算账。

探春笑道："我又想起一件事来，若年终算账归钱时，自然归到账房，仍是上头又添一层管主，还在他们手心里，又剥一层皮。这如今我们兴出这事来，派了你们，已是跨过他们的头去了，心里有气，只说不出来。你们年终去归账，他们还不捉弄你们等什么！再者，这一年间，管什么的，主子有一全分，他们就得半分。这是家里的旧例，人所共知的；别的偷着的在外。如今这园子里是我的新创，竟别入他们手。到年终归账，竟归到里头来才好。"宝钗笑道："依我说，里头也不用归账。这个多了，那个少了，到多事。不如问他们谁领这一分的，他就揽一宗事去，不过是园里的人的动用。我替你们算出来了。有限的几宗事：不过是头油、脂粉、香纸，每一位姑娘几个丫头，都是有定例的；再者，各处筥帚、撮簸、撢子，并大小禽鸟、鹿、兔吃的粮食，不过这几样，都是他们包了去，不用账房去领钱。你算算，就省下多少来？"平儿笑道："这几宗虽小，一年通共算了，也省的下四百两银子。"宝钗笑道："却又来！一年四百，二年八百两，取租钱的房子也能看得了几间，薄地也可添几亩。虽然还有富馀的，但他们既辛苦闹一年，也要叫他们剩些，粘补粘补自家。虽是兴利节用为纲，然亦不可太啬。纵再省上二三百银子，失了大体统，也不像。所以，如此一行，外头账房里一年少出四五百银子，也不觉得很艰啬了，他们里头却也得些小补。这些没营生的妈妈们，也宽裕了；园子里花木也可以每年滋长蕃盛；你们也得了可使之物，这庶几不失大体。若一味要省时，那里不搜寻出几个钱来？凡有些馀利的，一概入了官中，那时里外怨声载道，岂不失了你们这样人家的大体？如今这园里几十个老妈妈们，若只给了这几个，那剩的也必抱怨不公。我才说的，他们只供给这个几样，也未免太宽裕了。一年竟除这个之外，他每人不论有馀无馀，只叫他拿出若干贯钱来，大家凑齐，单散与园中这些妈妈们。他们虽不料理这些，却日夜也是在园中照看当差之人，关门闭户，起早睡晚，大雨大雪，姑娘们出入，抬轿子、撑船、拉冰床，一应粗糙活计，都是他们的差使。一年在园里辛苦到头，这园内既有出息，也是分内该均沾些的。还有一句至小气的话，越发说破了，你们只管了自己宽裕，不分与他们些，他们虽不敢明怨，心里却都不服。只用假公借私的，多摘你们几个果子，多掐几枝花儿，你们有冤还没处诉。他们也沾补了些利息，你们有照顾不到的，他们就替你照顾了。"

众婆子听了这个议论，又去了账房受辖制，又不与凤姐儿去算账，一年不过多拿出若干贯钱来，各各欢喜异常，都齐说："愿意。强如出去被他揉搓着，还得拿出钱来呢。"那不得管的也听见，每年终又无故得分钱，也都喜欢起来，口内说："他们辛苦收拾是该剩些钱粘补的，我们怎么好'稳坐吃三注'的？"宝钗笑道："妈妈们也别推辞了。这原是分内应当的。你们只要日夜辛苦些，别躲懒，纵放人吃酒赌钱就是了。不然我也不该管这事。你们一般听见姨娘亲口嘱托我三五回，说：大奶奶如今又不得闲儿，别的姑娘又小，托我照看照看。我若不依，分明是叫姨娘操心。我们奶奶又多病多痛，家务也忙，我原是个闲人，便是个街坊邻居也要帮着些，何况是亲姨娘托我？我免不得去小就大，讲不起众人嫌我。倘或我只顾了小分，沾名钓誉，那时醉酒、赌博，生出事来，我怎么见姨娘？你们那时后悔也迟了。就连你们素日的老脸也都丢了。这些姑娘小姐们，这么一所大花园，都是你们照看，皆因看得你们是三四代的老妈妈，最是循规导矩的。原该大家齐心，顾些体面。你们反纵放别人任意吃酒、赌博，姨娘听见了，教训一场犹可；倘若被那几个管家娘子听见了，他们也不用回姨娘，竟教导你们一番，你们这年老的反受了年小的教训，虽是他们是管家，管的着你们，何如自己存些体面，他们如何得来作践？所以，我如今替你们想出这个额外的进益来，也为大家齐心把这园里周全得谨谨慎慎，使那些有权执事的，看见这般严肃谨慎，且不用他们操心，他们心里岂不敬服？也不枉替你们筹画进益，既能夺他们之权，生你们之利，又可以省无益之费，分他们之忧。你们去细想想这话！"家人都欢声鼎沸，说："姑娘说的很是。从此姑娘、奶奶只管放心。姑娘、奶奶这样疼顾我们，我们再要不体上情，天地也不容了。"

刚说着，只见林之孝家的进来说："江南甄府里家眷昨日到京，今日进宫朝贺，此刻先遣人来送礼、请安。"说着，便将礼单送上去。探春接了，看道是：上用的妆缎蟒缎十二匹，上用杂色缎十二匹，上用各色纱十二匹，上用宫绸十二匹，官用各色缎纱绸绫二十四匹。李纨也看过，说："用上等封儿赏他。"因又命人回了贾母。贾母便命人叫李纨、探春、宝钗等也都过来，将礼物看了，李纨收过一边，分付内库上人说："等太太回来看了再收。"贾母因说："这甄家又不与别家相同，上等赏封赏男人，只怕展眼又打发女人来请安。预备下尺头。"一语未完，果然人回："甄府四个女人来请安。"贾母听了，忙命人带进来。

那四个人都是四十往上的年纪，穿带之物皆比主子不甚差别。请安问好毕，贾母命拿了四个脚踏来，他四人谢了坐，待宝钗等坐了，方都坐下。贾母便问："多早晚进京的？"四人忙起身，回说："昨日进的京，今日太太带了姑娘进宫请安去了。故令女人们来请安，问候姑娘们。"贾母问道："这些年没进京，也不想到今年来。"四人也都笑回道:"正是,今年是奉旨进京的。"贾母问道:"家眷都来了?"四人回说:"老太太和哥儿、两位小姐并别位太太都没来,就只太太带了三姑娘来了。"贾母道:"有了人家没有?"四人道:"尚没有呢。"贾母笑道:"你们大姑娘和二姑娘这两家,都和我们家甚好。"四人笑道:"正是,每年姑娘们有信回去,说全亏府上照看。"贾母笑道:"什么照看。原是世交,又是老亲,原应当的。你们二姑娘更好,更不自尊自大。所以我们才走的亲密。"四人笑道:"这是老太太过谦了。"贾母又问:"你这哥儿也跟着你们老太太?"四人回说:"也是跟着老太太。"贾母道:"几岁了?"又问:"上学不曾?"四人笑说:"今年十三岁,因长得齐整,老太太很疼。自幼淘气异常,天天逃学,老爷、太太也不便十分管教。"贾母笑道:"这不成了我们家的了?你这哥儿叫什么名字?"四人道:"因老太太当作宝贝一样,他又生的白,老太太便叫他作'宝玉'。"贾母便向李纨等道:"偏也叫作个'宝玉'。"李纨忙欠身笑道:"从古至今,同时隔代,重名的很多。"四人也笑道:"起了这小名儿之后,我们上下都疑惑,不知那位亲友家也倒似曾有一个的,只是这十来年没进京来,却记得不真了。"贾母笑道:"岂敢!就是我的孙子。——人来!"众媳妇、丫头答应了一声,走近几步。贾母笑道:"园里把咱们的宝玉叫了来。给这四个管家娘子瞧瞧,比他们的宝玉如何?"

众媳妇听了,忙去了。半刻围了宝玉进来。四人一见,忙起身笑道:"唬了我们一跳。若是我们不进府来,倘若别处遇见,还只道我们的宝玉后赶着也进了京了呢。"一面说,一面都上来拉他的手，问长问短。宝玉忙也笑问好。贾母笑道："比你们的长的如何？"李纨等笑道："四位妈妈才一说，可知是模样相仿了。"贾母笑道："那有这样巧事？大家子孩子们养的娇嫩，除了脸上有残疾、十分黑丑的，大概看去都是一样的齐整。这也没有什么怪处。"四人笑道："如今看来，模样是一样。据老太太说淘气也一样。我们看来这位哥儿性情却比我们的好些。"贾母忙问："怎见得？"四人笑道："方才我们拉哥儿的手说话便知。我们说话，我们那一个只说我们糊涂。别说拉手，他的东西，我们略动一动，也不依。所使唤的人，都是女孩子们。"

四人未说完，李纨姊妹等禁不住都失声笑出来。贾母也笑道："我们这会子也打发人去见了你们宝玉，若拉他的手，他也自然免强忍耐一时。可知你我这样人家的孩子们，凭他们有什么刁钻古怪的毛病儿，见了外人，必是要还出正经礼数来的。若他不还正经礼数，也断不容他刁钻去了。就是大人溺爱的是他一则生的得人意儿，二则见人礼数竟比大人行出来的不错，使人见了可爱可怜，背地里所以才纵他一点子。若一味他只管没里没外，不与大人争光，凭他生的怎样，也是该打死的。"四人听了，都笑说："老太太这话正是！虽然我们宝玉淘气古怪，有时见了人客，规矩礼数更比大人有趣。所以，无人见了不爱。只说为什么还打他？殊不知他在家里无法无天，大人想不到的话偏会说，想不到的事他偏要行。所以老爷、太太恨的无法。就是弄性，也是小孩子的常情；胡乱花费，这也是公子哥儿的常情；怕上学也是小孩子的常情，都还治的过来。第一天生下来这一种刁钻古怪的脾气，如何使得？"一语未了，人回："太太回来了。"王夫人进来，问过安。他四人请了安。大概说了两句，贾母便命歇歇去。王夫人亲捧过茶，方退出。四人告辞了，贾母便往王夫人处来，说了一会家务，打发他们回去，不必细说。

这里贾母喜的逢人便告诉，也有一个宝玉，也都一般行景。众人都为天下之大，世宦之多，同名者也甚多，祖母溺爱孙者也古今所有常事耳，不是什么罕事，故皆不介意。独宝玉是个迂阔呆公子的性情，自为是那四人承悦贾母之词。后至蘅芜苑看湘云病去，将这话告诉，湘云说："你放心闹罢！先是'单丝不成线，独树不成林'。如今有了个对子，闹急了，再打狠了，你逃走到南京找那一个去。"宝玉道："那里的谎话？你也信了。偏又有个宝玉了。"湘云道："怎么列国有个蔺相如，汉朝又有个司马相如呢？"宝玉笑道："这也罢了。偏又模样儿也一样。这是没有的事。"湘云道："怎么匡人看见孔子，只当是阳虎呢？"宝玉笑道："孔子、阳虎虽同貌，却不同名；蔺相如与司马相如，虽同名而又不同貌。偏我和他就两样俱同不成？"湘云没了话答对，因笑道："你只会胡搅，我也不和你分证。有也罢，没也罢，与我无干。"说着，便睡下了。

宝玉心中便又疑惑起来：若说必无，然亦似必有；若说必有，又并未目睹。心中闷闷，回至房中，榻上默默盘算，不觉就忽忽的睡去。不觉竟到了一座花园之内。宝玉诧异道："除了我们大观园，更又有这一个园子？"写园可知。正疑惑间，从那边来了几个女儿，都是丫嬛。宝玉又诧异道："除了鸳鸯、袭人、平儿之外，也竟还有这一干人？"写人可知。妙在更不说"更强"二字。只见那些丫嬛笑道："宝玉，怎么跑到这里来了？"宝玉只当是说他自己，忙来陪笑说道："因我偶步到此，不知是那位世交的花园？好姐姐们！带我逛逛。"众丫嬛都笑道："原来不是咱家的宝玉！他生的到也还干净。<u>妙在玉卿身上只落了这两个字，亦不奇了。</u>嘴儿也到乖觉。"宝玉听了，忙道："姐姐们！这里也更还有个宝玉？"丫环们忙道："'宝玉'二字，我们是奉老太太、太太之命，为保佑他延寿、消灾的。我们叫他，他听见喜欢；你是那里远方来的臭小厮，也乱叫起他来。仔细你的臭肉！打不烂你的！"又一个丫环笑道："咱们快走罢！别叫宝玉看见，又说同这臭小厮说了话，把咱薰臭了。"说着，一径去了。

宝玉纳闷道："从来没有人如此涂毒我。他们如何更这样？真亦有我这样一个人不成？"一面想，一面顺步早到了一所院内。宝玉又诧异道："除了怡红院，也更还有这么一个院落？"忽上了台矶，进入屋内，只见榻上那个少年，叹了一声。一个丫嬛笑问道："宝玉，你不睡又叹什么？想必为你妹妹病了，你又胡愁乱恨呢？"宝玉听说，心下也便吃惊。只见榻上有一个人卧着，那边有几个女孩儿做针线，也有嘻笑顽耍的。只见榻上那个少年说道："我听见老太太说，长安都中也有个宝玉，和我一样的性情，我只不信。我才作了一个梦，竟梦中到了都中一个花园子里头，遇见几个姐姐，都叫我'臭小厮'，不理我。好容易找到他房里头，偏他睡觉，空有皮囊，真性不知那去了。"宝玉听说，忙说道："我因找宝玉来到这里。原来你就是宝玉？"榻上的忙下来拉住："原来你就是宝玉？这可不是梦里了？"宝玉道："这如何是梦？真而又真了。"一语未了，只见人来说："老爷叫宝玉。"唬得二人皆慌了。一个宝玉就走，一个宝玉便忙叫："宝玉快回来！快回来！"

袭人在傍听他梦中自唤，忙推醒他，笑问道："宝玉在那里？"此时宝玉虽醒，神意尚恍惚，因向门外指说："才出去了。"袭人笑道："那是你梦迷了。你揉眼细瞧，是镜子里照的你影儿。"宝玉向前瞧了一瞧，原是那嵌的大镜对面相照，自己也笑了。早有人捧过漱盂、茶卤来，漱了口。麝月道："怪道老太太常嘱咐说：'小人屋里不可多有镜子。小人魂不全，有镜子照多了，睡觉惊恐作胡梦。'如今倒在大镜子那里安了一张床，有时放下镜套还好；往前去，天热，困倦不定，那里想的到放他？比如方才，就忘了。自然是先躺下照着影儿顽的，一时合上眼，自然是胡梦颠倒。不然如何得看着自己，叫着自己的名字？不如明儿挪进床来是正经。"一语未了，只见王夫人遣人来叫宝玉。不知有何话说？ 此下紧接"慧紫鹃试忙玉"。

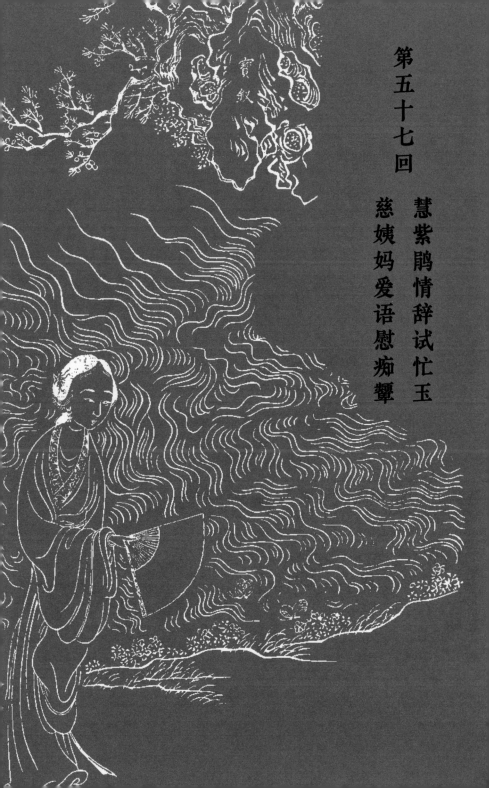

第五十七回

慧紫鵑情辭試忙玉

慈姨媽愛語慰痴顰

话说宝玉听王夫人唤他，忙至前边来。原来是王夫人要带他拜甄夫人去。宝玉自是欢喜，忙去换衣服。跟了王夫人到那里，见其家中形景，自与荣、宁不甚差别，或有一二稍盛者。细问果有一宝玉。甄夫人留席，竟日方回。宝玉方信。因晚间回家来，王夫人又分付预备上等的席面，定名班大戏，请过甄夫人母女。后二日，他母女便不作辞，回任去了。无话。

这日，宝玉因见湘云渐愈，然后去看黛玉。正值黛玉才歇午觉，宝玉不敢惊动，因紫鹃正在回廊上，手里做针黹，便来问他："昨日夜里咳嗽可好了？"紫鹃道："好些了。"宝玉笑道："阿弥陀佛！宁可好了罢。"紫鹃笑道："你也念起佛来？真是新闻。"宝玉笑道："所谓'病笃乱投医'了。"一面说，一面见他穿着弹墨绫薄绵袄，外面只穿着青缎夹背心。宝玉便伸手向他身上摸了一摸，说："穿这样单薄，还在风口里坐着，春天风馋，时气又不好，你再病了，越发难了。"紫鹃便说道："从此咱们只可说话，别动手动脚的。一年大，二年小的，叫人看着不尊重。打紧的那起混帐行子们背地里说你。你总不留心，还只管和小时一般行为，如何使得？姑娘常常分付我们，不叫和你说笑。你近来瞧他远着你，还恐远不及呢。"说着，便起身携了针线，进别房去了。

宝玉见了这般景况，心中像浇了一盆冷水一般。只瞅着竹子发了一回呆，因祝妈正来挖竹、修竿，便怔怔的走出来。一时魂魄失守，心无所知，随便坐在一块山石上出神，不觉滴下泪来，直呆了五六顿饭的工夫。千思万想，总不知如何是好。

偶值雪雁从王夫人房中取了人参来，从此经过。忽扭项看见桃花树下石上，一人手托着腮颊出神，不是别人，却是宝玉。

画出宝玉来，却又不画阿颦，何等笔力！偏不从鹃写，却写一雁，更奇是仍归写鹃。雪雁疑惑道："怪冷的！他一个人在这里作什么？春天凡有残疾的人，都犯病。敢是他犯了呆病了。"写妍憨女儿之心，何等新巧。一边想，一边便走过来，蹲下笑道："你在这里作什么呢？"宝玉忽见了雪雁，便说道："你又作什么来找我？你难道不是女孩儿？他既防嫌，不许你们理我，你又来寻我。倘被人看见，岂不又生口舌？你快家去罢了！"雪雁听了，只当是他又受了黛玉的委屈，只得回至房中。黛玉未醒，将人参交与紫鹃。紫鹃因问他："太太做什么呢？"雪雁道："也歇中觉，所以等了这半日。姐姐你听笑话儿：我因等太太的工夫，和玉钏儿姐姐坐在下房里说话儿。谁知赵姨奶奶招手儿叫我，我只当有什么话说。原来他和太太告了假，出去给他兄弟伴宿坐夜，明儿送殡去。跟他的小丫头子小吉祥儿没衣裳，要借我的月白缎子袄儿。我想他们一般也有两件子衣裳，往赃地方儿去，恐怕弄赃了，自己的舍不得穿，故此借别人的。借我的弄赃了，也是小事。只是我想他素日有些什么好处到咱们跟前？所以，我说了，'我的衣裳、簪环都是姑娘叫紫鹃姐姐收着呢。如今先得去告诉他，还得回姑娘呢。姑娘身上又病着，更费了大事，误了你老出门，不如再转借罢'。"紫鹃笑道："你这个小东西子到也巧。你不借给他，你往我和姑娘身上推，叫人怨不着你。他这会子就下去了，还是等明日一早才去？"雪雁道："这会子就去的。只怕此时已去了。"紫鹃点点头。雪雁道："姑娘还没醒呢？是谁给了宝玉气受？坐在那里哭呢。"

　　紫鹃听了，忙问："在那里？"雪雁道："在沁芳亭后头桃花底下呢。"紫鹃听说，忙放下针线，又嘱咐雪雁："好生听叫。若问我，答应我就来。"说着，便出了潇湘馆，一径来寻宝玉。走至宝玉跟前，含笑说道："我不过说了那两句话，为的是大家好。你就赌气跑了这风地里来哭，作出病来唬我！"宝玉忙笑道："谁赌气了？我因为听你说的有理，我想你们既这样说，自然别人也是这样说，将来渐渐的都不理我了。我所以想着，自己伤心。"紫鹃也便挨他坐着。宝玉笑道："方才对面说话，你尚走开；这会子如何又来挨着我坐着？"紫鹃道："你都忘了？几日前你们兄妹两个正说话，赵姨娘一头走了进来。我才听见他不在家，所以我来问你。正是前日，你和他才说了一句'燕窝'就歇住了，总没提起。我正想着问你。"宝玉道："也没什么要紧。不过我想着，宝姐姐也是客中，既吃燕窝，又不可间断。若只管和他要，太也托实。虽不便和太太要，我已经在老太太跟前略露了个风声，只怕老太太和凤姐姐说了。我告诉他的，竟没告诉完了他。如今我听见，一日给你们一两燕窝，这也就完了。"紫鹃道："原来是你说了！这又多谢你费心。我们正疑惑：老太太怎么忽然想起来，叫人每一日送一两燕窝来呢？这就是了。"宝玉笑道："这要天天吃惯了，吃上三二年就好了。"紫鹃道："在这里吃惯了，明年家去，那里有这些闲钱吃这个？"宝玉听了，吃了一惊，忙问："谁？往那个家去？"_{这句不成话。细读细嚼方有无限神情滋味。}紫鹃道："你妹妹回苏州家去。"宝玉笑道：_{"笑"字奇甚。}"你又说白话。苏州虽是原籍，因没了姑父、姑母，无人照看才来的。明年回去找谁？可见是扯谎。"_{此论极是不介意。}紫鹃冷笑道："你太看小了人！单你们贾家是大族，人口多的？除了你家，别人只得一父一母，房族中真个再无人了不成？我们姑娘来时，原是老太太心疼他年小，虽有叔伯，不如亲父母。故此接来住几年。大了，该出阁时，自然要送还林家的。终不成林家的女儿，在你贾家一世不成？林家虽贫到没饭吃，也是世代书宦之家，断不肯将他家的人丢在亲戚家，落人的耻笑。所以，早则明年春天，迟则秋天。这里纵不送去，林家亦必有人来接的。前日夜里，姑娘和我说了，叫我告诉你，将从前小时顽的东西，有他送你的，叫你都打点出来还他；他也将你送他的，打叠了在那里呢。"

宝玉听了，便如头顶上响了一个焦雷一般。紫鹃看他怎样回答，只不作声。忽见晴雯找来，说："老太太叫你呢！谁知道在这里。"紫鹃笑道："他这里问姑娘的病症，我告诉了他半日，他只不信。你到拉他去罢。"说着，自己便走回房去了。晴雯见他呆呆的，一头热汗，满脸紫胀，忙拉他的手，一直到怡红院中。袭人见了这般，慌起来，只说时气所感，热汗被风扑了。无奈宝玉发热事犹小可，更觉两个眼珠儿直直的起来，口角边津液流出，皆不知觉。给他个枕头，他便睡下；扶他起来，他便坐着。到了茶来，他便吃茶。众人见他这般，一时忙起来。又不敢造次去回贾母，先便差人出去请李嬷嬷。

一时，李嬷嬷来了，看了半日，问他几句话，也无回答。用手向他脉门摸了摸，嘴唇人中上边着力掐了两下，掐的指甲印如许来深，竟也不觉疼。李嬷嬷只说了一声："可了不得了！""呀"的一声便搂着放声大哭起来。急的袭人忙拉他说："你老人家瞧瞧可怕不怕，且告诉我们，去回老太太、太太去，你老人家怎么先哭起来！"李嬷嬷捶床捣枕说："这可不中用了！我白操了一世心了。"袭人等以他年老多知，所以请他来看，如今见他这般一说，都信以为实，也都哭起来。

晴雯便告诉袭人，方才如此这般。袭人听了，便忙到潇湘馆来。见紫鹃正伏侍黛玉吃药，也顾不得什么，便走上来问紫鹃道："你才和我们宝玉说了些什么？你瞧他去！你回老太太去！我也不管了。"说着，便坐在椅上。黛玉忽见袭人满面急怒，又有泪痕，举止大变，便不免也慌了。忙问："怎么了？"袭人定了一回，哭道："不知紫鹃姑奶奶说了些什么话，那个呆子眼睛也直了，手脚也冷了，话也不说了，李妈妈掐着也不疼了，已死了大半个了。*奇极之语。从急怒娇嗔口中，描出不成话之话来，方是千古奇文。五字是一口气来的。* 连李妈妈都说不中用了，那里放声大哭。只怕这会子都死了。"黛玉一听此言，李妈妈乃是经过的老妪，说不中用了，可知必不中用了。"哇"的一声，将腹中之药一概呛出，抖肠搜肺、炽胃扇肝的痛声大嗽了几阵。一时面红发乱，目肿筋浮，喘的抬不起头来。紫鹃忙上来捶背，黛玉伏枕喘息半晌，推紫鹃道："你不用捶！你径拿绳子来勒死我是正经！"紫鹃哭道："我并没说什么！不过是说了几句顽话，他就认真了。"袭人道："你还不知道他那傻子！每每顽话都要认真的。"黛玉道："你说了什么话，趁早儿去解说。他只怕就醒过来了。"紫鹃听说，忙下了床，同袭人到了怡红院。

谁知贾母、王夫人等已都在那里了。贾母一见了紫鹃，眼内出火，骂道："你这小蹄子，和他说了什么？"紫鹃忙道："并没说什么，不过说了几句顽话。"谁知宝玉见了紫鹃，方"嗳呀"了一声，哭出来了。众人一见，方都放下心来。贾母便拉住紫鹃，只当他得罪了宝玉，所以拉紫鹃命他打。谁知宝玉一把拉住紫鹃，死也不放，说："要去连我也带了去。"众人不解，细问起来，方知紫鹃说要回苏州去，一句顽话引出来的。贾母流泪道："我当有什么要紧大事。原来是这句顽话。"又向紫鹃道："你这孩子，素日最是个伶俐聪敏的。你又知道他有个呆根子。平白的哄他作什么！"薛姨妈劝道："宝玉本来心实，可巧林姑娘又是从小儿来的，他姊妹两个一处长了这么大，比别的姊妹更不同。这会子热剌剌的说一个去，别说他是个实心的傻孩子，便是冷心肠的大人，也要伤心。这并不是什么大病，老太太和姨太太只管万安，吃一两剂药就好了。"

正说着，人回"林之孝家的、单大娘家的都来瞧哥儿来了"。贾母道："难为他们想着，叫他们来瞧瞧。"宝玉听了一个"林"字，便满床闹起来，说："了不得了，林家的人接他们来了。快打出去罢！"贾母听了，也忙说："打出去罢！"又忙安慰说："那不是林家的人，林家的人都死绝了，没人来接他的。你只放心罢。"宝玉哭道："凭他是谁，除了林妹妹，都不许姓林的。"贾母道："没姓林的来。凡姓林的我都打走了。"一面分付众人，"以后别叫林之孝家的进园来。你们也别说'林'字。好孩子们，你们听我这句话罢"。众人忙答应，又不敢笑。一时，宝玉又一眼看见了十锦格子上陈设的一只金西洋自行船，便指着乱叫，说："那不是接他们来的船来了！弯在那里呢！"贾母忙命拿下来。袭人忙拿下来。宝玉伸手要，袭人递过，宝玉便掖在被中，笑道："可去不成了。"一面说，一面死拉着紫鹃不放。

　　一时人回大夫来了。贾母忙命快进来。王夫人、薛姨妈、宝钗等暂避在里间。贾母便端坐在宝玉身傍。王太医进来，见许多的人，忙上去请了贾母的安。拿了宝玉的手，诊了一回脉。那紫鹃少不得低了头。王大夫也不解何意，起身说道："世兄这症，乃是急痛迷心。古人曾云：'痰迷有别，有气血亏柔，饮食不能熔化痰迷者；有怒恼中痰里而迷者；有急痛壅塞者。'此亦痰迷之症，系急痛所致，不过一时壅蔽，较诸痰迷似轻。"贾母道："你只说怕不怕，谁同你背药书呢。"王太医忙躬身，笑说："不妨，不妨。"贾母道："果真不妨？"王太医道："实在不妨。都在晚生身上。"贾母道："既如此，请到外面坐，开药方。若吃好了，我另外预备好谢礼，叫他亲自捧来送去磕头；若耽误了，我打发人去拆了太医院大堂。"王太医只躬身，笑说："不敢，不敢。"他原听了说，"另具上等谢礼，命宝玉去磕头"，故满口说："不敢"，竟未听见贾母后来说"拆太医院"之戏语，犹说"不敢"。贾母与众人反倒笑了。一时，按方煎了药来，服下。果觉比先安静。无奈宝玉只不肯放紫鹃。只说："他去了，便是要回苏州去了。"贾母、王夫人无法，只得命紫鹃守着他，另将琥珀去伏侍黛玉。

　　黛玉不时遣雪雁来探消息，这边事务尽知，自己心中暗叹。幸喜众人都知宝玉原有些呆气，自幼是他二人亲密，如今紫鹃之戏语亦是常情。宝玉之病，亦非罕事，因不疑到别事上去。

　　晚间宝玉稍安。贾母、王夫人等方回房去。一夜还遣人来问询几次。李奶母带领宋嬷嬷等几个年老人，用心看守；紫鹃、袭人、晴雯等日夜相伴。有时宝玉睡去，必从梦中惊醒，不是哭了说"黛玉已去"，便是"有人来接"。每一惊时，必得紫鹃安慰一番方罢。彼时贾母又命将祛邪守灵丹及开窍通神散各样上方秘制诸药，按方饮服。次日，又服了王太医药，渐次好起来。宝玉心下明白，因恐紫鹃回去，故又或作佯狂之态。紫鹃自那日也着实后悔，如今日夜辛苦并没有怨意。袭人等皆心安神定。因向紫鹃笑道："都是你闹的！还得你来治。也没见我们这呆子，听见了风，就是雨。往后怎么好？"暂且按下。

因此时湘云之症已愈，天天过来瞧着。见宝玉明白了，便将他病中狂态形容了与他瞧。到瞧的宝玉自己也伏枕而笑。原来他起先那样，竟是不知道的。如今听人说，还不信。无人时，紫鹃在侧，宝玉又拉他的手，问道："你为什么唬我？"紫鹃道："不过是哄你顽的，你就认真了。"宝玉道："你说的那样有情有理，如何是顽话？"紫鹃笑道："那些顽话都是我编的，林家实在没了人口。纵有，也是极远的。族中也都不在苏州住，各省流寓不定。纵有人来接，老太太必不放去的。"宝玉道："便老太太放去，我也不依。"紫鹃笑道："果真的你不依？只怕是口里的话。你如今也大了，连亲也定下了。过二三年再娶了亲，你眼里还有谁了？"宝玉听了，又惊问："谁定了亲？定了谁？"紫鹃笑道："年里我听见老太太说，要定下琴姑娘呢。不然那么疼他？"宝玉笑道："人人只说我傻，你比我更傻！不过是句顽话，他已经许给了梅翰林家了。果然定下了他，我还是这个形景了。先是我发誓赌咒砸这捞什子，你都没劝过，说我疯了。刚刚的这几日才好了，你又来讴我。"一面说，一面咬牙切齿的又说道："我只愿这会子立刻我死了，把心迸出来，你们瞧见了。然后连皮带骨，一概都化成一股灰。灰还有形迹，不如再化一股烟，烟还可凝聚，人还看见。须得一阵大乱风，吹的四面八方，都登时散了，这才好。"一面说，一面又滚下泪来。紫鹃忙上来握他的嘴，替他擦眼泪，又忙笑解释道："你不用着急！这原是我心里着急，故来试你。"宝玉听了，更又诧异，问道："你又着什么急？"紫鹃笑道："你知道我并不是林家的人，我也和袭人、鸳鸯是一伙的。偏把我给了林姑娘使，偏生他又和我极好，比他苏州带来的还好十倍，一时一刻我们两个离不开。我如今心里却愁：他倘或要去了，我必要跟了他去的。我是合家在这里，我若不去，辜负了我们素日的情常；若去，又弃了本家。所以我疑惑。故设出这谎话来问你。谁知你就傻闹起来。"宝玉笑道："原来是愁这个，所以你是傻子。从此后再别提了。我只告诉你一句打趸的话：活着，咱们一处活着；不活着，咱们一处化灰化烟。如何？"紫鹃听了，心下暗暗筹画。忽有人回："环爷、兰哥儿问候。"宝玉道："就说难为他们。我才睡了，不必进来。"婆子答应去了。紫鹃笑道："你也好了，该放我回去瞧瞧我们那一个去了。"宝玉道："正是这话。我昨日就要叫你去的，偏又忘了。我已经大好了，你就去罢。"紫鹃听说，方打叠铺盖、妆奁之类。宝玉笑道："我看见你文具里头有三两面镜子，你把那面小菱花的给我留下罢。我搁在枕头傍边，睡着好照；明儿出门，带着也轻巧。"紫鹃听说，只得与他留下，先命手下人将东西送过去，然后别了众人，自回潇湘馆来。

　　林黛玉近日闻得宝玉如此形景，未免又添些病症，多哭几场。今见紫鹃来了，问其原故，已知大愈，仍遣琥珀去伏侍贾母。夜间人定后，紫鹃已宽衣卧下之时，悄向黛玉笑道："宝玉的心到实在，听见咱们去，就那样起来。"黛玉不答。紫鹃停了半晌，自言自语的说道："一动不如一静。我们这里就算好人家。别的都容易，最难得的是从小儿一处长大，脾气情性都彼此知道的了。"黛玉啐道："你这几天还不乏！趁这会子也该歇一歇。还嚼什么蛆！"紫鹃笑道："到不是白嚼蛆。我到是一片真心为姑娘，替你愁了这几年了。上无父母，下无兄弟，谁是知疼着热的人？趁早儿，老太太还明白硬朗的时节，作定了大事要紧。俗语说：'老健春寒秋后热。'倘或老太太一时有个好歹，那时虽也完事，只怕耽误了时光，还不得趁心如意呢！公子王孙虽多，那一个不是三房五妾？今儿朝东，明儿朝西。要一个天仙来，也不过三夜五夕，也丢在脖子后头了。甚至于为妾、为丫头反目成仇的。若娘家有人有势的还好些；若是姑娘这样的人，有老太太一日还好一日，若没了老太太，也只是凭人去欺负了。所以说，早拿主意要紧。姑娘是个明白人，岂不闻俗语说：'万两黄金容易得，知心一个也难求？'"黛玉听了，便说道："这丫头！今儿可疯了！怎么去了几日，忽然变了一个人？我明儿必回老太太，退回去。我不敢要你了。"紫鹃笑道："我说的是好话，不过叫你心里留神，并不叫你去为非作歹，何苦回老太太，叫我吃了亏，又有何好处？"说着，竟自睡了。黛玉听了这话，口内虽如此说，心内未尝不伤感。待他睡了，便直泣了一夜。至天明方打了一个盹儿。次日勉强盥漱了，吃了些燕窝粥，便有贾母等亲来看视了。又嘱咐了许多话。

　　目今是薛姨妈的生日，自贾母起诸人皆有祝贺之礼。黛玉亦早备了两色针线送去。是日，也定了一本小戏，请贾母、王夫人等。独有宝玉与黛玉二人不曾去得。至散时，贾母等顺路又瞧他二人一遍，方回房去。次日薛姨妈家又命薛蝌陪诸伙计吃了一天酒，连忙了三四天方完了。

　　因薛姨妈看见邢岫烟生得端雅稳重，且家道贫寒，是个钗荆裙布的女儿，便欲说与薛蟠为妻。因薛蟠素习行止浮奢，又恐遭遏人家的女儿。正在踌躇之际，忽想起薛蝌未娶。看他二人恰是一对天生地设的夫妻。因谋之于凤姐儿。凤姐儿叹道："姑妈素知我们太太有些左性的。这事等我慢谋。"因贾母去瞧凤姐儿时，凤姐儿便和贾母说："薛姑妈有件事求老祖宗，只是不好启齿的。"贾母忙问何事。凤姐便将求亲一事说了。贾母笑道："这有什么不好启齿！这是极好的事。等我和你婆婆说了，怕他不依。"因回房来，即刻就命人来请邢夫人过来，硬作保山。邢夫人想了一想，薛家根基不错，且现今大富；薛蝌生得又好，且贾母硬作保山，将机就计，便应了。贾母十分喜欢，忙命人请了薛姨妈来。二人见了，自然有许多谦辞。邢夫人即刻命人去告诉邢忠夫妇。他夫妇原是此来投靠邢夫人的，如何不依？早极口的说妙极。贾母笑道："我爱管个闲事。今儿又管成了一件事。不知得多少谢媒钱？"薛姨妈笑道："这是自然的。纵抬了十万银子来，只怕不希罕。但只一件，老太太既是主亲，还得一位才好。"贾母笑道："别的没有，我们家折腿烂手的人还有两个子。"就着，便命人去叫过尤氏婆媳二人来。贾母告诉他原故，彼此忙都道喜。贾母分付道："咱们家的规矩你是尽知的，从没有两亲家争礼争面的。如今你替我在当中料理，也不可太啬，也不可太费。把他两家的事周全了，回我。"尤氏忙答应了。薛姨妈喜之不尽，回家来忙命写了请帖补送过宁府。尤氏深知邢夫人情性，本不欲管，无奈贾母亲嘱咐，只得应了。惟有忖度邢夫人之意行事。薛姨妈是个无可无不可的人，到还易说。这且不在话下。

如今薛姨妈既定了邢岫烟为媳，合宅皆知。邢夫人本欲接出岫烟去住，贾母因说："这又何妨？两个孩子又不能见面。就是姨太太和他一个大姑子、一个小姑子又有何妨？况且都是女儿，正好亲香呢。"邢夫人方罢。

蝌、岫二人，前次途中皆曾有一面之遇，大约二人心中也皆如意。只是邢岫烟未免比先时拘泥了些，不好与宝钗姊妹共处闲语；又兼湘云是个爱取笑的，更觉不好意思。幸他是个知书达礼的，虽有女儿身分，还不是那种佯羞诈愧，一味轻薄造作之辈。宝钗自见他时，见他家业贫寒；二则别人之父母皆年高有德之人，独他父母偏是酒糟透之人，于女儿分中平常；邢夫人也不过是脸面之情，亦非真心疼爱；且岫烟为人雅重，迎春是个有气的死人，连他自己尚未照管齐全，如何能照管到他身上？凡闺阁中，家常一应需用之物，或有亏乏，无人照管。他又不与人张口，宝钗到暗中每相体贴接济，也不敢与邢夫人知道，亦恐多心闲话之故耳。如今却出人意料之外，奇缘作成这门亲事。岫烟心中先取中宝钗，然后方取薛蝌。有时岫烟仍与宝钗闲话。宝钗仍以姊妹相呼。

这日宝钗因来瞧黛玉，恰值岫烟也来瞧黛玉，二人在半路相遇。宝钗含笑唤他到跟前，二人同走至一块石璧后，宝钗笑问他：“这天还冷的很，你怎么到全换了夹的？”岫烟见问，低头不答。宝钗便知道又有了原故。因又笑问道：“必定是这个月的月钱又没得？凤丫头如今也这样没心没计了。”岫烟道：“他到想着，不错日子给。因姑妈打发人和我说，一个月用不了二两银子，叫我省一两给爹妈送出去。要使什么，横竖有二姐姐的东西，能着些儿，搭着就使了。姐姐想，二姐姐也是个老实人，也不大留心，我使他的东西，他虽不说什么，他那些妈妈、丫头，那一个是省事的？那一个是嘴里不尖的？我虽在那屋里，却不敢狠使他们。过三天五天，我到得拿出钱来，给他们打酒、买点心吃才好。因一月二两银子还不彀使，如今又去了一两。前儿我悄悄的把绵衣服叫人当了几吊钱盘缠了。”宝钗听了，愁眉叹道：“偏梅家又合家在任上，后年才进来。若是在这里，琴儿过去了，好再商议你这事。离了这里就完了。如今不先定了他妹妹的事，也断不敢先娶亲的。如今到是一件难事。再迟两年，又怕你熬煎出病来。等我和妈再商议。有人欺负你，你只管耐些烦儿，千万别自己熬煎出病来。不如把那一两银子明儿也越性给了他们，到都歇心。你以后也不用白给那些人东西吃，他尖刺让他们去尖刺，很听不过了，各人走开。倘或短了什么，你别存那小家子儿女气，只管找我去。并不是作亲后方如此，你一来时咱们就好的。便怕人闲话，你打发小丫头悄悄的和我说去就是了。”岫烟低头答应了。

宝钗又指他裙上一个碧玉佩，问道：“这是谁给你的？”岫烟道：“这是三姐姐给的。”宝钗点头笑道：“他见人人皆有，独你一个没有，怕人笑话，故此送你一个。这是他聪明细致之处。但还有一句话，你也要知道，这些妆饰原出于大官富贵之家的小姐，你看我从头至脚可有这些富丽闲妆？然七八年之先，我也是这样来着。如今一时比不得一时了，所以我都自己该省的就省了，将来你这一到了我们家，这些没有用的东西，只怕还有一箱子。咱们如今比不得他们了，总要一色从实守分为主，不比他们才是。"岫烟笑道："姐姐既这样说，我回去摘了就是了。"宝钗忙笑道："你也太听说了。这是他好意送你，你不佩着，他岂不疑心？我不过是偶然提到这里，以后知道就是了。"岫烟忙又答应，又问："姐姐此时那里去？"宝钗道："我到潇湘馆去。你且回去，把那当票叫丫头送来，我那里悄悄的取出来，晚上再悄悄的送给你去，早晚好穿。不然风扇了事大。但不知当在那里了？"岫烟道："叫作'恒舒典'。是鼓楼西大街的。"宝钗笑道："这闹在一家去了。伙计们倘或知道了，好说'人没过来，衣裳先过来了'。"岫烟听说，便知是他家的本钱，也不觉红了脸，一笑。二人走开。

宝钗就往潇湘馆来。正值他母亲也来瞧黛玉，正说闲话呢。宝钗笑道："妈多早晚来的？我竟不知道。"薛姨妈道："我这几天连日忙，总没来瞧瞧宝玉和他。所以今儿瞧瞧他两个，都也好了。"黛玉忙让宝钗坐了，因向宝钗道："天下的事真是人想不到的！怎么想的到姨妈和大舅母又作一门亲家。"薛姨妈道："我的儿！你们女孩家那里知道，自古道：'千里姻缘一线牵。'管姻缘的有一位月下老人，预先注定，暗里只用一根红丝，把这两个人的脚绊住。凭你两家隔着海，隔着国，有世仇的，也终久有机会作了夫妇。这一件事都是出人意料之外，凭父母本人都愿意了，或是年年在一处的，以为是定了的亲事。若月下老人不用红线拴的，再不能到一处。比如你姐妹两个的婚姻，此刻也不知在眼前，也不知在山南海北呢。"

宝钗道："惟有妈说动话就拉上我们。"一面说，一面伏着他母亲怀里笑说："咱们走罢！"黛玉笑道："你瞧这么大了，离了姨妈，他就是个最老道的；见了姨妈，他就撒娇儿。"薛姨妈用手摩弄着宝钗，叹向黛玉道："你这姐姐，就和凤哥儿在老太太跟前一样。有了正经事，就和他商量；没了事，幸亏他开开我的心。我见了他这样，有多少愁不散的？"黛玉听说，流泪叹道："他偏在这里这样，分明是气我没娘的人，故意来刺我的眼。"宝钗笑道："妈瞧他轻狂！到说我撒娇儿。"薛姨妈道："也怨不得他伤心，可怜没父母，到底没个亲人。"又摩娑黛玉，笑道："好孩子！别哭！你见我疼你姐姐，你伤心了。你不知我心里更疼你呢！你姐姐虽没了父亲，到底有我有亲哥哥，这就比你强了。我每每和你姐姐说，心里很疼你，只是外头不好带出来的。你这里人多口杂，说好话的人少，说歹话的人多。不说你无依无靠，为人作人可配人疼；只说我们看老太太疼你了，我们也赶上水去了。"黛玉笑道："姨妈既这么说，我明日就认姨妈做娘。姨妈若是弃嫌不认，便是假意疼我了。"薛姨妈道："你不厌，我就认了。很好。"宝钗忙道："认不得的！"黛玉道："怎么认不得？"宝钗笑问道："我且问你：我哥哥还没定亲事，为什么反将邢妹妹先说与我兄弟了？是什么道理？"黛玉道："他不在家，或是属相、生日不对。所以先说与兄弟了。"

宝钗笑道:"非也!我哥哥已经相准了,只等来家就下定了。也不必提出人来,我方才说你认不得娘,你细想去。"说着,便和他母亲挤眼儿发笑。

黛玉听了,便也一头伏在薛姨妈身上,说道:"姨妈不打他我不依。"薛姨妈忙也搂他笑道:"你别信你姐姐的话。他是顽你呢。"宝钗笑道:"真个的,妈明儿和老太太求了他作媳妇,岂不比外头寻的好?"黛玉便够上来要抓他,口内笑说:"你越发疯了!"薛姨妈忙也笑劝,用手分开,方罢。因又向宝钗道:"连邢女儿我还怕你哥哥遭遇了他,所以给你兄弟说了。别说这孩子!我也断不肯给他。前儿老太太因要把你妹妹说给宝玉,偏生又有了人家。不然到是一门好亲。前儿我说定了邢女儿,老太太还取笑说:'我原要说他的人,谁知他的人没到手,倒被他说了我们的一个去了。'虽是顽话,细想来倒也有些意思。我想宝琴虽有了人家,我虽没人可给,难到一句话也不说?我想着你宝兄弟,老太太那样疼他,他又生的那样,若要外头说去,老太太断不中意。不如竟把你妹妹定与他,岂不四角俱全?"

林黛玉先还怔怔的听,后来见说到自己身上,便啐了宝钗一口,红了脸,拉着宝钗笑道:"我只打你!你为什么招出姨妈这些老没正经的话来?"宝钗笑道:"这可奇了!妈说你,为什么打我?"紫鹃忙也跑来,笑道:"姨太太既有这主意,为什么不和太太早些说去?"薛姨妈哈哈笑道:"你这孩子急什么!想必催着你姑娘出了阁,你也要早些寻一个小女婿去了?"紫鹃听了,也红了脸,笑道:"姨太太真个倚老卖老的起来!"说着,便转身去了。黛玉先骂:"又与你这蹄子什么相干!"后来见了这样，也笑起来，说："阿弥陀佛！该，该，该。也燥了一鼻子灰去了。"薛姨妈母女及屋内婆子、丫嬛都笑起来。婆子们因也笑道："姨太太虽是顽话，却到也不差呢。到闲了时，和老太太一商议，姨太太竟做媒，保成这门亲事，是千妥万妥的。"薛姨妈道："我一出这主意，老太太必喜欢的。"

一语未了，忽见湘云走来，手里拿着一张当票，口内笑道："这是个账篇子？"黛玉瞧了，也不认得，地下婆子们都笑道："这可是一件奇货，这个乖可不是白教人的。"宝钗忙一把接了，看时就知是岫烟才说的当票。忙折了起来。薛姨妈忙说："那必定是那个妈妈的当票子失落了，回来该急的他们找了。那里得的？"湘云道："什么是当票子？"众人都笑道："真真是个呆子！连个当票子也不知道。"薛姨妈叹道："怨不得他。真真是侯门千金，而且又小，那里知道这个？那里去有这个？便是家下人有这个，他如何见过！别笑他呆子。若给你们家的小姐们看了，也都成了呆子。"众婆子笑道："林姑娘方才也不认得。别说姑娘们，此刻宝玉他倒是外头常走出去的，只怕也还没见过呢。"薛姨妈忙将原故讲明。湘云、黛玉二人听了，方笑道："原来为此，人也太会想钱了。姨妈家的当铺也有这个不成？"众人笑道："这又呆了。'天下老鸹一般黑'。岂有两样的？"薛姨妈因又问是那里拾的。湘云方欲说时，宝钗忙说："是一张死了没用的，不知那年勾了账的，香菱拿着哄他们顽的。"薛姨妈听了此话是真，也就不问了。一时，人来回"那府里大奶奶过来，请姨太太说话呢"。薛姨妈起身去了。

这里屋内无人时，宝钗方问湘云："何处拾的？"湘云笑道："我见你令弟媳的丫头篆儿悄悄的递与莺儿，莺儿便随手夹在书里，只当我没看见。我等他们出去了，我偷看着，竟不认得。知道你们都在这里，所以拿来大家认认。"黛玉忙问："怎么他也当衣裳不成？既当了，怎么又给你去？"宝钗见问，不好隐瞒他两个，遂将方才之事都告诉了他二人。黛玉便有"兔死狐悲、物伤其类"，不免感叹起来。史湘云便动了气，说："等我问着二姐姐去。我骂那起老婆子、丫头一顿，给你们出气，何如？"说着便要走。宝钗忙一把拉住，笑道："你又发疯了！还不给我坐着呢。"黛玉笑道："你要是个男人，出去打一个报不平儿。你又充什么荆轲、聂政，真真好笑。"湘云道："既不叫我问他去，明儿也把他接到咱们园里，一处住去，岂不好？"宝钗笑道："明日再商量。"说着，人报"三姑娘、四姑娘来了"。三人听了，忙掩了口，不提此事。要知端的，且听下回分解。

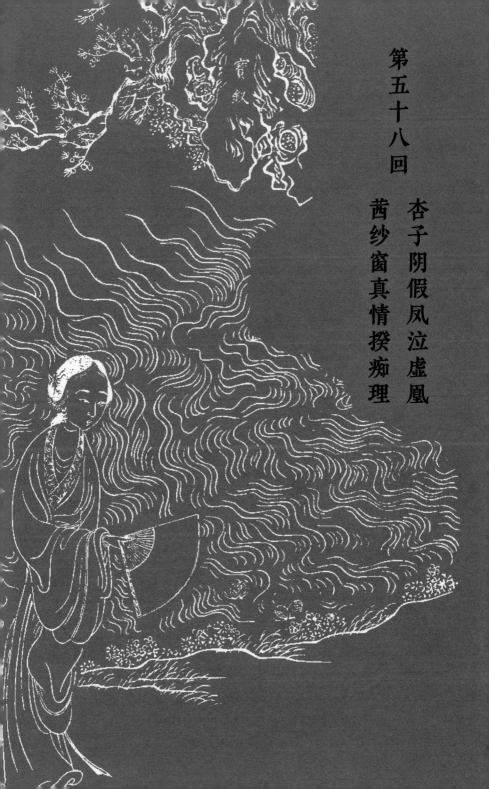

第五十八回　杏子阴假凤泣虚凰　茜纱窗真情揆痴理

话说他三人因见探春等进来，忙将此话掩住不提。探春等问候过，大家说笑了一会，方散。

谁知上回所表的那位老太妃已薨，凡诰命等皆入朝随班，按爵守制，敕谕天下，凡有爵之家，一年内不得筵宴音乐，庶民皆三月不得婚嫁。贾母、邢、王、尤、许婆媳祖孙等，皆每日入朝随祭。至未正已后方回。在大内偏宫二十一日后，方请灵入先陵，地名曰孝慈县。随事命名。这陵离都来往得十来日的工夫。如今请灵至此，还要停放数日，方入地官，故得一月光景。周到、细腻之至。真细之至，不独写侯府得理，亦且将皇宫赫赫，写得令人不敢坐阅。宁府贾珍夫妻二人，也少不得是要去的。

命名句似批语。

两府无人，因此大家计议，家中无主，便报了尤氏产育，将他腾挪出来，协理荣、宁两处事体。因又托了薛姨妈，在园内照管他姊妹、丫环。薛姨妈只得也挪进园来。因宝钗处有湘云、香菱；李纨处目今李婶母女虽去，然有时亦来住三五日不定，贾母又将宝琴送与他去照管；迎春处有岫烟；探春因家务冗杂，且不时有赵姨娘与贾环来嘈聒，甚不方便；惜春处房屋狭小；况贾母又千叮咛、万嘱咐，托他照管林黛玉，薛姨妈素习也最怜爱他的，今既巧遇这事，便挪至潇湘馆来，和黛玉同房。一应药饵饮食，十分经心。黛玉感之不尽。以后便亦如宝钗之呼。连宝钗前亦直以"姐姐"呼之，宝琴前直以"妹妹"呼之，俨似同胞共出，较诸人更似亲切。贾母见如此，也十分喜悦，放心。薛姨妈只不过照管姊妹，禁约得丫头辈。一应家中大小事务，也不肯多口。尤氏虽天天过来，也不过应名点卯，亦不肯乱作威福；且他家内上下，也只剩他一个料理；再者每日还要照管贾母、王夫人的下处一应所需饮馔铺设之物，照料奔忙应接不暇。

当下荣、宁两处主人既如此不暇，并两处执事人等，或有人跟随入朝的，或有朝外照理下处事务的，又有先踩蹓下处去的，也都各各忙乱。因此两处下人无了正经头绪，也都偷安，或乘隙结党，与暂权执事者窃弄威福。荣府只留得赖大并几个管事照管外务。这赖大手下，常用几个人已去，虽另委人，都是些生的，只觉不顺手；且他们无知，或赚骗无节，或呈告无据，或举荐无因，种种不善，在在生事，也难备述。又见各官宦家，凡养优伶男女者，一概蠲免遣发。尤氏等便议定：待王夫人回家回明，也欲遣发那十二个女孩子。又说："这些人原是买的，如今虽不学唱，尽可留着使唤。令其教习们自去也罢了。"王夫人因说："这学戏的，到比不得使唤的。他们也是好人家的儿女，因无能卖了，做这事，妆丑弄鬼的几年。如今有这机会，不如给他们几两银子盘费，令他们各自去罢。当日祖宗手里都是有这个例的。咱们如今损阴坏德，而且还小器。如今虽有几个老的还在，那是他们各有原故，不肯回去的。所以才留下使唤；大了，配了咱们家的小厮们了。"尤氏道："如今我们也去问他十二个，有愿意回去的，就带了信儿，叫上他们的父母来，亲自来领回去，给他们几两银子盘缠方妥当；若不叫上他们的父母亲人来，只怕有混账人顶名冒领出去，又转卖了，岂不辜负了这恩典？若有不愿意回去的，就留下。"王夫人笑道："这话妥当。"

尤氏等又遣人告诉了凤姐儿。一面说与总理房中，每教习给银八两，令其自便。凡梨香院一应物件，查清、注册、收明，派人上夜。将十二个女孩子叫来面问，到有一多半不愿意回家的。也有说父母虽有，他只以卖我们为事，这一去还被他卖了；也有说父母已亡，或被叔伯、兄弟所卖的，也有竟无人可投的，也有说恋恩不舍的，所愿去者止四五人。王夫人听了，只得留下。将愿去者四五人，皆令其干娘领回家去。单等他亲父母来领去；不愿去者，分散在园中使唤。贾母便留下文官自使，将正旦芳官指与宝玉，将小旦蕊官送了宝钗，将小生藕官指与了黛玉，将大花面葵官送了湘云，将小花面豆官送了宝琴，将老外艾官送了探春，尤氏便讨了老旦茄官去。当下各得其所，就如倦鸟出笼，每日园中游戏。众人皆知他们不能针黹，不惯使用，皆不大责备。其中或有一二个知事的，愁将来无应时之技，亦将本技丢开，便学起针黹、纺绩女工诸务。

一日正是朝中大祭。贾母等五更天便去了。先到下处用些点心、小食，然后入朝。早祭已毕，方退至下处，用过早饭，略歇片刻，复又入朝。待中、晚二祭完毕，方出至下处歇息。用过晚饭方回家。可巧这下处乃是一个大官的家庙，里面乃比丘尼焚修，房舍极多、极净，东西二院。荣府便赁了东院，北静王府便赁了西院。太妃、少妃每日宴息，见贾母等在东院，彼此同出同入，都有照应。外面细事，不消细述。

且说大观园中，因贾母、王夫人天天不在家内，又送灵去一

看他任意鄙俚诙谐之中，必有一个"礼"字还清，足见大家形景。

月方回。各丫环、婆子皆有闲空,多在园中游玩,更又将梨香园
内伏侍的众婆子一概撤回,并散在园内听使,更觉园内人多了几
十个人。因文官等一干人,或心性高傲,或倚势凌下,或拣衣挑
食,或口角蜂芒,大概不安分守理者多,因此众婆子无不含怨。
只是口中不敢与他们分争。如今散了学,大家称了愿。也有丢开
手的,也有心地狭窄、犹怀旧怨的,因将众人皆分在各房名下,
不敢来厮侵。

可巧这日乃是清明之日,贾琏已备下年例祭祀,带领贾环、
贾琮、贾兰三人去往铁槛寺祭枢烧纸。宁府贾蓉也同族中几人各
办祭祀,前往。因宝玉病未大愈,故不曾去得。饭后发倦,袭人
因说:"天气甚好,你且出去逛逛。省得丢下粥碗就睡,存在心
里。"宝玉听说,只得拄了一支拐杖,靸着鞋,步出院处。画出病势。

因近日将园中分与众婆子料理,各司各业,皆在忙时。也有
修竹的,也有剔树的,也有栽花的,也有种豆的。池中又有驾娘
们行着船夹泥、种藕的。香菱、湘云、宝琴与丫环等都坐在山石
上瞧他们取乐。宝玉也慢慢行来。湘云见了他来,忙笑说:"快
把这船打出去!他们是接林妹妹的!"众人都笑起来。宝玉红了
脸,也笑道:"人家的病,谁是故意的?你也形容着取笑儿。"
湘云笑道:"病也比人家另一样。原招笑儿,反说起人来。"说
着,宝玉便也坐下,看着众人忙乱了一回。湘云因说:"这里有
风,石头上又冷,坐坐去罢。"宝玉便也正要去瞧林黛玉,便起
身、拄拐,辞了他们,从沁芳桥一带堤上走来。只见柳垂金线,
桃吐丹霞;山石之后,一株大杏树,花已全落,叶稠阴翠,上面
已结了豆子大小的许多小杏。宝玉因想道:"能病了几天?竟把

杏花辜负了。不觉已到'绿叶成阴子满枝'了。"因此仰望杏子
不舍；又想起邢岫烟已择了夫婿一事，虽说是男女大事，不可不
行。但未免又少了一个好女儿，不过两年便也要'绿叶成阴子满
枝'了。再过几日，这杏树，子落枝空；再几年，岫烟未免乌发
如银，红颜似槁了。因此不免伤心。只管对杏流泪，叹息。近之淫
书，满
纸伤春，究竟不知伤春原委。看他并不提正悲叹时，忽有一个雀儿飞来，
伤春字样，却艳恨秾愁，香流满纸矣。
落于枝上乱啼。宝玉又发了呆性，心下想道："这雀儿必定是杏
花正开时，他曾来过；今见无花空有叶，故也乱啼。这声韵必是
啼哭之声，可恨公冶长不在眼前，不能问他。但不知明年再发
时，这个雀儿可还记得飞到这里来，与杏花一会了。"

正胡思间，忽见一股火光从山石那边发出，将雀儿惊飞。宝
玉吃一大惊，又听那边有人喊道："藕官！你要死！怎弄些纸钱
进来烧！我回去回奶奶们去，仔细你的肉！"宝玉听了，益发疑
惑起来。忙转过山石看时，只见藕官满面泪痕，蹲在那里。手里
还拿着火，守着些纸钱灰作悲。宝玉忙问道："你与谁烧纸钱？
快不要在这里烧。你或是为父母兄弟，你告诉我姓名，外头去叫
小厮们打了包袱，写上名姓去烧。"藕官见了宝玉，只不作一
声。宝玉数问不答，忽见一婆子恶恨恨走来，拉藕官，口内说
道："我已经回了奶奶们了，奶奶气的了不得。"藕官听了，终
是孩气，怕辱没了没脸，便不肯去。婆子道："我说你们别太兴
头过馀了！如今还比你们在外头随心乱闹呢？这是尺寸地方
儿。"指宝玉道："连我们的爷还守规矩呢。你是什么阿物儿，
跑来胡闹。怕也不中用，跟我快走罢！"如何？必是含怨之人。又拉
上宝玉，画出小人得意来。
宝玉忙道："他并没烧纸钱，原是林妹妹叫他来烧那烂字纸

的。你没看真，反错告了他。"藕官正没了主意，见了宝玉也正添了畏惧。忽听他反掩饰，心内转忧成喜，也便硬着口，说道："你狠看真是纸钱了么？我烧的是林姑娘写坏了的字纸。"那婆子听如此，亦发恨起来，便弯腰向纸灰中拣那不曾化尽的遗纸，拣了两点在手内，说道："你还嘴硬！有据有证在这里，我只和你厅上讲去。"说着，拉了袖子就拽着要走。

宝玉忙把藕官拉住，用拄杖敲开那婆子的手，说道："你只管拿了那个回去。实告诉你：我昨夜作了一个梦，梦见杏花神和我要一挂白纸钱，不可叫本房人烧，要一个生人替我烧了，我的病就好的快。所以我请了这白纸钱，巴巴儿的和林姑娘说，烦了他来，替我烧了祝赞。原不许一个人知道的。所以我今日才能起来。偏你看见了，我这会子又不好了，都是你冲了，你还要告他去？藕官，只管去！见了他们，你就照依我这话说。等老太太回来，我就说他故意来冲神祇，保佑我早死。"藕官听了，亦发得了主意，反到拉着婆子要走。那婆子听了这话，忙丢下纸钱，陪笑央告宝玉道："我原不知道。二爷若回了老太太，我这老婆子岂不完了？我如今回奶奶们去，就说是二爷祭神，我看错了。"宝玉道："你也不许再回去了。我便不说。"婆子道："我已经回了，叫我来带他。我怎好不回去的，也罢，就说我已经叫到了他，林姑娘叫了出了。"宝玉想一想，方点头应允。那婆子只得去了。这里宝玉问他："到底是为谁烧纸？我想来，若是为父母兄弟，你们皆烦人外头烧过了。这里烧这几张，必有私自的情理。"藕官因方才护庇之情，感激于衷，便知他是自己一流的人物，便含泪说道："我这事除了你屋里的芳官并宝姑娘的蕊官，并没第三个人知道。今日被你遇见，又有这段意思，少不得也告诉了你。只不许再对人言讲。"又哭道："我也不便和你面说，你只回去背人悄问芳官就知道了。"说毕，佯常而去。

宝玉听了，心下纳闷。^{连观书者亦纳闷。}只得踱到潇湘馆瞧黛玉，亦发瘦的可怜。问起来比往日已算大愈了。^{好！若只管病，亦不好。}黛玉见他也比先大瘦了，想起往日之事，不免流下泪来。些微谈了谈，便催宝玉去歇息调养。宝玉只得回来。因记挂着要问芳官那原委，偏有湘云、香菱来了，正和袭人、芳官说笑，不好叫他，恐人又盘诘。只得耐着。

一时，芳官又跟了他干娘去洗头。他干娘偏又先叫了他亲女儿洗过了后，才叫芳官洗。芳官见了这般，便说他偏心："把你女儿剩水给我洗。我一个月的月钱都是你拿着，沾我的光不算，反到给我剩东剩西的。"他干娘羞愧变成恼，便骂他："不识抬举的东西，怪不得人人说戏子没一个好缠的！凭你甚么好人，入了这一行，都弄坏了。这一点子屄崽子，也挑么挑六、咸屄淡话，咬群的骡子似的！"娘儿两个吵起来。

袭人忙打发人去说："少乱嚷！瞅着老太太不在家，一个个连句安静话也不说。"晴雯因说："都是芳官不省事，不知狂的什么！也不是会两出戏，到像杀了贼王、擒了反叛来的。"袭人道："一个巴掌拍不响，老的也太不公些，小的也太可恶些。"宝玉道："怨不得芳官。自古说，'物不平则鸣'^{自来经语未遭如是用也。}他少亲失眷的在这里，没人照看。赚了他的钱，又要作践他，如何怪得？"因又向袭人道："他一个月多少钱？以后不如你收了过来照管他，岂不省事？"袭人道："我要照看他，那里不照看了？又要他那几个钱才照看他！没的讨人骂去了。"说着，便起身至那屋里，取了一瓶花露油并些鸡卵、香皂、头绳之类，叫一个婆子来，送给芳官去。叫他另要水自洗，不要吵闹了。他干娘亦发羞愧，便说芳官："没良心！花掰我克扣你的钱。"便向他身上拍了几把，芳官便哭起来。

宝玉便走出来。袭人忙劝："作什么？我去说他。"晴雯忙先过来，指他干娘说道："你老人家太不省事！你不给他洗头的东西，我们饶给他东西。你不自己臊，还有脸打他？他要还在学里学艺，你也敢打他不成？"那婆子便说："一日叫娘，终身是母。他排场我，我就打得他。"

袭人唤麝月道："我不会和人辩嘴，晴雯性子太急，你快过去震吓他两句。"麝月听了，忙过来，说道："你且别嚷！我且问你！别说我们这一处，你看满园子里，谁在主子屋里教道过女儿的？便是你的亲女儿，既分了房，有了主子，自有主子打得骂得；再者，大些的姑娘、姐姐们打得骂得，谁许老子娘又半中间管闲事了？都这样管，又要叫他们跟着我们学什么？越老越没了规矩！你见前儿坠儿的娘来吵，你也来跟他学！你们放心，因连日这个病、那个病，老太太又不得闲，所以我没回。等两日消闲了，咱们痛回一回，大家把威风煞一煞儿才好。宝玉才好些，连我们不敢大声说话，你反打的人狼嚎鬼叫的。上头能出了几日门，你们就无法无天的？眼睛里没了我们？再两天，你们就该打我们了！他不要你这干娘，怕粪草埋了他不成？"宝玉恨的用拄杖敲着门槛子，说道："这些老婆子，都是些铁心石头肠子，也是件大奇的事。不能照看，反到折挫。天长地久，如何是好？"

画出宝
玉来。晴雯道："什么'如何是好？'都撵了出去，不要这些中看不中吃的。"那婆子羞愧难当，一言不发。

那芳官只穿着海棠红的小棉袄，底下丝绸撒花夹裤，敞着裤腿，四字奇想，写得纸上跳出一个女优来。一头乌油似的头发披在脑后，哭的泪人一般。麝月笑道："把一个莺莺小姐，反弄成拷打红娘了。这会子又不妆扮了，还是这么松咕唧唧的。"宝玉道："他这本来面目极好，到别弄紧衬了。"晴雯过去，拉了他，替他洗净了发，用手巾拧干，松松的挽了一个慵妆髻，命他穿了衣服过这边来了。接着，司内厨的婆子来问："晚饭有了。可送不送？"小丫头听了，进来问袭人。袭人笑道："方才胡吵了一阵，也没留心听钟几下了。"晴雯道："那捞什子又不知怎么了？又得去收什了。"说着，便拿过表来，瞧了一瞧，说："略等半钟茶的工夫，就是了。"小丫头去了。麝月笑道："提起淘气，芳官也该打几下。昨儿是他摆弄了那坠子半日，就坏了。"说话之间，便将食具打点现成。一时，小丫头子捧了盒子进来，站住。晴雯、麝月揭开看时，还是只四样小菜。晴雯笑道："已经好了，还不给两样清淡菜吃。这稀饭、咸菜，闹到多早晚。"一面摆好，一面又看那盒中，却有一碗火腿鲜笋汤，忙端了放在宝玉跟前。宝玉便就桌上喝了一口，画出病人。说："好烫！"袭人笑道："菩萨！能几日不见荤？馋的就这样起来。"一面说，一面忙端起，轻轻用口吹。画。因见芳官在侧，便递与芳官，笑道："你也学着些伏侍，别一味呆憨呆睡。口劲轻着，别吹上唾沫星儿。"芳官依言，果吹了几口，甚妥。他干娘也忙端饭在门外伺候。

向日芳官等一到时，原从外边认的，就同往梨香院去了。这干婆子，原系荣府三等人物，不过令其与他们浆洗，皆不曾入内答应，故此不知内帏规矩。今亦托赖他们，方入园中，随女归房。这婆子先领过麝月的排场，方知了一二分，生恐不令芳官认他做干娘，便有许多失利之处。故心中只要买转他们，今见芳官吹汤，便忙跑进来，笑道："他不老成，仔细打了碗，让我吹罢。"一面说，一面就接。晴雯忙喊："出去！你让他砸了碗，也轮不到你吹。你什么空儿跑到这槅子里来了。还不出去！"一面又骂小丫头们："瞎了心的！他不知道，你们也不说给他？"小丫头们都说："我们撵他，他不出去；说他，他又不信。如今带累我们受气。你可信了？我们到的地方，有你到的一半，还有你一半到不去的呢。何况又跑到我们到不去的地方，还不算，又去伸手动嘴的了。"一面说，一面推他出去。阶下几个等空盒家伙的婆子见他出来，都笑道："嫂子也没用镜子照一照，就进去了。"羞的那婆子，又恨又气，只得忍耐下去。

芳官吹了几口，宝玉笑道："好了，仔细伤了气。你尝一口，可好了没有？"芳官只当是顽话，只是笑看着袭人等。袭人道："你就尝一口何妨？"晴雯笑道："你瞧我尝。"说着，就喝了一口。芳官见如此，自己也便尝了一口，说："好了。"递与宝玉。宝玉喝了半碗，吃了几片笋，又吃了几匙粥就罢了。众人拣收出去了。小丫头捧了沐盆，盥漱已毕。袭人等出去吃饭。宝玉使个眼色与芳官，芳官本自伶俐，又学几年戏，何事不知？便妆说头疼，不吃饭了。袭人道："既不吃饭，你就在屋里作伴儿。把这粥给你留着。一会儿饿了，再吃。"说着，都去了。

这里宝玉和他只二人。宝玉便将方才从火光发起，如何见了藕官，又如何谎言护庇，又如何藕官叫我问你，从头至尾，细细的告诉他一遍。又问："他祭的果系何人？"芳官听了，满面含笑，又叹一口气，说道："这事说来，可笑又可叹。"宝玉听了，忙问："如何？"芳官笑道："你说他祭的是谁？祭的是死了的菂官。"宝玉道："这是友谊，也应当的。"芳官笑道："那里是友谊？他竟是疯傻的想头。说他自己是小生，菂官是小旦，常做夫妻，虽说是假的，每日那些曲文排场，皆是真正温存体贴之事。故此二人就疯了：虽不做戏，寻常饮食起坐，两个人竟是你恩我爱。菂官一死，他哭的死去活来，至今不忘，所以每节烧纸。后来补了蕊官，我们见他一般的温柔体贴，我也曾问过他得新弃旧的。他说：'这又有个大道理。比如男子丧了妻，或有必当续弦者，也必要续弦为是。便只是不把死的丢过不提，便是情深意重了；若一味因死的不续，孤守一世，妨了大节，也不是理。死者反不安了。'你说可是又疯又呆？说来可是可笑？"

宝玉听说了这篇呆话，独合了他的呆性。不觉又是欢喜，又是悲叹，又称奇道绝。说："天既生这样人，又何用我这须眉浊物玷辱世界？"因又忙拉芳官，嘱道："既如此说，我也有一句话嘱咐他：我若亲自对面与他讲，未免不便。须得你告诉他。"芳官问何事。宝玉道："以后断不可烧纸钱。这纸钱原是后人异端，不是孔子的遗训。以后逢时按节，只备一个炉。到日随便焚香，一心诚虔，就可感格了。愚人原不知，无论神佛死人，必要分出等例，各式各样的。殊不知只一'诚心'二字为主。即值苍皇流离之日，虽连香亦无，随便有土、有草，只以洁净便可为祭。不独死者享祭，便是神佛也来享的。你瞧瞧我那案上，只设一个炉。不论日期，时常焚香。他们皆不知原故，我心里却各有所因；随便有新茶，便供一钟茶；有新水，就供一盏水；或有鲜花，或有鲜果，甚至于荤羹、腥菜，只要'心诚意洁'，便是佛也都可以来享。所以说，只在敬，不在虚名。以后快命他不可再烧纸。"芳官听了，便答应着。一时，吃过饭，便有人回："老太太、太太回来了。"

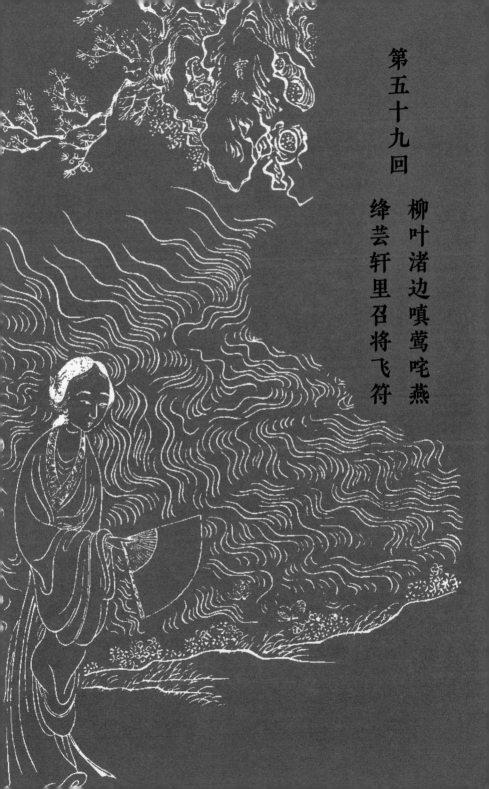

第五十九回　柳叶渚边嗔莺咤燕　绛芸轩里召将飞符

话说宝玉多添了一件衣服，拄着拐杖往前边来，都见过了。贾母等因每日辛苦，都要早些歇息。一宿无话。次日五鼓，又往朝中去。

离送灵日不远，鸳鸯、琥珀、翡翠、玻璃四人，都忙着打点贾母之物；玉钏、彩云、彩霞等，皆打叠王夫人之物。当面查点与跟随的管事的媳妇子们。跟随的一共大小六个丫嬛，十个老婆子媳妇子，男人不算。连日收拾驮轿器械。鸳鸯与玉钏儿皆不随去，只看屋子。一面先几日预先打发帐幔铺陈之物，先有四五个媳妇并几个男人领了出来，坐了几辆车，绕道先至下处，铺陈安插等候。

临日，贾母带着蓉妻坐一乘驮轿；王夫人在后，亦坐一乘驮轿；贾珍骑马，率了众家丁护卫。又有几辆大车，与婆子、丫嬛等坐，并放些随换的衣包等件。是日，薛姨妈、尤氏率领诸人，直送至大门外方回。贾琏恐路上不便，一面打发了他父母起身，赶上贾母、王夫人驮轿，自己也随后带领家丁押后跟来。荣府内，赖大添派人丁上夜，将两处厅院都关了。一应出入人等，皆走西边小角门。日落时，便命关了仪门，不放人出入。园中前后、东西角门，亦皆关锁。只留王夫人大房之后常系他姊妹出入之门，东边通薛姨妈的角门，这两门因在内院，不必关锁。里面鸳鸯和玉钏儿也各将上房关了，自领丫鬟、婆子下房去安歇。每日林之孝之妻进来，带领十来个婆子上夜。穿堂内，又添了许多小厮们坐更、打梆子。已安插得十分妥当。

一日清晓，宝钗春困已醒，搴帷下榻，微觉轻寒，启户视之，见园中土润苔青，原来五更时落了几点微雨。于是唤起湘云等人来，一面梳洗，湘云因说两腮作痒，恐又犯了杏癍癣。因问宝钗要些蔷薇硝来。宝钗道："前儿剩的都给了妹子。"因说："颦儿配了许多，我正要和他要些，因今年竟没发痒，就忘了。"因命莺儿去取些来。莺儿应了，才去时，蕊官便说："我同你去，顺便瞧瞧藕官。"说着，一径同莺儿出了蘅芜苑。

二人你言我语，一面行走，一面说笑，不觉到了柳叶渚。顺着柳堤走来，因见柳叶才吐浅碧，丝若垂金。莺儿便笑道："你会拿着柳条子编东西不会？"蕊官笑道："编什么东西？"莺儿道："什么编不得？顽的、使的，都可。等我摘些下来，带着这叶子，编个花篮儿，采了各色花放在里头，才是好顽呢。"说着，且不去取硝，且伸手挽翠披金，采了许多的嫩条，命蕊官拿着。莺儿却一行走，一行编花篮，随路见花便采一二枝。编出一个玲珑过梁的篮子，枝上自有本来翠叶满布，将花放上却也别致有趣。喜的蕊官笑道："姐姐给了我罢！"莺儿道："这一个咱们送林姑娘，回来咱们再多采些，编几个，大家顽。"说着，来至潇湘馆中。

黛玉也正晨汝。见了篮子，便笑说："这个新鲜花篮是谁编的？"莺儿笑说："我编了送姑娘顽的。"黛玉接了，笑道："怪道人赞你的手巧。这顽意儿却也别致。"一面瞧了，一面便命紫鹃挂在那里。莺儿又问候了薛姨妈。方和黛玉要硝。黛玉忙命紫鹃包了一包，递与莺儿。黛玉又道："我好了。今日要出去逛逛。你回去说与姐姐：不用过来问候妈了，也不敢劳他来瞧。我梳了头，同妈往你们那里去，连饭也端了那里去吃。大家热闹些。"莺儿答应了出来。便到紫鹃房中找蕊官。只见藕官与蕊官二人正说得高兴，不能相舍，因说："姑娘也去呢。藕官先同我们去等着，岂不好？"紫鹃听如此说，便也说道："这话到是。他这里淘气的也可厌。"一面说，一面便将黛玉的匙箸，用一块洋巾包了，交与藕官道："你先带了这个去，也算一荡差使了。"藕官接了，笑嘻嘻同他二人出来，一径顺着柳堤走来。莺儿便又采些柳条，越性坐在山石上编起来。又命蕊官先送了硝去，再来。他二人只顾爱看他编，那里舍得去？莺儿只顾催说："你们再不去，我也不编了。"藕官便说："我同你去了，再快回来。"二人方去了。

　　这里莺儿正编，只见何婆的小女春燕走来，笑问："姐姐织什么呢？"正说着，蕊、藕二人也到了。春燕便向藕官道："前儿你到底烧什么纸？被我姨妈看见了，要告你没告成，到被宝玉赖了他一大些不是，气的他一五一十告诉我妈。你们在外头这二三年，积了些什么仇恨？如今还解不开？"藕官冷笑道："有什么仇恨？他们不知足，反怨恨我们。在外头这两年，别的东西不算，只算我们的米菜，不知赚了多少家去？合家子吃不了，还有每日买东买西赚的钱在外。逢我们使他们一使儿，就怨天怨地的。你说说，可有良心？"春燕笑道："他是我的姨妈，也不好向着外人，反说他的。怨不得宝玉说：'女孩儿未出嫁是颗无价之宝珠；出了嫁，不知怎么就变出许多的不好的毛病来，虽是颗珠子，却没有光彩宝色，是颗死珠了；再老了，更变的不是珠子，竟是鱼眼睛了。分明一个人，怎么变出三样来？'这话虽是混话，到也有些不差。别人不知道，只说我妈和我姨妈。他老姊妹两个，如今越老了，越把钱看的真了。先时老姐儿两个在家抱怨没个差使，没个进益，幸亏有了这园子，把我挑进来。可巧把我分到怡红院。家里省了我一个人的费用不算外，每月还有四五百钱的馀剩，这也还说不彀。后来老姊妹二人都派到梨香院去照看他们，藕官认了我姨妈，芳官认了我妈。这几年着实宽裕了，如今挪进来，也算撒开手了，还只无厌。你说好笑不好笑？我姨妈刚和藕官吵了，接着我妈为洗头就和芳官吵。芳官连要洗头也不给他洗，昨日得月钱，推不去了，买了东西，先叫我洗。我想了一想，我自有钱，就没钱，要洗时，不管袭人、晴雯、麝月，那一个跟前和他们说一声，也都容易，何必借这个光儿？好没意思。所以我不洗。他又叫我妹妹小鸠儿洗了，才叫芳官。果然就吵起来。接着又要给宝玉吹汤。你说可笑死了人！我见他一进来，我就告诉那些规矩。他只不信，只要强做知道的，一定讨个没趣儿。幸亏园里的人到没人记的清楚谁是谁的亲故。若有人记得，只有我们一家人吵，什么意思呢？你这会子又跑来弄这个，这一带，地上的东西都是我姑娘管着，一得了这地方，比得了永远基业还利害，每日早起晚睡，自己辛苦了还不算，每日逼着我们来照看，生恐有人遭遢。又怕误了我的差使。如今进来了，老姑嫂两个照看得谨谨慎慎，一根草也不许人动。你还掐这些花儿，又折他的嫩树，他们即刻就来，仔细他们抱怨。"莺儿道："别人乱折乱掐使不得，独我使得。自从分了地基之后，每日里各房皆有分例。吃的不用算，单管花草顽意儿，谁管什么，每日谁就把各房里姑娘、丫头戴的，必要各色送些折枝的去，还有插瓶的；惟有我们说了'一概不用送，等要什么再和你们要’。究竟没有要过一次。我今便掐些，他们也不好意思说的。”

一语未了，他姑娘果然拄了拐棍走来。莺儿、春燕等忙让坐。那婆子见采了许多嫩柳，又见藕官等都采了许多鲜花，心内便不受用；看着莺儿编，又不好说什么。便说春燕道：“我叫你来照看照看，你就贪住顽，不去了。倘或叫起你来，你又说我使你了。拿我做隐身符儿，你来乐？”春燕道：“你老又使我，又怕。这会子反说我？难道把我劈做八瓣子不成？”莺儿笑道：“姑妈你别信小燕的话。这都是他摘下来的，烦我给他编。我撺他，他不去。”春燕笑道：“你可少顽儿！你只顾顽儿，他老人家就认真了。”那婆子本是愚顽之辈，兼之年近昏眊，惟利是命，一概情面不管，正心疼肝断，无计可施，听莺儿如此说，便以老卖老，拿起拄杖来，向春燕身上击了几下，骂道：“小蹄子！我说着你，你还和我强嘴儿呢。你妈恨的牙根痒痒，要撕你的肉吃呢。你还来和我强嘴，梆子似的。”打的春燕又愧又急，哭道：“莺儿姐姐顽话，你老就认真打我。我妈为什么恨我？我又没有烧胡了洗脸水？有什么不是？”

莺儿本是顽话，忽见婆子认真动了气，忙上去拉住，笑道：“我才是顽话。你老人家打他，我岂不愧？”那婆子道：“姑娘，你别管我们的事！难道为姑娘在这里，不许我管孩子不成？”莺儿听见这般蠢话，便堵气红了脸，撒了手，冷笑道：“你老人家要管，那一刻管不得，偏我说了一句顽话，就管他了。我看你老管去。”说着，便坐下仍编柳篮子。

偏又有春燕的娘出来找他，喊道：“你不来舀水，在那里做什么呢？"那婆子便接声儿道："你来瞧瞧你的女儿！连我也不服了。在这里排揎我呢。"那婆子一面走过来，说："姑奶奶又怎么了？我们丫头眼里没娘罢了，连姑妈也没了不成？"莺儿见他娘来了，只得又说原故。他姑娘那里容人说话，便将石上的花柳与他娘瞧道："你瞧瞧！你女儿这么大孩儿顽的。他先领着人遭遍我，我怎么说人？"他娘也正为芳官之气未平，又恨春燕不遂他的心，便走上来打耳刮子，骂道："小娼妇！你能上来了几年？你也跟那起轻狂浪小妇学？怎么就管不得你们了？干的我管不得，你是我屄里吊出来的，难道也不敢管你不成？既是你们这起蹄子到的去的地方，我到不去，你就该死在那里伺候，又跑出来浪汉！"一面又抓起柳条子来，直送到他脸上，问道："这叫作什么？这编的是你娘的屄！"莺儿忙道："那是我们编的，你老别指桑骂槐！"那婆子深妒袭人、晴雯一干人，亦知凡房中大些的丫鬟，都比他们有些体统权势。凡见了这一干人，心中又畏又让，未免又气又恨，亦且迁怒于众；复又看见了藕官，又是他令姊的冤家，四处凑成一股怒气。

那春燕啼哭着往怡红院去了。他娘又恐问他为何哭，怕他又说出自己打他，又要受晴雯等之气，不免着起急来，又忙喊道："你回来！我告诉你再去！"春燕那里肯回来？急的他娘跑了去要拉他。他回头看见，便也往前飞跑。他娘只顾赶他，不防脚下被苔滑倒，引的莺儿三个人反都笑了。莺儿便赌气将花柳皆掷于河中，自回房去。这里把个婆子心疼的只念佛，又骂："促狭小蹄子！遭遍了花儿，雷也是要打的。"自己且掐花与各房送去，不提。

却说春燕一直跑入院中，顶头遇见袭人往黛玉处去问安。春燕便一把抱住袭人，说："姑娘救我！我娘又打我呢！"袭人见他娘来了，不免生气，便说道："三日两头儿，打了干的，打亲的，还是买弄你女儿多，还是认真不知王法？"这婆子虽来了几日，见袭人不言不语，是好性的，便说道："姑娘你不知道，别管我们闲事！都是你们纵的，这会子还管什么！"说着，便又赶着打。袭人气的转身进来，见麝月正在海棠下晾手巾，听得如此喊闹，便说："姐姐别管！看他怎样。"一面使眼色与春燕。春燕会意，便直奔了宝玉去。众人都笑说："这可是没有的事都闹出来了。"麝月向婆子道："你再略煞一煞气儿，难道这些人的脸面和你讨一个情，还讨不下来不成？"那婆子见他女儿奔到宝玉身边去，又见宝玉拉了春燕的手，说："别怕！有我呢。"春燕又一行哭，又一行说，把方才莺儿等事都说出来。宝玉越发急起来，说："你只在这里闹也罢了，怎么连亲戚也都得罪起来！"

麝月又向婆子及众人道："怨不得这嫂子说我们管不着他们的事，我们虽无知，错管了；如今请出一个管得着的人来管一管，嫂子就心服口服，也知道规矩了。"便回头叫小丫头子："去把平儿给我们叫来！平儿不得闲，就把林大娘叫了来。"那小丫头应了就走。众媳妇上来，笑说："嫂子！快求姑娘们叫回那孩子来罢。平姑娘来了，可就不好了。"那婆子说道："凭你那个平姑娘来，也凭个理，没有娘管女儿，大家管着娘的。"众人笑道："你当是那个平姑娘？是二奶奶屋里的平姑娘。他有情呢，说你两句；他一翻脸，嫂子你吃不了兜着走。"

　　说话之间，只见小丫头子回来，说："平姑娘正有事，问我作什么。我告诉了他，他说：'既这样，且撵他出去，告诉了林大娘，在角门外打他四十板子就是了。'"那婆子听如此说，自不舍得出去，便又泪流满面，央告袭人等说："好容易我进来了。况且我是寡妇，家里没人，正好一心无挂的在里头伏侍姑娘们。姑娘们也便宜，我家里又省些搅过。我这一去，又要去自己生火过活，将来不免又没了过活。"袭人见他如此，早又心软了，便说："你既要在这里，又不守规矩，又不听说，又乱打人，那里弄你这个不晓事的来天天斗口。也叫人笑话，失了体统。"晴雯道："理他呢！打发去了是正经。谁和他去对嘴对舌的。"那婆子又央众人道："我虽错了，姑娘们分付了，我以后改过。姑娘们那不是行好积德？"一面又央春燕道："原是我为打你起的，究竟没打成你，我如今反受了罪，你也替我说说。"宝玉见如此可怜，只得留下，分付他不可再闹。那婆子走来一一的谢过了，下去。

　　只见平儿走来，问系何事？袭人等忙说："已完了，不必再提。"平儿笑道："得饶人处且饶人，得省的将就省些事也罢了。能去了几日，只听各处大小人儿都作起反来了。一处不了，又一处。叫我不知管那一处的是。"袭人笑道："我只说我们这里反了，原来还有几处。"平儿笑道："这算什么？正和珍大奶奶算呢，这三四日的工夫，一共大小出来了八九件。你这里是极小的，算不起数儿来，还有大的可气可笑之事。"不知袭人问他果系何事，且听下回分解。

第六十回

茉莉粉替去薔薇硝

玫瑰露引来茯苓霜

话说袭人因问平儿："何事这等忙乱？"平儿笑道："都是世人想不到的，说来也好笑。等几日告诉你。如今没头绪呢，且也不得闲儿。"一语未了，只见李纨的丫鬟来了，说："平姐姐可在这里？奶奶等你，你怎么不去了？"平儿忙转身出来，口内笑说："来了，来了。"袭人等笑道："他奶奶病了，他又成了香饽饽了。都抢不到手。"平儿去了，不提。

宝玉便叫春燕："你跟了你妈去，到宝姑娘房里，给莺儿几句好话听听，也不可白得罪了他。"春燕答应了，和他妈出去。宝玉又隔窗说道："不可当着宝姑娘说，仔细反叫莺儿受教导。"娘儿两个应了出来。一壁走着，一面说闲话儿。春燕因向他娘道："我素日劝你老人家再不信，何苦闹出没趣来才罢？"他娘笑道："小蹄子！你走罢！俗语道：'不经一事，不长一智。'我如今知道了，你又该来问着我。"春燕笑道："妈，你若安分守己，在这屋里长久了，自有许多的好处呢。我且告诉你句话，宝玉常说：'将来这屋里的人，无论家里、外头的，一应我们这些人，他都要回太太，全放出去，与本人父母自便呢。^{补前文不足处。}你只说这一件，可好不好？"他娘听说，喜的忙问："这话果真？"春燕道："谁可扯这谎做什么？"婆子听了，便念佛不绝。

当下来至蘅芜苑中，正值宝钗、黛玉、薛姨妈等吃饭。莺儿自去泡茶，春燕便和他妈一径到莺儿前，陪笑说"方才言语冒撞了，姑娘莫嗔莫怪，特来陪罪"等语。莺儿忙笑让坐，又到茶。他娘儿两个说有事，便作辞回来。忽见蕊官赶出叫："妈妈！姐姐！略站一站。"一面走上来，递了一个纸包与他们，说是蔷薇硝，带与芳官去擦脸。春燕笑道："你们也太小气了，还怕那里没这个与他？巴巴的，你又弄一包给他去。"蕊官道："他是他的，我送的是我的。好姐姐，千万带回去罢。"春燕只得接了，娘儿两个回来。

正值贾环、贾琮二人来问候宝玉，也才进去。春燕便向他娘说："只我进去罢。你老不用去。"他娘听了，自此便百依百随的，不敢倔强了。春燕进来，宝玉知道回复，便先点头。春燕知意，便不再说一语，略站了一站，便转身出来，使眼色与芳官。芳官出来，春燕方悄悄的说与他蕊官之事，并与了他硝。宝玉并无与琮、环可谈之语，因笑问芳官："手里是什么？"芳官便忙递与宝玉瞧，又说："是擦春癣的蔷薇硝。"宝玉笑道："亏他想得到。"贾环听了，便伸着头，瞧了一瞧；又闻得一股清香，便弯着腰，向靴桶内掏出一张纸来托着，笑说："好哥哥！给我一半儿。"宝玉只得要与他。芳官心中因是蕊官之赠，不肯与别人。连忙拦住，笑说道："别动这个。我另拿些来。"宝玉会意，忙笑包上，说道："快取来。"芳官接了这个，自去收好，便从奁中去寻自己常使的。启奁看时，盒内已空，心中疑惑："早间还剩了些，如何没了？"因问人时，都说不知。麝月便说："这会子且忙着问这个！不过是这屋里人，一时短了使的。你不管拿些什么给他们，他们那里看得出来？快打发他们去了，咱们好吃饭。"芳官听了，便将些茉莉粉包了一包拿来。贾环见了，就伸手来接。芳官便忙向炕上一掷，贾环只得向炕上拾了，揣在怀内，方作辞而去。

原来贾政不在家，且王夫人等又不在家，贾环连日也便妆病逃学。如今得了硝，兴兴头头来找彩云。正值彩云和赵姨娘闲谈。贾环笑嘻嘻向彩云道："我也得了一包好的，送你擦脸。你常说蔷薇硝擦癣比外头的银硝强，你且看看，可是这个？"彩云打开一看，嗤的一声笑了，说道："你是合谁要来的？"贾环便将方才之事说了。彩云笑道："这是他们哄你这乡老呢！这不是硝，这是茉莉粉。"贾环看了一看，果然比先的带些红色，闻闻也是喷香。因笑道："这也是好的，硝、粉一样，留着擦罢。自是比外头买的高便好。"彩云只得收了。赵姨娘便说："有好的给你？谁叫你要去了？怎怨他们耍你！依我拿了去，照脸摔给他去。趁着这回子撞尸的撞尸去了，挺床的便挺床，吵一出子，大家别心净，也算是报仇。莫不是两个月之后，还找出这个渣儿，来问你不成？便问你，你也有话说。宝玉是哥哥，不敢冲撞他罢了。难道他屋里的猫儿、狗儿，也不敢去问问不成？"

　　贾环听说，便低了头；彩云忙说："这又何苦生事！不管怎样，忍耐些罢了。"赵姨娘道："你快休管！横竖与你无干。乘着抓住了理，骂给那些浪淫妇们一顿，也是好的。"又指贾环道："呸！你这下流没刚性的，也只好受这些毛崽子的气！平白我说你一句儿，或无心中错拿了一件东西给你，你到会扭头暴筋，瞪着眼踢摔娘。这会子被那起尸崽子耍弄，也罢了；你明儿还想这些家里人怕你呢！你没有尿本事，我也替你羞！"贾环听了，不免又愧又急，又不敢去，只摔手说道："你这么会说，你也不敢去，指使了我去闹。倘或往学里告去，捱了打，你敢自不疼呢？遭遭儿调唆了我闹去，闹出事来，我捱了打骂，你一般也低了头。这会子又调唆我去闹。你不怕三姐姐，你敢去，我就服你！”只这一句话，便戳了他娘的肺，便喊说：“我肠子爬出来的，我再怕不成？这屋里越发有个活头儿了。”一面说，一面拿了那包子，便飞也似往园中去。彩云死劝不住，只得躲入别房；贾环便也躲出仪门，自去顽耍。

赵姨娘直进园子。正是一头火，顶头正遇见藕官的干娘夏婆子走来，见赵姨娘恨恨的走来，因问：“姨奶奶那去？”赵姨娘又说：“你瞧瞧！这屋里连三日两日进来的唱戏的小粉头们都三般两样，掂人分两，放小菜碟儿了。若是别一个，我还不恼；若叫这些小娼妇捉弄了，还成个什么？”夏婆子听了，正中己怀，忙问因何。赵姨娘悉将芳官以粉作硝，轻侮贾环之事说了。夏婆子道：“我的奶奶！你今日才知道！这算什么事？连昨日这个地方，他们私自烧纸钱，宝玉还拦到头里。人家还没拿进个什么儿来，就说使不得，不干不净的忌讳。这烧纸到不忌讳？你老想一想，这屋里，除了太太，谁还大似你？你老自己掌不起来。但凡掌起来的，谁还不怕你老人家？如今我想，乘着这几个小粉头儿恰不是正头货，得罪了他们也有限的，快把这两件事抓着理，扎个筏子。我在傍作个证见，你老把威风抖一抖，以后也好争别的礼。便是奶奶、姑娘们，也不好为那起小粉头子说你老的。”赵姨娘听了这话，亦发有理，便说：“烧纸的事，不知道。你却细细的告诉我。”夏婆子便将前事一一的说了，又说：“你只管说去，倘或闹起，还有我们帮着你呢。”赵姨娘听了，越发得了意，仗着胆子，便一径到了怡红院中。可巧宝玉听见黛玉在那里，便往那里去了。芳官正与袭人等吃饭，见赵姨娘来了，便都起身笑让：“姨奶奶吃饭，有什么事这么忙？”赵姨娘也不答话，走上来，便将粉照着芳官脸上撒来，指着芳官骂道："小淫妇！你是我银子钱买来学戏的！不过娼妇、粉头之流，我家里下三等奴才也比你高贵些的。你都会看人下菜碟儿！宝玉要给东西，你拦在头里，莫不是要了你的了？拿这个哄他？你只当他不认得呢！好不好，他们是手足，都是一样的主子，那里有你小看他的？"芳官那里禁得住这话，一行哭，一行说："没了硝，我才把这个给他的。若说没了，又恐他不信。难道这不是好的？我便学戏，也没往外头去唱。我一个女孩儿家，知道什么是'粉头''面头'的？姨奶奶犯不着来骂我，我又不是姨奶奶家买的，'梅香拜把子——都是奴几呢'！"袭人忙拉他，说："休胡说！"赵姨娘气的便上来打了两个耳刮子。袭人等忙上来拉劝，说："姨奶奶别和他小孩子一般见识。等我们说他。"芳官捱了两下打，那里肯依？便拾头打滚、泼哭泼闹起来，口内便说："你打得起我么？你照照那模样儿，再动手！我叫你打了去，我还活着！"便撞在他怀里，叫他打。众人一面劝，一面拉他。晴雯悄拉袭人说："别管他们。让他们闹去，看怎么开交。如今乱为王了，什么你也来打，我也来打，都这样起来还了得呢！"

外面跟着赵姨娘来的一干的人，听见如此，心中各各称愿，都念佛说："也有今日！"又有那一干怀怨的老婆子，见打了芳官，也都称愿。

当下藕官、蕊官等正在一处作耍，湘云的大花面葵官、宝琴的豆官，两个闻了此信，慌忙找着他两个说："芳官被人欺侮，咱们也没趣。须得大家破着大闹一场，方争过这口气来。"四人终是小孩子心性，只顾他们情分上义愤，便不顾别的，一齐跑入怡红院中。豆官先便一头，几乎不曾将赵姨娘撞了一跌。那三个也便拥上来，放声大哭，手撕头撞，把个赵姨娘裹住。晴雯等一面笑，一面假意去拉。急的袭人拉起这个，又跑了那个。口内只说："你们要死！有委曲只好说，这没理的事，如何使得？"赵姨娘反没了主意，只好乱骂。蕊官、藕官两个，一边一个抱住左右手；葵官、豆官，前后头顶住。四人只说："你只打死我们四个就罢！"芳官直挺挺躺在地下，哭得死过去。

　　正没开交，谁知晴雯早遣春燕回了探春。当下尤氏、李纨、探春三人带着平儿与众媳妇走来，将四个喝住。问起原故，赵姨娘便气的瞪着眼，粗了筋，一五一十说个不清。尤、李两个不答言，只是吆喝他四人。探春便叹气，说："这是什么大事？姨娘也太肯动气了。我正有一句话要请姨娘商议。怪道丫头说不知在那里，原来在这里生气呢。快同我来。"尤氏、李氏都笑说："姨娘请到厅上来，咱们商量。"赵姨娘无法，只得同他三人出来，口内犹说长说短。探春便说："那些小丫头子们，原是些顽意。喜欢呢，和他说说笑笑；不喜欢，便可以不理他。便他不好了，也如同猫儿狗儿抓咬了一下子，可恕就恕；不恕时，也只该叫了管家媳妇们去，说给他去责罚。何苦自己不尊重，大吆小喝，失了体统。你瞧周姨娘，怎不见人欺负他？他也不寻人去。我劝姨娘且回房去，煞煞性儿，别听那些混帐人的调唆，没的惹人笑话；自己呆，白给人作粗活。心里有二十分的气，也忍耐这几天，等太太回来，自然料理。"一席话，说得赵姨娘闭口无言，只得回房去了。

这里探春气的和尤氏、李纨说："这么大年纪，行出来的事，总不叫人敬伏。这是什么意思？也值得吵一吵，并不留体统，耳朵又软，心里又没有计算。这又是那起没脸面的奴才们的调停，作弄出个呆人替他们出气。"越想越气，因命人查是谁调唆的。媳妇们只得答应着出来，相视而笑，都说是"大海里那里寻针去"。只得将赵姨娘的人并园中人唤来盘诘，都说不知道。众人没法，只得回探春："一时难查，慢慢访查。凡有口舌不妥的，一总来回了责罚。"探春气渐渐平服方罢。

可巧艾官便悄悄的回探春说："都是夏妈和我们素日不对，每每的造言生事。前儿赖藕官烧纸，幸亏是宝玉叫他烧的，宝玉自己应了，他才没话说。今儿我与姑娘送手帕去，看见他和姨奶奶在一处说了半天，喊喊喳喳的。见了我，才走开了。"探春听了，虽知情弊，亦料定他们皆是一党。本皆淘气异常，便只答应，也不肯据此为实。

谁知夏婆子的外孙女儿蝉姐儿，便是探春处当差的。时常与房中丫鬟们买东西、呼唤人，众女孩儿都和他好。这日饭后，探春正上厅理事。翠墨在家看屋子，因命蝉姐儿出去叫小幺儿买糕去。蝉姐儿便说："我才扫了个大园子，腰腿生疼的。你叫个别的人去罢！"翠墨笑说："我又叫谁去？你趁早儿去！我告诉你一句好话。你到后门，顺路告诉你老娘，防着些儿。"说着，便将艾官告他老娘的话告诉了他。蝉姐儿听了，忙接了钱，道："这个小蹄子，也要捉弄人。等我告诉去。"说着，便起身出来，至后门边。只见厨房内此刻手闲之时，都坐在阶砌上说闲话呢，他老娘亦在内。蝉姐儿便命一个婆子出去买糕，他且一行骂，一行说，将方才之话告诉与夏婆子。夏婆子听了，又气又怕，便欲去找艾官问他，又欲往探春前去诉冤。蝉姐儿忙拦住，说："你老人家去怎么说呢？这话怎得知道的？可又叨登不好了。说给你老，防着就是了。那里忙到这一时儿。"

正说着，忽见芳官走来，扒着院门，笑向厨房中柳家媳妇说道："柳嫂子！宝二爷说了，晚饭的素菜，要一样凉凉的、酸酸的东西，只别搁上香油弄腻了。"柳家的笑道："知道了！今儿怎么遣你来了，告诉这么一句要紧的话。你不嫌脏，进来逛逛儿不是？"芳官才进来，忽有一个婆子手里托了些糕来。芳官便戏道："谁买的热糕？我先尝一块儿。"蝉姐儿一手接了，道："这是人家买的，你们还稀罕这个？"柳家的见了，忙笑道："芳姑娘，你喜吃这个？我这里有才买下给你姐姐吃的，他不曾吃，还收在那里，干干净净没动呢。"说着，便拿了一碟子出来，递与芳官。又说："你等我进去，替你顿口好茶来。"一面进去，现通开火顿茶。芳官便拿着热糕，问到蝉姐儿脸上，说："希罕吃你那糕？这个不是糕不成？我不过说着顽罢了，你给我磕个头，我也不吃。"说着，便将手内的糕，一块一块的掰了，掷着打雀儿顽，口内笑说："柳嫂子！你别心疼，我回来买二斤给你。"蝉姐儿气的怔怔的，瞅着冷笑道："雷公老爷也有眼睛，怎不打这作孽的！他还气我呢！我可拿什么比你们，又有人进贡，又有人作干奴才，溜你们上好儿，为的帮衬着说句话儿。"众媳妇都说："姑娘们，罢呀！天天见了就咶唧。"有几个伶透的，见了他们对了口，怕又生事，都拿起脚来，各自走开了。当下蝉姐儿也不敢十分说他，一面咕嘟着嘴，去了。

这里柳家的见人散了，忙出来和芳官说："前儿那个话说了不曾？"芳官道："说了，等一二日再提这事。偏那赵不死的又和我闹了一场。前儿那玫瑰露姐姐吃了不曾？他到底可好些了？"柳家的道："可不都吃了。他爱的什么是的。又不好问你再要的。"芳官道："不值什么！等我再要些来，给他就是了。"

原来这柳家的有个女儿，今年才十六岁。虽是厨役之女，却生的人物与平、袭、紫、鸳皆类。因他排行第五，因叫他是"五儿"。因素有弱疾，故没得差使。近因柳家的见宝玉房中的丫鬟差轻人多，且又闻得宝玉将来都要放他们，故如今要送他到那里应个名儿。正无头路，可巧这柳家的是梨香院的差役，他最小意殷勤，伏侍得芳官一干人，比别的干娘还好，芳官等亦待他们极好。如今便和芳官说了，央芳官去与宝玉说。宝玉虽是依允，只是近日病着，又见事多，尚未说得。

〔五月之柳，春色可知。〕

前言少述。且说当下，芳官回至怡红院中，回复了宝玉。宝玉正在听见赵姨娘厮吵，心中自是不悦。说又不是，不说又不是，只得等吵完了，打听着探春劝了他去后，方从蘅芜苑回来，劝了芳官一阵，方大家安静。今见他回来，又说还要些玫瑰露与柳五儿吃去，宝玉忙道："还有呢。我又不大吃，你都给他去罢。"说着，命袭人取了出来。见瓶中亦不多，遂连瓶与了他。芳官便自携了瓶与他去。

正值柳家的带进他女儿来散闷，在那边畸角子上一带地方儿逛了一回，便回到厨房内。正吃茶歇脚儿，芳官拿了一个五寸来高的小玻璃瓶来，迎亮照看里面，小半瓶胭脂一般的汁子，还道是宝玉吃的西洋葡萄酒。母女两个忙说："快拿镟子荡滚水，你且坐下。"芳官笑道："就剩了这些，连瓶子都给你们罢。"五儿听了，方知是玫瑰露。忙接了，谢了又谢。芳官又问他好些，五儿道："今儿精神些，进来逛逛。这后边一带也没什么意思，不过见些大石头、大树和房子，后墙正经好景致也没看见。"芳官道："你为什么不往前头去？"柳家的道："我没叫他往前去。姑娘们也不认得他。倘有不对眼的人看见了，又是一番口舌。明儿托你携带他有了房头，怕没有人带着他逛呢，只怕逛腻了的日子还有呢。"芳官听了，笑道："怕什么！有我呢。"柳家的忙道："嗳哟哟！我的姑娘。我们的头皮儿薄，比不得你们。"说着，又到了茶来。芳官那里吃这茶，只漱了一口，就走了。柳家的说道："我这里占着手，五丫头送送。"

五儿便送出来，因见无人，又拉着芳官说道："我的话到底说了没有？"芳官笑道："难道哄你不成？我听见屋里正经还少两个人的窝儿，并没补上。一个是红玉的，琏二奶奶要去，还没给人来；一个是坠儿的，也还没补。如今要你一个，也不算过分。皆因平儿每每的和袭人说，凡有动人、动钱的事，得挨的且挨一日更好。如今三姑娘正要拿人扎筏子呢。连他屋里的事都驳了两三件。如今正要寻我们屋里的事没寻着，何苦来往网里碰去？倘或说些话驳了，那时老了，到难回转。不如等冷一冷，老太太、太太心闲了，凭是天大的事，先和老的一说，没有不成的。"五儿道："虽如此说，我却性急，等不得了。趁如今挑上来了，一则给我妈争口气，也不枉养我一场；^{为母。}二则添上月钱，家里又从容些；^{二为家中}三则我的心开一开，只怕这病就好了，便是请大夫吃药，也省了家里的钱。"芳官道："我都知道了。你只放心。"二人别过，芳官自去，不提。

单表五儿回来，与他娘深感芳官之情，他娘因说："再不承望得了这些东西。虽然是个珍贵物儿，却是吃多了也最动热。竟把这个到些送个人去，也是个大情。"五儿问："送谁？"他娘道："送你舅舅的儿子。昨日热病，也想这些东西吃。如今我到半盏与他去。"五儿听了，半日没言语，随他妈倒了半盏子去，将剩的连瓶便放在家伙厨内。五儿冷笑道："依我说，竟不给他，也罢了。倘或有人盘问起来，到又是一场事了。"他娘道："那里怕起这些来？还了得了。我们辛辛苦苦的，里头赚些东西，也是应当的。难道是贼偷的不成？"说着，一径去了。直至外边他哥哥家中。他侄子正躺着。一见了这个，他哥嫂侄男无不欢喜。现从井上取了凉水，和吃了一碗，心中一畅，头目清凉，剩的半盏，用纸覆着，放在桌上。

可巧又有家中几个小厮，同他侄儿素日相好的，走来问候他的病。内中有一小伙，名唤钱槐者，乃系赵姨娘之内侄。他父母现在库上管账，他本身又派跟贾环上学。因他有些钱势，尚未娶亲，素日看上了柳家的五儿标致，和父母说了，欲娶他为妻；也曾央中保媒人，再四求告。柳家父母却也情愿，争奈五儿执意不从。虽未明言，却行止中已带出。父母未敢应允。近日又想往园内去，越发将此事丢开，只等三五年后放出来，自向外边择婿了。钱家见他如此，也就罢了。怎奈钱槐不得五儿，心中又气又愧，发恨定要弄取成配，方了此愿。今也同人来瞧望柳侄，不期柳家的在内。

柳家的忽见一群人来了，内中有钱槐，便推说不得闲，起身便走了。他哥嫂忙说："姑妈怎么不吃茶就走？到难为姑妈记挂。"柳家的因笑道："只怕里面传饭。再闲了，出来瞧侄子罢。"他嫂子因向抽屉内取了一个纸包出来，拿在手内，送了柳家的出来。至墙角边，递与柳家的，又笑道："这是你哥哥昨儿在门上该班儿，谁知这五日一班，竟偏冷淡，一个外财没发。只有昨儿有粤东的官儿来拜，送了上头两小篓子'茯苓霜'。馀外给了门上人一篓，作门礼。你哥哥分了这些。这地方千年松柏最多，所以单取了这茯苓的精液和了药，不知怎么弄出这怪俊的白霜儿来。说第一用人乳和着，每日早起吃一钟，最补人的；第二用牛奶子；万不得滚白水也好。我们想着正宜外甥女儿吃。原是上半日打发小丫头子送了家去的。他说锁着门，连外甥女儿也进去了。本来我要瞧瞧他去，给他带了去的，又想主子们不在家，各处严紧，我又没甚么差使，有要没紧，跑些什么？况且这两日风声，闻得里头家反宅乱的。倘或沾带了，倒值多的。姑娘来的正好，亲自带去罢。"柳氏道了生受，作别回来。

刚到了角门前，只见一个小么儿笑道："你老人家那里去了？里头三次两趟叫人传呢。我们三四个人都找你老去了，还没来。你老人家却从那里来了？这条路又不是家去的路。我到疑心起来。"那柳家的笑骂道："好猴儿崽子……"要知端的，且听下回分解。

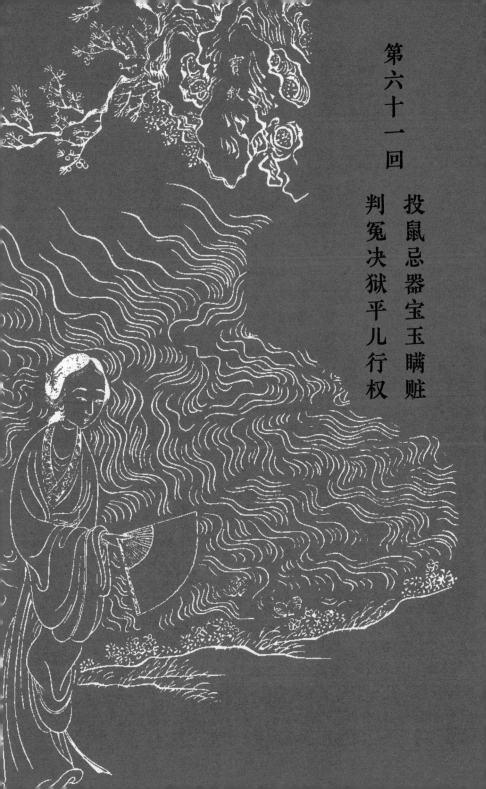

第六十一回

投鼠忌器宝玉瞒赃

判冤决狱平儿行权

　　那柳家的笑道："好猴儿崽子！你亲婶子找野老儿去了，你岂不多得一个叔叔？有什么疑的？别讨我把你头上的杩子盖似的几根屃毛揪下来！还不开门，让我进去呢。"这小厮且不开门，且拉着笑说："好婶子！你这一进去，好歹偷些杏子出来赏我吃。我这里老等。你若忘了时，日后半夜三更打酒、买油的，我不给你老人家开门，也不答应，随你干叫去。"柳氏啐道："发了昏的！今年不比往年，把这些东西都分给了众奶奶了。一个个的，不像抓破了脸的。人打树底下一过，两眼就像那鬏鸡似的，不许动他的果子。昨儿我从李子树下一走，偏有一个蜜蜂儿往脸上一过，我一招手儿，偏你那好舅母就看见了。他离的远，看不真，只当我摘李子呢。就屃声浪嗓喊起来，又是说'还没供佛呢'，又是'老太太、太太不在家，还没进鲜呢。等进了上头，嫂子们都有分的'。到像谁害了馋痨，等李子出汗呢。叫我也没好话说，抢白了他一顿。可是你舅母、姨娘，两三个亲戚都管着，怎不和他们要去，到和我来要？这可是'仓老鼠和老鸹去借粮，守着的没有，飞着的有'。"小厮笑道："嗳哟哟！没罢了，说上这些闲话！我看你老以后就用不着我了。就便是姐姐有了好地方，将来更呼唤着我们的日子也多，只要我们多答应他些，就有了。"柳氏听了，笑道："你这个小猴精，又捣鬼吊白的。你姐姐有什么好地方了？"那小厮笑道："别哄我了，早已知道了。单是你们有内牵，难道我们就没有内牵不成？我虽在这里听哈，里头却也有两个姊妹成个体统的，什么事瞒了我们！"

　　正说着，只听门内又有老婆子向外叫："小猴儿们！快传你柳婶子去罢。再不来可就误了。"柳家的听了，不顾和小厮说话，忙推门进去，笑说："不必忙。我来了。"一面来至厨房——虽有几个同伴的人，他们都不敢自专，单等他来调停分派——一面问众人："五丫头那去了？"众人都说："才往茶房里找他们姊妹去了。"柳家听了，便将茯苓霜搁起，且按着房头分派菜馔。

忽见迎春房里小丫头莲花儿走来，〔总是写春景将残。〕说："司棋姐姐说了，'要碗鸡蛋，炖的嫩嫩的'。"柳家道："就是这样尊贵。不知怎的，今年这鸡蛋短的很，十个钱一个，还找不出来。昨儿上头给亲戚家送粥米去，四五个买办出去，好容易才凑了二千个来。我那里找去？你说给他，改日吃罢。"莲花儿道："前儿要吃豆腐，你弄了些馊的，叫他说了我一顿。今儿要鸡蛋，又没有了。什么好东西！我就不信，连鸡蛋都没有了？别叫我翻出来。"

一面说，一面真个走来，揭起菜箱一看，只见里面果有十来个鸡蛋。说道："这不是？你就这么利害！吃的是主子的，我们的分例，你为什么心疼？又不是你下的蛋，怕人吃了。"柳家的忙丢了手里的活计，便上来说道："你少满嘴里混嗳！你娘才下蛋呢！通共留下这几个，预备菜上的浇头。姑娘们不要，还不肯做上去呢。预备接急的。你们吃了，倘或一声要起来，没有好的，连鸡蛋都没了。你们深宅大院，水来伸手，饭来张口，只知鸡蛋是平常物件，那里知道外头买卖的行市呢？别说这个。有一年连草根子还没了的日子还有呢。我劝他们细米、白饭，每日肥鸡、大鸭子，将就些儿也罢了，吃腻了膈，天天又闹起故事来了。鸡蛋、豆腐，又是什么面筋、酱萝卜炸儿，敢自到换口味。

只是我又不是答应你们的，一处要一样，就是十来样。我到别伺候头层主子，只预备你们二层主子罢。"

莲花儿听了，便红了脸，喊道："谁天天要你什么来？你说上这两骡车话！叫你来，不是为便宜，却为什么？前儿小燕来说，'晴雯姐姐要吃芦蒿'。你怎么忙的还问'肉炒、鸡炒'？小燕说'荤的因不好，才另叫你炒个面筋的，少搁油才好'。你忙的到说'自己发昏'，赶着洗手炒了，狗颠儿似的亲捧了去。今儿反到拿我扎筏子，说我给众人听。"柳家的忙道："阿弥陀佛！这些人眼见的。别说前儿一次，就从旧年一立厨房以来，凡各房里偶然间，不论姑娘、姐儿们，要添一样半样，谁不是先拿了钱来，另买另添。有的没的，名声好听。说我单管姑娘厨房省事，又有剩头儿，算起账来，惹人恶心：连姑娘带姐儿们，四五十人。一日也只光要两只鸡、两只鸭子、十来斤肉、一吊钱的菜蔬。你们算算，勾作什么的？连本项两顿饭还撑持不住，还搁的住这个点这样，那个点那样？买来的又不吃，又买别的去。既这样，不如回了太太，多添些分例，也像大厨房里预备老太太的饭，把天下所有的菜蔬，用水牌写了，天天转着吃。吃到一个月，现算道好。连前儿三姑娘和宝姑娘，偶然商议了，要吃个'油盐炒枸杞芽儿'来，现打发个姐儿，拿着五百钱来给我。我到笑起来了，说：'二位姑娘就是大肚子弥勒佛，也吃不了五百钱的。这三二十个钱的事，我还预备的起。'赶着我送回钱去，姑娘们到底不收，说赏我打酒吃。又说：'如今厨房在里头，保不住屋里的人不去叨登。一盐、一酱，那不是钱买的？你不给，又不好；给了，你又没的赔。你拿着这个钱，全当还了他们素日叨登的东西窝儿。'这就是明白体下的姑娘。我们心里只替他念佛。没的赵姨奶奶听了，又气不忿，又说太便宜了我。隔不了十天，也打发个小丫头子来寻这样、寻那样，我到好笑起来。你们竟成了例，不是这个，就是那个。我那里有这些赔的。"

正乱时，只见司棋又打发人来催莲花儿，说他："死在这里了，怎么就不回去？"莲花儿赌气回来，便添了一篇话，告诉了司棋。司棋听了，不免心头起火。此刻伺候迎春饭罢，带了小丫头们走来，见了许多人正吃饭，见他来的势头不好，都忙起身，陪笑让坐。司棋便喝命小丫头子动手："凡箱柜所有的菜蔬，只管丢出来喂狗。大家赚不成。"小丫头子们巴不得一声，七手八脚抢上去，一顿乱翻乱掷的。众人一面拉劝，一面央告司棋说："姑娘别误听了小孩子的话。柳嫂子有八个头，也不敢得罪姑娘。说鸡蛋难买是真，我们才也说他不知好歹。凭是什么东西，也少不得变法儿去。他已经悟过来了，连忙蒸上了。姑娘不信，瞧那火上！"司棋被众人一顿好言，方将气劝的渐平。小丫头们也没得摔完东西，便拉开了。司棋连说带骂，闹了一回，方被众人劝去。柳家的只好摔碗丢盘，自己咕嘟了一回，蒸了一碗鸡蛋令人送去。司棋全泼了地下了，那人回来，也不敢说，恐又生事。

柳家的打发他女儿喝了一回汤，吃了半碗粥，又将茯苓霜一节说了。五儿听罢，便心下要分些赠芳官。遂用纸另包了一半，趁黄昏人稀之时，自己花遮柳隐的来找芳官。且喜无人盘问，一径到了怡红院门前，不好进去，只在一簇玫瑰花前站立，远远的望着。有一盏茶时，可巧小燕出来，忙上前叫住。小燕不知是那一个，至跟前方看真切，因问："作什么？"五儿笑道："你叫出芳官来，我和他说话。"小燕悄笑道："姐姐太性急了。横竖等十来日就来了。只管找他做什么？方才使了他往前头去了。你且等他一等。不然有什么话，告诉我，等我告诉他。恐怕你等不得，只怕关园门了。"五儿便将茯苓霜递与了小燕，又说："这是茯苓霜，如何吃、如何补益。我得了些，送他的。转烦你递与他就是了。"说毕，作辞回来。

正走蓼溆一带，忽见迎头林之孝家的带着几个婆子走来。五儿藏躲不及，只得上来问好。林之孝家的问道："我听见你病了，怎么跑到这里来？"五儿陪笑道："因这两日好些，跟我妈进来散散闷。才因我妈使我到怡红院送家伙去。"林之孝家的说道："这话岔了。方才我见你妈出来，我才关门。既是你妈使了你去，他如何不告诉我，说你在这里呢，竟出去让我关门？是何主意？可知是你扯谎。"五儿听了，没话回答，只说："原是我妈一早教我送去的，我忘了，挨到这时我才想起来了。只怕我妈错当我先出去了，所以没和大娘说得。"林之孝家的听他辞钝色虚，又因近日玉钏儿说那边正房内失落了东西，几个丫头对赖，没主儿，心下便起了疑。

可巧小蝉、莲花儿并几个媳妇子走来，见了这事，便说道："林奶奶到要审审他。这两日他往这里头跑的不像，鬼鬼唧唧的，不知干些什么事？"小蝉又道："正是。昨儿玉钏姐姐说，太太耳房里的柜子开了，少了好些零碎东西。琏二奶奶打发平姑娘和玉钏姐姐要些玫瑰露，谁知也少了一罐子。若不是寻露，还不知道呢！"莲花儿笑道："这话我没听见，今儿我到看见一个露瓶子。"林之孝家的正因这些事没主儿，每日凤姐儿使平儿催逼他。一听此言，忙问："在那里？"莲花儿便说："在他们厨房里呢。"林之孝家的听了，忙命打了灯笼，带着众人来寻。五儿急的便说："那原是宝二爷屋里的芳官给我的。"林之孝家的便说："不管你方官、圆官，现有了赃证，我只呈报了。凭你主子前辩去。"一面说，一面进入厨房。莲花儿带着取出露瓶；恐还有偷的别物，又细细搜了一遍，又得了一包茯苓霜，一并拿了，带了五儿，来回李纨与探春。

那时李纨正因兰哥儿病了，不理事务，只命去见探春。探春已归房。人回进去，丫嬛们都在院内纳凉，探春在内盥沐。只有侍书回进去。半日出来说："姑娘知道了。叫你们找平儿，回二奶奶去。"林之孝家的只得领出来，到凤姐儿那边，先找着了平儿，平儿进去，回了凤姐。凤姐方才歇下，听见此事，便分付："将他娘打四十板子，撵出去，永不许进二门；把五儿打四十板子，立刻交给庄子上；或卖或配人。"平儿听了，出来依言分付了林之孝家的。五儿唬的哭哭啼啼，给平儿跪着，细诉芳官之事。平儿道："这也不难。等明日问了芳官，便知真假。但这茯苓霜，前日人送了来，还等老太太、太太回来看了，才敢打动，这不该偷了去。"五儿见问，忙又将他舅舅送的一节说了出来。平儿听了，笑道："这样说，你竟是个平白无辜之人，拿你来顶缸。此时天晚，奶奶才进了药歇下，不便为这点子小事去絮叨。如今且将他交给上夜的人看守一夜，等明儿我回了奶奶，再做道理。"林之孝家的不敢违拗，只得带了出来，交与上夜的媳妇们看守，自便去了。

这里五儿被人软禁起来，一步不敢多走；又兼众媳妇也有劝他说："不该做这没行止之事"；也有报怨说："正经更还坐不上来，又弄个贼来给我们看。倘或眼不见寻了死、逃走了，都是我们不是。"于是，又有素日一干与柳家不睦的人，见了这般，十分趁愿，都来奚落、嘲戏他。这五儿心内又气又委屈，竟无处可诉；且本来怯弱有病，这一夜思茶无茶，思水无水，思睡无睡，呜呜咽咽，直哭了一夜。

谁知和他母女不和的那些人，巴不得一时撵出他们去，惟恐次日有变，大家先起了个清早，都悄悄的来买转平儿。一面送些东西，一面又奉承他办事简断，一面又讲述他母亲素日许多不好。平儿一一的都应着，打发他们去了。却悄悄的来访袭人，问他可果真芳官给他露了。袭人便说："露却是给芳官，芳官转给何人，我却不知。"袭人于是又问芳官。芳官听了，唬天跳地，忙应是自己送他的。芳官便又告诉了宝玉，宝玉也慌了，说："露虽有了，若勾起茯苓霜来，他自然也实供。若听见了是他舅舅门上得的，他舅舅又有了不是，岂不是人家的好意，反被咱们陷害了？"因忙和平儿计议："露的事虽完，然这霜也是有不是的。好姐姐，你叫他说也是芳官给他的就完了。"平儿笑道："虽如此，只是他昨晚已经同人说是他舅舅给的了。如何又说你给的？况且那边所丢的露，也是无主儿，如今有赃证的白放了，又去找谁？谁还肯认？众人也未必心服。"晴雯走来，笑道："太太那边的露，再无别人，分明是彩云偷了给环哥儿去了。你们可瞎乱说。"平儿笑道："谁不知是这个原故？但今玉钏儿急的哭，悄悄问着他，他若应了，玉钏也罢了，大家也就混着不问了。难道我们好意兜揽这事不成？可恨彩云，不但不应，他还挤玉钏儿，说他偷了去了。两个人窝里发炮，先吵的合府皆知，我们如何装没事人？少不得要查的。殊不知，告失盗的就是贼。又没赃证，怎么说他？”

宝玉道：“也罢！这件事我也应起来。就说是我合他们顽的，悄悄的偷了太太的来了。两件事都完了。”袭人道：“也到是件阴骘险事，保全人的贼名儿。只是太太听见，又说你小孩子气，不知好歹了。”平儿笑道：“这也到是小事。如今便从赵姨娘屋里起了赃来，也容易。我只怕又伤着一个好人的体面。别人都别管，这一个人岂不又生气！我可怜的是他，不肯为打老鼠伤了玉瓶。”说着，把三个指头一伸。袭人等听说，便知他说的是探春。大家都忙说：“可是这话！竟是我们这里应了起来的为是。”平儿又笑道：“也须得把彩云和玉钏儿两个叶障叫了来，问准了他，方好；不然，他们得了益，不说为这个，到像我没了本事，问不出来，烦出这里来完事。他们以后越发偷的偷，不管的不管了。”袭人等笑道：“正是，也要你留个地步。”

平儿便命人叫了他两个来，说道：“不用慌，贼已有了。”玉钏儿先问：“贼在那里？”平儿道：“现在二奶奶屋里。你问他什么，应什么。我心里明知不是他偷的，可怜他害怕，都承认。这里宝二爷不过意，要替他认一半。我待要说出，但只是这做贼的，素日又是和我好的一个姊妹。窝主却是平常，里面又伤着一个好人的体面。因此为难，少不得央求宝二爷应了，大家无事。如今反要问你们两个，还是怎样？若从此以后，大家小心存体面，这便求宝二爷应了；若不然，我就回了二奶奶，别冤屈了好人。"彩云听了，不觉红了脸，一时羞恶之心感发，便说道："姐姐放心！也别冤了好人，也别带累了无辜之人伤体面。偷东西原是赵姨奶奶央告我再三，我拿了些与环哥是情真。连太太在家，我们还拿过，各人去送人，也是常事。我原说嚷过两天就罢了。如今既冤屈了好人，我心也不忍。姐姐竟带了我回二奶奶去，我一概应了完事。"

众人听了这话，一个个都诧异，他竟这样有肝胆。宝玉忙笑道："彩云姐姐果然是个正经人。如今也不用你应，我只说是我悄悄的偷的，唬你们顽。如今闹出事来，我原该承认；只求姐姐们，以后省些事，大家就好了。"彩云道："我干的事，为什么叫你应？死活我该去受。"平儿、袭人忙道："不是这样说。你一应了，未免又叮登出赵姨奶奶来，那时三姑娘听了，岂不生气？竟不如宝二爷应了，大家无事，且除这几个人，皆不得知道这事。何等的干净？但只以后千万大家小心些，就是了。要拿什么，好歹奈到太太到家。那怕连这房子给了人，我们就没干系了。"彩云听了，低头想了一想，方依允。

于是大家商议妥贴，平儿带了他两个，并芳官，往前边来。至上夜房中，叫了五儿，将茯苓霜一节也悄悄的教他说系芳官所赠，五儿感谢不尽。平儿带他们来至自己这边，已见林之孝家的带领了几个媳妇，押解着柳家的，等勾多时。林之孝家的又向平儿说："今儿一早押了他来，恐园里没人伺候姑娘们的饭，我暂且将秦显的女人派了去伺候。姑娘一并回明奶奶：他到干净谨慎，以后就派他常伺候罢。"平儿道："秦显的女人是谁？我不大相熟。"林之孝家的道："他是园里南角子上夜的。白日里没什么事，所以姑娘不大相识。高高孤拐，大大的眼睛，最十净爽利的。"玉钏儿道："是了，姐姐你怎么忘了？他是跟二姑娘的司棋的婶娘。司棋的父母虽是大老爷那边的人，他这叔叔却是咱们这边的。"平儿听了，方想起来，笑道："哦，你早说是他，我就明白了。"又笑道："也太派急了些。如今这事，八下里水落石出了，连前儿太太屋里丢的，也有了主儿。是宝玉那日过来，和这两个业障要什么的，偏这两个业障沤他顽，说：'太太不在家，不敢拿。'宝玉便瞅他两个不堤防的时节，自己进去拿了些什么出来。这两个业障不知道，就唬慌了。如今宝玉听见带累了别人，方细细的告诉了我，拿出东西来。我瞧一件不差。那茯苓霜是宝玉外头得了的，也曾赏过许多人，不独园内人有，连妈妈子们讨了出去给亲戚们吃，又转送人。袭人也曾给过芳官之流人，他们私情各相来往，也是常事。前儿那两篓还摆在议事厅上，好好的原封没动。怎么就混赖起人来？等我回了奶奶再说。"说毕，抽身进了卧房。将此事照前言回了凤姐儿一遍。

凤姐儿道："虽如此说，但宝玉为人，不管青红皂白，爱兜揽事情。别人再求求他去，他又搁不住人两句好话；给他个炭篓子带上，什么事他不应承？咱们若信了，将来若大事也如此，如何使人？还要细细的追求才是。依我的主意，把太太屋里的丫头都拿来。虽不便擅加拷打，只叫他们垫着磁瓦子，跪在太阳地下，茶饭也别给吃。一日不说，跪一日，便是铁打的，一日也管招了。又道是'苍蝇不抱没缝的蛋。虽然这柳家的没偷，到底有些影儿，人才说他。虽不加贼刑，也革出不用。朝廷家原有挂误的，到也不算委屈了他。"平儿道："何苦来操这心！得放手时须放手。什么大不了的事，乐得不施恩呢？依我说，纵在这屋里操上一百分的心，终久咱们是那边屋里去的。没的结些小人仇恨，使人含怨。况且自己又三灾八难的，好容易怀了一个哥儿，到了六七个月还掉了，焉知不是素日操劳太过、气恼伤着的？如今乘早儿见一半不见一半的，也到罢了。"一席话，说的凤姐儿到笑了，说道："凭你这小蹄子发放去罢。我才精爽些了，没的淘气。"平儿笑道："这不是正经！"说毕，转身出来，一一发放。要知端的，且听下回分解。

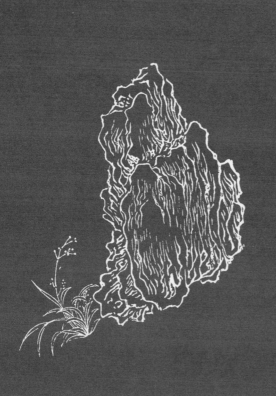

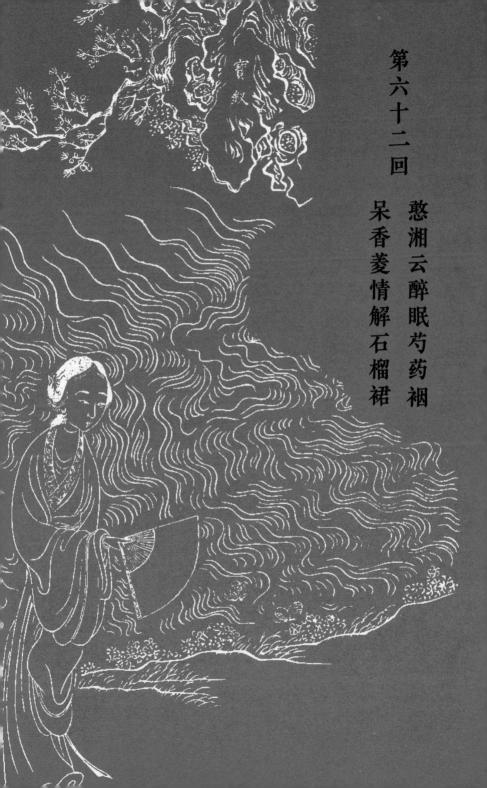

第六十二回

憨湘云醉眠芍药裀

呆香菱情解石榴裙

话说平儿出来，分付林之孝家的道："大事化为小事，小事化为没事，方是兴旺之家。若得不了一点子小事，便扬铃打鼓的乱折腾起来，不成道理。如今将他母女带回，照旧去当差。将秦显家的仍旧退回。再不必提此事。只是每日小心巡察要紧。"说毕，起身走了。柳家的母女忙朝上磕头。林家的带回园中，回了李纨、探春二人，皆说："知道了，能可无事。很好。"

司棋等人空兴头了一阵。那秦显家的，好容易等了这个空子钻了来，只兴头了半天。在厨房内正乱着：接收家伙、米粮、煤炭等物；又查出许多亏空来，说："粳米短了两石，常用米又多支了一个月的，炭也欠着额数"；一面又打点送林之孝家的礼，悄悄的备了一篓炭、五百斤木柴、一担粳米在外边，就遣了子侄送入林家去了；又打点送账房的礼；又预备几样菜蔬，请几位同事的人，说："我来了，全仗列位扶持。自今以后，都是一家人了。我有照顾不到的，好歹大家照顾些。"正乱着，忽有人来说与他："看过这早饭就出去罢。柳嫂子原无事，如今还交与他管了。"秦显家的听了，轰去魂魄，垂头丧气，登时掩旗息鼓，卷包而出。送人之物，白丢了许多。自己倒要折变了赔补亏空；连司棋都气了个倒仰，无计挽回，只得罢了。

赵姨娘正因彩云私赠了许多东西，被玉钏儿吵出来，生恐查考出来，每日捏一把汗，打听信儿。忽见彩云来告诉说："都是宝玉应了，从此无事。"赵姨娘方把心放下来。谁知贾环听如此说，便起了疑心，将彩云凡私赠之物，都拿了出来，照着彩云的脸摔了去，说："这两面三刀的东西！我不稀罕！你不和宝玉好，他如何肯替你应？你既有担当给了我，原该不与一个人知道。如今你既然告诉他，如今我再要这个也没趣儿。"彩云见如此，急的以身赌誓，至于哭了，百般解说，贾环执意不信，说："不看你素日之情，去告诉二嫂子，就说：'你偷来给我，我不敢要。'你细想去。"说毕，摔手出去了。急的赵姨娘骂："没造化的种子！蛆心业障！"气的彩云哭个泪干肠断。赵姨娘百般的安慰他："好孩子！他辜负了你的心，我看的真。让我收起来，过两日他自然回转过来了。"说着，便要收东西。彩云赌气一顿包起来，乘人不见时，来至园中，都撇在河内，顺水沉的沉、漂的漂。自己气的夜间在被内暗哭。

当下又值宝玉生日已到。原来宝琴也是这日，二人相同。因王夫人不在家，也不曾像往年闹热。只有张道士送了四样礼，换的寄名符儿。还有几处僧尼庙的和尚、姑子送了供尖儿，并寿星、纸马、疏头，并本命星官、值年太岁、周年换的锁儿。家中常走的男女先儿来上寿。王子腾那边，仍是一套衣服、一双鞋袜、一百寿桃、一百束上用银丝挂面。薛姨娘处减一等。其馀家中人，尤氏仍是一双鞋袜，凤姐儿是一个宫制四面和合荷包，里面装一个金寿星，一件波斯国所制玩器。各庙中遣人去放堂舍钱。又另有宝琴之礼，不能备述。姊妹中皆随便，或有一扇的，或有一字的，或有一画的，或有一诗的，聊复应景而已。

这日宝玉清晨起来，梳洗已毕，冠带出来。至前厅院中，已有李贵等四五个人在那里，设下天地香烛。宝玉炷了香，行毕礼，奠茶、焚纸后，便至宁府中宗祠祖先堂两处行毕礼；出至月台上，又朝上遥拜过贾母、贾政、王夫人等；一顺到尤氏上房，行过礼，坐了一回，方回荣府。先至薛姨妈处，薛姨妈再三拉着，然后又遇见薛蝌，让一回，方进园来。晴雯、麝月二人跟随，小丫头夹着毡子。从李氏起，一一挨着比他长的房中到过。复出二门，至李、赵、张、王四个奶妈家，让了一回，方进来。虽众人要行礼，也不曾受。回至房中，袭人等只都来说一声就是了。王夫人有言，不令年轻人受礼，恐折了福寿，故皆不磕头。

歇一时，贾环、贾兰等来了。袭人连忙拉住，坐了一坐，便去了。宝玉笑说走乏了，便歪在床上，方吃了半盏茶。只听外面咭咭呱呱，一群丫头笑进来，原来是翠墨、小螺、翠缕、入画、邢岫烟的丫头篆儿，并奶子抱着巧姐儿，彩鸾、绣鸾八九个人，都抱着红毡，笑着走来说："拜寿的挤破了门了，快拿面来我们吃。"刚进来时，探春、湘云、宝琴、岫烟、惜春也都来了。宝玉忙迎出来，笑说："不敢起动！快预备好茶！"进入房中，不免推让一回，大家归坐。袭人等捧过茶来，才吃了一口，平儿也打扮的花枝招展的来了。宝玉忙迎出来，笑说："我方才到凤姐姐门上，回了进去，不能见我。又打发人进去，让姐姐的。"平儿笑道："我正打发你姐姐梳头，不得出来回你。后来听见又说让我，我那里禁当的起？所以特赶来磕头。"宝玉笑道："我也禁当不起。"袭人早在外间安了坐，让他坐。平儿便福下去，宝玉作揖不迭；平儿便跪下去，宝玉也忙还跪下。袭人连忙搀起来，又下了一福，宝玉又还了一揖。袭人笑推宝玉："你再作揖！"宝玉道："已经完了，怎么又作揖？"袭人笑道："这是他来给你拜寿，今儿也是他的生日，你也该给他拜寿。"宝玉听了，忙又作下揖去，说："原来今儿也是姐姐的芳诞。"平儿还福不迭。

湘云拉宝琴、岫烟说："你们四个人对拜寿，直拜一天才是。"探春忙问："原来邢妹妹也是今儿？我怎么就忘了！"忙命丫头："去告诉二奶奶，赶着补了一分礼，与琴姑娘的一样，送到二姑娘屋里去。"丫头答应着去了。岫烟见湘云直口说出来，少不得要到各房去让让。探春笑道："到有些意思。一年十二个月，月月有几个生日，人多了，便这等巧。也有三个一日、两个一日的。大年初一日也不白过，大姐姐占了去。怨不得他福大，生日比别人就占先。又是太祖、太爷的生日。过了灯节，就是老太太和宝姐姐，他们娘儿两个遇的巧；三月初一日是太太，初九日是琏二哥哥。二月没人。"袭人道："二月十二是林姑娘，怎么没人？就只不是咱家的人。"探春笑道："我这个记性是怎么了？"宝玉笑指袭人道："他和林妹妹是一日，所以他记的。"探春笑道："原来你两个到是一日。每年连头也不给我们磕一个。平儿的生日，我们也不知道。这也是才知道。"平儿笑道："我们是那牌儿名上的人？生日也没拜寿的福！又没受礼职分，可吵闹什么？可悄悄的过去。今儿他又偏吵出来了。等姑娘们回房，我再行礼去罢。"探春笑道："也不敢惊动。只是今儿到要替你过个生日，我心里才过得去。"宝玉、湘云等一齐都说："很是。"探春便分付了丫头："去告诉他奶奶，就说我们大家说了，今儿一日不放平儿出去。我们也大家凑了分子过生日呢。"丫头笑着去了。半日回来，说："二奶奶说了，'多谢姑娘们给他脸。不知过生日给他些什么吃，只别忘了二奶奶，就不来絮聒他了'。"众人都笑了。

　　探春因说道："可巧今儿里头厨房不预备饭，一应下面弄菜都是外头收拾。咱们就凑了钱，叫柳家的来揽了去。只在咱们里头收拾到好。"众人都说是极。探春一面遣人去问李纨、宝钗、黛玉，一面遣人去传柳家的进来，分付他内厨房中快收拾两棹酒席。柳家的不知何意，因说："外厨房都预备了。"探春笑道："你原来不知道？今儿是平姑娘的华诞。外头预备的是上头的，这如今我们私下又凑了分子，单为平姑娘预备两棹请他。你只管拣新巧的菜蔬预备了来，开了账到我那里领钱。"柳家的笑道："原来今日也是平姑娘的千秋，我竟不知道。"说着，便向平儿磕下头去，慌的平儿拉起他来。柳家的忙去预备酒。这里探春又邀了宝玉同到厅上去吃面。等到李纨、宝钗一齐来全，又遣人去请薛姨妈与黛玉。因天气和暖，黛玉之疾渐愈，故也来了。花团锦簇，挤了一厅的人。

　　谁知薛蝌又送了巾、扇、香、帛四色寿礼与宝玉。宝玉于是过去陪他吃面。两家皆治了寿酒，互相酬送，彼此同领。至午间，宝玉又陪薛蝌吃了两杯酒，宝钗带了宝琴过来，与薛蝌行礼。把盏毕，宝钗因嘱薛蝌："家里的酒也不用送过那边去，这虚套竟可收了。你只请伙计们吃罢。我们和宝兄弟进去，还要待人去呢，也不能陪你了。"薛蝌忙说："姐姐、兄弟只管请，只怕伙计们也就好来了。"宝玉忙又告过罪，方同他姊妹回来。

　　一进角门，宝钗便命婆子："将门锁上！"把钥匙要了，自己拿着。宝玉忙说："这一道门何必关？又没多的人走。况且姨娘、姐姐、妹妹都在里头，倘或家去取什么，岂不费事？"宝钗笑道："小心没过迁的。你瞧你们那边，这几日七事八事，竟没有我们这边的人，可知是这门关的有功效了。若是开着，保不住那起人图顺脚、抄进路，从这里走，拦谁的是？不如锁了，连妈和我也禁着些，大家别走了，纵有事就赖不着这边人了。"宝玉笑道："原来姐姐也知道我们那边近日丢了东西？"宝钗笑道："你只知道玫瑰露和茯苓霜两件，乃因人而及物。若非因人，你连这两件还不知道呢！殊不知还有几件比这两件大的呢！若以后叨登不出来，是大家的造化；若叨登出来，不知里头连累多少人呢。你也是不管事的人，我才告诉你；平儿是个明白人，我前儿也告诉了他。皆因他奶奶不在外头，所以使他明白了。若不闹出来，大家乐得丢开手；若犯出来，他心里已有稿子，自有头绪，就冤屈不着平人了。你只听我说，以后留神，小心就是了。这话也不可对第二个人讲。"说着，来到沁芳亭边。只见袭人、香菱、侍书、素云、晴雯、麝月、芳官、蕊官、藕官等十来个人，都在那里看鱼作耍。见他们来了，都说："芍药栏里预备下了，快去上席罢。"宝钗等随携了他们同到了芍药栏中红香圃三间小敞厅内，连尤氏已请过来了，诸人都在那里，只没平儿。

原来平儿出去，有赖、林诸家送了礼来，连三接四，上中下三等家人来拜寿、送礼的不少。平儿忙着打发赏钱、道谢，一面又色色的回明凤姐儿。不过留下几样，也有不收的，也有收下即刻赏与人的。忙了一回，又直待凤姐儿吃过面，方换了衣裳，往园里来。

刚进了园，就有几个丫环来找他。一同到了红香圃中，只见筵开玳瑁，褥设芙蓉，众人都笑："寿星全了。"上面四座，定要让他四个人坐。四人皆不肯。薛姨妈说："我老天拔地，又不合你们的群儿，我到觉拘束的慌。不如我到厅上随便躺躺去到好。我又吃不下什么去，又不大吃酒，这里让他们到便宜。"尤氏等执意不从。宝钗道："这也罢了。到是让妈在厅上歪着自如些。有爱吃的送些过去，到自在罢哩。且前头没人在那里，又可照看了。"探春等笑道："既这样，恭敬不如从命"。因大家送了他到议事厅上，眼看着命丫头们铺了一个锦褥并靠背、引枕之类，又嘱咐："好生给姨妈捶腿，要茶要水，别推三扯四的。回来送了东西，姨妈吃了，就赏你们吃。只别离了这里出去。"小丫头们都答应了。探春等方回来。

终久让宝琴、岫烟二人在上，平儿面西坐，宝玉面东坐。探春又接了鸳鸯来，二人并肩对面相陪。西边一桌，宝钗、黛玉、湘云、迎春、惜春，一面又拉了香菱、玉钏儿二人打横。三桌上尤氏、李纨，又拉了袭人、彩云陪坐。四桌上便是紫鹃、莺儿、晴雯、小螺、司棋等人围坐。当下探春等还要把盏。宝琴等四人都说："这一闹，一日都坐不成了。"方才罢了。两个女先儿要弹词上寿，众人都说："我们没人要听那些野话，你厅上去说给姨太太解闷儿去罢。"一面又将各色吃食拣了，命人送与薛姨妈去。

宝玉便说："雅座无趣。须要行令才好。"众人有的说行这个令好，那个又说行那个令好，黛玉道："依我说，拿了笔砚，将各色全都写了。拈成阄儿，咱们抓出那个来，就是那个。"众人都道妙。即拿了一付笔砚、花笺。香菱近日学了诗，又天天学写字。见了笔、砚，便图不得，连忙起来，说："我写。"大家想了一回，共得了十来个，念着，香菱一一的写了，搓成阄儿，掷在一个瓶中间。探春便命平儿拣。平儿向内搅了一搅，用箸拈了一个出来，打开看，上写着"射覆"二字。宝钗笑道："把个酒令的祖宗拈出来。'射覆'从古有的，如今失了传，这是后人纂的，比一切的令都难。这里头到有一半是不会的。不如毁了，另拈一个雅俗共赏的。"探春笑道："既拈了出来，如何又毁？如今再拈一个，若是雅俗的，便叫他们行去。咱们行这个。"说着，又叫袭人拈了一个，却是"拇战"。史湘云笑着说："这个简断爽利，合了我的脾气。我不行这个射覆，没的垂头丧气，闷人。我只划拳去了。"探春道："惟有他乱令。宝姐姐快罚他一钟。"宝钗不容分说，便灌了湘云一杯。

探春道："我吃一杯，我是令官。也不用宣，只听我分派。"命取了令骰、令盆来。"从琴妹掷起，挨下掷去，对了点的二人射覆。"宝琴一掷，是个三。岫烟、宝玉等皆掷的不对，直到香菱方掷了个三。宝琴笑道："只好室内生春。若说到外头去，就太没头绪了。"探春道："自然。三次不中者，罚一杯。你覆他射。"宝琴想了一想，说了个"老"字。香菱原生于这令，一时想不到。满座满席都不见有与老字相连的成语。湘云先听了，便也乱看。忽见门斗上贴着"红香圃"三个字，便知宝琴覆的是"吾不如老圃"的"圃"字。见香菱射不着，众人击鼓又催，便悄悄的拉香菱，教他说"药"字。黛玉偏看见了，说："快罚他！又在那里私相传递呢。"闹的众人都知道了，忙又罚了一杯。恨的湘云拿筷子敲黛玉的手。于是罚了香菱一杯。下则宝钗和探春对了点子。探春便覆了一个"人"字，宝钗笑道："这个'人'字泛的很。"探春笑道："添一字，两覆一射，也不泛了。"说着，便又说了一个"窗"字。宝钗一想，因见席上有鸡肉，便射着他是用"鸡窗""鸡人"二典。因射了一个"埘"字。探春知他射着，用了"鸡栖于埘"的典。二人一笑，各饮一口门杯。

湘云等不得，早和宝玉"三""五"乱叫，划起拳来；那边尤氏和鸳鸯隔着席，也"七""八"乱叫，划起来；平儿、袭人也作了一对划拳。叮叮当当，只听得腕上的镯子响。一时，湘云赢了宝玉，平儿赢了袭人，尤氏赢了鸳鸯，三个人限酒底、酒面。湘云便说："酒面要一句古文，一句旧诗，一句骨牌名，一句曲牌名，还要一句时宪书上的话，共总凑成一句话。酒底要关人事的果菜名。"众人听了，都笑说："惟有他的令也比人唠叨，到也有意思。"便催宝玉快说。宝玉笑道："谁说过这个？也等想一想。"黛玉便道："你多喝一钟，我替你说。"宝玉真个喝了酒，听黛玉说道："落霞与孤鹜齐飞，风急江天过雁哀，却是一只折足雁，叫的人九回肠。这是鸿雁来宾。"说的大家笑了，说这一串子到有些意思。黛玉又拈了一个榛穰，说酒底道：

榛子非关隔院砧，何来万户捣衣声？

令完鸳鸯、袭人等皆说的是一句俗语，都带一个"寿"字的，不能多赘。

大家轮流乱划了一阵。这上面湘云又和宝琴对了点子，李纨和岫烟对了点子。李纨便覆了一个"瓢"字，岫烟便射了一个"绿"字。二人会意，各饮一口。湘云的拳却输了，请酒面、酒

底。宝琴笑道："请君入瓮。"大家笑起来，说："这个典用的
当！"湘云便说道：

> 奔腾砰湃，江间波浪兼天涌，须要铁锁缆孤舟。既遇着一江
> 风，不宜出行。

说的众人都笑了，说："好个诌断了肠子的。怪道他出这个
令，故意惹人笑。"又听他说酒底。湘云吃了酒，拣了一块鸭肉
呷口。忽见碗内有半个鸭头，遂拣了出来吃脑子。众人催他：
"别只顾吃，到底快说了。"湘云便用箸子举着，说道：

> 这鸭头不是那丫头，头上那讨桂花油？

众人越发笑起来。引的晴雯、翠螺、莺儿等一干人都走过
来，说："云姑娘会开心儿，拿着我们取笑儿。快罚一杯才罢！
怎见得我们就该擦桂花油的？到得每人给一瓶子桂花油擦擦。"
黛玉笑道："他到有心给你们一瓶子油，又怕挂误着打窃盗的官
司。"众人不理论，宝玉却明白，忙低了头。彩云有心病，不觉
的红了脸。宝钗忙暗暗的瞅了黛玉一眼，黛玉自悔失言，原是趣
宝玉的，就忘了趣着彩云，自悔不及。忙一顿行令，划拳，岔开
了。底下宝玉可巧和宝钗对了点子。宝钗覆了一个"宝"字，宝
玉想了一想，便知是宝钗作戏，指自己所佩通灵玉。便笑道：
"姐姐拿我作雅谑，我却射着了。说出来，姐姐别恼，就是姐姐
的讳：'钗'字就是了。"众人道："怎么解？"宝玉道："他说

'宝'，底下自然是'玉'了；我射'钗'字。旧诗曾有'敲断玉钗红烛冷'。岂不射着了！"湘云说道："这用时事，却使不得。两个人都该罚！"香菱忙道："不止时事，这也有出处。"湘云道："'宝玉'二字并无出处，不过是春联上或有之，诗书纪载并无，等不得。"香菱道："前日我读岑嘉州五言律，现有一句，说'此乡多宝玉'。怎么你到忘了？后来又读李义山七言绝句，又有一句'宝钗无日不生尘'。我还笑说，'他两个名字都原来在唐诗上呢'！"众人笑说："这可问住了。快罚一杯。"湘云无语，只得饮了。大家又该对点的对点，划拳的划拳。

这些人因贾母、王夫人不在家，没了管束，便任意取乐，呼三喝四，喊七叫八，满厅中红飞翠舞，玉动珠摇，真是十分热闹。顽了一回，大家方起席散了一散，倏然不见了湘云。只想他外头自便，去了就来。谁知越等越没了影响，使人各处去找，那里找得着？

接着，林之孝家的同着几个老婆子来，生恐有正事呼唤；二者，恐丫嬛们年青，乘王夫人不在家，不服探春等约束，姿意痛饮，失了体统。故来请问有事无事。探春见他们来了，便知其意，忙笑道："你们又不放心，来查我们来了！我们没有多吃酒，不过是大家顽笑，将酒作个引子。妈妈们别

玉兄此时置身于红飞翠舞之中，得不飘飘欲仙乎？

绮园

耽心。"李纨、尤氏都也笑说："你们歇着去罢！我们也不敢叫他们多吃了。"林之孝家的等人笑说："我们知道，连老太太还叫姑娘们吃酒，姑娘们还不肯吃；何况太太们不在家，自然顽罢了。我们怕有事，来打听打听。二则天长了，姑娘们顽一回子，还该点补些小食儿。素日又不大吃杂东西，如今吃一两杯酒，若不多吃些东西，怕受伤。"探春笑道："妈妈们说的是，我们也正要吃呢。"因回头命取点心来。两傍丫嬛们答应了，忙去传点心。探春又笑让："你们歇着去罢。或是姨妈那里说话儿去。我们即刻打发人送酒你们吃去。"林之孝家的等人笑回："不敢领了。"又站了一回，方退了出来。平儿摸着脸，笑道："我的脸都热了，也不好意思见他们。依我说，竟收了罢。别惹他们再来，到没意思了。"探春笑道："不相干，横竖咱们不认真喝酒就罢了。"

正说着，只见一个小丫头笑嘻嘻的走来："姑娘们，快瞧云姑娘去！吃醉了，图凉快，在山子后头一块青板石凳上睡着了。"众人听说，都笑道："快别吵嚷！"说着，都走来看时，果见湘云卧于山石僻处一个石凳子上，业经香梦沉酣，四面芍药花飞了一身，满头脸、衣襟上，皆是红香散乱，手里的扇子在地下，也半被落花埋了。一群蜂蝶闹穰穰的围着。他又用鲛鮹帕包了一包芍药花瓣枕着。众人看了，又是爱，又是笑，忙上来推唤挽扶。湘云口内犹作睡语，说酒令，嘟嘟嚷嚷说：泉香而酒洌，玉盏盛来琥珀光，直饮到梅稍月上，醉扶归，却为宜会亲友。众人笑推他，说道："快醒醒儿！吃饭去。这潮凳上还睡出病来呢。"湘云慢起秋波，见了众人，低头看了一看，自己方知是醉了。原是来纳凉避静的，不觉的因多罚了两杯酒，姣嫩不胜，便睡着了。心中反觉自愧，连忙起身，扎挣着同人来至红香圃中，漱过口，又吃了两盏滟茶。探春忙命将醒酒石拿来，给他衔在口内；一时又命他喝了一些酸汤，方才觉得好了些。

当下又选了几样果菜，与凤姐送去，凤姐儿也送了几样来。宝钗等吃过点心，大家也有坐的，也有立的，也有在外撷花的，也有扶栏观鱼的，各自取便，说笑不一。探春便和宝琴下棋，宝钗、岫烟观局。林黛玉和宝玉在一簇花下唧唧哝哝，不知说些什么。

只见林之孝家的和一群女人，带了一个媳妇进来。那媳妇愁眉苦脸，也不敢进厅，只到了阶下，便朝上跪下了，磕头有声。探春因一块棋受了敌，算来算去，纵得了两个眼，便折了官着，两眼只瞅着棋枰，一只手却伸在盒内，只管抓弄棋子作想。林之孝家的站了半天，因回头要茶时，才看见，问："什么事？"林之孝家的便指那媳妇说："这是四姑娘屋里的小丫头彩儿的娘，现是园内伺候的人。嘴很不好，才是我听见了，问着他。他说的话，也不敢回姑娘。当撵出去才是。"探春道："怎么不回大奶奶？"林之孝家的道："方才大奶奶都往厅上姨太太处去了，顶头看见，我已回明白了，叫回姑娘来。"探春道："怎么不回二奶奶？"平儿道："不回去也罢。我回去说一声就是了。"探春点点头，道："既这么着，就撵出他去。等太太来了，再回明了，再定夺。"说毕，仍又下棋。这林之孝家的带了那人去，不提。

黛玉和宝玉二人站在花下，遥遥知意。黛玉便说道："你家三丫头，到是个乖人。虽然叫他管些事，到底一点儿不肯多事，差不多的人，就早作起威福来了。"宝玉道："你不知道呢！你病着时，他干了好几件事。这园子也分了人管，如今多撷一草，也不能了。又蠲了几件事，单拿我和凤姐姐扎筏子，禁止别人，最是心里有算计的人。岂只乖而已！"黛玉道："要这样才好。咱们家里也太花费了。我虽不管事，心里每常闲了，替你们一算计，出的多，进的少。如今若不省俭，必致后手不接。"宝玉笑道："凭他怎么后手不接，也短不了咱们两个人的。"黛玉听了，转身就往厅上寻宝钗说笑去了。

宝玉正欲走时，只见袭人走来，手内捧着一个小连环洋漆茶盘，里面可式放着两钟新茶。因问："他往那去了？我见你们两个半日没吃茶，巴巴的倒了两钟来，他又走了！"宝玉道："那不是他？你给他送去。"说着，自拿了一钟。袭人便送了那钟去，他偏和宝钗在一处，只得一钟茶。便说："那位渴了，那位先接了。我再倒去。"宝钗笑道："我却不渴，只要一口漱一漱，就勾了。"说着，先拿起来喝了一口，剩了半杯，递在黛玉手内。袭人笑说："我再倒去。"黛玉笑道："你知道我这病，大夫不许我多吃茶，这半钟尽勾了。难为你想的到。"说毕，饮干，将杯放下。袭人又来接宝玉的。

宝玉因问："这半日没见芳官。他在那里呢？"袭人四顾一瞧，说："才在这里几个人斗草的，这会子不见了。"宝玉听说，便忙回至房中。果见芳官面向里，睡在床上。宝玉推他，说道："快别睡觉！咱们外头顽去，一回儿好吃饭的。"芳官道："你们吃酒不理我，教我闷了半日，可不来睡觉罢了。"宝玉拉了他起来，笑道："咱们晚上家里再吃，回来我叫你袭人姐姐带了你棹上吃饭，何如？"芳官道："藕官、蕊官都不上去，单我在那里，也不好。我也不惯吃那个面条子，早饭也没好生吃，才刚饿了。我已告诉了柳嫂子，先给我做一碗汤，盛半碗粳米饭送来。我这里吃了就完事。若是晚上吃酒，不许教人管着我，我要尽力吃勾了才罢。我先在家里，吃二三斤好惠泉酒呢。如今学了这劳什子，他们说怕坏嗓子，这几年也没闻见。乘今儿我是要开斋了。"宝玉道："这个容易。"

说着，只见柳家的果遣了人送了一个盒子来。小燕接着，揭开，里面是一碗虾丸鸡皮汤，又是一碗酒酿清蒸鸭子，一碟腌的胭脂鹅脯，还有一碟四个奶油松饷卷酥，并一大碗热腾腾、碧荧荧蒸的绿畦香稻粳米饭。小燕放在案上，走去拿了小菜并碗箸过来，拨了一碗饭。芳官便说："油腻腻，谁吃这些东西！"只将汤泡饭，吃了一碗，拣了两块腌鹅，就不吃了。宝玉闻着，到觉比往常之味有胜些似的，遂吃了一个卷酥，又命小燕也拨了半碗饭，泡汤一吃，十分香甜可口。小燕和芳官都笑了。

吃毕，小燕便将剩的要交回。宝玉道："你吃了罢。若不勾，再要些来。"小燕道："不用要，这就勾了。方才麝月姐姐拿了两盘子点心给我们吃了。我再吃了这个，尽不用再吃了。"说着，便站在棹傍，一顿吃了。又留下两个卷酥，说："这个留着给我妈吃。晚上要吃酒，给我两碗酒吃就是了。"宝玉笑道："你也爱吃酒？等着咱们晚上痛喝一阵。你袭人姐姐和晴雯姐姐量也好，也要喝。只是每日不好意思。今儿大家开斋。还有一件事，想着嘱咐你，我竟忘了，此刻才想起来：以后芳官全要你照看他。他或有不到的去处，你提他。袭人照顾不过这些人来。"
小燕道："我都知道，都不用操心。但只这五儿怎么样？"宝玉
道："你和柳家的说去，明儿直叫他进来罢。等我告诉他们一声
就完了。"芳官听了，笑道："这到是正经。"小燕又叫两个小
丫头进来，伏侍洗手、到茶，自己收了家伙，交与婆子，也洗了
手，便去找柳家的。不在话下。

宝玉便出来，仍往红香圃寻众姊妹。芳官在后，拿着巾扇。
刚出了院门，只见袭人、晴雯二人携手回来。宝玉问："你们做
什么？"袭人道："摆下饭了。等你吃饭呢。"宝玉便笑着将方
才吃的饭一节告诉了他两个。袭人笑道："我说你是馋猫儿捱了
饿，闻见了隔锅饭儿也是香的。虽然如此，也该上去陪他们吃，
多少应个景儿。"晴雯用手指戳在芳官额上，说道："你就是个
狐媚子！什么空儿了去吃饭？两个人怎么就约下了？也不告诉
我们一声儿？"袭人笑道："不过是误打误撞的遇见了，说约下
了，可是没有的事。"晴雯道："既这么着，要我们无用。明儿
我们都走了，让芳官一个人就彀使了。"袭人笑道："我们都去
了使得，你却去不得。"晴雯道："惟有我是第一个要去，又懒
又笨，性子又不好，又没用。"袭人笑道："倘或那孔雀褂子再
烧个窟窿，你去了，谁可会补呢？你到别和我拿三撇四的，我烦
你做个什么，把你懒的！横针不拈，竖线不动。一般也不是我的
私活烦你，横竖都是他的，就都不肯做。怎么我去了几天，你病
的七死八活，一夜连命也不顾，给他做了出来？这又是什么原
故？你到底说话呀！别这么妆憨儿和我笑，也当不了什么！"大
家说着，来至厅上。薛姨妈也来了，大家依序坐下吃饭。宝玉只

用茶泡了半碗饭，应景而已。一时吃毕，大家吃茶闲话，又随便顽笑。

外面小螺和香菱、芳官、蕊官、藕官、豆官等四五个人，都满园中顽了一回。大家采了些花草来兜着，坐在花草堆中斗草。这一个说："我有观音柳。"那一个说："我有罗汉松。"那一个又说："我有君子竹。"这一个又说："我有美人蕉。"这个又说："我有星星翠。"那个又说："我有月月红。"这个又说："我有《牡丹亭》上的牡丹花。"那个又说："我有《琵琶记》里的枇杷果。"豆官便说："我有姊妹花。"众人没了，香菱便说："我有夫妻蕙。"豆官说："从没听见有个'夫妻蕙'。"香菱道："一箭一花为兰，一箭数花为蕙。凡蕙有两枝，上下结花者，为'兄弟蕙'；有并头结花者，为'夫妻蕙'。我这枝并头的，怎么不是？"豆官没的说了，便起身笑道："依你说，若是这两枝一大一小，就是'老子儿子蕙'了？若两枝背面开的，就是'仇人蕙'了？你汉子去了大半年，你想着夫妻，便扯上蕙也有'夫妻'。好不害羞！"香菱听了，红了脸，忙要起身拧他，笑骂道："我把你这个烂了嘴的小蹄子！满嘴里汗敝的胡说了！等我起来，打不死你这小蹄子！"豆官见他要勾来，怎容他起来，便连忙起身将他压倒。回头笑着央告蕊官等："你们来，帮着我拧他这诌嘴。"两个人滚在草地下。众人拍手笑说："了不得了！那是一洼子水，可惜污了他的新裙子了。"豆官回头看了一看，果见傍边有一汪积雨，香菱的半扇裙子都污湿了。自己不好意思，忙夺了手跑了。众人笑个不住，怕香菱拿他们出气，也都哄笑一散。

香菱起身，低头一瞧，那裙上犹滴滴点点流下绿水来。正恨骂不绝，可巧宝玉见他们斗草，也寻了些花草来凑戏。忽见众人跑了，只剩了香菱一个低头弄裙，因问："怎么散了？"香菱便说："我有一枝夫妻蕙，他们不知道，反说我诌。因此闹起来，把我的新裙子也赃了。"宝玉笑道："你有夫妻蕙，我这里到有一枝并蒂菱。"口内说，手内却真个拈着一枝并蒂菱花，又拈了那枝夫妻蕙在手内。香菱道："什么夫妻不夫妻，并蒂不并蒂！你瞧瞧这裙子！"宝玉方低头一瞧，便"嗳呀"了一声，说："怎么就拖在泥里了？可惜这石榴红绫子最不禁染。"香菱道："这是前儿琴姑娘带了来的。姑娘做了一条，我做了一条，今儿才上身。"宝玉跌脚叹道："若你们家一日遭塌这一百件，也不值什么。只是头一件，既系琴姑娘带来的，你和宝姐姐每人才一件，他的尚好，你的先赃了。岂不辜负他的心？二则姨妈老人家嘴碎，饶这么样，我还听见常说你们'不知过日子，只会遭塌东西，不知惜福'呢。这叫姨妈看见了，又说一个不清。"香菱听了，这些话却碰在心坎儿上，反到喜欢起来了，因笑道："就是这话了。我虽有几条新裙子，都不合这一样。若有一样的，赶着换了，也就好了。过后再说。"宝玉道："你快休动！只站着方好。不然，连小衣儿、膝裤、鞋面都要拖赃。我有个主意：袭人上月做了一条和这个一模一样的，他因有孝，如今也不穿。竟送了你，换下这个来，如何？"香菱笑着摇头说："不好。他们倘或听见了，到不好。"宝玉道："这怕什么？等他们孝满了，他爱什么，难道不许你送他别的不成？你若这样，还是你素日为人了吗？况且不是瞒人的事，只管告诉宝姐姐也可，只不过怕姨妈老人家生气罢了。"香菱想了一想有理，便点头笑道："就是这样罢了，别辜负了你的心。我等着你，千万叫他亲自送来才好。"

宝玉听了，喜欢非常，答应了，忙忙的回来。一壁里低头心下暗算："可惜这么一个人，没父母，连自己的本姓都不知道，被人拐出来，偏又卖给了这个霸王。"因又想起上日，平儿也是意外想不到的，今日更是意外之意外的事了。一壁胡思乱想，^{又下此}_{四字。}来至房中，拉了袭人，细细告诉了他原故。香菱之为人，没人不怜爱的。袭人又本是个手中撒漫的，况与香菱素相交好，一闻此言，忙就开箱子取了出来折好，随了宝玉来寻着香菱。他还站在那里等呢！袭人笑道："我说你太淘气了！一定淘出个故事来才罢。"香菱红了脸，笑说："多谢姐姐了。谁知那起促狭鬼，使黑心。"说着，接了裙子。展开一看，果然同自己的一样。又命宝玉背过脸去，自己又手向内解下来，将这条系上。袭人道："把这赃了的交与我，拿回去收拾好了，再给你送去。你若拿回去，看见了也是要问的。"香菱道："好姐姐！你拿去，不拘给那个妹妹罢。我有了这个，不要他了。"袭人道："你到大方的好！"香菱忙又万福道谢。袭人拿了赃裙便走。

香菱见宝玉蹲在地下，将方才的夫妻蕙与并蒂菱用树枝儿抠了一个坑，先抓些落花来铺垫了，将这菱、蕙安放好了；又将些落花来掩了，方撮土掩埋平服。香菱拉他的手，笑道："这又叫做什么？怪道人人说你惯会鬼鬼祟祟使人肉麻的事！你瞧瞧你！这手弄的泥乌苔滑的，还不快洗去呢！"宝玉笑着，方起身走了，去洗手。香菱也自走开。二人已走远了数步，香菱复转身回来，叫住宝玉。宝玉不知有何话，扎着两只泥手，笑嘻嘻的转来，问："什么？"香菱只顾笑，还没说出来，那边他的小丫头臻儿走来说："二姑娘等着你说话呢。"香菱方向宝玉道："裙子的事可别向你哥哥说才好。"说毕，即转身走了。宝玉笑道："可不我疯了？往虎口里探头儿去呢。"说着，也回去洗手去了。不知端详。且听下回分解。

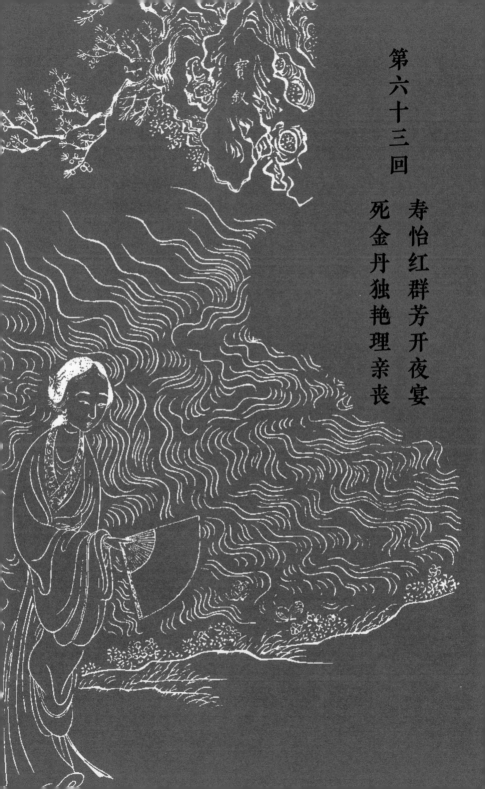

第六十三回　　寿怡红群芳开夜宴　　死金丹独艳理亲丧

话说宝玉回至房中洗手，因与袭人商议："晚间吃酒，大家取乐，不可拘泥。如今吃什么好，早些说给他们备办去。"袭人笑道："你放心！我和晴雯、麝月、秋纹四个人，每人五钱银子，共是二两；芳官、碧痕、小燕、四儿四个人，每人三钱银子；他们有假的不算，共是三两二钱银子，早已交给了柳嫂子，预备四十碟果子。我和平儿说了，已经抬了一坛好绍兴酒，藏在那边了。我们八个人单替你过生日。"宝玉听了，喜的忙说："他们是那里的钱？不该叫他们出才是。"晴雯道："他们没钱，难道我们是有钱的？这原是各人的心。那怕他偷的呢！只管领他们的情就是了。"宝玉听了，笑说："你说的是。"袭人笑道："你一天不挨他两句硬话撞你，你再过不去。"晴雯笑道："你如今也学坏了，专会架桥拨火儿。"说着，大家都笑了。宝玉说："关院门罢。"袭人笑道："怪不得人说你是'无事忙'。这会子关了门，人到疑惑起来。再等一等。"

宝玉点头，因说："我出去走走，四儿舀水去，小燕一个跟我来罢。"说着，走至外边。因见无人，便问五儿的事。小燕道："我才告诉了柳嫂子。他到喜欢的很，只是五儿那夜受了委屈、烦恼，回家去又气病了。那里来得？只得等好了罢。"宝玉听了，不免后悔长叹，因又问："这事袭人知道不知道？"小燕道："我没告诉。不知芳官可说了不曾？"宝玉道："我却没告诉过他。也罢，等我告诉他就是了。"说毕，复走进来，故意洗手。

已是掌灯时分，听得院门前有一群人进来。大家隔窗悄视，果见林之孝家的和几个管事的女人走来，前头一个人提着大灯笼。晴雯悄笑道："他们查上夜的人来了。这一出去，咱们好关门了。"只见怡红院凡上夜的人都迎了出去，林之孝家的看了不少，林之孝家的又分付："不要耍钱吃酒，放倒头睡到大天亮。我听见是不依的。"众人都笑说："那里有那样大胆子的人？"林之孝家的又问："宝二爷睡下了没有？"众人都回不知道。袭人忙推宝玉，宝玉趿了鞋便迎出来，笑道："我还没睡呢。妈妈进来歇歇。"又叫："袭人，倒茶来！"林之孝家的忙进来，笑说："还没睡？如今天长夜短了，该早些睡，明儿起的方早。不然，到了明日起迟了，人笑话，说不是个读书上学的公子了，到像那起挑脚汉了。"说毕，又笑。宝玉忙笑道："妈妈说的是。我每日都睡的早。妈妈每日进来，可都是我不知道的，已经睡了。今儿因吃了面，怕停住食，所以多顽一会子。"林之孝家的又向袭人等笑说："该漤些普洱茶吃。"袭人、晴雯二人忙笑说："漤了一盅子女儿茶，已经吃过两碗了。大娘也尝一碗？都是现成的。"说着，晴雯便倒了一碗来。

林之孝家的又笑道："这些时我听见二爷嘴里都换了字眼，赶着这几位大姑娘们竟叫起名字来了。虽然在这屋里，到底是老太太、太太的人，还该嘴里尊重些才是。若一时半刻，偶然叫一声使得，若只管叫起来，怕以后兄弟、侄儿照样，便惹人笑话。说'这家子的人眼里没有长辈'。"宝玉笑道："妈妈说的是。我原不过是一时半刻的。"袭人、晴雯都笑说："这可别委屈了他。直到如今，他可'姐姐'没离了口。不过顽的时候叫一声半声名字。若当着人，却是和先一样。"林之孝家的笑道："这才好呢。这才是读书知礼。越自己谦，越尊重。别说是三五代的陈人，现从老太太、太太屋里拨过来的，便是老太太、太太屋里的猫儿、狗儿，轻易也伤他不的。这才是受过调教的公子行事。"说毕，吃了茶，便说："请安歇罢。我们走了。"宝玉还说："再歇歇。"那林之孝家的已带了众人，又查别处去了。

这里晴雯等忙命关了门。进来笑说："这位奶奶！那里吃了一杯来了，唠三叨四的！又排场了我们一顿去了。"麝月笑道："他也不是好意的，少不得也要常提着些儿，也提防着怕走了大褶儿的意思。"说着，一面摆上酒果。袭人道："不用围桌，咱们把那张花梨圆炕桌子放在炕上坐，又宽绰又便宜。"说着，大家果然抬来。麝月和四儿那边去搬果子，用两个大茶盘，做四五次方搬运了来。两个老婆子蹲在外面火盆上筛酒。

宝玉说："天热，咱们都脱了大衣裳才好。"众人笑道："你要脱你脱，我们还要轮流安席呢。"宝玉笑道："这一安就安到五更天了。知道我最怕这些俗套子，在外人跟前不得已的。这会子还沤我，就不好了。"众人听了，都说："依你。"于是，先不上坐，且忙着卸妆、宽衣。^{凡吃酒从未生如此者，此独怡红风俗。故王夫人云他行事总是与世人两样的，知子莫过母也。}一时正装卸去，头上只随便挽着个鬏儿，身上皆是长裙、短袄。宝玉只穿着大红棉纱小袄子，下面绿绫弹墨褐裤，散着裤脚，倚着一个各色玫瑰芍药花瓣装的玉色袷纱新枕头，和芳官两个先划拳。当时芳官满口嚷热，^{余亦此时太热了，恨不得一冷。既冷时，思此热，果然一梦矣。}只穿着一件玉色红青酡绒三色缎子斗的水田小夹袄，束着一条柳绿汗巾，底下是水红撒花夹裤，也散着裤腿。头上眉额编着一圈儿小辫，总归至顶心，结一根鹅卵粗的总辫，拖在脑后。右耳眼内只塞着米粒大小的一个小玉塞子，左耳上单带着一个白果大小的硬红厢金大坠子，越显的面如满月犹白，眼如秋水还清，引的众人笑说："他两个到像是双生的弟兄两个。"

袭人等一一的斟了酒来，说："且等等再划拳。虽不安席，每人在手里吃我们一口罢了。"于是，袭人为先，端在唇上吃了一口，馀皆依次下去，一一吃过。大家方围坐定。小燕、四儿因炕沿上坐不下，便端了两张椅子，近炕放下。那四十个碟子，皆是一色白粉定窑的，不过只有小茶碟大，里面不过是山南海北、中原外国，或干或鲜，或水或陆，天下所有的酒馔果菜。

宝玉因说："咱们也该行个令才好！"袭人道："斯文些的才好。别大呼小叫，惹人听见；二则我们不识字，可不要那些文的。"麝月笑道："拿骰子，咱们抢红罢。"宝玉道："没趣，不好。咱们占花名儿好。"晴雯笑道："正是。早已想弄这个顽意儿。"袭人道："这个顽意虽好，人少了没趣。"小燕笑道："依我说，咱们竟悄悄的把宝姑娘、林姑娘请了来，顽一回子，到二更天再睡不迟。"袭人道："又开门喝户的闹！倘或遇见巡夜的问呢？"宝玉道："怕什么！咱们三姑娘也吃酒，再请他一声才好。还有琴姑娘。"众人都道："琴姑娘罢了。他在大奶奶屋里，叨登的大发了。"宝玉道："怕什么！你们就快请去。"小燕、四儿都得不得一声，二人忙命开了门，分头去请。晴雯、麝月、袭人三人又说："他两个去请，只怕宝、林两个不肯来。须得我们请去，死活拉他来。"于是袭人、晴雯忙又命老婆子打个灯笼，二人也去。果然宝钗说："夜深了。"黛玉说："身上不好。"他二人再三央求，说："好歹给我们一点体面，略坐坐再来。"探春听了，却也欢喜，因想不请李纨，倘或被他知道了到不好，便命翠墨同了小燕，也再三的请了李纨和宝琴二人。会齐，先后都到了怡红院中。袭人又死活拉了香菱来。炕上又并了一张榻子，方坐开了。

宝玉忙说："林妹妹怕冷，过这边靠板壁坐。"又拿个靠背垫着些。袭人等都端了椅子在炕沿下一陪。黛玉却离着榻子远远的靠着靠背，因笑向宝钗、李纨、探春等道："你们日日说人夜聚赌饮，今儿我们自己也如此。以后怎么说人？"李纨笑道："这有何妨？一年之中，不过生日、节间如此，并无夜夜如此。这到也不怕。"

说着，晴雯拿了一个竹雕的签筒来，里面装着象牙花名签子，摇了一摇，放在当中。又取过骰子来，盛在盒内，摇了一摇，揭开一看，里面是五点，数至宝钗。宝钗便笑道："我先抓，不知抓出个什么来。"说着，将筒子摇了一摇，伸手掣出一根。大家一看，只见签上画着一支牡丹，题着"艳冠群芳"四字，下面又有镌的小字，一句唐诗，道是：

任是无情也动人。

又注着："在席共贺一杯。此为群芳之冠，随意命人，不拘诗词雅谑，道一则以侑酒。"众人看了，都笑说："巧的很，你也原配牡丹花。"说着，大家共贺了一杯。宝钗吃过，便笑说："芳官唱一枝我们听罢。"芳官道："既这样，大家吃门杯，好听的。"于是大家吃酒。芳官便唱："寿筵开处风光好。"众人都道："快打回去，这会子很不用你来上寿。拣你极好的唱来。"芳官只得细细的唱了一枝《赏花时》：

翠凤毛翎扎帚叉，闲为仙人扫落花。您看那风起玉尘沙。猛
可的那一层云霞，抵多少门外即天涯。您再休要剑斩黄龙一线儿
差，再休向东老贫穷卖酒家。您与俺眼向云霞。洞宾呵，您得了
人可便早些儿回话；若迟呵，错教人留恨碧桃花。

才罢。宝玉却只管拿着那签，口内颠来倒去念："任是无情
也动人。"听了这曲子，眼看着芳官不语。湘云忙一手夺了，掷
与宝钗。宝钗又掷了一个十六点，数到探春。

探春笑道："我还不知得个什么呢！"伸手掣了一根出来，
自己一瞧，便掷在地下，红了脸笑道："这东西不好，不该行这
令。这原是外头男人们行的令，许多混话在上头。"众人不解。
袭人等忙拾了起来，众人看上面是一枝杏花。那红字写着"瑶池
仙品"四字，诗云：

日边红杏倚云栽。

注云："得此签者，必得贵婿。大家恭贺一杯，共同饮一
杯。"众人笑道："我说是什么呢！这签原是闺阁中取戏的，除
了这两三根有这话的，并无杂话。这有何妨？我们家已有了个王
妃，难道你也是王妃不成？大喜！大喜！"说着，大家来敬，探
春那里肯饮？却被史湘云、香菱、李纨等三四个人死活灌了下
去。探春只命蠲了这个，再行别的。众人断不肯依。湘云拿着他

的手，强掷了个十九点出来，便该李氏掣。

李氏摇了一摇，掣出一根来一看，笑道："好极！你们瞧瞧这劳什子，竟有些意思。"众人瞧那签上，画着一枝老梅，是写着"霜晓寒姿"四字，那一面旧诗是：

竹篱茅舍自甘心。

注云："自饮一杯，下家掷骰。"李纨笑道："真有趣！你们掷去罢。我只自吃一杯。不问你们的废与兴。"说着，便吃酒，将骰过与黛玉。黛玉一掷，是个十八点，便该湘云掣。

湘云笑着，揎拳掳袖的伸手掣了一根出来。大家看时，一面画着一枝海棠，题着"香梦沉酣"四字，那面诗道是：

只恐夜深花睡去。

黛玉笑道："'夜深'两个字，改'石凉'两个字。"众人便知他趣白日间湘云醉卧的事，都笑倒了。湘云笑指那自行船与黛玉看，又说："快坐上那船家去罢，别多话了。"众人都笑了。因看注云："既云'香梦沉酣'，掣此签者，不便饮酒。只令上下二家各饮一杯。"湘云拍手笑道："阿弥陀佛！真真好签！"恰好黛玉是上家，宝玉是下家。给二人斟了两杯，只得要饮。宝玉先饮了半杯，瞅人不见，递与芳官，端起来，便一扬脖；黛玉只管和人说话，将酒全折在漱盂内了。湘云便绰起骰子来，一掷，掷个九点，数去该麝月。

麝月便掣了一根出来。大家看时，这面上一枝荼蘼花，题着"韶华胜极"四字，那边写着一句旧诗，道是：

开到荼蘼花事了。

注云："在席各饮三杯送春。"麝月问："怎么讲？"宝玉愁眉，忙将签藏了，说："咱们且喝酒。"说着，大家吃了三口，以充三杯之数。麝月一掷，掷了个十九点，该香菱。

香菱便掣了一根并蒂花，题着"联春绕瑞"。那面写着一句诗，道是：

连理枝头花正开。

注云："共贺掣者三杯，大家陪饮一杯。"香菱便又掷了个六点，该黛玉掣。

黛玉默默的想道："不知还有什么好的？被我掣着方好。"一面伸手取了一根。只见上面画着一枝芙蓉，题着"风露清愁"四字。那面一句旧诗，道是：

莫怨东风当自嗟。

注云："自饮一杯，牡丹陪饮一杯。"众人笑说："这个好极！除了他，别人不配作芙蓉。"黛玉也自笑了，于是饮了酒。便掷了个二十点。该着袭人。

袭人也伸手取了一支出来。却是一枝桃花，题着"武陵别景"四字。那一面旧诗写着道是：

桃红又是一年春。

注云："杏花陪一盏，坐中同庚者陪一盏，同辰者陪一盏，同姓者陪一盏。"众人笑道："这一回热闹有趣。"大家算来：香菱、晴雯、宝钗三人皆与他同庚，黛玉与他同辰，只无同姓者。芳官忙道："我也姓花，我也陪他一钟。"于是大家斟了酒，黛玉因向探春笑道："命中该着招贵婿的，你是杏花，快喝了，我们好喝。"探春笑道："这是个什么！大嫂子顺手给他一下子。"李纨笑道："人家不得贵婿，反挨打，我也不忍的。"说的众人都笑了。

袭人才要掷，只听有人叫门。老婆子忙出去问时，原来是薛姨妈打发人来了接黛玉的。众人因问："几更了？"人回："二更以后了，钟打过十一下了。"宝玉犹不信，要过表来，瞧了一瞧，已是子初初刻十分了。黛玉便起身说："我可掌不住了。回去还要吃药呢。"众人说："也都该散了。"袭人、宝玉等还要留着众人。李纨、宝钗等都说："夜太深了，不像。这已是破格了。"袭人道："既如此，每位再吃一杯再走。"说着，晴雯等已都斟满了酒，每人吃了，都命点灯。袭人等直送过沁芳亭河那边方回来。

关了门，大家复又行起令来。袭人等又用大钟斟了几钟，用盘攒了各样果菜与地下的老嬷嬷们吃。彼此有了三分酒，便猜拳赢唱小曲儿。那天已四更时分，老嬷嬷们一面明吃，一面暗偷，酒坛已罄。众人听了纳罕，方收什盥漱睡觉。芳官吃的两腮胭脂一般，眉梢眼角越添了许多丰韵，身子图不得，便睡在袭人身上，说：“好姐姐，我心跳的很。”袭人笑道：“谁许你尽力灌起来。”小燕、四儿也图不得，早睡了。晴雯还只管叫。宝玉道：“不用叫了。咱们且胡乱歇一歇罢。”自己便枕了那红香枕，身子一歪，便也睡着了。袭人见芳官醉的很，恐闹他唾酒，只得轻轻起来，就将芳官扶在宝玉之侧，由他睡了。自己却在对面榻上倒下。

大家黑甜一觉，不知所之。及至天明，袭人睁眼一看，只见天色晶明，忙说：“可迟了。”向对面床上瞧了一瞧，只见芳官头枕着炕沿上，睡犹未醒，连忙起来叫他。宝玉已翻身醒了，笑道：“可迟了。”因又推芳官起身。那芳官坐起来，犹发怔，揉眼睛。袭人笑道：“不害羞！你吃醉了，怎么也不拣地方儿，乱挺下了。”芳官听了，瞧了一瞧，方知道和宝玉同榻，忙笑的下地来，说：“我怎么吃的不知道了。”宝玉笑道：“我竟也不知道了。若知道，给你脸上抹些黑墨。”说着，丫头进来，伺候梳洗。宝玉笑道：“昨儿有扰，今儿晚上我还席。”袭人笑道：“罢，罢，罢。今儿可别闹了。再闹就有人说话了。”宝玉道：“怕什么！不过才两次罢了。咱们也算是会吃酒，那一坛子酒，怎么就吃光了？正是有趣，偏又没了。”袭人笑道：“原要这样才有趣。必至兴尽了，反无后味。昨儿都好上来了，晴雯连臊也忘了。我记得他还唱了一个。”四儿笑道：“姐姐忘了？连姐姐还唱了一个呢。在席的谁没唱过？”众人听了，俱红了脸，用两手握着，笑个不住。

忽见平儿笑嘻嘻的走来，说："亲自来请昨日在席的人。今儿我还东，短一个也使不得。"众人忙让坐吃茶。晴雯笑道："可惜昨夜没他。"平儿忙问："你们夜里做什么来？"袭人便说："告诉不得你！昨儿夜里热闹非常。连往日老太太、太太带着众人顽，也不及昨儿这一顽。一坛酒我们都鼓捣光了。一个个吃的把臊都丢了，三不知的又都唱起来。四更多天才横三竖四的打了一个盹儿。"平儿笑道："好！白和我要了酒来，也不请我，还说着给我听，气我！"晴雯道："今儿他还席，必来请你的。等着罢！"平儿笑问道："他是谁？谁是他？"晴雯听了，赶着笑打，说道："偏你这耳朵尖！听得真！"平儿笑道："这会子有事，不合你说。我干事去了。一回再打发人来请。一个不到，我是打上门来的。"宝玉等忙留他，已经去了。

这里宝玉梳洗了正吃茶。忽然一眼看见砚台底下压着一张纸，因说道："你们这随便混压东西也不好。"袭人、晴雯等忙问："又怎么了？谁又有不是了？"宝玉指道："砚台下是什么？一定又是那位的样子，忘记了收的。"晴雯忙启砚，拿了出来。却是一张字帖儿。递与宝玉看时，原来是一张粉签子，上面写着："槛外人妙玉恭肃遥叩芳辰。"宝玉看毕，直跳了起来。_{帖文亦蹈俗套之外。}忙问："这是谁接了来的？也不告诉！"袭人、晴雯等见了这般，不知当是那个要紧的人送来的帖子，忙一齐问："昨儿谁接下了一个帖子？"四儿忙飞跑进来，笑说："昨儿妙玉并没亲来，只打发个妈妈送来。我就搁在那里。谁知一顿酒就忘了。"众人听了，道："我当谁的！这样大惊小怪！这也不值的。"宝玉忙命:"快拿纸来!"当时拿了纸,研了墨,看他下着"槛外人"三字,自己竟不知回帖上回个什么字样才相敌。只管提笔出神,半天仍没主意。因又想:"若问宝钗去,他必又批评怪诞,不如问黛玉去。"想罢,袖了帖儿,径来寻黛玉。

刚过了沁芳亭,忽见岫烟颤颤巍巍的迎面走来。宝玉忙问:"姐姐那里去?"岫烟笑道:"我找妙玉说话。"宝玉听了,诧异说道:"他为人孤癖,不合时宜,万人不入他的眼的。原来他推重姐姐?竟知姐姐不是我们一流的俗人。"岫烟笑道:"他也未必真心重我,但我和他做过十年的邻居,只一墙之隔。他在蟠香寺修炼,我家原寒素,赁的是他庙里的房子。住了十年,无事到他庙里去作伴,我所认的字都是承他所授。我和他又是贫贱之交,又有半师之分。因我们投亲去了,闻得他因不合时宜,权势不容,竟投到这里来。如今又天缘凑合,我们得遇。旧情竟未改易,承他青目,更胜当日。"宝玉听了,恍如听了焦雷一般,喜的笑道:"怪道姐姐举止言谈,超然如野鹤闲云,原来有本而来。正因他的一件事,我为难,要请教别人去。如今遇见姐姐,真是天缘巧合。求姐姐指教。"说着,便将帖取与岫烟看。岫烟笑道:"他这脾气竟不能改,竟是生成这等放诞诡僻了。从来没见拜帖上下别号的,这可是俗语说的,'僧不僧、俗不俗、女不女、男不男',成个什么道理?"宝玉听说,忙笑道:"姐姐不知道,他原不在这些人中算,他原是世人意外之人,因取我是个些微有知识的,方给我这帖子。我因不知回什么字样才好,竟没了主意,正要去问林妹妹,可巧遇见了姐姐。"岫烟听了宝玉这话,且只顾用眼上下细细的打谅了半日,方笑道:"怪道俗语说的，'闻名不如见面'，又怪不得妙玉竟下这帖子给你，又怪不得上年竟给你那些梅花。既连他这样，少不得我告诉你原故。他常说：'古人中，自汉、晋、五代、唐、宋以来，皆无好诗，只有两句好，说道，'纵有千年铁门槛，终须一个土馒头'。所以他自称'槛外之人'。又常赞文是庄子的好，故又或称为'畸人'。他若帖子上是自称'畸人'的，你就还他个'世人'。'畸人'者，他自称是'畸零之人'；你谦自己乃'世中扰扰之人'，他便喜了。如今他自称'槛外之人'，是自谓蹈于铁槛之外了；你如今只下'槛内人'，便合了他的心了。"宝玉听了，如醍醐灌顶，"嗳哟"了一声，方笑道："怪道我们家庙说是'铁槛寺'呢！原来有这一说。姐姐就请让我去写回帖。"岫烟听了，便自往栊翠庵来。宝玉回房，写了帖子，上面只写"槛内人宝玉薰沐谨拜"几字，亲自拿了，到栊翠庵，只搁门缝儿投进去，便回来了。

因又见芳官梳了头，挽起鬓来，带了些花翠，忙命他改妆；又命将周围的短发剃了去，露出碧青头皮来，当中分大顶。又说："冬天作大貂鼠卧兔儿带。脚上穿虎头盘云五彩小战靴，或散着裤腿，只用净袜厚底镶鞋。"又说："芳官之名不好，竟改了男名才别致。"因又改作"雄奴"。芳官十分称心，又说："既如此，你出门也带我出去。有人问，只说我和茗烟一样的小厮就是了。"宝玉笑道："到底人看的出来。"芳官笑道："我说你是无才的。_{用芳官一骂有趣。}咱家现有几家土番。你就说我是个小土番儿。况且人人说我打联垂好看，你想这话可妙？"

宝玉听了，喜出意外，忙笑道："这却很好。我亦常见官员人等，多有跟从外国献俘之种，图其不畏风霜，鞍马便捷。既这等，再起个番名，叫作'耶律雄奴'。雄奴二音，又与'匈奴'相通，都是犬戎名性。况且这两种人，自尧、舜时，便为中华之患；晋、唐诸朝，深受其害，幸得咱们有福，生在当今之世，大舜之正裔，圣虞之功德仁孝，赫赫格天，同天地日月亿兆不朽。所以凡历朝中跳梁猖獗之小丑，到了如今，竟不用一干一戈，皆天使其拱手俯头，缘远来降。我们正该作践他们，为君父生色。"芳官笑道："既这样着，你该去操习弓马，学些武艺，挺身出去，拿几个反叛来，岂不进忠效力了？何必借我们，你鼓唇摇舌的！自己开心作戏，却说是称功颂德呢！"宝玉笑道："所以你不明白。如今四海宾服，八方宁静，千载百载不用武备。咱们虽一戏一笑，也该称颂，方不负坐享升平了。"芳官听了有理，二人自为妥贴甚宜。宝玉便叫他"耶律雄奴"。

究竟贾府二宅，皆有先人当年所获之囚，赐为奴隶，只不过令其饲养马匹，皆不堪大用。湘云素习憨戏异常，他也最喜武扮的，每每自己束銮带、穿折袖。近见宝玉将芳官扮成男子，他便将葵官也扮了个小子。那葵官本是常刮剔短发，好便于面上粉墨油彩，手脚又伶便，打扮了又省一层手。李纨、探春见了，也爱。便将宝琴的豆官也就命他打扮了一个小童：头上两个丫髻，短袄、红鞋，只差了涂脸，便俨是戏上的一个琴童。湘云将"葵官"改了，换作"大英"。因他姓韦，便叫他作"韦大英"，方合自己的意思，暗有"惟大英雄能本色"之语，何必涂朱抹粉才是男子？豆官身量、年纪皆极小，又极鬼灵。故曰"豆官"，园中人也有唤他作"阿豆"的，也有唤作"炒豆子"的。宝琴反说"琴童""书童"等名太熟了，竟是"豆"字别致，便换作"豆童"。

因饭后平儿还席，说红香圃太热。便在榆荫堂中摆了几席新酒佳肴。可喜尤氏又带了佩凤、偕鸳二妾过来游玩。这二妾亦是青年姣憨女子，不常过来的。今既入了这园，再遇见湘云、香菱、芳、蕊一干女子，所谓"方以类聚，物以群分"二语不错。只见他们说笑不了，也不管尤氏在那里，只凭丫嬛们去伏侍，且同众人一一的游玩。一时到了怡红院，忽听宝玉叫"耶律雄奴"，把佩凤、偕鸳、香菱三个人笑在一处。问是什么话。大家也学着叫这名字，又叫错了音韵，或忘了字眼，甚至于叫出"野驴子"来，引的合园中人，凡听见者无不笑倒。宝玉又见人人取笑，恐作践了他，忙又说："海西福朗思牙，闻有金星玻璃宝石，他本国番语以'金星玻璃'名为'温都里纳'。如今将你比作他，就改名唤叫'温都里纳'可好？"芳官听了，更喜，说："就是这样罢。"因此又唤了这名。众人嫌拗口，仍番汉名，就唤"玻璃"。

闲言少述。且说当下众人都在榆荫堂中，以酒为名，大家顽笑。命女先儿击鼓，平儿采了一枝芍药，大家约二十来人传花为令，热闹了一回。因人回说："甄家有两个女人送东西来了。"探春和李纨、尤氏三人出去议事厅相见。这里众人且出来散一散，佩凤、偕鸳两个去打秋千顽耍。宝玉便说："你两个上去，让我送。"慌的佩凤说："罢了，别替我们闹乱子。到是叫'野驴子'来送送使得。"宝玉忙笑道："好姐姐们！别顽了，没的叫人跟着你们学着骂他。"偕鸳又说："笑软

大家千金，不令作此戏。故写不及探春等人也。

了，怎么打呢？掉下来，栽出你的黄子来。"佩凤便赶着他打。

正顽笑不绝，忽见东府中几个人慌慌张张跑来，说："老爷殡天了。"众人听了，唬了一大跳，忙都说："好好的，并无疾病，怎么就没了？"家下人说："老爷天天修炼，定是功行图满，升仙去了。"尤氏一闻此言，又见贾珍父子并贾琏等皆不在家，一时竟没个着己的男子来，未免忙了。只得忙卸了妆饰，命人先到玄真观，将所有的道士都锁了起来，等大爷来家审问。一面忙忙坐车，带了赖升一干老家人、媳妇出城。又请太医看视，到底系何病？大夫们见人已死，何处诊脉来？素知贾敬导气之术，总属虚诞，更至参星礼斗，守庚申、服灵砂，妄作虚为，过于劳神费力，反因此伤了性命的。如今虽死，肚中坚硬似铁，面皮、嘴唇烧的紫绛皱裂，便向媳妇回说："系玄教中吞金服砂，烧胀而殁。"众道士慌的回说："原是老爷秘法新制的丹砂吃坏事，小道们也曾劝说：'功行未到，且服不得。'不承望老爷于今夜守庚申时，悄悄的服了下去，便升仙了。这恐是虔心得道，已出苦海，脱去皮囊，自了去也。"

尤氏也不听，只命锁着，等贾珍来发放。且命人去飞马报信。一面看视这里窄狭，不能停放。横竖也不能进城的，忙装裹好了，用软轿抬至铁槛寺来停放。掐指算来，至早也得半月的工夫，贾珍方能来到。目今天气炎热，实不可相待，遂自行主持，命天文生择了日期入殓。寿木已系早年备下，寄在此庙的，甚是便宜。三日后，便开丧破孝。一面且做起道场来等贾珍。

荣府中凤姐儿出不来，李纨又照顾姊妹，宝玉不识事体，只得将外头之事，暂托了几个家中二等管事人。贾琎、贾珖、贾珩、贾璎、贾菖、贾菱等各有执事。尤氏不能回家，便将他继母接来，在宁府看家。他这继母，只得将两个未出嫁的小女带来，一并起居，才放心。原为放心而来，终是放心而去。妙甚！

　　且说贾珍闻了此信，即忙告假，并贾蓉是有职之品，礼部见当今隆敦孝弟，不敢自专，具本请旨。原来天子极是仁孝过天的，且更隆重功臣之裔。一见此本，便诏问贾敬何职？礼部代奏："系进士出身，祖职已荫其子贾珍。贾敬因年迈多疾，常养静于都城之外玄真观。今因疾殁于寺中。其子珍、其孙蓉，现因国丧随驾在此，故乞假归殓。"天子听了，忙下额外恩旨，曰："贾敬虽白衣，无功于国。念彼祖父之功，追赐五品之职。令其子孙扶柩，由北下之门进都，入彼私第殡殓。任其子孙尽丧礼毕扶柩回籍外，着光录寺按上例赐祭。朝中自王公以下，准其祭吊。钦此。"此旨一下，不但贾府中人谢恩，连朝中所有大臣皆嵩呼称颂不绝。

　　贾珍父子星夜驰回。半路中，又见贾琏、贾珖二人，领家里小子飞骑而来，看见贾珍，一齐滚鞍下马请安。贾珍忙问："作什么？"贾琏回说："嫂子恐哥哥和侄儿来了，老太太路上无人，叫我们两个来护送老太太的。"贾珍听了，称赞不绝。又问家中如何料理。贾琏等便将如何拿了道士；如何挪至家庙；怕家内无人，接了亲家母和两个姨娘在上房住着。贾蓉当下也下了马，听见两个姨娘来了，便和贾珍一笑。贾珍忙说了几声妥当，加鞭便走。店也不投，连夜换马飞驰。

　　一日到了都门，先奔入铁槛寺。那天已是四更天气，坐更的闻知，忙喝起众人来。贾珍下了马，和贾蓉放声大哭，从大门外便跪爬进来，至棺前稽颡泣血，直哭到天亮，喉咙都哑了方住。尤氏等都一齐见过。贾珍父子忙按礼换了凶服，在棺前俯伏。无奈自己要理事，竟不能目不视物、耳不闻声，少不得减些悲戚，好指挥众人。因将恩旨备述与众亲友听了。一面先打发贾蓉家中料理停灵之事。

贾蓉得不得一声儿，先骑马飞来。至家，忙命前厅收掉椅、下槅扇、挂孝幔子，门前起鼓手棚、牌楼等事；又忙着进来看外祖母、两个姨娘。原来尤老安人年高喜睡，常歪着；他二姨娘、三姨娘都和丫头们作活计，他来了，都道烦恼。贾蓉且嘻嘻的望他二姨娘笑说："二姨娘，你又来了。我们父亲正想你呢。"尤二姐便红了脸，骂道："蓉小子！我过两日不骂你几句，你就过不得了，越发连个体统都没了。还亏你是大家公子哥儿，每日念书、学礼的，越发连那小家子瓢坎的也跟不上。"说着，顺手拿起一个熨斗来，搂头就打，吓的贾蓉抱着头滚到怀里告饶。尤三姐便上来撕嘴，又说："等姐姐来家，咱们告诉他。"贾蓉忙笑着跪在炕上求饶。他两个又笑了。贾蓉又和二姨抢砂仁吃。尤二姐嚼了一嘴渣子，吐了他一脸，贾蓉用舌头都舔着吃了。众丫头看不过，都笑说："热孝在身上，老娘才睡了觉，他两个虽小，到底是姨娘家。你太眼里没有奶奶了。回来告诉爷，你吃不了兜着走。"贾蓉撇下他姨娘，便抱着丫头们亲嘴。"我的心肝！你说的是。咱们馋他两个。"丫头们忙推他，恨的骂："短命鬼儿！你一般有老婆、丫头，只和我们闹。知道的说是顽，

妙极之顽！天下有是之顽？亦有趣甚！此语余亦亲闻者，非编有也。

不知道的人，再遇见那赃心烂肺

的、爱多管闲事嚼舌头的人，吵嚷的那府里谁不知道？谁不背地里嚼舌根？说咱们这边乱账。"贾蓉笑道："各门另户，谁管谁的事？都縠使的了。从古至今，连汉朝和唐朝，人还说'脏唐''臭汉'。何况咱们这宗人家？谁家没风流事？别讨我说出来，连那边大老爷这么利害，琏二叔还和那小姨娘不干净呢。凤姑娘那样刚强，瑞大叔还想他的账。那一件瞒了我？"

贾蓉只管信口开合、胡言乱道之间，只见他老娘醒了。请安问好，又说："难为老祖宗劳心！又难为两位姨娘受委屈！我们爷儿们感戴不尽，惟有等事完了，我们合家大小登门去磕头。"尤老安人点头道："我的儿，到是你们会说话。亲戚们原是该的。"又问："你父亲好？几时得了信赶到的？"贾蓉笑道："才刚赶到的。先打发我瞧你老人家来了。好歹求你老人家事完了再去。"说着又和他二姨挤眼。那尤二姐便悄悄咬牙含笑，骂："很会嚼舌头的猴儿崽子，留下我们给你爹作娘不成？"贾蓉又戏他老娘道："放心罢。我父亲每日为两位姨娘操心，要寻两个又有根基，又富贵，又年青，又俏皮的两位姨爹，好聘嫁这二位姨娘的。这几年总没拣得。可巧前日路上才相准了一个。"尤老只当真话，忙问："是谁家的？"两个姊妹丢了活计，一头笑，一头赶着打，说："妈别信这雷打的！"连丫头们都说："天老爷有眼，仔细雷要紧！"又值人来回话："事已完了。请哥儿出去看了，回爷的话去。"那贾蓉方笑嘻嘻的去了。不知如何，且听下回分解。

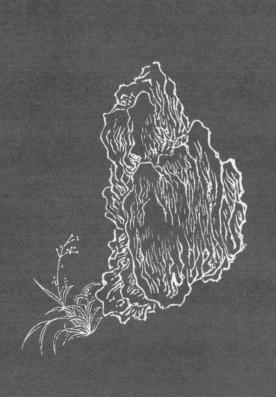

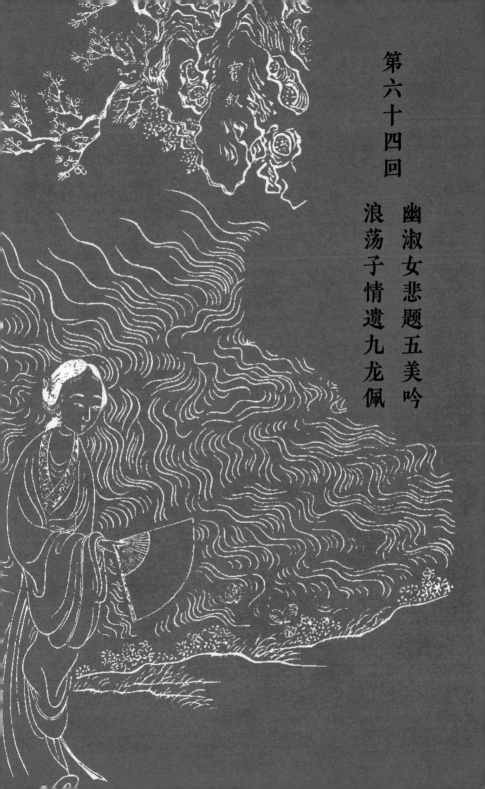

第六十四回

幽淑女悲題五美吟

浪荡子情遗九龙佩

此一回紧接贾敬灵柩进城，原当铺叙宁府丧仪之盛。但上回秦氏病故，熙凤理丧，已描写殆尽，若仍极力写去，不过加倍热闹而已。故书中于迎灵、送殡极忙乱处，却只闲闲数笔带过，忽插入钗、玉评诗，琏、尤赠佩一段闲雅文字来。正所谓急脉缓受也。

话说贾蓉见家中诸事已妥，连忙赶至寺中，回明贾珍。于是连夜分派各项执事人役，并预备一切应用旛扛等物。择于初四日卯时请灵柩进城。一面使人知会诸位亲友。

是日，其丧仪炫耀，宾客如云，自铁槛寺至宁府，夹路而观者，何啻万数！也有嗟叹的，也有羡慕的；又有一等半瓶醋的读书人，说是"丧礼与其奢易，莫若俭戚"的，一路纷纷议论不一。至未、申时方到，将灵柩停放正室之内。供奠举哀已毕。亲友渐次散回，只剩族中人分理迎宾送客等事。近亲只有邢大舅等相伴未去。贾珍、贾蓉此时为理法所拘，不免在灵傍藉草枕块，恨苦居丧。人散后，仍乘空寻他小姨子厮混。宝玉亦每日在宁府穿孝，至晚人散，方回园里。凤姐身体未愈，虽不能时常在此，或遇开坛、诵经、亲友行祭之日，亦扎挣过来，相帮尤氏料理料理。

一日，供毕早饭。因此时天气尚长，贾珍等连日劳倦，不免在灵傍假寐。宝玉见无客到，遂欲回家，看视黛玉。因先回至怡红院中。进入门来，只见院中寂静，悄无人声。有几个老婆子与小丫头们在回廊下取便乘凉，也有睡觉的，也有坐着打盹的。宝玉也不去惊动，只有四儿看见，连忙上前打帘子。将掀起时，只见芳官自内带笑跑出，几乎与宝玉撞个满怀。一见宝玉，方含着笑，站着说道："你怎么来了？你快与我拦住晴雯，他要打我呢。"一语未了，只听得屋内咕溜咕噜的乱响，不知是何物撒了一地。随后晴雯赶来，骂道："我看你这小蹄子往那里去？输了不叫打。宝玉不在家，我看着谁来救你！"宝玉连忙带笑拦住，说道："你妹子小，不知怎么得罪了你，看我的分上，饶了他罢！"晴雯也不想宝玉此时回来，乍一见，不觉好笑，遂笑说道："芳官竟是个狐狸精变的，就是会拘神遣将的符咒，也没有这样快！"又笑道："就是你请了神来，我也不怕。"遂夺手仍要捉拿芳官。芳官早已藏在宝玉身后。

宝玉遂一手拖了晴雯，一手携了芳官，进入屋内。看时，只见两边床上，麝月、秋纹、碧痕、紫绡等，正在那里抓子儿赢瓜子呢。却是芳官输与晴雯，芳官不肯叫打，跑了出去；晴雯因赶芳官，将怀内的子儿撒了一地。宝玉欢喜道："如此长天，我不在家，正恐你们寂寞，吃了睡觉，睡出病来。大家寻一件事，顽笑消遣甚好。"因不见袭人，又问道："你袭人姐姐呢？"晴雯道："他么？越发道学了。独自一个在屋里面壁呢。这好一会我们没进去，不知他作什么呢。一些声气也听不见，你快瞧瞧去罢，或者此时参悟了，也未定。"

宝玉听说，一面笑，一面走至里间。只见袭人坐在近窗的床上，手中拿着一根灰色绦子，正在那里打结子呢。见宝玉进来，连忙站起，笑道："晴雯这东西编派我什么呢？我因要赶着打完这结子，没工夫和他们瞎闹。因哄他们道：'你们顽去罢，趁着二爷不在家，我要在这里静坐一坐，养养神。’他就编派了我这些混话。什么‘面壁了’，‘参禅了’的。等一会我不撕他那嘴。”宝玉笑着，挨近袭人坐下。瞧他所打的结子，问道：“这么长天，你也该歇息，或和他们顽笑，要不瞧瞧林妹妹去也好，怪热的打这个那里使？”袭人道：“我见你带的扇套，还是那年东府里蓉大奶奶的事情上作的。因那个青东西，除族中或亲友家夏月有丧事，方带的着。一年遇着带一两遭，平常又不犯作。如今那府里有事，这是要过去天天带的。所以，我赶着另作了一个。等打完了，给你换下那旧的来。你虽然不讲究这个，若叫老太太回来看见，又该说我们躲懒，连你的穿带之物都不经心了。”宝玉笑道：“这真难为你想的到，只是也不可过于赶，热着了倒是大事。”说着，芳官早托了一杯凉水内新湃的茶来。因宝玉素昔秉赋柔脆，虽暑月不敢用冰，只以新汲井水，将茶连壶浸在盆内，不时更换，取其凉意而已。宝玉就芳官手内吃了半盏，遂向袭人道：“我来时已分付了茗烟，若珍大哥那边有要紧人客来时，令彼即来通禀；若无甚要事，我就不过去了。”说毕，遂出了房门，又回头向碧痕等道：“如有事，往林姑娘处来找我。”于是一径往潇湘馆来看黛玉。

　　将过了沁芳桥，只见雪雁领着两个老婆子，手中都拿着菱、藕、瓜、果之类。宝玉忙问雪雁道：“你们姑娘从不大吃这些凉东西的，拿这些瓜果何用？莫非要请那位姑娘、奶奶么？”雪雁笑道：“我告诉你，可不许你对姑娘说去。”宝玉点头应允。雪雁便命那两个婆子：“先将瓜果送去，交与紫鹃姐姐。他要问我，你就说我作什么呢，就来。”那婆子答应着去了。雪雁方说:"我们姑娘这两日方觉身上好些了。今日饭后,三姑娘会着要瞧二奶奶去,姑娘也没去。又不知想起了什么来,自己伤感了一回,提笔写了好些,不知是诗啊,词啊。叫我拿瓜果去时,又听得叫紫鹃将屋内摆着的小琴棹的陈设搬了下来,将棹子挪在外间当地,又叫将那龙文鼎[子之切，小鼎也。],放在棹上,等瓜果来时听用。若说是请人呢,不犯先忙着把个炉摆出来;若说是点香呢,我们姑娘素日屋内除摆新鲜花果木瓜之类,又不大喜熏衣服;就是点香,亦当点在常坐卧之处。难道是老婆子们把屋子熏臭了,要拿香熏熏不成?究竟连我也不知何故。"说毕,便连忙的去了。宝玉这里不由的低头细想,心内道:"据雪雁说来,必有原故。若是同那一位姊妹们闲坐,亦不必如此先设馔具;或者是姑爹、姑妈的忌日,但我记得每年到此日期,老太太都分付另外整理肴馔,送去与林妹妹私祭,此时已过;大约必是七月因为瓜果之节,家家都上秋祭的坟,林妹妹有感于心,所以在私室自己奠祭,取《礼记》上的'春秋荐其时食'之意,也未可定。但我此刻走去,见林妹妹伤感,必极力劝解,又怕他烦恼郁结于心;若竟不去,又恐他过于伤感,无人劝止。两件皆是致疾。莫若先到凤姐姐处一看,在彼稍坐即回。如若见林妹妹伤感,再设法开解,既不致使其过悲;而哀痛稍伸,亦不至抑郁致病。"想毕,遂出了园门,一直到凤姐处来。

正有许多执事婆娘们因回事毕,纷纷散出。凤姐儿正倚着门和平儿说话呢。一见宝玉,笑道:"你回来了么?我才分付了林之孝家的,使人告诉跟你的小厮:若没甚事,趁便请你回来,歇息歇息。再者，彼处人多，你那里禁得住那些气味。不想恰好你回来了。"宝玉笑道："多谢姐姐记挂。我也因今日没事，又见姐姐这两日没往那府里去，不知身上可大愈否。所以，回来看视看视。"凤姐道："左右也不过是这样。三日好，两日不好的。老太太、太太不在家，这些大娘们！嗳，那一个是安分的？每日不是打架，就辨嘴，连赌博偷盗之事已出来了两三件了。虽有三姑娘相帮办理，他又是个未出阁的姑娘，也有好叫他知道的，也有对他说不得的事。也只好强扎挣着罢了。总不得心静一会，别说想病好，求其不添也罢了。"宝玉道："虽如此说，姐姐还要保重身体，少操些心才是。"说毕，又说了些闲话，别过凤姐，一直往园中走来。

　　进了潇湘馆门看时，只见炉袅残烟，奠馀玉醴。紫鹃正看着人往里收棹子、搬陈设呢。宝玉便知已经祭完了。走入屋内，只见黛玉面向里歪着，病体恹恹，大有不胜之态。紫鹃忙说道："宝二爷来了。"黛玉方慢慢的起来，含笑让坐。宝玉道："妹妹这两日可大好些了？气色到觉比先静些。只是为何又伤心了？"黛玉道："可是你没的说了，好好的我多早晚又伤心了？"宝玉道："妹妹脸上现有哭泣之状，如何还哄我呢？只是我想，妹妹素日本来多病，凡事当各自宽解，不可过作无益之悲。若作践坏了身子，将来使我……"说到这里，觉得以下话有些难说，连忙咽住。只因他虽说与黛玉一处长大，情投意和，愿同生死，却只是心中领会，从来未曾当面说出。况兼黛玉心多，每每说话间，怕造次得罪了黛玉，致彼哭泣。今日原为的是来劝解黛玉，不想把话又说造次了，接不下去，心中一急；又怕黛玉恼他，又想一想自己的心，实在的是为好，因而转念为悲，早已滚下泪来。黛玉起先原恼宝玉说话不论轻重，如今见此光景，心有所感，本来素习爱哭，此时亦不免无言对泣。却说紫鹃端了茶来，打谅他二人不知又为何事角口，因说道："姑娘才身上好些，宝二爷又来怄气了。到底是怎么样？"宝玉一面拭泪，笑道："谁敢怄妹妹了？"一面搭讪着起来闲步。只见砚台底下，微露一纸角。不禁伸手拿起，黛玉忙要起身来夺，已被宝玉揣在怀内，笑说道："好妹妹！赏我看看罢。"黛玉道："不管什么，来了就混翻。"

一语未了，只见宝钗走来，笑道："宝兄弟要看什么？"宝玉因未见上面是何言词，不知黛玉心中如何，未敢造次回答，却望着黛玉笑。黛玉一面让宝钗坐，一面笑说道："我曾见古史中有才色的女子，终身遭际令人可欣、可羡、可悲、可叹者甚多，今日饭后无事，因欲择出数人胡乱凑几首诗，以寄感慨。可巧探丫头来会我瞧凤姐姐去，我也身上懒懒的，没同他去。适才将作了五六首。一时困倦起来，撂在那里。不想二爷来了，就瞧见了。其实给他看也到没有什么，但只我嫌他是不是的写了给人看去。"宝玉忙道："我多早晚给人看了呢？昨日那把扇子，原是我爱那几首白海棠诗。所以我自己用小楷写了，不过为的是拿在手中看着便易。我岂不知闺阁中诗词、字迹是轻易往外传诵不得的？自从你说了，我总没拿出园子出。"宝钗道："林妹妹这虑的也是。既写在扇子上，偶然忘记了，拿在书房里去，被相公看见了，岂有不问是谁作的呢？倘或传扬开去，反为不美。自古道：'女子无才便是德'。总以贞静为主，女工次之，其馀诗词之类，不过闺阁中游戏。原可以会，可以不会，咱们这样人家的姑娘，到不要这些才华的名誉。"因又笑向黛玉道："拿出来给我看看无妨，只不叫宝兄弟拿去就是了。"黛玉笑道："既如此说，连你也可以不必看了。"又指宝玉笑道："他早已抢了去了。"宝玉听了，方自怀内取出，凑至宝钗身傍，一同细看。只见写道是：

　　一代倾城逐浪花，吴宫空自忆儿家。

　　效颦莫笑东邻女，头白溪边尚浣沙。——西　施

　　肠断乌骓夜啸风，虞兮幽恨对重瞳。

　　黥彭甘受他年醢，饮剑何如楚帐中。——虞　姬

　　绝艳惊人出汉宫，红颜薄命古今同。

　　君王纵使轻颜色，予夺权何畀画工？——明　妃

　　瓦砾明珠一例抛，何曾石尉重娇娆。

　　都缘顽福前王造，更有同归慰寂寥。——绿　珠

　　长揖雄谈态自殊，美人巨眼识穷途。

　　尸居馀气扬公幕，岂得羁縻女丈夫。——红　拂

　　宝玉看了，赞不绝口。又说道："妹妹这诗，恰好只作了五首，何不就命名曰《五美吟》？"于是，不容分说，便提笔写在后面。宝钗亦说道："作诗不论何题，只要善翻古人之意，若要随人脚踪走去，纵使字句精工，已落第二义，究竟算不得好诗。即如前人所咏昭君之诗甚多，有悲挽昭君的，有怨恨延寿的，又有讥汉帝不能使画工图貌贤臣而画美人的，纷纷不

"五美吟"与后"十独吟"对照。

一。后来王荆公复有'意态由来画不成，当时任杀毛延寿'；永叔又有'耳目所见尚如此，万里安能制夷狄'。二诗各能俱出己见，不袭前人。今日林妹妹这五首诗，亦可谓命意新奇，别开生面了。"

仍欲往下说时，只见有人回道："琏二爷回来了。适才外间传说往东府里去了好一会了，想必就回来的。"宝玉听了，连忙起身，迎至大门以内等待。恰好贾琏自外下马进来，于是宝玉先迎着贾琏跪下，口中给贾母、王夫人等请了安，又给贾琏请了安，二人携手走了进来。只见李纨、凤姐、宝钗、黛玉、迎、探、惜等早在中堂等候，俱相见已毕。因听贾琏说道："老太太明日一早到家，一路身体甚好。今日先打发我来回家先看视，明日五更仍要出城迎接。"说毕，众人又问了些路途的光景，因贾琏远路适归，遂大家别过，让贾琏回房歇息。一宿晚景，不必细述。

至次日饭时前后，果见贾母、王夫人等到来。众人接见已毕，略坐了一坐，吃了一杯茶，便领了王夫人等人过宁府中来。只听见里面哭声震天，却是贾赦、贾琏送贾母到家，即过这边来了。当下贾母进入里面，早有贾赦、贾琏率领族中人哭着迎了出来。赦、琏一边一个，挽了贾母走至灵前，又有贾珍、贾蓉跪着扑入贾母怀中痛哭。贾母暮年之人，见此光景，亦搂了珍、蓉等痛哭不已。贾赦、贾琏在傍苦劝，方略略止住。又转至灵右，见了尤氏婆媳，不免又相持大哭一场。哭毕，众人方上前一一请安问好。贾珍因贾母才回家来，未得歇息，坐在此间，看着未免要伤心。遂再三求贾母回家。王夫人等亦再三相劝。贾母不得已，方回来了。果然年迈的人，禁不住风霜伤感，至夜间便觉头闷、身酸、鼻塞、声重，连忙请了医生来诊脉下药，足足的忙乱了半夜一日。幸而发散的快，未曾传经，至三更天，些须发了点汗，脉静身凉，大家方才放心。至次日，仍服药调理。

又过了数日，乃贾敬送殡之期。贾母犹未大愈，遂留宝玉在家侍奉。凤姐因未曾甚好，亦未去。其馀贾赦、贾琏、邢夫人、王夫人等率领家人仆妇，都送至铁槛寺。至晚方回。贾珍、尤氏并贾蓉，仍在寺中守灵。等过百日后，方扶柩回籍。家中仍托尤老娘并二姐、三姐照管。

却说贾琏素日既闻尤氏姐妹之名，恨无缘得见。近因贾敬停灵在家，每日与二姐、三姐相认已熟，不禁动了垂涎之意。况知与贾珍、蓉等素日有聚麀之诮，因而乘机百般撩拨，眉目传情。尤三姐却只是淡淡相对，只有二姐也十分有意。但只是眼目众多，无从下手。贾琏又怕贾珍吃醋，不敢轻动，只好二人心领神会而已。此时出殡以后，贾珍家下人少，除尤老娘带领二姐、三姐并几个粗使丫环、老婆子在正室居住外，其馀婢妾，都随在寺中。外面仆妇，不过晚间巡更，日间看守门户。白日无事，亦不进里面去。所以贾琏便欲趁此下手。遂托相伴贾珍为名，亦在寺中住宿。又时常借着替贾珍料理家务，不时至宁府中来，勾搭二姐。

一日有小管家俞禄来回贾珍道："前者所用棚杠孝布，并请扛人青衣，共使银一千两，除给银五百两外，仍欠五百两。昨日两处买卖人俱来催讨，小的特来讨爷示下。"贾珍道："你且向库上去领就是了。这又何必来回我？"俞禄道："昨日已曾向库上去领。但只是老爷仙游以后，各处支领甚多，所剩还要预备百日道场及寺中用度，此时竟不能发给。所以，小的今日特来回爷。或是爷内库里暂且发给，或者挪借何项。分付了，小的好办。"贾珍笑道："尔还当是先呢！有银子放着不使。你无论那里且借了给他罢。"俞禄笑回道："若说一二百，小的还可以挪借；这四五百，小的一时那里办得来！"贾珍想了一想，向贾蓉道："你问你娘去。昨日出殡以后，有江南甄家送来打祭银五百两，未曾交到库上去。你先要了来，给他去罢。"贾蓉答应了，忙过这边来。回了尤氏，复转来回他父亲道："昨日那项银子，已使了二百两；下剩的三百两，令人送至家中。交与老娘收了。"贾珍道："既然如此，你就带了他去，向你老娘要了出来，交给他。再也瞧瞧家中有事无事。问你两个姨娘好。下剩的俞禄先借了添上罢。"

贾蓉与俞禄答应了，方欲退出。只见贾琏走了进来。俞禄忙上前请了安。贾琏便问何事，贾珍一一告诉了。贾琏心中想道："趁此机会，正可至宁府寻二姐。"一面遂说道："这有多大事！何必向人借去？昨日我方得了一项银子，还没使呢。莫若给他添上，岂不省事？"贾珍道："如此甚好。你就分付了蓉儿，一并令他取去。"贾琏忙道："这必得我亲身取去。再我这几日没回家了，还要给老太太、老爷、太太们请请安去。到哥哥那边查查家人们有无生事，再也给亲家太太请请安。"贾珍笑道："只是又劳动老二，我心不安。"贾琏也笑道："自家兄弟，这有何妨呢？"贾珍又分付贾蓉道："你跟了你叔叔去，也到那边给老太太、老爷、太太们请安。说我和你娘都请安。打听打听老太太身上可大安了？还服药呢没有？"贾蓉一一答应了，跟随贾琏出来，带了几个小厮，骑上马一同进城。

在路间，叔侄闲话。贾琏有心，便提到尤二姐，因夸说如何标致，如何作人好，举止大方，言语温柔，无一处不令人可敬、可爱，"人人都说你婶子好，据我看，那里及你二姨一零"。贾蓉揣知其意，便笑道："叔叔既这样爱他，我给叔叔作媒，说了作二房如何？"贾琏笑道："敢是好呢！只是怕你婶子不依。再也怕你老娘不愿意。况且我听见说，你二姨已有了人家了？"贾蓉笑道："这都无妨。我二姨、三姨都不是我老爷养的，原是我老娘带了来的。听见说，我老娘在那一家时，就把我二姨许与皇庄张家，指腹为婚。后来张家遭了官司，败落了。我老娘又自那家嫁了出来。如今这十数年，两家音信不通。我老娘时常抱怨，要与他家退婚。我父亲也要将二姨转聘，只等有了好人家，不过令人找着张家，给他十数两银子，写上一张退婚字儿。想张家穷极了的人，见了十数两银子，有什么不依的？再他也知道，咱们这样的人家，也不怕他不依。又是叔叔这样人说了作二房，我管保我老娘和我父亲都愿意。到只是婶子那里却难。"贾琏听到这里，心花都开了。那里还有什么话说。只是一味呆笑而已。

贾蓉又想了一想，笑道："叔叔若有胆量，依我主意行去，管保无妨。不过多花上几个钱。"贾琏忙道："有何主意？快些说来。我没有不依的。"贾蓉道："叔叔回家，一点声色也别露。等我回明了我父亲，向我老娘说妥，然后在咱们府后方近左右，买上一所房子及应用家伙什物，再拨两窝子家人过去服侍。择了日子，人不知鬼不觉娶了过去。嘱咐家下人，不许走漏风声。婶子在里住着，深宅大院，那里就得知道了。叔叔两下里住着，过个一年半载，即或闹出来，不过挨上老爷一顿骂，叔叔只说婶子总不生育，原是为子嗣起见，所以私自在外面作成此事。就是婶子见生米做成熟饭，也只得罢了。再求一求老太太，没有不完的事。"自古道"欲令智昏"，贾琏只顾贪图二姐美色，听了贾蓉一篇话，遂为计出万全。将现今身上有服，并停妻再娶，严父妒妻，种种不妥之处，皆置之度外了。却不知贾蓉亦非好意。素日因同他两个姨娘有情，只因贾珍在内，不能畅意。如今若是贾琏娶了，少不得在外居住。趁贾琏不在时，好去鬼混之意。贾琏那里意想及此。遂向贾蓉致谢道："好侄儿，果然能彀说成了，我再买两个绝色的丫头谢你。"

说着，已至宁府门首。贾蓉说道："叔叔进去向我老娘要出银子来，就交给俞禄罢。我先给老太太请安去。"贾琏含笑点头道："老太太跟前别提我和你一同来的。"贾蓉道："知道。"又附耳向贾琏道："今日要遇见二姨，可别性急了。闹出事来，往后到难办了。"贾琏笑道："少胡说！你快去罢。我在这里等你。"于是贾蓉自去给贾母请安。

贾琏进入宁府，早有家人头儿率领家人等请安，一路围随，至厅上。贾琏一一问了些话，不过塞责而已，便命家人散去。独自往里面走来。——原来贾琏、贾珍素日亲密，又是弟兄，本无可避忌之人，自来是不等通报的。——于是走至上房，早有廊下伺候的老婆子打起帘子，让贾琏进去。贾琏进入房中一看，只见南边床上，只有尤二姐带着两个丫环一处做活，却不见尤老娘与三姐。贾琏忙上前问好相见。尤二姐亦含笑让坐，贾琏便靠东边板壁坐了，仍将上首让与二姐。寒温毕，贾琏笑问道："亲家太太同三妹妹那去了？怎么不见？"尤二姐笑道："才有事往后面去了，也就来的。"

此时伺候的丫嬛，因倒茶去，无人在跟前。贾琏睨视二姐一笑，二姐亦低了头，只含笑不理。贾琏又不敢造次动手动脚，因见二姐手中拿一条拴着荷包的手巾摆弄，便搭讪着往腰内摸了一摸，说道："槟榔荷包也忘了带来了。妹妹有槟榔，赏我一口吃。"二姐道："槟榔到有。只是我的槟榔，从来不给人吃。"贾琏便笑着，欲近身来拿。二姐怕人看见不雅，便连忙一笑撂了过来。贾琏接在手中，都倒了出来，拣了半块吃剩下的，撂在口中吃了。又将剩下的都揣了起来，将欲把荷包亲身送过去，只见两个丫嬛端了茶来。贾琏一面接了茶吃着，一面暗将自己带的一个汉玉九龙佩解了下来，拴在手巾上，趁丫嬛回头时，仍撂了过去。二姐也不去拿，只妆看不见，坐着吃茶。只听后面一阵帘子响，却是尤老娘、三姐带着两个小丫头，自后面走来。贾琏送目与二姐，令其拾取，这尤二姐只是不理。贾琏不知二姐何意，甚是着急，只得迎上来与尤老娘、三姐相见。一面又回头看二姐时，只见二姐笑着，没事人似的；再又看一看手巾，不知那里去了。贾琏方放了心。

于是大家归坐，叙了些闲话。贾琏说道："大嫂子说，前日有一包银子交给亲家太太收起来了。今日因要还人，珍大哥令我来取。再也看看家里有事无事？"尤老娘听了，连忙使二姐拿钥匙去取银子。这里贾琏又说道："我也要给亲家太太请请安，瞧瞧二位妹妹。亲家太太脸面到好，只是二位妹妹在我们家里受委屈。"尤老娘笑道："咱们都是至亲骨肉，说那里的话？在家里也是住着，在这里也是住着，不瞒二爷说，我们家里自从先夫去世，家计也着实艰难了。全亏了这里姑爷帮助。如今姑爷家里有了这样大事，我们不能别的出力，白看一看家，还有什么屈了的呢？"正说着，二姐已取了银子来，交与尤老娘。老娘便递与贾琏。贾琏又命一个小丫头，叫了一个老婆子来分付他道："你把这个交给俞禄，叫他拿过那边去等我。"婆子答应了，出去。

只听得院内是贾蓉声音说话。须臾进来，给他老娘、姨娘请了安。又向贾琏笑道："才将老爷还问叔叔呢。说是什么事情，要使唤叔叔去。原要使人到庙里去叫，我回老爷说'叔叔就来'，老爷还分付我：路上遇着叔叔，叫快去呢。"贾琏听了，忙要起身。又听贾蓉和他老娘说道："那一次我和老太太说的，我父亲要给二姨说的姨爹，就和我这叔叔的面貌、身量差不多儿。老太太说好不好？"一面说着，又悄悄用手指着贾琏，和他二姨努嘴。二姐到不好意思说什么，只见三姐笑骂道："坏透了的小猴儿崽子！没了你娘的说了！等我撕他那嘴。"一面说着，便赶了过来。贾蓉早笑着跑了出去。贾琏也笑着辞了出去。至厅上，又分付了家人们"不可耍钱、吃酒"等语。又悄悄的央贾蓉，回去急速和他父亲说，一面便带了俞禄过来，将银子添足，交彼拿去。自己见他父亲，给贾母去请安，不题。

却说贾蓉见俞禄跟了贾琏去取银子，自己无事，便仍回至里面，和他姨娘嘲戏了一回，方起身。至晚到寺，见了贾珍，回道："银子已经交给俞禄了。老太太已大愈了，如今已经不服药了。"说毕，又趁便将路上贾琏要娶尤二姐作二房之意说了。又说如何在外头置房子住，不使凤姐知道："此时总不过为的是子嗣艰难起见，为的是二姨是见过的，亲上作亲，比别处不知道的人家说了来的好。所以，二叔再三央我对父亲说。"只不说是他自己的主意。贾珍想了一想，笑道："其实倒也罢了。只不知你二姨心中愿意不愿意。明日你先去和你老娘商量，叫你老娘问准了你二姨，再作定夺。"于是又教了贾蓉一篇话，便走过来，将此事告诉了尤氏。尤氏却知此事不妥，因而极力劝止。无奈贾珍主意已定，素日又是顺从惯了的，况且他与二姐本非一母，不便深管。因而也只得由他们闹去。

至次日一早，果然贾蓉复进城来，见他老娘。将他父亲之意说了，又添上许多话说：贾琏作人如何好；目今凤姐身子有病，已是不能好的了；暂且买了房子在外面住着，过个一年半载，只等凤姐一死，便接了二姨进去作正室；又说他父亲此时如何聘，贾琏那边如何娶，如何接了你老人家养老，往后三姨也是那边应了替聘。说得天花乱坠，不由得尤老娘不肯。况素日全亏贾珍周济，此时又是贾珍作主替聘，而且妆奁不用自己置买，贾琏又是青年公子，比张华胜强十倍，遂连忙过来和二姐商议。二姐又是水性的人，在先和姐夫不妥，又常怨恨当时错许张华，致使后来终身失所。今见贾琏有情，况是姐夫将他聘嫁，有何不肯？亦便点头依允。当下回复了贾蓉。贾蓉回了他父亲。

次日命人请了贾琏到寺中来，贾珍当面告诉了他尤老娘应允了之事。贾琏自是喜出望外，又感谢贾珍、贾蓉父子不尽。于是二人商议着，使人看房子、打首饰，给二姐置买妆奁，及新房中应用床帐等物。不多几日，早将诸事办妥。已于宁荣街后二里远近小花巷内，头定一所房子，共二十馀间。又头了两个小丫头。贾珍又给了一房家人，名叫鲍二，夫妻两口，以备二姐过去时服役。又使人将张华父子叫来，逼劝着与尤老娘写退婚书。

却说张华之祖，原当皇庄，后来死去。至张华父亲时，仍充此役。因与尤老娘前夫相好，所以将张华与二姐指腹为婚。后来不料遭了官司，败落了家产，弄得衣食不周，那里还娶得起媳妇呢？尤老娘又自那家嫁了出来，两家有十数年音信不通。今被贾府家人唤至，逼他与二姐退婚。心中虽不愿意，无奈惧怕贾珍等势焰，不敢不依。只得写了一张退婚文约。尤老娘与银十两，两家退亲，不题了。

这里贾琏等见诸事已妥，遂择了初三黄道吉日，娶二姐过门。下回便见。正是：

只为同枝贪色欲，致叫连理起戈矛。

总评：

五首新诗何所居？颦儿应自日欷歔。柔肠一段千般结，岂是寻常望雁鱼？五百年风流债，一见了偏作怪。你贪我爱自难休，天巧姻缘浑无奈。父母者于子女间，莫失教训说前缘。防微之处休弛纵，严厉才能真爱怜。

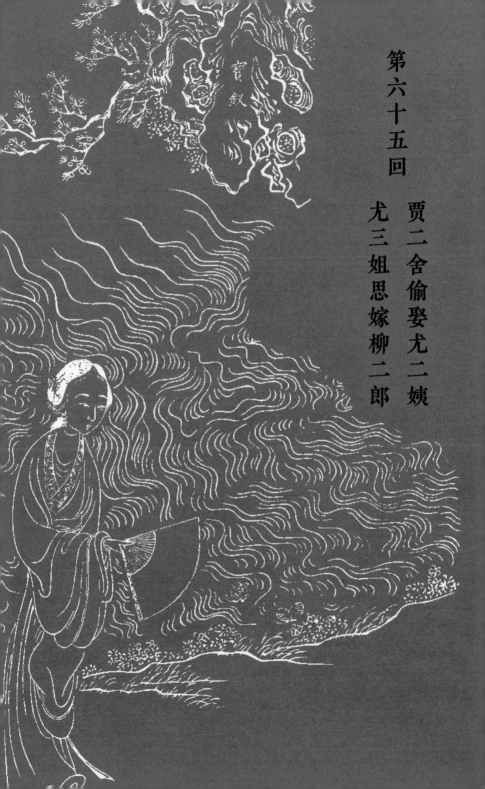

第六十五回　贾二舍偷娶尤二姨　尤三姐思嫁柳二郎

话说贾琏、贾珍、贾蓉等三人商议，事事妥贴。至初二日，先将尤老和三姐送入新房。尤老一看，虽不似贾蓉口内之言，也十分齐备，母女二人已称了心。鲍二夫妇见了，如一盆火，赶着尤老一口一声唤"老娘"，又或是"老太太"；赶着三姐唤"三姨"，或是"姨娘"。至次日五更天，一乘素轿，将二姐抬来。各色香烛、纸马，并铺盖，以及酒饭，早已备得十分妥当。一时贾琏素服坐了小轿而来，拜过天地，焚了纸马，那尤老见二姐身上、头上焕然一新，不是在家模样，十分得意。搀入洞房。

是夜，贾琏同他颠鸾倒凤，百般恩爱，不消细说。那贾琏越看越爱，越瞧越喜，不知怎生奉承这二姐。乃命鲍二等人不许提三说二的，直以"奶奶"称之，自己也称"奶奶"，竟将凤姐一笔勾倒。有时回家中，只说在东府有事羁伴。凤姐辈因知他和贾珍相得，自然是有事商议，也不疑心；再家下人虽多，都不管这些事。便有那游手好闲、专打听小事的人，也都去奉承贾琏，乘机讨些便宜，谁肯去露风？于是贾琏深感贾珍不尽。贾琏一月出五两银子，做天天的供给。若不来时，他母女三人一处吃饭；若贾琏来了，他夫妻二人一处吃，他母女便回房自吃。贾琏又将自己积年所有的梯己，一并搬了与二姐收着，又将凤姐素日之为人、行事，枕边、衾内，尽情告诉了他；只等一死，便接他进去。二姐听了，自是愿意。当下十来个人，到也过起日子来，十分丰足。

眼见已是两个月光景。这日，贾珍在铁槛寺作完佛事，晚间回家时，因与他姊妹久别，竟要去探望探望。先命小厮去打听贾琏在与不在，小厮回来说不在。贾珍欢喜，将左右一概先遣回去，只留两个心腹小童牵马。一时，到了新房，已是掌灯时分，悄悄入去。两个小厮将马拴在圈内，自往下房去听候。贾珍进来，屋内才点灯。先看过了尤氏母女，然后二姐出见。贾珍仍唤"二姨"。大家吃茶，说了一回闲话。贾珍因笑说："我作的这保山如何？若错过了，打着灯笼还没处寻！过日你姐姐还备了礼来瞧你们呢。"说话之间，尤二姐已命人预备下酒馔，关起门来，都是一家人，原无避讳。那鲍二来请安。贾珍便说："你还是个有良心的小子，所以叫你来伏侍。日后自有大用你之处。不可在外头吃酒生事，我自然赏你。倘或这里短了什么，你琏二爷事多，那里人杂，你只管去回我。我们弟兄不比别人。"鲍二答应道："是，小的知道。若小的不尽心，除非不要这脑袋了。"贾珍点头，说："要你知道。"当下四人一处吃酒。尤二姐知局，便邀他母亲说："我怪怕的，妈同我到那边走走来。"尤老也会意，便真个同他出来。只剩小丫头们。贾珍便和三姐挨肩擦脸，百般轻薄起来。小丫头子们看不过，也都躲了出去，凭他两个自在取乐。不知作些什么勾当。

跟的两个小厮，都在厨下和鲍二饮酒。鲍二的女人上灶。忽见两个丫头也走了来嘲笑，要吃酒。鲍二因说："姐儿们不在上头伏侍，也偷来了。一时叫起来没人，又是事。"他女人骂道："胡涂浑呛了的忘八！你撞丧那黄汤罢！撞丧醉了，夹着你那膫子，挺你的尸去！叫不叫与你毡相干？一应有我承当风雨，横竖洒不到你头上来。"这鲍二原因妻子发迹的，近日越发亏他。自己除赚钱吃酒之外，一概不管。贾琏等也不肯责备他。故他视妻如母，百依百随，且吃勾了便去睡觉。这里鲍二家的，陪着这些丫嬛、小厮吃酒，讨他们的好，准备在贾珍前上好。四人正吃的高兴，忽听扣门之声。鲍二家的忙出来开门，看见是贾琏下马，问有事无事。鲍二女人便悄悄告他说："大爷在这里西院里呢。"贾琏听了，便回至卧房。只见尤二姐和他母亲都在房中。见他来了，二人面上便有些赸赸的。贾琏反推不知，只命："快拿酒来！咱们吃两杯，好睡觉。我今日很乏了。"尤二姐忙上来陪笑，接衣奉茶，问长问短。贾琏喜的心痒难受。一时鲍二家的端上酒来，二人对饮。他丈母不吃，自回房中睡去了。两个小丫头，分了一个过来伏侍。

贾琏的心腹小童隆儿拴马去，见已有了一匹马。细瞧一瞧，知是贾珍的，心下会意，也来厨下。只见喜儿、寿儿两个，正在那里坐着吃酒。见他来了，也都会意，故笑道："你这会子来的巧，我们因赶不上爷的马，恐怕犯夜，往这里来借宿一宵的。"隆儿便笑道："有的是炕，只管睡。我是二爷使我送月银来的，交给了奶奶，我也不回去了。"喜儿便说："我们吃多了，你来吃一钟。"隆儿才坐下，端起杯来，忽听马棚内闹将起来。原来二马同槽，不能相容，互相蹶踶起来。隆儿等慌的忙放下酒杯，出来喝马。好容易喝住，另拴好了，方进来。鲍二家的笑说："你三人就在这里罢。茶也现成了，我可去了。"说着，带门出去。这里喜儿喝了几杯，已是楞子眼了。隆儿、寿儿关了门，回头见喜儿直挺挺的仰卧炕上，二人便推他说："好兄弟！起来好生睡。只顾你一个人，我们就苦了。"那喜儿便说道："咱们今儿可要公公道道的贴一炉子烧饼。要有一个充正经的人，我痛把他妈一肏。"隆儿、寿儿见他醉了，也不必多说，只得吹了灯，将就睡下。

尤二姐听见马闹，心下便不自安，只管用言语混乱贾琏。那贾琏吃了几杯，春兴发作，便命收了酒果，掩门宽衣。尤二姐只穿着大红小袄，散挽乌云，满脸春色，比白日更增了颜色。贾琏搂着他笑道："人人都说我们那夜叉婆齐整，如今我看来，给你拾鞋也不要。"尤二姐道："我虽标致，却无品行。看来到底是不标致的好。"贾琏忙问道："这话如何说？我却不解。"尤二姐滴泪说道："你们拿我作愚人待，什么事我不知？我如今和你作了两个月夫妻，日子虽浅，我也知你不是愚人。我生是你的人，死是你的鬼。如今既作了夫妻，我终身靠你，岂敢瞒藏一字？我算是有靠，将来我妹子却如何结果？据我看来，这个形景恐非长策，要作长久之计方可。"贾琏听了，笑道："你且放心！我不是拈酸吃醋之辈。前事我已尽知，你也不必惊慌。你因妹夫倒是作兄的，自然不好意思，不如我去破了这例。"说着，走了，便往西院中来。

只见窗内灯烛辉煌，二人正吃酒取乐。贾琏便推门进去，笑说："大爷在这里，兄弟来请安。"贾珍羞的无话，只得起身让坐。贾琏忙笑道："何必又作如此景象？咱们弟兄从前是如何样来？大哥为我操心，我今日粉身碎骨，感激不尽。大哥若多心，我意何安？从此以后，还求大哥如昔方好。不然，兄弟能可绝后，再不敢到此处来了。"说着，便要跪下，慌的贾珍连忙搀起，只说："兄弟怎么说，我无不领命。"贾琏忙命人看酒来，"我和大哥吃两杯。"又拉尤三姐说："你过来，陪小叔子一杯。"贾珍说笑着说："老二，到底是你！哥哥必要吃干这钟。"说着，一扬脖。

尤三姐站在炕上，指贾琏笑道："你不用和我花马吊嘴的！'清水下杂面，你吃我看'。'见提着影戏人子上场，好歹别戳破这层纸儿'。你别油蒙了心，打谅我们不知道你府上的事。这会子花了几个臭钱，你们哥儿俩拿着我们姐儿两个，权当粉头来取乐儿，你们就打错了算盘了！我也知道你那老婆太难缠，如今把我姐姐拐了来做二房，偷的锣儿敲不得。我也要会会那凤奶奶去，看他是几个脑袋，几只手。若大家好，取和便罢；倘若有一点叫人过不去，我有本事不先把你两个的牛黄狗宝掏了出来，再和那泼妇拚了这命，也不算是尤三姑奶奶！喝酒怕什么？咱们就喝！"说着，自己绰起壶来，斟了一杯，自己先喝了半杯，搂过贾琏的脖子来就灌，说："我和你哥哥已经吃过了，咱们来亲香亲香。"唬的贾琏酒都醒了，贾珍也不承望尤三姐这等无耻老辣。弟兄两个本是风月场中耍惯的，不想今日反被这闺女一席话说住。尤三姐一叠声又叫："将姐姐请来！要乐咱们四个一处同乐。俗话说'便宜不过当家'。他们是弟兄，咱们是姊妹，又不是外人，只管上来。"尤二姐反不好意思起来。贾珍得便就要一溜，尤三姐那里肯放。贾珍此时方后悔，不承望他是这种为人，与贾琏反不好轻薄起来。

这尤三姐松松挽着头发，大红袄子半掩半开，露着葱绿抹胸，一痕雪脯。底下绿裤红鞋，一对金莲或敲或并，没半刻斯文。两个坠子，却似打秋千一般。灯光之下，越显得柳眉笼翠露檀口点丹砂。本是一双秋水眼，再吃了酒，又添了饧涩、淫浪。不独将他二姊压倒，据珍、琏评去，所见过的上下贵贱若干女子，皆未有此绰约风流者。二人已酥麻如醉，不禁去招他一招；他那淫态风情，反将二人禁住。那尤三姐放出手眼来，略试了一试，他弟兄两个竟全然无一点别识别见，连口中一句响亮话都没了，不过是"酒色"二字而已。自己高谈阔论，任意挥霍，洒落一阵，拿他弟兄二人嘲笑取乐，竟真是他嫖了男人，并非男人淫了他。一时，他的酒足兴尽，也不容他弟兄多坐，撵了出去，自己关门睡去了。

自此后，或略有丫嬛、婆娘不到之处，便将贾琏、贾珍、贾蓉三个泼声厉言痛骂，说他爷儿三个诓骗了他寡妇孤女。贾珍回去之后，以后亦不敢轻易再来。有时尤三姐自己高了兴，悄命小厮来请，方敢去一会。到了这里，也只好随他的便。谁知这尤三姐天生脾气不堪，仗着自己风流标致，偏要打扮的出色另式，作出许多万人不及的淫情浪态来，哄的男子们垂涎落魄，欲近不能，欲远不舍，迷离颠倒，他以为乐。他母姊二人也十分相劝，他反说："姐姐糊涂！咱们金玉一般的人，白叫这两个现世宝玷污了去，也算无能。而且他家有一个极利害的女人，如今瞒着呢。他不知道一日，咱们方安静一日。倘或一日他知道了，岂有干休之理？势必有一场大闹。不知谁生谁死。趁如今，我不拿他们取乐作践，准折到那时，白落个臭名，后悔不及。"因此一说，他母女见不听劝，也只得罢了。那尤三姐天天挑拣穿吃，打了银的，又要金的；有珠子，又要宝石；吃的肥鹅，又宰肥鸭；或不趁心，连棹一推；衣裳不如意，不论绫缎新整，便用剪子铰碎了，撒一条，骂一句。

究竟贾珍等何曾随意了一日？反花了许多昧心钱。贾琏来了，只在二姐房内。心中也悔上来。无奈二姐到是个多情人，以为贾琏是终身之主了。凡事到还知疼着痒。若论起温柔和顺，凡事必商必议，不敢恃才自专，实较凤姐高十倍；若论标致，言谈行事，也胜五分。虽然如今改过，但已经失了脚，有了一个"淫"字，凭他有甚好处，也不算了。偏这贾琏又说："谁人无错？知过必改就好。"故不提以往之淫，只取现今之善，便如胶授漆，似水如鱼，一心一计，誓同生死，那里还有凤、平二人在意了。二姐在枕边、衾内，也常劝贾琏说："你和珍大哥商议商议，拣个熟的人，把三丫头聘了罢。留着他不是常法子，终久要生出事来，怎么处？"贾琏道："前日我曾回过大哥的，他只是舍不得。我说'是块肥羊肉，只是烫的慌'。'玫瑰花儿可爱，刺大扎手'。咱们未必降的住。正经拣个人，聘了罢。他只意意思思，就丢开手了。你叫我有何法？"二姐道："你放心！咱们明日先劝三丫头，他肯了，才好；不肯，让他自己闹去。闹的无法，少不得聘他。"贾琏听了，说："这话极是！"

至次日，二姐另备了酒，贾琏也不出门。至午间，特请他小妹过来，与他母亲上坐。尤三姐便知其意，<small>全用醍醐灌顶，全是大翻身、大解悟法。</small>酒过三巡，不用姐姐开口，先便滴泪泣道：<small>全用如是等语，一洗尊障。</small>"姐姐今日请我，自然有一翻大礼要说。但妹子不是那愚人，也不用絮絮叨叨提那从前丑事。我已尽知，说也无益。既如今姐姐也得了好处安身，妈也有了安身之处，我也要自寻个归结去，方是正理。但终身大事，一生至一死，非同儿戏。我如今改过守分。只要我拣一个素日可心如意的人，方跟他去；若凭你们拣择，虽是富比石崇，才过子建，貌比潘安的，我心里进不去，也白过了一世。"

贾琏笑道："这也容易。凭你说是谁就是谁。一应彩礼，都有我们置办，母亲也不用操心。"尤三姐泣道："姐姐知道，不用我说。"贾琏笑问二姐是谁，二姐一时也想不起来，大家想来，贾琏便道："定是此人无疑了。"便拍手笑道："我知道了。这人原不差，果然好眼力！"二姐笑问是谁，贾琏笑道："别人他如何进得去？一定是宝玉。"二姐与尤老听了，亦以为然。尤三姐便啐了一口，道：^{奇！不知何为。}"我们有姊妹十个，也嫁你弟兄十个不成？^{有理之极。}难道除了你家，天下就没了好男子了不成？"^{一骂，反有理。}众人听了，都诧异："除了他，还有那一个？"^{余亦如此想。}尤三姐笑道："别只在眼前想。姐姐只在五年前想，就是了。"^{奇甚。}

正说着，忽见跟贾琏的心腹小厮兴儿走来，请贾琏说："老爷那边紧等着，叫爷呢！小的答应往舅老爷那边去了。小的连忙来请。"贾琏又忙问："昨日家里没人问？"兴儿道："小的回奶奶说：'爷在家庙里同珍大爷商议作百日的事，只怕不能来家。'"贾琏忙命拉马。隆儿跟随去了。留下兴儿答应人来事务。

尤二姐拿了两碟菜，命拿大杯斟了酒，就命兴儿在炕沿下蹲着吃。一长一短向他说话儿。问他："家里奶奶多大年纪，怎么个利害的样子？老太太多大年纪？太太多大年纪？姑娘几个？"各样家常等语。兴儿笑嘻嘻的在炕沿下，一头吃，一头将荣府之事，备细告诉他母女。又说："我是二门上该班的人。我们共是两班，一班四个，共是八个。这八个人，有几个是奶奶的心腹，有几个是爷的心腹。奶奶的心腹，我们不敢惹；爷的心腹，奶奶的人就敢惹。提起我们奶奶来，心里刀毒，口里尖快。我们二爷也算是个好的，那里见得他？到是二爷跟前的平姑娘，为人很好，虽然和奶奶一气，他到背着奶奶常作些个好事。小的们凡有了不是，奶奶是容不过的，只求求他去，就完了。如今合家大小，除了老太太、太太两个人，没有不恨他的。只不过面子情儿怕他。皆因他一时看的人都不及他，只一味哄着老太太、太太两个人喜欢。他说一是一，说二是二，没人敢拦他。又恨不得把银子钱省下来，堆成山，好叫老太太、太太说他会过日子。殊不知苦了下人，他讨好儿。遇着有好事，他就不等别人去说，他先抓尖儿；或有了不好事，或他自己错了，他便一缩头，推到别人身上来，他还在傍边拨火儿。如今连他正经婆婆大太太都嫌了他，说他'雀儿拣着旺处飞，黑母鸡一窝儿。自家的事不管，倒替人家去瞎张罗'。若不是老太太在头里，早叫过他去了。"尤二姐笑道："你背着他这等说他，将来你又不知怎么说我呢！我又差他一层儿，越发有的说了。"兴儿忙跪下，说道："奶奶要这样说，小的不怕雷打？但凡小的们有造化，起先娶奶奶时，若得了奶奶这样的人，小的们也少挨些打骂，也少提心吊胆的。如今跟爷的这几个人，谁不背前背后的赞扬奶奶圣德怜下？我们商量着，叫二爷要出来，情愿来答应奶奶呢。"

尤二姐笑道："猴儿崽的，还不起来呢！说句顽话，就唬的那样起来。你们作甚么来呢？我还要找了你奶奶去呢！"兴儿连忙摇手，说："奶奶千万不要去！我告诉奶奶，一辈子别见他才好。嘴甜心苦，两面三刀；上头一脸笑，脚下使绊子；明是一盆火，暗是一把刀。都占全了。只怕三姨的这张嘴，还说他不过。像奶奶这样斯文、良善人，那里是他的对手？"尤氏笑道：

"我只以礼待他，他敢怎么样？"兴儿道："不是小的吃了酒放肆胡说，奶奶便有礼让，他看见奶奶比他标致，又比他得人心，他怎肯干休善罢！人家是醋罐子，他是醋缸、醋瓮。凡丫头们，二爷多看一眼，他有本事当着二爷打个烂羊头。虽然平姑娘在屋里，大约一年、二年之间，两个有一次到一处，他还要口里掂十个过子呢。气的平姑娘性子发了，哭闹一阵，说：'又不是我自己寻来的，你又浪着劝我；我原不依，你反说我反了。这会子又这样！'他一般的也罢了，到央告平姑娘。"尤二姐笑道："可是扯谎！这样一个夜叉，怎么反怕屋里的人呢？"兴儿道："这就是俗语说的，'天下跳不过礼字去'了。这平儿是他自幼的丫头，陪了过来。一共四个，嫁人的嫁人，死的死了，只剩了这个心腹。他原为收了屋里，一则显他贤良名儿；二则又叫拴爷的心，好不外头走邪道。又还有一段因果。我们家的规矩：凡爷们大了，未娶亲之先，都先放两个人伏侍的。二爷原有两个，谁知他来了，没半年，都寻出不是来，都打发出去了。别人虽不好说，自己脸上过不去，所以强逼着平姑娘作了房里人。那平姑娘又是个正经人，从不把这一件事放在心上，也不会挑妻窝夫的，到一味忠心赤胆，伏侍他，所以才容下了。"

尤二姐笑道："原来如此。但我听见你们家还有一位寡妇奶奶和几位姑娘。他这样厉害，这些人如何依得？"兴儿拍手笑道："原来奶奶不知道。我们家这位寡妇奶奶，他的浑名叫作'大菩萨'。第一个善德人。我们家的规矩又大，寡妇奶奶们不管事，只宜清净守节。妙在姑娘又多，只把姑娘们交给他，看书、写字、学针线、学道理，这是他的责任。除此，问事不知，说事不管。只因这一向他病了，事多，这大奶奶暂管几日。究竟也无可管，不过是按例而行，不像他多事逞才。我们大姑娘不用说，但凡不好，也没这段大福了。二姑娘的浑名是'二木头'。戳一针也不知'嗳哟'一声。三姑娘的浑名是'玫瑰花'。"尤氏姊妹忙笑问："何意？"兴儿笑道："玫瑰花又红又香，无人不爱的。只是有刺扎手。也是一位神道。可惜不是太太养的，'老鸹窝里出凤凰'。四姑娘小，他正经是珍大爷亲妹子。因自幼无母，老太太命太太抱过来，养了这么大，也是一位不管事的。奶奶不知道，我们家的姑娘不算，另外有两个姑娘，真是天上少有，地下无双。一个是咱们姑太太的女儿，姓林，小名儿叫什么黛玉。面庞、身段和三姨不差什么，一肚子文章，只是一身多病。这样的天，还穿夹的。出来风儿一吹，就倒了。我们这起没王法的嘴，都叫他'多病西施'。还有一位，姨太太的女儿，姓薛，叫什么宝钗，竟是雪堆出来的。每常出门，或上车，或一时院子里碰见了，我们鬼使神差，见了他两个，不敢出气儿。"尤二姐笑道："你们大家规矩。虽然你们小孩子进的去，然遇见小姐们，原该远远藏开。"兴儿摇手道："不是，不是，那正经大礼，自然远远的藏开，自不必说，就藏开了。自己不敢出气，是生怕这气大了，吹倒了姓林的；气暖了，吹化了姓薛的。"说的满屋里都笑起来了。不知端详，且听下回分解。

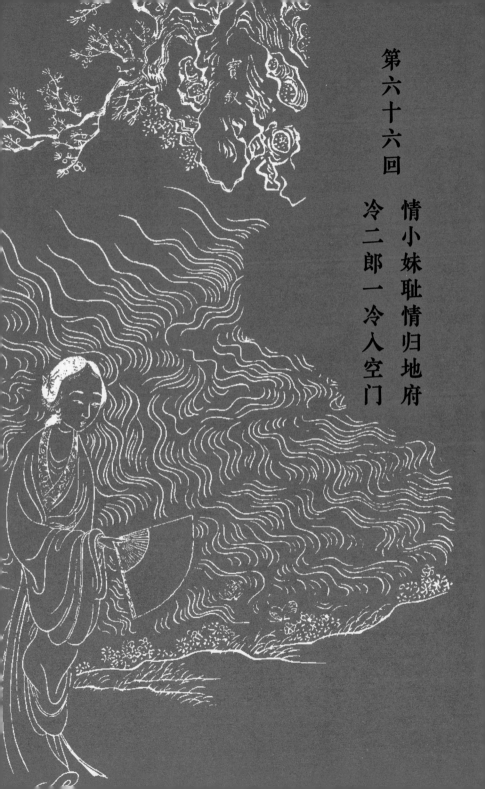

第六十六回　情小妹耻情归地府　冷二郎一冷入空门

话说鲍二家的打他一下子，笑道："原有些真的，叫你又编了这些混话，越发没了捆儿了。你到不像跟二爷的人，这些混话到像是宝玉那边的了。"好极之文！将茗烟等已全写出。可谓"一击两鸣法"，不写之写也。尤二姐才要又问，忽见尤三姐笑问道："可是你们家那宝玉，除了上学，他作些什么？"拍案叫绝！此处方问，是何文情？兴儿笑道："姨娘别问他。说起来姨娘也未必信。他长了这么大，独他没有上过正经学堂。我们家从祖宗直到二爷，谁不是寒窗十载？偏他不喜读书。老太太的宝贝，老爷先还管，如今也不敢管了。成天家疯疯癫癫，说的话，人也不懂；干的事，人也不知。外头人看着好个清俊模样儿，心里自然是聪明的，谁知是外清而内浊。见了人，一句话也没有。所有的好处，虽没上过学，到难为他认得几个字。每日也不习文，也不学武，又怕见人，只爱在丫头群里闹。再者，也没刚柔。有时见了我们，喜欢时，没上没下，大家乱顽一阵；不喜欢，各自走了，他也不理人。我们坐着、卧着，见了他，也不理，他也不责备。因此没人怕他。只管随便，都过的去。"

尤三姐笑道："主子宽了，你们又这样；严了，又抱怨。可知难缠。"情语，情文，至语。尤二姐道："我们看他到好。原来这样！可惜了一个好胎子。"尤三姐道："姐姐信他胡说！咱们也不是见了一面两面的。他行事、言谈、吃喝，原有些女儿气。那是只在里头惯了的。若说糊涂，那些儿糊涂？姐姐记得穿孝时，咱们同在一处。那日正是和尚们进来绕棺，咱们都在那里站着，他只站在头里挡着人。人说他不知礼，又没眼色。过后他没悄悄的告诉咱们说：'姐姐不知道。我并不是没眼色，我想和尚们赃，恐怕气味薰了姐姐们。'接着，他吃茶。姐姐又要茶，那个老婆子就拿了他的碗倒。他赶忙说：'我吃赃了的，另洗了再拿来。'这两件上，我冷眼看去，原来他在女孩子们前，不管怎样都过的去，只不大合外人的式。所以，他们不知道。"尤二姐听说，笑道："依你说，你两个已是情投意合了。竟把你许了他，岂不好？"三姐儿有兴儿，不便说话，只低头磕瓜子。兴儿笑道："若论模样儿，行事为人，到是一对好的。只是他已有了，只未露形。将来准是林姑娘定了的。因林姑娘多病，二则都还小，故尚未及此。再过三二年，老太太便一开言，那是再无不准的了。"

大家正说话，只见隆儿又来了，说："老爷有事，是件机密大事，要遣二爷往平安州去。不过三五日就起身，来回也得半月工夫。今日不能来了。请老奶奶早和二姨定了那事。明日爷来，好作定夺。"说着，带了兴儿回去了。这里尤二姐命掩了门早睡，盘问他妹子一夜。

至次日午后，贾琏方来了。尤二姐因劝他说："既有正事，何必忙忙又来？千万别为我误事。"贾琏道："也没甚事。只是偏偏的又出来了一件远差。出了月就起身，得半月工夫才来。"尤二姐道："既如此，你只管放心前去。这里一应不用你记挂。三妹子他从不会朝更暮改的。他已说了改悔，必是改悔的。他已择定了人，你只要依他就是了。"贾琏问是谁。尤二姐笑道："这人此刻不在这里，不知多早才来。也难为他眼力。自己说了：'这人一年不来，他等一年；十年不来，等十年；若这人死了，再不来了，他情愿剃了头，当姑子去，吃长斋念佛，以了今生。'"贾琏问："到底是谁？这样动他的心。"二姐笑道："说来话长。五年前，我们老娘家里做生日。妈和我们到那里与老娘

拜寿。他家请了一起串客，里头有个作小生的，叫作柳湘莲，

千奇百怪之文，
何至于此。 他看上了。如今要是他才嫁。旧年我们闻得柳湘莲惹

了一个祸，逃走了，不知可有下落没有？"贾琏听了，说："怪

道呢！我说是个什么样人，原来是他！果然眼力不错。你不知道

这柳二郎，那样一个标致人，最是冷面冷心的。差不多的人，他

都无情无义。他最和宝玉合的来。去年因打了薛呆子，他不好意

思见我们的，不知那里去了一向。后来听见有人说来了，不知是

真是假。一问宝玉的小子们就知道了。倘或不来，他萍踪浪迹，

知道几年才来。岂不白耽搁了？"尤二姐道："我们这三丫头，

说的出来，干的出来！他怎样说，只依他便了。"

　　二人正说之间，只见尤三姐走来，说道："姐夫，你只放

心。我们不是那心口两样的人，说什么是什么。若有了姓柳的

来，我便嫁他。从今日起，我吃斋念佛，只伏侍母亲。等他来

了，嫁了他去。若一百年不来，我自己修行去了。"说着，将

一根玉簪击作两段："一句不真，就如这簪子。"说着，回房去

了。真个竟非礼不动，非礼不言起来。贾琏无了法，只得和二

姐商议了一回家务。复回家与凤姐商议起身之事。一面着人问

茗烟。茗烟说："竟不知道。大约没来。若来了，必是我知道

的。"一面又问他的街坊，也说没来。贾琏只得回复了二姐。至

起身之日已近，前两天便说起身，却先往二姐这边来住两夜，从

这里再悄悄长行。果见小妹竟又换了一个人，又见二姐持家勤

慎，自是不消记挂。

　　是日一早出城，就奔平安州大道，晓行夜住，渴饮饥餐，方

走了三日。那日正走之间，顶头来了一群驮子，内中一伙，主仆

十来骑马。走的近来一看，不是别人，竟是薛蟠和柳湘莲来了。贾琏深为奇怪，^{余亦为}忙伸马迎了上来。大家一齐相见，说些别后寒温。大家便入酒店，歇下叙谈叙谈。贾琏因笑说："闹过之后，我们忙着请你两个和解，谁知柳兄踪迹全无，怎么你两个今日到在一处了？"薛蟠笑道："天下竟有这样奇事！我同伙计贩了货物，自春天起身，往回里走，一路平安。谁知前日到了平安州界，遇一伙强盗，已将东西劫去。不想柳二弟从那边来了，方把贼人赶散，夺回货物，还救了我们的性命。我谢他，又不受。所以我们结拜了生死弟兄。如今一路进京。从此后我们是亲弟亲兄一般。到前面岔口上分路，他就分路往南二百里，有他一个姑妈，他去望候望候；我先进京，去安置了我的事，然后给他寻一所宅子，寻一门好亲事，大家过起来。"贾琏听了道："原来如此。到教我们悬了几日心。"因又听道寻亲，又忙说道："我正有一门好亲事，堪配二弟。"说着，便将自己娶尤氏，如今又要发嫁小姨一节说了出来，只不说尤三姐自择之语。又嘱薛蟠："且不可告诉家里，等生了儿子，自然是知道的。"

薛蟠听了，大喜，说："早该如此。这都是舍表妹之过。"湘莲忙笑说："你又忘情了。还不住口。"薛蟠忙止住不语。便说："既是这等，这门亲事定要做的。"湘莲道："我本有愿，定要一个绝色的女子。如今既是贵昆仲高情，顾不得许多了，任凭裁夺，我无不从命。"贾琏笑道："如今口说无凭，等柳兄一见，便知我这内娣的品貌，是古今有一无二的了。"湘莲听了大喜，说："既如此说，等弟探过姑娘，不过月中就进京的。那时再定，如何？"贾琏笑道："你我一言为定。只是我信不过

柳兄。你乃是萍踪浪迹，倘然淹滞不归，岂不误了人家？须得
留一定礼。"湘莲道："大丈夫岂有失信之理？小弟素系寒贫，
况且客中，何能有定礼？"薛蟠道："我这里现成，就备一分，
二哥带去。"贾琏笑道："也不用金帛之礼，须是柳兄亲身自有
之物。不论物之贵贱，不过我带去取信耳。"湘莲道："既如此
说，弟无别物，此剑防身，不能解下。囊中尚有一把鸳鸯剑，乃
吾家传代之宝。弟也不敢擅用，只随身收藏而已。贾兄请拿去为
定。弟纵系水流花落之性，然亦断不舍此剑者。"说毕，大家又饮
了几杯，方各自上马，作别起程。正是：将军不下马，各自奔前程。

　　且说贾琏一日到了平安州，见了节度，完了公事。因又嘱他
十月前后务要还来一次，贾琏领命。次日连忙取路回家。先到尤
二姐处探望。谁知贾琏出门之后，尤二姐操持家务，十分谨肃，
每日关门合户，一点外事不闻。他小妹子果是个斩丁截铁之人，
每日侍奉母姊之馀，只安分守己，随分过活。虽是夜晚间孤衾独
枕，不惯寂寞，奈一心丢了众人，只念柳湘莲早早回来，完了终
身大事。

　　这日贾琏进门，见了这般景况，喜之不尽，深念二姐之德。
大家叙些寒温之后，贾琏便将路上相遇湘莲一事说了出来。又将
鸳鸯剑取出，递与三姐。三姐看时，上面龙吞夔护，珠宝晶荧，
将靶一掣，里面却是两把合体的。一把上面錾着一"鸳"字，一
把上面錾着一"鸯"字。冷飕飕，明亮亮，如两痕秋水一般。三
姐喜出望外，连忙收了，挂在自己绣房床上，每日望着剑，自笑
终身有靠。贾琏住了两天，回去复了父命，回家合宅相见。那时

凤姐已大愈，出来理事行走了。贾琏又将此事告诉了贾珍。贾珍因近日又遇了新友，将这事丢过，不在心上，任凭贾琏裁夺。只怕贾琏独力不加，少不得又给了他三十两银子。贾琏拿来，交与二姐，预备妆奁。

谁知八月内湘莲方进了京。先来拜见薛姨妈，又遇见薛蝌，方知薛蟠不惯风霜，不服水土，一进京时，便病倒在家，请医调治。听见湘莲来了，请入卧室相见。薛姨妈也不念旧事，只感新恩，母子们十分称谢，又说起亲事一节，凡一应东西皆已妥当，只等择日。柳湘莲也感激不尽。

次日，又来见宝玉。二人相会，如鱼得水。湘莲因问贾琏偷娶二房之事。宝玉笑道："我听一干人说，我却未见。我也不敢多管。我又听见茗烟说，琏二哥哥着实问你，不知有何话说。"湘莲就将路上所有之事，一概告诉宝玉。宝玉笑道："大喜！大喜！难得这个标致人。果然是个古今绝色，堪配你之为人。"湘莲道："既是这样，他那里少了人物，如何只想到我？况且我又素日不甚和他相厚，他关切不至此。路上工夫忙忙的，就那样再三要来定礼？难道女家反赶着男家不成？我自己疑惑起来，后悔不该留下这剑作定。所以后来想起你来，可以细细问个底里才好。"宝玉道："你原是个精细人，如何既许了定礼，又疑惑起来？你原说只要一个绝色便罢了，何必再疑？"湘莲道："你既不知他娶，如何又知是绝色？"宝玉道："他是珍大嫂子的继母带来的两位小姨。我在那里和他们混了一个月，怎么不知？真真一对尤物。可巧。他又姓尤。"湘莲听了，跌足道："这事不好，断乎做不得了！你们东府里，除了那两个石头狮子干净，只怕连猫儿、狗儿都不干净。我不做这剩忘八。"^{奇极之文，极趣之文。《金瓶梅》中有云："把忘八的脸打绿了"，已奇之至，此云"剩忘八"，岂不更奇？}宝玉听说，红了脸。湘莲自惭失言，连忙作揖，说："我该死！胡说！^{忽用湘莲提东府之事，骂及宝玉，可是人想得到的！所谓一个人不曾放过。}你好歹告诉我他品行如何？"宝玉笑道："你既深知，又来问我作甚么？连我也未必干净了。"湘莲笑道："原是我自己一时忘情，好歹别多心！"宝玉笑道："何必再提！这倒是有心了。"湘莲作揖，告辞出来。若去找薛蟠，一则他现卧病，二则他又浮燥，不如去索回定礼。主意已定，便一径来找贾琏。

那贾琏正在新房中，闻得湘莲来了，喜之不禁，忙迎了出来，让到内室与尤老相见。湘莲只作揖，称老伯母，自称晚生。贾琏听了诧异。吃茶之间，湘莲便说："客中偶然忙促，谁知姑母于四月间订了弟妇，使弟无言可回。若从了老兄，背了姑母，似非合理。若系金帛之订，弟不敢索取，但此剑系祖父所遗，请仍赐回为幸。"贾琏听了，便不自在，还说："定者，定也。原怕反悔，所以为定。岂有婚姻之事，出入随意的？还要斟酌！"湘莲笑道："虽如此说，弟愿领责、领罚，然此事断不敢从命。"贾琏还要饶舌。湘莲便起身，说："请兄外坐一叙，此处不便。"

那尤三姐在房明明听见，好容易等了他来，今忽见反悔，便知他在贾府中得了消息，自然是嫌自己淫奔无耻之流，不屑为妻。今若容他出去，和贾琏说退亲，料那贾琏必无法可处，自己岂不无趣？一听贾琏要同他出去，连忙摘下剑来，将一股雌锋隐在肘内，出来便说："你们不必出去再议，还你的定礼。"一面泪如雨下，左手将剑并鞘送与湘莲，右手回肘，只往项上一横，可怜：揉碎桃花红满地，玉山倾倒再难扶。芳灵蕙性，渺渺实实，不知那边去了。当下唬的众人急救不迭。尤老一面嚎哭，一面又骂湘莲。贾琏忙揪住湘莲，命人捆了送官。

尤二姐忙止泪，反劝贾琏："你太多事！人家并没威逼他死，是他自寻短见。你便送他到官，又有何益？反觉生事出丑。不如放他去罢？岂不省事？"贾琏此时也没了主意，便放了手，命湘莲快去。湘莲反不动身，泣道："我并不知是这等刚烈贤妻，可敬！可敬！"湘莲反扶尸大哭一场，等买了棺木，眼见入殓，又俯棺大哭一场，方告辞而去。

出门无所之，昏昏默默，自想方才之事。原来尤三姐这样标致，又这等刚烈，自悔不及。正走之间，只见薛蟠的小子寻他家去，那湘莲只管出神，那小子带他到新房之中，十分齐整。忽听环珮叮当，尤三姐从外而入，一手捧着鸳鸯剑，一手捧着一卷册子，向柳湘莲泣道："妾痴情待君五年矣。不期君果冷心冷面，妾以死报此痴情。妾今奉警幻之命，前往太虚幻境修注案中所有一干情鬼。妾不忍一别，故来一会，从此再不能相见矣。"说着，便走。湘莲不舍，忙欲上来拉住问时，那尤三姐便说："来自情天，去由情地，前生误被情惑，今既耻情而觉，与君两无干涉。"说毕，一阵香风，无踪无影去了。

湘莲警觉，似梦非梦，睁眼看时，那里有薛家小童，也非新室，竟是一座破庙，傍边坐着一个跏腿道士捕虱。湘莲便起身，稽首相问："此系何方？仙师仙名法号？"道士笑道："连我也不知道此系何方，我系何人，不过暂来歇足而已。"柳湘莲听了，不觉冷然如寒冰侵骨，掣出那股雄剑，将万根烦恼丝一挥而尽，便随那道士不知往那里去了。后回便见。

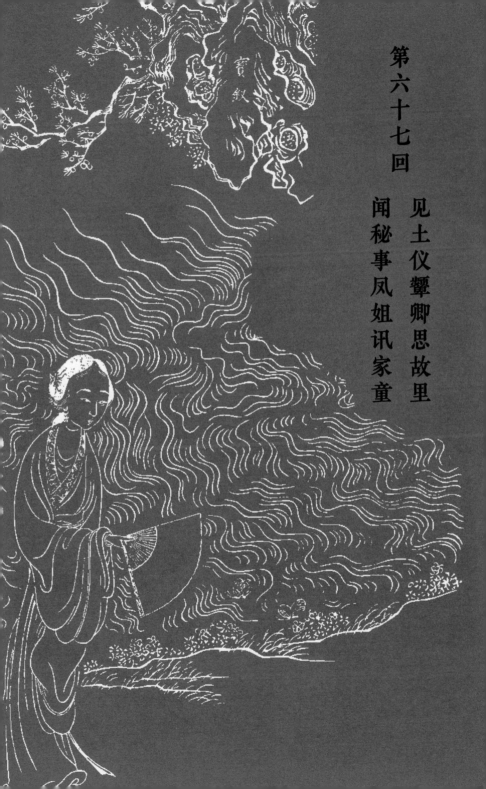

第六十七回　见土仪颦卿思故里　闻秘事凤姐讯家童

　　话说尤三姐自尽之后，尤老娘和二姐儿、贾珍、贾琏等俱不胜悲痛，自不必说，忙令人盛殓，送往城外埋葬。柳湘莲见尤三姐身亡，痴情眷恋，却被道人数句冷言打破迷关，竟自截发出家，跟随疯道人飘然而去，不知何往。暂且不表。

　　且说薛姨妈闻知湘莲已说定了尤三姐为妻，心中甚喜，正是高高兴兴要打算替他买房子，治家伙，择吉迎妻，以报他救命之恩。忽有家中小厮吵嚷"三姐儿自尽了"，被小丫头们听见，告知薛姨妈。薛姨妈不知为何，心甚叹息。正在猜疑，宝钗从园里过来。薛姨妈便对宝钗说道："我的儿！你听见了没有？你珍大嫂子的妹妹三姑娘，他不是已经许定给你哥哥的义弟柳湘莲了么？不知为什么自刎了。那柳湘莲也不知往那里去了。真正奇怪的事，叫人意想不到。"

　　宝钗听了，并不在意，便说道："俗语说的好，'天有不测风云，人有旦夕祸福'。这也是他们前生命定的。前儿妈妈为他救了哥哥，商量着替他料理，如今已经死的死了，走的走了，依我说，也只好由他罢了。妈妈也不必为他们伤感了。倒是自从哥哥打江南回来了一二十日，贩了来的货物，想来也该发完了。那同伴的伙计们，辛辛苦苦的来回几个月，妈妈和哥商议商议，也该请一请，酬谢酬谢才是。别叫人家看着无理似的。"

　　母女正说话间，见薛蟠自外而入，眼中尚有泪痕。一进门来，便向他母亲拍手说道："妈妈可知道柳二哥、尤三姐的事么？"薛姨妈说："我才听见，正在这里和你妹说这件公案呢。"薛蟠道："妈妈可听见说，湘莲跟着一个道士出了家了么？"薛姨妈道："这越发奇了。怎么柳相公那样年轻的一个聪明人，一时糊涂，就跟着道士去了呢？我想你们好了一场，他又无父母兄弟，只身一人在此。你该各处找找他才是。靠那道士能往那里远去？左不过是在这方近左右的庙里、寺里罢了。"薛蟠说："何尝不是呢？我一听见这个信儿，就连忙带小厮们在各处寻找，连一个影儿也没有。又去问人，都说没看见。"薛姨妈说道："你既找寻过没有，也算把你待朋友的心尽了。焉知他这一出家，不是得了好处去呢。只是你如今也该张罗张罗买卖，二则把你自己娶媳妇应办的事情倒早些料理料理。咱们家没人，俗语说的，'夯雀儿先飞'。省得临时丢三落四的不齐全，令人笑话。再者，你妹妹才说，你也回家半个多月了，想货物也该发完了，同你去的伙计们，也该摆桌酒儿给他们道道乏才是。人家陪着你走了二三千里的路程，受了五六个月的辛苦，而且在路上又替你担了多少惊怕、沉重。"薛蟠听说，便道："妈妈说的很是。倒是妹妹想的周到。我也这样想着，只因这些日子为各处发货，脑袋都大了。又为柳二哥的事忙了这几日，反到落了一个空，白张罗了一会子。倒把正经事都误了。要不然，定了明儿、后儿下帖请罢！"薛姨妈道："由你办去罢。"

话犹未了，外面小厮进来回说："管总的张大爷差人送了两箱子东西来，说这是爷各自买的，不在货帐里面。本要早送来，因货物箱子压着，没得拿。昨儿货物发完了，所以今日才送来了。"一面说，一面又见两个小厮搬进了两个夹板来夹的大棕箱。薛蟠一见，说："嗳哟！可是我就怎么糊涂到这田地了！特特给妈和妹妹带来的东西，都忘了，没拿了家里来，还是伙计送了来了。"宝钗说："亏你还是特特带来的，才放了一二十天；

若不是特特带来的，要放到年底下才送来呢。我看你也诸事太不留心了。"薛蟠笑道："想是在路上叫人把魂灵吓掉了，还没归窍呢。"说着，大家笑了一回。便向小丫头说："出去告诉小厮们，东西收下，叫他们回去吧！"

薛姨妈同宝钗因问："到底是什么东西，这样捆着绑着的？"薛蟠便命叫两个小厮进来，解了绳子，去了夹板，开了锁看时，这一箱都是绸缎、绫锦、洋货等家常应用之物。薛蟠笑着道："那一箱是给妹妹带的。"亲自来开。母女二人看时，却是些笔墨、纸砚、各色笺纸、香袋、香珠、扇子、扇坠、花粉、胭脂等物，外有虎邱带来的自行人，酒令儿，水银灌的打金斗小小子，沙子灯，一出一出的泥人儿的戏，用青纱罩的匣子装着，又在虎邱山上泥捏的薛蟠小像，与薛蟠毫无差错。宝钗见了别的都不理论，倒是薛蟠的小像，拿着细细的看了一看，又看他哥哥，不禁笑起来了。因叫莺儿带几个老婆子，"将这些东西连箱子送到园里去"！又和母亲、哥哥说了回闲话，才回园里去了。这里薛姨妈将箱子里的东西取出，一分一分的打点清楚，叫同喜送给贾母并王夫人等处，不提。

且说宝钗到了自己房中，将那些顽意儿，一件一件的过了目，除了自己留用之外，一分一分配合妥当，也有送笔、墨、纸、砚的，也有送香袋、扇子的，也有送脂粉、头油的，有单送顽意儿的；只有黛玉比别人不同，且又加厚一倍。——打点完毕，使莺儿同着一个老婆子跟着，送往各处。

这边姊妹诸人都收了东西，赏赐来使，说见面再谢。惟有林黛玉，看见他家乡之物，反自触物伤情，想起父母双亡，又无兄

弟，寄居亲戚家中，那里有人也给我带些土物？想到这里，不觉
又伤起心来了。紫鹃深知黛玉心肠，但也不敢说破。只在一旁劝
道："姑娘的身子多病，早晚服药。这两日看看，比那些日子略
好些。虽说精神长了一点儿，还算不得十分大好。今儿宝姑娘送
来的东西，可见宝姑娘素日看得姑娘很重，姑娘看着该喜欢才
是，为什么反到伤起心来？这不是宝姑娘送东西来倒叫姑娘烦恼
了不成？就是宝姑娘听见，反觉脸上不好看。再者，这里老太太
们为姑娘的病体，千方百计请好大夫配药胗脉，也为是姑娘的病
好。这如今才好些，又这样哭哭啼啼，岂不是自己糟蹋了自己的
身子？叫老太太看着，添了愁烦了么？况且姑娘这病，原是素日
忧虑过度，伤了血气。姑娘的千金贵体，也别自己看轻了。"紫
鹃正在这里劝解，只听见小丫头子在院内说："宝二爷来了。"
紫鹃忙说："请二爷进来罢。"

　　只见宝玉进房来了，黛玉让坐毕。宝玉见黛玉泪痕满面，
便问："妹妹，又是谁气着你了？"黛玉勉强笑道："谁生什么
气？"旁边紫鹃将嘴向床后桌上一努，宝玉会意，往那里一瞧，
见堆着许多东西。就知道是宝钗送来的，便取笑说道："那里这
些东西！不是妹妹要开杂货铺呵？"黛玉也不答言。紫鹃笑着
道："二爷还提东西呢！因宝姑娘送了些东西来，姑娘一看，就
伤起心来了。我正在这里劝解，恰好二爷来的很巧，替我们劝
劝。"宝玉明知黛玉是这个缘故，却也不敢提头儿，只得笑说
道："你们姑娘的缘故，想来不为别的，必是宝姑娘送来的东西
少，所以生气、伤心。妹妹你放心，等我明年叫人往江南去，与
你多多带两船来，省得你淌眼抹泪的。"黛玉听了这话，也知

宝玉是为自己开心，也不推，也不认，因说道："我任凭怎么没见世面，也到不了这步田地。因送的东西少，就生气、伤心。我又不是两三岁的小孩子，你也忒把人看得小气了。我有我的缘故，你那里知道！"说着，眼泪又流下来了。宝玉忙走到床前，挨着黛玉坐下，将那些东西一件一件拿起来，摆弄着细瞧，故意问："这是什么？叫什么名字？""那是什么？做的这样齐整。""这是什么？要他做什么使用？"又说："这一件可以摆在面前。"又说："那一件可以放在条桌上，当古董儿到好呢。"一味将些没要紧的话来厮混。

黛玉见宝玉如此，自己心里倒过不去，便说："你不在这里混搅了，咱们到宝姐姐那边去罢。"宝玉巴不得黛玉出去散散闷儿，解了悲痛，便道："宝姐姐送咱们东西，咱们原该谢谢去。"黛玉道："自家姊妹，这倒不必。只是到他那边，薛大哥回来了，必然告诉他些南边的古迹，我去听听，只当回了家乡一趟的。"说着，眼儿又红了。宝玉便站着等他。黛玉只得同他出来，往宝钗那里去了。

且说薛蟠听了母亲之言，急下了请帖，办一席酒。次日，请了四位伙计，俱已到齐，不免说些贩卖、账目、发货之事。不一时，上席让坐。薛蟠挨次斟了酒。薛姨妈又使人出来致意。大家喝着酒儿说闲话。内中一个道："今日这席上，短两个好朋友。"众人问是谁。那人道："就是贾府上的琏二爷和大爷的盟弟柳二爷。"大家果然都想起来，问着薛蟠道："怎么不请琏二爷和柳二爷来？"薛蟠闻言，把眉一皱，叹口气道："琏二爷又往平安州去了。头两天就起了身的；那柳二爷，竟别提起，真是天下头一件奇事。什么是柳二爷，如今不知那里作柳道爷去了！"众人都诧异道："这是怎么说？"薛蟠便把湘莲前后事体说了一遍。众人听了，越发骇异。因说道："怪不的！前日我们在店里仿仿佛佛也听见人吵嚷，说有一个道士三言两语把一个人度去了；又说一阵风刮了去了，只不知是谁。我们正发货，那里有闲工夫打听这事去？到如今还是似信不信的。谁知道就是柳二爷呢？早知是他，我们大家劝他劝才是，任他怎么着，也不叫他去。"内中一个道："别是这么着罢！"众人问："怎么样？"那人道："那样个伶俐人，未必是真跟了道士去罢。他原会些武艺，又有力量，或看破那道士的妖术邪法，特意跟他去，在背地里摆布他也未可知。"薛蟠道："果然如此，倒也罢了。世上这样妖言惑众的人，怎么没人治他一下子？"众人道："那时难道你知道了，也没找寻他去？"薛蟠说："城里城外，那里没有找到？不怕你们笑话，我找不着他，还哭了一场呢！"言毕，只是长吁短叹，无精打彩的，不像往日高兴。众伙计见他这样光景，自然不便久坐，不过随便喝了几杯酒，吃了饭，大家散去。

且说宝玉同着黛玉到宝钗处来。宝玉见了宝钗，便说道："大哥辛辛苦苦的带了东西来，姐姐留着使罢，又送我们。"宝钗笑道："原不是甚么好东西，不过是远路带来的土物儿。大家看着新鲜些就是了。"黛玉道："这些东西，我们小时节倒不理会他，如今看见，真是新鲜物儿了。"宝钗因笑道："妹妹知道，这就是俗语说的，'物随乡贵'，其实可算什么呢？"宝玉听了这话，正对了黛玉方才的心事，连忙拿话岔道："明年好歹大哥哥再去时，替我们多带些来。"黛玉瞅了他一眼，便道：

"你要你只管说，不必拉扯各人。姐姐你瞧，不是宝哥来给姐姐来道谢，竟又要定明年的东西来了。"说的宝钗、宝玉都笑了。三个人又闲话了一回，因提起黛玉的病来，宝钗劝了一回，因说道："妹妹若觉着身子不爽快，倒要自己勉强作挣着出来，各处走走逛逛，散散心，比在屋里闷坐着倒底好些。我那两日不是觉着发懒，浑身发热，只是要歪着，也因为时气不好，怕病，因此寻些事情，自己混着。这两日才觉着好些了。"黛玉道："姐姐说的何尝不是？我也是这么想着呢。"大家又坐了一会，方散。宝玉仍把黛玉送至潇湘馆门首，才各自回去了。

且说赵姨娘因见宝钗送了贾环些东西，心中甚是喜欢，想道："怨不得别人都说那宝丫头好，会做人，很大方。如今看起来，果然不差。他哥哥能带了多少东西来，他挨门儿送，并不遗漏一处，也不露出谁薄谁厚，连我们这样没时运的，也都想到了。若是个林丫头，他把我们娘儿们正眼也不瞧，那里还肯送我们东西。"一面想，一面把那些东西翻来复去的摆弄。瞧看一回，忽然想起宝钗系王夫人的亲戚，为何不到王夫人跟前卖个好儿呢？自己便蝎蝎螫螫的拿着东西，走至王夫人房中，站在旁边，陪笑说道："这是宝姑娘才刚给环哥儿的，难为宝姑娘这么年轻的人，想的这么周到。真是大户人家的姑娘，又展样，又大方，怎么叫人不敬服呢？怪不得老太太和太太成日家都夸他，疼他。我也不敢自专就收起来，特拿来给太太瞧瞧，太太也喜欢喜欢。"王夫人听了，早知道来意了，又见他说的不伦不类，也便不理他，说道："你自管收了去给环哥顽罢。"赵姨娘来时兴兴头头，谁知抹了一鼻子灰，满心生气，又不敢露出来，只得讪讪的出来了。到了自己房中，将东西丢在一边，嘴里咕咕哝哝、自言自语道："这个又算个什么儿呢？"一面就坐着各自生了一回闷气。

却说莺儿带着老婆们送东西回来，回覆了宝钗，将众人道谢的话，并赏赐的银钱都回完了。那老婆子便出去了。莺儿走近前一步，挨着宝钗，悄悄的说道："刚才我到琏奶奶那边，看见二奶奶一脸的怒气，送下东西出来时，悄悄的问小红，说刚才二奶奶从老太太屋里回来，不是往日欢天喜地的，叫了平儿去，唧唧咕咕的不知说了些什么。看那个光景，倒像有什么大事的似的。姑娘没听见那边老太太有什么？"宝钗听了，也自己纳闷，想不出凤姐是为什么有气，便道："各人家有各人家的事。咱们那里管得！你去倒茶去罢。"莺儿于是出来，自去倒茶不提。

且说宝玉送了黛玉回来，想着黛玉的孤苦，不免也替他伤感起来。因要将这话告诉袭人，进来时却只有麝月、秋纹在房中。因问："你袭人姐姐那里去了？"麝月道："不过在这几个院里，那里就丢了他？一时不见，就这样找！"宝玉道："不是怕丢了他。因我方才到林姑娘那边，见林姑娘又正伤心呢。问起来，却是为宝姐姐送了他东西，他见是他家乡的土物，不免对景伤情。我要告诉你袭人姐姐，叫他闲时过去劝劝。"正说着，晴雯进来了，因问宝玉道："你回来了！你又要劝谁？"宝玉将方才的话说了一遍。晴雯道："袭人姐姐才出去，听见他说要到琏二奶奶那边去，保不住还到林姑娘那里。"宝玉听了，便不言语。秋纹倒了茶来，宝玉漱了口，递给小丫头子，心中着实不自在，就便歪在床上。

却说袭人因宝玉出门，自己作了回活计。忽想起凤姐身上不好，这几日也没有过去看看；况闻贾琏出门，正好大家说说话儿，便告诉晴雯道："好生在屋里，别都出去了，叫宝玉回来抓不着人。"晴雯道："嗳哟！这屋里单你一个人记挂着他！我们都是白闲着混饭吃的？"袭人笑着，也不答言，就走了。刚来到沁芳桥畔，那时正是夏末秋初，池中莲藕新残相间，红绿离披。袭人走着，沿堤看玩了一回。猛抬起头，看见那边葡萄架底下，有人拿着掸子在那里掸什么呢。走到跟前，却是老祝妈。那老婆子见了袭人，便笑嘻嘻的迎上来，说道："姑娘怎么今日得工夫，出来逛逛？"袭人道："可不是。我要到琏二奶奶家瞧瞧去。你在这里做什么呢？"那婆子道："我在这里赶蜜蜂儿。今年三伏里雨水少，这果子树上都有虫子，把果子吃的疤痣流星的掉了好些下来。姑娘还不知道呢，这蜂儿最可恶的，一嘟噜上只咬破两三个儿，那破的水滴到好的头上，连这一嘟噜都要烂的。姑娘你瞧瞧，咱们说话的空儿没赶，就落了许多了。"袭人道："你就是不住手的赶，也赶不了许多。你倒告诉买办，叫他多多做些小冷布口袋儿，一嘟噜套上一个，又透风又不遭塌。"婆子笑道："倒是姑娘说的是。我今年才管上，那里知道这个巧法儿呢？"因又笑着说道："今年果子虽遭塌了些，味儿倒好，不信摘个姑娘尝尝？"袭人正色道："这那里使得！不但没熟吃不得，就是熟了，上头还没有供鲜，咱们倒先吃了？你是府里使老了的，难道连这些个规矩都不懂了？"老祝妈忙笑道："姑娘说得是。我见姑娘很喜欢，我才敢这么说，可就把规矩错了。我可是老糊涂了。"袭人道："这也没有什么。只是有年纪的老奶奶们，别先领着头儿这么着就好了。"说着，遂一径出了园门。

来到凤姐这边，一到院里，只听见凤姐说道："天理良心！我在这里熬的越发成了贼了。"袭人听闻这话，知道有缘故了。又不好回来，又不好进去，遂把脚儿放重些，隔着窗子问道："平姐姐在家里呢么？"平儿忙答应着，迎出来。袭人便问："二奶奶也在家里呢么？身上可大安了？"说着，已走进来。凤姐妆着在床上歪着呢，见袭人进来，也笑着站起来，说："好些了。叫你惦着！怎么这几日不过我们这边坐坐？"袭人道："奶奶身上欠安，本该天天过来请安才是。但只怕奶奶身上不爽快，倒要静静儿的歇歇儿。我们来，倒吵的奶奶烦。"凤姐笑道："烦是没的话。倒是宝兄弟屋里，虽然人多，也就靠着你一个照看他，也实在的离不开。我常听见平儿告诉我，说你背地里惦着我，常常问我。这就是你尽心了。"一面说着，叫平儿挪了张杌子，放在床旁，让袭人坐下。丰儿端进茶来，袭人欠身道："妹妹坐着罢。"一面说闲话儿。只见一个小丫头子在外间屋里，悄悄的和平儿说："旺儿来了，在二门上伺候着呢。"又听见平儿也悄悄的道："知道了。叫他先去，回来再来。别在门口站着。"袭人知他们有事，又说了两句话，便起身要走。凤姐道："闲来坐坐，说说话儿，我倒开心。"因命平儿："送送你妹妹。"平儿答应着，送出来。只见两三个小丫头子，都在那里屏声息气，齐齐的伺候着。袭人不知何事，便自去了。

却说平儿送出袭人，进来回道："旺儿才来了，因袭人在这里，我叫他先到外头等等儿。这会子还是立刻叫他呢，还是等着。请奶奶示下。"凤姐道："叫他来！"平儿忙叫小丫头去传旺儿进来。这里凤姐又问平儿："你到底是怎么听见说的？"平儿道："就是头里那小丫头子的话。他说在二门里头，听见外头两个小厮说：'这个新二奶奶比咱们旧二奶奶还俊呢，脾气儿也好。'不知是旺儿是谁，吆喝了两个一顿，说：'什么新奶奶的旧奶奶的！还不快悄悄儿的呢。叫里头知道了，把你的舌头还割了呢。'"平儿正说着，只见一个小丫头进来回说："旺儿在外头伺候着呢。"凤姐听了，冷笑了一声，说："叫他进来！"那小丫头出来，说："奶奶叫呢。"旺儿连忙答应着进来。旺儿请了安，在外间门口垂手侍立。凤姐儿道："你过来，我问你话。"旺儿才走到里间门旁站立着。凤姐儿道："你二爷在外头弄了人，你知道不知道？"旺儿又打着千儿回道："奴才天天在二门上听差事，如何能知道二爷外头的事呢！"凤姐冷笑道："你自然不知道，你要知道，你怎么拦人呢？"旺儿见这话，知道刚才的话已经走了风了，料着瞒不过，便跪回道："奴才实在不知。就是里头兴儿和喜儿两个人在那里混说，奴才吆喝了他们两句。内中深情底里，奴才不知道，不敢妄回。求奶奶问兴儿。他是长跟二爷出门的。"

凤姐儿听了，下死劲啐了一口，骂道："你们这一起没良心的混账忘八崽子，都是一条藤儿。打量我不知道呢！先去给我把兴儿那个忘八崽子叫了来，你也不许走开。问明白了他，回来再问你。好！好！好！这才是我使出来的好人呢！"那旺儿只得连声答应几个"是"，磕了个头，爬起来，出去叫兴儿。

却说兴儿正在账房里和小厮们顽呢，听见说"二奶奶叫"，先吓了一跳，却是想不到这件事发作了，连忙跟着旺儿进来。旺儿先进去，回说："兴儿来了。"凤姐厉声道："叫他！"那兴儿听见这个声音，早已没了主意了，只得乍着胆进来。凤姐一见，便说："好小子呵！你和你爷办的好事呵！你只实说罢！"兴儿一闻此言，又看见凤姐气色及两边丫头们的光景，早唬软了，不觉跪下，只是磕头。凤姐儿道："论起这事来，我也听见说不与你相干。只你不早来回我知道，这就是你的不是了。你要实说了，我还饶你；再有一字虚言，你先摸摸你脖子上几个脑袋瓜子。"兴儿战兢兢的朝上磕头，道："奶奶问的是什么事？奴才同爷办坏了？"凤姐听了，一腔火都发作起来，喝命打嘴巴。旺儿过来，才要打时，凤姐儿骂道："什么糊涂忘八崽子！叫他自己打，用你打吗？一会子你再各人打你那嘴巴子还不迟呢！"那兴儿真个自己左右开弓，打了自己十几个嘴巴。凤姐喝声："站住！"问道："你二爷外头娶了什么新奶奶、旧奶奶的事，你大概不知道呵？"

　　兴儿见说出这件事来，越发着了慌，连忙把帽子抓下来，在砖地咕咚咕咚嗑的头山响，口里说道："只求奶奶超生！奴才再不敢撒一字儿的谎。"凤姐道："快说！"兴儿直蹶蹶的跪起来，回道："这事头里奴才也不知道，就是这一天，东府里大老爷送了殡，俞禄往珍大爷府里去领银子，二爷同着蓉哥儿到了东府里，道儿上爷儿两个说起珍大奶奶那边的二位姨奶奶来。二爷夸他好，蓉哥儿哄着二爷说，把二姨奶奶说给二爷。"凤姐听到这里，使劲啐道："呸！没脸的忘八蛋！他是你那一门子的姨奶奶！"兴儿忙又磕头，说："奴才该死！"往上瞅着，不敢言语。凤姐儿道："完了吗？怎么不说了？"兴儿又回道："奶奶恕奴才，奴才才敢回。"凤姐啐道："放你妈的屁！这还什么恕不恕了！你好生给我往下说，好多着呢。"兴儿又回道："二爷听见这个话，就喜欢了。后来奴才也不知道怎么就弄真了。"凤姐微微冷笑道："这个自然么，你可那里知道呢？你知道的只怕都烦了呢！是了，说底下的罢！"兴儿回道："后来，就是蓉哥儿给二爷找房子。"凤姐忙问道："如今房子在那里？"兴儿道："就在府后头。"凤姐儿道："哦！"回头瞅着平儿道："咱们都是死人哪。你听听！"平儿也不敢作声。

兴儿又回道："珍大爷那边给了张家不知多少银子，那张家就不问了。"凤姐道："这里头怎么拉扯上甚么张家李家咧呢？"兴儿回道："奶奶不知道，这二奶奶……"刚说到这里，又自己打了个嘴巴，把凤姐儿到怄笑了，两边的丫头也都抿着嘴儿笑。兴儿想了想，说道："那珍大奶奶的妹子……"凤姐接着道："怎么样？快说！"兴儿道："那珍大奶奶的妹子，原来从小儿有人家的。姓张，叫什么张华。如今穷的待讨饭。珍大爷许了他银子，他就退了亲了。"凤姐儿听到这里，点了点头儿，回头便望丫头们，说道："你们都听见了？小忘八崽子头里他还说他不知道呢！"

兴儿又回道："后来二爷才叫人裱糊了房子，娶过来了。"凤姐道："打那里娶过来的？"兴儿回道："就在他老娘家抬过来的。"凤姐道："好罢咧！"又问："没人送亲么？"兴儿道："就是蓉哥儿，还有几个丫头、老婆子们。没别人。"凤姐道："大奶奶没来吗？"兴儿道："过了两天，大奶奶才拿些东西来瞧的。"凤姐儿笑了一笑，回头向平儿道："怪道那两天，二爷称赞大奶奶不离嘴呢。"掉过脸来，又问兴儿："谁伏侍呢？自然是你了？"兴儿赶着磕头，不言语。凤姐又问："前头那些日子，说给那府里办事，想来就是办的这个了？"兴儿回道："也有办事的时候，也有往新房子里去的时候。"凤姐又问道："谁和他住着呢？"兴儿道："他母亲和他妹子。昨日他妹子自己抹了脖子。"凤姐道："这又为了什么？"兴儿随将柳湘莲的事说了一遍。凤姐道："这个人还算造化呢！省了当那出名儿的忘八。"因又问道："没了别的事了么？"兴儿道："别的事奴才不知道。奴才刚才说的事事真，字字实。"凤姐低一回头，便又指着兴儿道："你这个猴儿崽子，就该打死！这有甚么瞒我的？你想着瞒了我，就在那糊涂爷跟前讨了好儿了？你新奶奶好疼你？你这么着，我不看你刚才还有点怕惧儿，不敢撒谎，我把你的腿不给你砸折了呢。"说着，喝声："起去！"兴儿磕了个头，才爬起来，退到外间门口，不敢就走。凤姐道："过来！我还有话呢。"兴儿赶忙垂手敬听。凤姐道："你忙什么？新奶奶等着赏你什么呢？"兴儿也不敢抬头。凤姐道："你从今日，不许过去！我什么时候叫你，你什么时候到。迟了一步儿，你试试！出去罢！"兴儿忙答应几个"是的"，退出门来。凤姐又叫道："兴儿！"兴儿赶忙答应回来。凤姐道："快叫你出去告诉你二爷去，是不是呵？"兴儿回道："奴才不敢。"凤姐道："你出去提一个字儿，堤防你的皮！"兴儿连忙答应着，才出去了。

凤姐又叫："旺儿！"旺儿连忙答应着过来。凤姐把眼直瞪瞪的瞅了两三句话的工夫，才说道："好旺儿，很好！去罢！外头有人提一个字儿，全在你身上。"旺儿答应着，也出去了。

　　凤姐便叫倒茶。几个小丫头子会意，都出去了。这里凤姐才和平儿说："你都听见了？这才好呢！"平儿也不敢答言，只好陪笑儿。凤姐越想越气，歪在枕上，只好出神。忽然眉头一皱，计上心来，便叫："平儿来！"平儿连忙答应过来。凤姐道："我想这件事，竟该这么着才好。也不必等你二爷回来再商量了。"未知凤姐如何办理？且听下回分解。

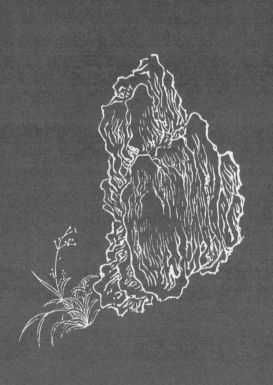

第六十八回

苦尤娘赚入大观园
酸凤姐大闹宁国府

话说贾琏起身去后，偏值平安节度巡边在外，约一个月方回。贾琏未得确信，只得住在下处等候。及至回来相见，将事办妥，回程已是将两个月的限了。

谁知凤姐心下早已算定，只待贾琏前脚走了，回来便传各色匠役，收拾东厢房三间，照依自己正室一样妆饰陈设。至十四日，便回明贾母、王夫人说："十五日一早，要到姑子庙进香去。"只带了平儿、丰儿、周瑞媳妇、旺儿媳妇四人，未曾上车，便将原故告诉了众人。又分付众男人，素衣、素盖，一径前来。

兴儿引路，一直到了二姐门前扣门。鲍二家的开了，兴儿笑说："快回二奶奶去，大奶奶来了！"鲍二家的听了这句，顶梁骨走了真魂，忙飞进报与尤二姐。尤二姐虽也一惊，但已来了，只得以礼相见。于是忙整衣，迎了出来。至门前，凤姐方下车进来。尤二姐一看，只见头上皆是素白银器，身上月白缎袄，青缎披风，白绫素裙。眉弯柳叶，高吊两稍，目横丹凤，神凝三角。俏丽若三春之桃，清洁若九秋之菊。周瑞、旺儿二女人搀入院来。尤二姐陪笑，忙迎上来万福，张口便叫："姐姐下降，不曾远接，望恕仓促之罪。"说着，便扶了下来。凤姐忙陪笑还礼不迭。

二人携手同入室中。凤姐上座，尤二姐命丫环拿褥子来，便行礼，说："奴家年轻，一从到了这里之事，皆系家母和家姐商议主张。今日有幸相会，若姐姐不弃奴家寒微，凡事求姐姐的指示教训。奴亦倾心吐胆，只伏侍姐姐。"说着，便行下礼去。凤姐儿忙下座，以礼相还，口内忙说："皆因奴家妇人之见，一味劝夫慎重，不可在外眠花卧柳，恐惹父母担忧。此皆是你我之痴心，怎奈二爷错会奴意。眠花宿柳之事瞒奴或可，今娶姐姐二房之大事，亦人家大礼，亦不曾对奴说。奴亦曾劝二爷早行此事，以备生育。不想二爷反以奴为那等忌妒之妇，私自行此大事，并不说知，使奴有冤难诉，惟天地可表。前于十日之先，奴已风闻。恐二爷不乐，遂不敢先说。今可巧远行在外，故奴家亲自拜见过，还求姐姐下体奴心，起动大驾，挪至家中。你我姊妹，同居同处，彼此合心，谏劝二爷慎重世务，保养身体，方是大礼。若姐姐在外，奴在内，虽愚贱不堪相伴，奴心又何安？再者，使外人闻知，亦甚不雅观，二爷之名也要紧。到是谈论奴家，奴亦不怨。所以，今生今世，奴之名节，全在姐姐身上。那起下人、小人之言，未免见我素日持家太严，背后加减些言语，自是常情，姐姐乃何等样人物，岂可信真？若我实有不好之处，上头三层公婆，中有无数姊妹、妯娌，况贾府世代名家，岂容我到今日？今日二爷私娶姐姐在外，若别人则怒，我则以为幸。正是天地神佛不忍我被小人们诽谤，故生此事。我今来求姐姐进去，和我一样，同居、同处，同分、同例，同侍公婆，同谏丈夫。喜则同喜，悲则同悲，情似亲妹，和比骨肉。不但那起小人见了自悔从前错认了我，就是二爷来家一见，他作丈夫之人，心中也未免暗悔。所以姐姐竟是我的大恩人，使我从前之名一洗无馀了。若姐姐不随奴去，奴亦情愿在此相陪。奴愿作妹子，每日伏侍姐姐梳头、洗面，只求姐姐在二爷跟前替我好言方便方便，容我一席之地安身，奴死也愿意。"说着，便呜呜咽咽，哭将起来。尤二姐见了这般，也不免滴下泪来。

二人对见了礼，分序坐下。平儿忙也上来要见礼。尤二姐见他打扮不凡，举止品貌不俗，料定是平儿。连忙亲身挽住，只叫："妹子快休如此。你我是一样的人。"凤姐忙也起身，笑说："折死他了！妹子只管受礼，他原是咱们的丫头，以后快别如此。"说着，又命周瑞家的从包袱里取出四匹上色尺头，四对金珠簪环为拜礼。尤二姐忙拜受了。

二人吃茶对诉以往之事。凤姐口内全是自怨自错，"怨不得别人，如今只求姐姐疼我"等语。尤二姐见了这般，便认他作是个极好的人。小人不遂心，诽谤主子，亦是常理。故倾心吐胆，叙了一回，竟把凤姐认为知己。又见周瑞等媳妇在傍边称扬凤姐素日许多善政，只是吃亏心太痴了，惹人怨。又说："已经预备了房屋，奶奶进去一看便知。"尤氏心中早已要进去同住方好。今又见如此，岂有不允之理？便说："原该跟了姐姐去，只是这里怎么样？"凤姐儿道："这有何难！姐姐的箱笼细软，只管着小厮搬了进去。这些粗笨货，要他无用。还叫人看着。姐姐说谁妥当，就叫谁在这里。"尤二姐忙说："今日既遇见姐姐，这一进去，凡事只凭姐姐料理。我也来的日子浅，也不曾当过家，世事不明白，如何敢作主？这几件箱笼拿进去罢。我也没有什么东西。那也不过是二爷的。"凤姐听了，便命周瑞家的记清。好生看管着，抬到东厢房去。

于是催着尤二姐穿带了，二人携手上车，又同坐一处，又悄悄的告诉他："我们家的规矩大。这事老太太一概不知。倘或知二爷孝中娶你，管把他打死了。如今且别见老太太、太太。我们有一个花园子，极大。姊妹住着，容易没人去的。你这一去，且在园里住两天，等我设个法子回明白了，那时再见方妥。"尤二姐道："任凭姐姐裁处。"

那些跟车的小厮们，皆是预先说明的，如今不去大门，只奔后门而来。下了车，赶散众人，凤姐便带尤氏进了大观园的后门，来到李纨处。相见了，彼时大观园中，十停人已有九停人知道了。今忽见凤姐带了进来，引动多人来看问。尤二姐一一见过。众人见他标致和悦，无不称扬。凤姐一一的分付了众人，"都不许在外走了风声，若老太太、太太知道，我先叫你们死"。园中婆子、丫环都素惧凤姐的，又系贾琏国孝、家孝中所行之事，知道关系非常，都不管这事。凤姐悄悄的求李纨收养几日，"等回明了，我们自然过去的"。李纨见凤姐那边已收拾房屋；况在服中，不好倡扬，自是正理，只得收下权住。凤姐又变法将他的丫头一概退出，又将自己的一个丫头送他使唤。暗暗分付园中媳妇们："好生照看着他！若有走失逃亡，一概和你们算账。"自己又去暗中行事。合家之人都暗暗纳罕的说："看他如何这等贤惠起来了？"

那尤二姐得了这个所在，又见园中姊妹各各相好，到也安心乐业的，自为得其所矣。谁知三日之后，丫头善姐便有些不服使唤起来。尤二姐因说："没了头油了，你去回声大奶奶，拿些来。"善姐道："二奶奶！你怎么不知好歹，没眼色？我们奶奶天天承应了老太太，又要承应这边太太，那边太太，这些妯娌、姊妹、上下几百男女，天天起来都等他的话。一日少说，大事也有一二十件，小事还有三五十件；外头的从娘娘算起，以及王公、侯伯家，多少人情、客礼？家里又有这些亲友的调度，银子上千、钱上万，一日都从他一个手、一个心、一个口里调度。那里为这点子小事去烦琐他？我劝你能着些儿罢。咱们又不是明媒正娶来的。这是他亘古少有一个贤良人，才这样待你；若差些儿的人听见了这话，吵嚷起来，把你丢在外，死不死，生不生，你又敢怎样呢？"一席话说的尤氏垂了头，自为有这一说，少不得将就些罢了。

那善姐渐渐连饭也怕端来与他吃。或早一顿，或晚一顿，所拿来之物，皆是剩的。尤二姐说过两次，他反先乱叫起来。尤二姐又怕人笑他不安分，少不得忍着。隔上五日、八日，见凤姐一面。那凤姐却是和容悦色，满嘴里"姐姐"不离口。又说："倘有下人不到之处，你降不住他们，只管告诉我。我打他们。"又骂丫头、媳妇说："我深知你们软的欺，硬的怕，背开我的眼，还怕谁？倘或二奶奶告诉我一个不字，我要你们的命！"尤氏见他这般的好心，想道："既有他，何必我又多事？下人不知好歹，也是常情。我若告了他们，受了委屈，反叫人说我不贤良。"因此，反替他们遮掩。

凤姐一面使旺儿在外打听细事，这尤二姐之事皆已深知。原来已有了婆家的。女婿现在才十九岁，成日在外嫖赌，不理生业，家私花尽，父亲撵他出来。现在赌钱厂存身。父亲得了尤婆十两银子，退了亲的。这女婿尚不知道。原来这小伙子名叫张华。凤姐都一一尽知原委，便封了二十两银子与旺儿，悄悄命他将张华勾来养活，着他写一张状子，只管往有司衙门中告去。就告琏二爷国孝、家孝之中，背旨、瞒亲、仗财、依势，强逼退亲，停妻再娶等语。这张华也深知利害，先不敢造次，旺儿回了凤姐。凤姐气的骂："獭狗扶不上墙的种子！你细细的说给他，便告我们家谋反，也没事的。不过是借他一闹，大家没脸。若告大了，我这里自然能勾平息的。"旺儿领命，只得细说与张华。凤姐又分付旺儿："他若告了你，你就和他对词去。"如此如此，这般这般，"我自有道理"。旺儿听了有他做主，便又命张华状子上添上自己，说："你只告我来往过付，一应调唆二爷做的。"张华便得了主意，和旺儿商议定了，写了一纸状子。次日，便往都察院喊了冤。

察院坐堂看状，见是告贾琏的事。上面有家人旺儿一人，只得遣人去贾府传旺儿来对词。青衣不敢擅入，只命人带信。那旺儿正等着此事，不用人带信，早在这条街上等候。见了青衣，反迎上去，笑道："起动众位兄弟。必是兄弟的事犯了。说不得，快来套上。"众青衣不敢，只说："你老去罢！别闹了！"于是来至堂前跪了。察院命将状子与他看。旺儿故意看了一遍，磕头说道："这事小的尽知。小的主人实有此事。但这张华素与小的有仇，故意攀扯小的在内。其中还有别人，求老爷再问。"张华磕头说："虽还有人，小的不敢告他。所以只告他下人。"旺儿故意急的说："糊涂东西！还不快说出来。这是朝廷公堂之上，凭是主子，也要说出来。"张华便说出贾蓉来。察院听了，无法，只得去传贾蓉。凤姐又差了庆儿暗中打听告了起来。便忙将王信唤来，告诉他此事，命他托察院只虚张声势，警唬而已。又拿了三百银子与他去打点。是夜，王信到了察院私第，安了银子。那察院深知原委，收了赃银。次日回堂，只说张华无赖，因拖欠了贾府银两，枉捏虚词，诬赖良人。都察院又素与王子腾相好，王信也只到家说了一声，况是贾府之人，巴不得了事，便也不提此事，且都收下，只传贾蓉对词。

且说贾蓉等正忙着贾珍之事。忽有人来报信，说："有人告你们。"如此如此，这般这般，"快作道理"！贾蓉慌了，忙来回贾珍。贾珍说："我防了这一着。只亏他好大胆子。"即刻封了二百银子，着人去打点察院。又命家人去对词。

正商议之间，人报："西府二奶奶来了！"贾珍听了这个，到吃一惊，忙要同贾蓉藏躲。不想凤姐进来了，说："好大哥哥，带着兄弟们干的好事！"贾蓉忙请安。凤姐拉了他就进来，贾珍还笑说："好生伺候你姑娘。分付他们杀牲口，预备饭。"说了，忙命备马，躲往别处去了。这里凤姐儿带着贾蓉走到上房。尤氏正迎了出来，见凤姐气色不善，忙笑说："什么事情？这等忙？"凤姐照脸一口吐沫，啐道："你尤家的丫头没人要了？偷着只往贾家送？难道贾家的人都是好的？普天下死绝了男人了！你就愿意给，也要三媒六证，大家说明，成个体统才是。你痰迷了心，脂油蒙了窍！国孝、家孝两重在身，就把个人送来了？这会子被人家告我们，我又是个没脚蟹，连官场中都知道我利害吃醋。如今指名提我，要休我。我来了你家，干错了什么不是，你这等害我！或是老太太、太太有了话在你心里，使你们做这圈套要挤我出去？如今咱们两个一同去见官，分证明白，回来咱们公同请了合族中人，大家亲面说个明白，给我休书，我就走路。"一面说，一面大哭，拉着尤氏，只要去见官。急的贾蓉跪在地下碰头，"只求姑娘婶子息怒"！凤姐儿一面又骂贾蓉："天雷劈脑子、五鬼分尸的没良心的种子！不知天有多高，地有多厚。成日家调三窝四，干出这些没脸面没王法败家破业的营生！你死了的娘，阴灵也不容你，祖宗也不容，还敢来劝我！"哭骂着，扬手就打。贾蓉忙磕头有声，说："婶子别动气，仔细手，让我自己打。婶子别生气。"说着，自己举手左右开弓，自己打了一顿嘴巴子。又自己问着自己说："以后可还顾三不顾四的混管闲事了？以后还单听叔叔的话，不听婶子的话了？"众人又是劝，又要笑，又不敢笑。

凤姐儿滚到尤氏怀里，嚎天动地，大放悲声，只说："给你兄弟娶亲我不恼，为什么使他违旨、背亲，将混账名儿给我背着？咱们只去见官，省得捕快、皂隶拿来。再者咱们只过去见了老太太、太太和众族人，大家公议了。我既不贤良，又不容丈夫娶亲买妾，只给我一纸休书，我就走。你妹妹我也亲身接来家，生怕老太太、太太生气，也不敢回。现在三茶六饭，金奴银婢的住在园里。我这里赶着收拾房子，一样和我的道理，只等老太太知道了，原说接过来，大家安分守己的，我也不提旧事了。谁知又是有了人家的，不知你们干的什么事！我一概又不知道，如今告我。我昨日急了，纵然我出去见官，也丢的是你贾家的脸，少不得偷着把太太的五百银子去打点。如今把我的人还锁在那里。"说了又哭，哭了又骂。后来放声又哭起祖宗爹妈来，又要寻死撞头，把个尤氏揉搓成一个面团，衣服上全是眼泪、鼻涕，并无别话。只骂贾蓉："孽障种子！和你老子作的好事！我就说不好的。"凤姐儿听说，哭着两手搬着尤氏的脸，紧对着问道："你发昏了！你的嘴里难到有茄子塞着？不然，他们给你嚼子衔上了？为什么你不告诉我去？你若告诉了我，这会子不平安了？怎得经官动府，闹到这步田地！你这会子还怨他们？自古说：'妻贤夫祸少'，'表壮不如里壮'。你但凡是个好的，他们怎得闹出这些事来？你又没才干，又没口齿，锯了嘴子的葫芦，就只会一味瞎小心，图贤良的名儿。总是他们也不怕你，也不听你。"说着，啐了几口。

尤氏也哭道："何曾不是这样！你不信，问问跟的人。我何曾不劝的？也得他们听！叫我怎么样呢？怨不得妹妹生气，我只好听着罢了。"众姬妾、丫环、媳妇已是乌鸦跪了一地，陪笑求说："二奶奶最圣明的，虽是我们奶奶的不是，奶奶也作践的勾了。当着奴才们，奶奶们素日何等的好来？如今还求奶奶给留脸。"说着，捧上茶来，凤姐也摔了。一面止了哭，挽头发。又哭骂贾蓉："出去请大哥哥来！我对面问他：亲大爷的孝才五七，侄儿娶亲，这个礼我竟不知道！我问问，也好学着日后教导子侄的。"贾蓉只跪着磕头，说："这事原不与父母相干，都是儿子一时吃了屎，调唆叔叔作的。我父亲也并不知道。如今，我爷爷正要出去送殡，婶子若闹起来，儿子也是个死。只求婶子责罚儿子，儿子谨领。这官司，还求婶子料理，儿子竟不能干这大事。婶子是何等样人？岂不知俗语说的'胳膊只折在袖子里'。儿子糊涂死了，既作了不肖的事，就同那猫儿、狗儿一般，婶子既教训，就不和儿子一般见识的，少不得还要婶子费心、费力，将外头的压住了才好。原是婶子有这个不肖的儿子，既惹了祸，少不得委屈，还要疼儿子。"说着，又磕头不绝。

凤姐见他母子这般，也再难往前施展了。只得又转过了一副形容言谈来。与尤氏反陪礼说："我是年轻不知事的人，一听见有人告诉了，把我吓昏了，不知方才怎么样得罪了嫂子，可是蓉儿说的，'胳膊折了往袖子里藏'，少不得嫂子要体谅我，还要嫂子转替哥哥说了，先把这官司按下去才好。"尤氏、贾蓉一齐都说："婶子放心！横竖一点儿连累不着叔叔、婶子。方才说用过了五百两银子，少不得我娘儿们打点五百两银子与婶子送过去补上的。不然岂有反教婶子又添上亏空之名，越发我们该死了。但还有一件，老太太、太太们跟前，婶子还要周全方便，别提这些话方好。"凤姐儿又冷笑道："你们饶压着我的头，干了事，这会子反哄着我替你们周全。我虽然是个呆子，也呆不到如此。嫂子的兄弟，是我的丈夫。嫂子既怕他绝后，我岂不更比嫂子更怕绝后？嫂子的令妹，就是我的妹子一样，我一听见这话，连夜喜欢的连觉也睡不成，赶着传人收拾了屋子，就要接进来同住。到是奴才小人的见识，他们到说：'奶奶太好性了。若是我们的主意，先回了老太太、太太，看是怎样。再收拾房子，去接他不迟。'我听了这话，教我要打要骂的，才不言语了。谁知偏不称我的意，偏打我的嘴，半空里又跑出一个张华来告了。只得求人去打听这张华是什么人，这样大胆。打听了两日，谁知是个无赖的花子，我年轻不知事，反笑了，说：'他告什么？'倒是小子们说：'原是二奶奶许了他的，他如今正是急了，冻死饿死也是一个死。现在有这个理他抓着，他纵然死了，死的倒比冻饿死的值些。怎么怨的他告呢？这事原是爷作的太急了，两重孝在身，就是两重罪；背着父母一重罪，停妻再娶一重罪，俗语说："拚着一身剐，敢把皇帝拉下马。"他穷疯了的人，什么事作不出来？况且他又拿着这满礼，不告等请不成？’嫂子说我便是个韩信、张良，听了这话，也把智谋吓回去了。你兄弟又不在家，又没个商量，少不得拿钱去垫补。谁知越使钱，越被人拿住了刀靶，越发来讹。我是‘耗子尾上长疮，多少脓血儿呢’。所以又急又气，少不得来找嫂子。”

尤氏、贾蓉不等说完，都说：“不必操心！自然要料理的。”贾蓉又道：“那张华不过是穷急，故舍了命才告咱们。如今我想了一个法子，竟许他银子，只叫他应了枉告不实的罪。咱们替他打点完了官司，他出来时，再给他些银子，就完了。”凤姐笑道：“好孩子！怨不得你顾一不顾二的作这些事出来。原来你竟糊涂！若你说的这话，他暂且依了。且打出官司来，又得了银子，眼前自然了事。这些人既是无赖之徒，银子到手，一旦光了，他又寻事故讹诈。倘又叨登出事来，这可怎么样？虽不怕他，也终耽心。拦不住他说：‘既没毛病，为什么反给银子？’终又是不了之局。”贾蓉原是个明白人，听如此一说，便笑道：“我还有个主意。来是是非人，去是是非者。我的事，还得我了才好。如今我竟去问张华个主意，或是他定要人，或是他愿意了事，得钱再娶。他若说一定要人，少不得我去劝我二姨，叫他出来仍嫁他去；若说要钱，我们这里少不得给他。”凤姐儿忙道：“虽如此说，我断舍不得你姨娘出去，我也断不肯使他去。好侄儿，你若疼我，只能可多给他钱为是。”贾蓉深知凤姐，口虽如此，心却是巴不得只要本人出来，他却做贤良人。如今怎么说怎么依。

凤姐儿欢喜了，又说：“外头好处了，家里终久怎么样？你也同我过去回明了才是。"尤氏又慌了，拉凤姐讨主意，如何撒谎才好。凤姐冷笑道："既没这本事，谁叫你干这个事了？这会子又这么个腔儿！我又看不上。待要不出个主意，我又是个心慈面软的人。凭人撮弄我，我还是一片痴心。说不得，让我应起来。如今你们只别露面，我只领了你妹妹去与老太太、太太们磕头，只说原系你妹妹我看上了，很好。正因我不大生长，原说买两个人放在屋里的。今既见你妹妹很好，而且又是亲上做亲的。我愿意娶来做二房。皆因家中父母、姊妹新近一概死了，日子又艰难，不能度日。若等孝满之后，他无家无业，实难等得，我的主意接了进来，已经厢房收拾出来暂且住着，等满了服，再圆房。仗着我不怕臊的脸，死活赖去。有了不是，也寻不着你们了。你们母子想想，可使得？"尤氏、贾蓉一齐笑说："到底是婶子宽洪大量，足智多谋。等事妥了，少不得我们娘儿们过去拜谢。"尤氏忙命丫环们伏侍凤姐梳妆、洗脸，又摆酒饭，亲自递酒、拣菜。

凤姐也不多坐，执意就走了。进园中将此事告诉与尤二姐，又说："我怎么操心、打听，又怎么设法子，须得如此如此，方救下众人无罪，少不得我去拆开这鱼头，大家才好。"不知端详，且听下回分解。

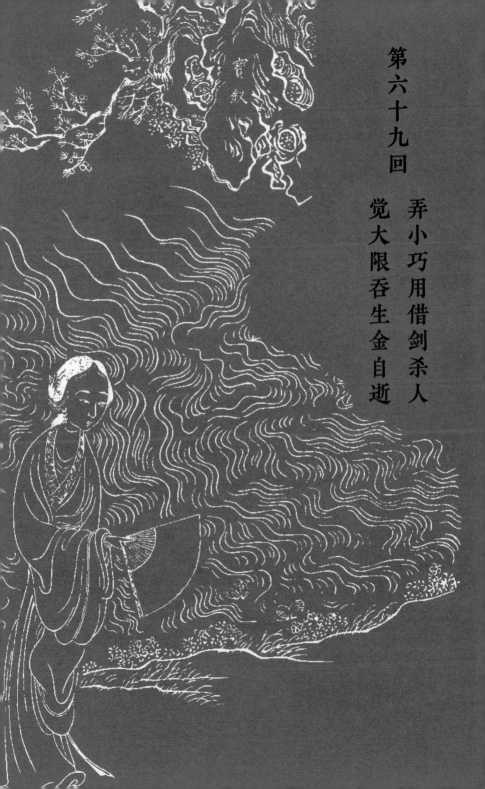

第六十九回

弄小巧用借剑杀人

觉大限吞生金自逝

话说尤二姐听了，又感谢不尽，只得跟了他过去。尤氏那边怎好不过来的，少不得也过来，跟着凤姐去回，方是大礼。凤姐笑说："你只别说话。等我去说。"尤氏道："这个自然！但一有个不是，是往你身上推的。"说着，大家先来至贾母房中。

正值贾母和园中姊妹们说笑解闷。忽见凤姐带了一个标致小媳妇进来，忙觑着眼看，说："这是谁家的孩子，好可怜见的。"凤姐上来笑道："老祖宗到细细的看看，好不好！"说着，忙拉二姐说："这是太婆婆。快磕头。"二姐忙行了大礼，展拜起来。又指着众姊妹说："这是某人某人，你先认了，太太瞧过了，再见礼。"二姐听了，一一又从新故意的问过，垂头站在傍边。贾母上下瞧了一遍，因又笑问："你姓什么？今年十几了？"凤姐忙又笑说："老祖宗且别问，只说比我俊不俊？"贾母又带了眼镜，命鸳鸯、琥珀："把那孩子拉过来我瞧瞧肉皮儿。"众人都抿嘴儿笑着，只得推他上去。贾母细瞧了一遍，又命琥珀："拿出他的手来，我瞧瞧！"鸳鸯又揭起裙子来，贾母瞧毕，摘下眼镜来，笑说道："竟是个齐全孩子。我看比你俊些。"凤姐听说，笑着忙跪下，将尤氏那边所编之话，一五一十，细细的说了一遍，"少不得老祖宗发慈心，先许他进来住，一年后再圆房。"贾母听了道："这有什么不是？你既这样贤良，很好。只是一年后方可圆得房"。凤姐听了，叩头起来。又求贾母着两个女人一同带去见太太们，说是老祖宗的主意。贾母依允，遂使两个人带去见了邢夫人等。王夫人正因他风声不雅，深为忧虑，见他今行此事，岂有不乐之理？于是尤二姐自此见了天日，挪到厢房住居。

　　凤姐一面使人暗暗调唆张华，只叫他要原妻，这里还有许多赔送外，还给他银子安家过活。张华原无胆无心告贾家的，后来又见贾蓉打发人来对词，那人原说的："张华先退了亲，我们皆是亲戚，接到家里住着是真，并无强娶之说。皆因张华拖欠了我们的债务，追索不与，方诬赖小的主人那些个。"察院都和贾王两处有瓜葛，况又受了贿，只说张华无赖，以穷讹诈。状子也不收，打了一顿，赶出来。庆儿在外替他打点，也没打重，又调唆张华："亲原是你家定的，你只要成这亲事，官必还断给你。"于是又告。王信那边又透了消息与察院，察院便批："张华所欠贾宅之银，令其限内按数交还；其所定之亲，仍令其有力时娶回。"又传了他父亲来，当堂批准。他父亲亦系庆儿说明，乐得人财两进，便去贾家领人。

　　凤姐儿一面吓的来回贾母，说如此这般，都是珍大嫂子干事不明，并没和那家退准，惹人告了，如此官断。贾母听了，忙唤了尤氏过来，说他作事不妥，"既是你妹子从小曾与人指腹为婚，又没退断，使人混告了"。尤氏听了，只得说："他连银子都收了，怎么没准？"凤姐在傍又说："张华的口供上现说不曾见银子，也没见人去。他老子说：'原是亲家母说过一次，并没应准。亲家母死了，你们就接进去作二房。'如此没有对证，只好由他去混说。幸而琏二爷不在家，没曾圆房，这还无妨。只是人已来了，怎好送回去，岂不伤脸？"贾母道："又没圆房，没的强占人家有夫之妇，名声也不好，不如送给他去。那里寻不出好人来？"尤二姐听了，又回贾母说："我母亲实于某年月日给了他十两银子退准的。他因穷急了告，又翻了口。我姐姐原没错辨。"贾母听了，便说："可见刁民难惹。既这样，凤丫头去料理料理。"

凤姐听了，无法，只得应着回来。只命人去找贾蓉。贾蓉深知凤姐之意，若要使张华领回，成何体统？便回了贾珍，暗暗遣人去说张华："你如今既有许多银子，何必定要原人？若只管执定主意，不怕爷们一怒，寻出个由头，你死无葬身之地。你有了银子，回家去什么好人寻不出来？你若走时，还赏你些路费。"张华听了，心中想了一想，这到是好主意，和父亲商议已定，共总也得有百金。他父子次日起个五更，回原籍去了。

贾蓉打听得真了，来回了贾母、凤姐，说："张华父子妄告不实，惧罪逃走，官府亦知此情，也不追究，大事完毕。"凤姐听了，心中一想，若必定着张华带回二姐去，未免贾琏回来再花几个钱包占住，不怕张华不依。还是二姐不去，自己相伴着，还妥当，且再作道理。只是张华此去不知何往，他倘或再将此事告诉了别人，或日后再寻出这由头来翻案，岂不是自己害了自己？原先不该如此将刀靶付与外人去的，因此悔之不迭。复又想了一条主意出来，悄命旺儿遣人寻着了他，或说他作贼，和他打官司，将他治死；或暗中使人算计，务将张华治死，方剪草除根，保住自己的名誉。

旺儿领命出来，回家细想，人已走了完事，何必如此大作？人命关天，非同儿戏，我且哄过他去，再作道理。因此在外躲了几日，回来告诉凤姐，只说："张华是有了几两银子在身上逃去，第三日在京口地界五更天已被截路人打闷棍打死了，他老子唬死在店房，在那里验尸掩埋。"凤姐听了不信，说："你要扯谎，我再使人打听出来，敲你的牙！"自此方丢过，不题。

凤姐和尤二姐和美非常，更比亲姊亲妹还胜十倍。

那贾琏一日事毕，回来先到了新房中。已竟悄悄的封锁，只有一个看房子的老头儿。贾琏问他原故，老头子细说原委。贾琏只在镫中跌足，少不得来见贾赦与邢夫人。将所完之事回明，贾赦十分欢喜，说他中用，赏了他一百两银子，又将房中一个十七岁的丫嬛，名唤秋桐者赏他为妾。贾琏叩头领去，喜之不尽。见了贾母和家中人，回来见凤姐，未免脸上有些愧色。谁知凤姐儿他反不似往日容颜，同尤二姐一同出迎，叙了寒温。贾琏将秋桐之事说了，未免脸上有些得意之色，骄矜之容。凤姐听了，忙命两个媳妇坐车到那边，接了来。心中一刺未除，又平空添了一刺，说不得且吞声忍气，将好颜面换出来遮掩。一面又命摆酒接风，一面带了秋桐来见贾母与王夫人等。贾琏心中也暗暗的纳罕。

那日已是腊月十二日。贾珍起身，先拜了宗祀，然后过来辞拜贾母等人和族中人，直送到洒泪亭方回。独贾琏、贾蓉二人，送出三日三夜方回。一路上贾珍命他好生收心治家等语，二人口内答应，也说些大礼套话，不必烦叙。

且说凤姐在家，外面待尤二姐自不必说得，只是心中又怀别意。无人处只和尤二姐说："妹妹的声名很不好听，连老太太、太太们都知道了，说妹妹在家做女孩儿就不干净，又和姐夫有些首尾，没人要的了，你拣了来。还不休了，再寻好的。我听见这话，气得倒仰。查是谁说的，又查不出来。这日久天长，这些个奴才们跟前怎样说嘴？我反弄了个鱼头来拆。"说了两遍，自己又气病了，茶饭也不吃。除了平儿，众丫头、媳妇，无不言三语四，指桑说槐，暗来讥刺。

秋桐自为系贾赦之赐，无人僭他的，连凤姐、平儿皆不放在眼里，岂肯容他？张口是："先奸后娶，没汉子要的娼妇，也来要我的强！"凤姐听了，暗乐；尤二姐听了，暗愧、暗怒、暗气。凤姐既妆病，便不和尤二姐吃饭了。每日只命人端了菜饭到他房中去吃。那茶饭都系不堪之物。平儿看不过，自拿了钱出来，弄菜与他吃，或是有时只说和他园中去顽，在园中厨内另做了汤水与他吃，也无人敢回凤姐。只有秋桐一时撞见了，便去传舌，告诉凤姐，说："奶奶的名声，生是平儿弄坏了的。这样好菜好饭，浪着不吃，却往园里去偷吃。"凤姐听了，骂平儿说："人家养猫拿耗子，我的猫只到咬鸡。"平儿不敢多说，自此也要远着了。又暗恨秋桐，难以出口。

园中姊妹如李纨、迎春、惜春等人，皆为凤姐是好意；然宝、黛一干人，暗为二姐担心，虽都不便多事，惟见二姐可怜，时常来了，到还都悯恤他。每日常无人处说起话来，尤二姐便淌眼抹泪，又不敢抱怨。凤姐儿又并无露出一点坏形来。

贾琏来家时，见了凤姐贤良，也便不留心。况素习已来，因贾赦姬妾、丫环最多，贾琏每怀不轨之心，只未敢下手。如这秋桐辈等人，皆是恨老爷年迈昏愦，贪多嚼不烂的，没的留下这些人作什么？因此除了几个知礼有耻的，馀者或有与二门上小幺儿们嘲戏的，甚至于与贾琏眉来眼去私相偷期的，只惧贾赦之威，未曾到手。这秋桐便和贾琏有旧，从未来过一次。今日天缘凑巧，竟赏了他，真是一对烈火干柴，如胶投漆，燕尔新婚，连日那里拆的开。那贾琏在二姐身上之心，也渐渐淡了，只有秋桐一人是命。

凤姐虽恨秋桐，且喜借他先可发脱二姐，自己且抽头，用借剑杀人之法，坐山观虎斗。等秋桐杀了尤二姐，自己再杀秋桐。主意已定，没人处常又私劝秋桐说："你年轻不知事，他现是二房奶奶，你爷心坎儿上的人。我还让他三分，你去硬碰他，岂不是自寻其死？"那秋桐听了这话，越发恼了。天天大口乱骂，说："奶奶是软弱人，那等贤惠，我却做不来。奶奶把素日的威风怎都没了？奶奶宽洪大量，我却眼里揉不下沙子去。让我和他这淫妇做一回，他才知道呢！"凤姐儿在屋里，只妆不敢出声儿，气的尤二姐在房里哭泣，饭也不吃，又不敢告诉贾琏。次日贾母见他眼红红的肿了，问他，又不敢说。秋桐正是抓乖卖俏之时，他便悄悄的告诉贾母、王夫人等说："专会作死，好好的成天家啼丧。背地里咒二奶奶和我早死了，他好和二爷一心一计的过。"贾母便说："人太生趄俏了，可知心就嫉妒。凤丫头到好意待他，他到这样争风吃醋的，可是个贱骨头。"因此渐次便不大欢喜。众人见贾母不喜，不免又往下踏践起来，弄得这尤二姐，要死不能，要生不得，还是亏了平儿，时常背着凤姐，看他这般，与他排解排解。

那尤二姐原是个花为肠肚雪作肌肤的人，如何经得这般磨折？不过受了一个月的暗气，便恹恹得了一病，四肢懒动，茶饭不进，渐次黄瘦下去。夜来合上眼，只见他小妹子手捧鸳鸯宝剑前来，说："姐姐！你一生为人心痴意软，终久吃了这亏。

休信那妒妇花言巧语，外作贤良，内藏奸狡。他发恨定要弄你一死方罢。若妹子在世，断不肯令你进来；即进来时，亦不容他这样！此亦系理数，应然你我生前淫奔不才，使人家丧伦败行，故有此报。你依我将此剑斩了那妒妇，一同归至警幻案下，听其发落。不然，你则白白的丧命，且无人怜惜。"尤二姐泣道："妹妹！我一生品行既亏，今日之报，既系当然，何必又生杀戮之冤？随我去忍耐。若天见怜，使我好了，岂不两全？"小妹笑道："姐姐，你终是个痴人！自古'天网恢恢，疏而不漏'，天道好还。你虽悔过自新，然已将人父子兄弟致于麛聚之乱，天怎容你安生？"尤二姐泣道："既不得安生，亦是理之当然。奴亦无怨。"小妹听了，长叹而去。尤二姐惊醒，却是一梦。等贾琏来看时，因无人在侧，便泣说："我这病便不能好了，我来了半年，腹中也有身孕，但不能预知男女。倘天见怜，生了下来，还可；若不然，我这命就不保，何况于他？"贾琏亦泣说："你只放心！我请名人来医治。"于是出去即刻请医生。

谁知王太医亦谋干了军前效力，回来好讨荫封的。小厮们走去，便请了个姓胡的太医，名叫君荣，进来诊脉。看了说是"经水不调，全要大补"。贾琏便说："已是三月庚信不行，又常作呕酸，恐是胎气。"胡君荣听了，复又命老婆子们请出手来，再看看。尤二姐少不得又从帐内伸出手来。胡君荣又诊了半日，说："若论胎气，肝脉自应洪大，然木盛则生火，经水不调，亦皆因由肝木所致。医生要大胆，须得请奶奶将金面略露露，医生观观气色，方敢下药。"贾琏无法，只得命将帐子掀起一缝。尤二姐露出脸来。胡君荣一见，魂魄如飞上九天，通身麻木，一无所知。一时，掩了帐子，贾琏就陪他出来，问是如何。胡太医道："不是胎气，只是迂血凝结，如今只以下迂血、通经脉要紧。"于是写了一方，作辞而去。

贾琏命人送了药礼，抓了药来，调服下去。只半夜，尤二姐腹痛不止，谁知竟将一个已成形的男胎打了下来。于是血行不止，二姐就昏迷过去。贾琏闻知，大骂胡君荣。一面再遣人去请医调治，一面命人去打告胡君荣。胡君荣听了，早已卷包逃走。这里太医院太医便说："本来气血生成亏弱，受胎以来想是着了些气恼，郁结于中。这位先生擅用虎狼之剂，如今大人元气十分伤其八九，一时难保就愈。煎、丸二药并行，还要一些闲言闲事不闻，庶可望好。"说毕而去。急的贾琏查是谁请了姓胡的来的，一时查了出来，便打了个半死。

凤姐比贾琏更急十倍。只说："咱们命中无子，好容易有了一个，又遇见这样没本事的大夫。"于是天地前烧香礼拜，自己通陈祷告，说："我或有病，只求尤氏妹子身体大愈，再得怀胎生一男子，我愿吃长斋念佛。"贾琏众人见了，无不称赞。贾琏与秋桐在一处时，凤姐又做汤做水的着人送与二姐，又骂平儿不是个有福的："也和我一样，我因多病，你却无病也不见怀胎。如今二奶奶这样，都因咱们无福，或犯了什么冲了他这样。"因又叫人出去算命、打卦。偏算命的回来，又说系属兔的阴人冲犯。大家算将起来，只有秋桐一人属兔，说他冲的。

秋桐近见贾琏请医治药，打人骂狗，为尤二姐十分尽心。他心中早浸了一缸醋在内了。今又听见如此说他冲了，凤姐儿又劝他说："你暂且别处去躲几个月再来。"秋桐便气的哭骂道："理那起瞎肏的混咬舌根！我和他井水不犯河水，怎么就冲了他？好个爱八哥儿，在外头什么人不见，偏来了，就有人冲了？白眉赤脸，那里来的孩子？他不过指着哄我们那个绵花耳朵的爷罢了！总有孩子，也不知姓张、姓王。奶奶希罕那杂种羔子，我不喜欢。老了谁不成？谁不会养？一年半载养一个，到还是一点搀杂没有的呢！"骂的众人又要笑，又不敢笑。可巧邢夫人过来请安。秋桐便哭告邢夫人说："二爷、奶奶要撵我回去，我没了安身之处。太太好歹开恩。"邢夫人听说，慌的数落凤姐儿一阵，又骂贾琏："不知好歹的种子！凭他怎么不好，是你父亲给的，为个外头投了来的到眼里连老子都没了？你要撵他，你不如还你父亲去到好！"说着，赌气去了。秋桐更又得意，越性走到他窗户根底下，大哭大骂起来。

尤二姐听了，不免更添烦恼。晚间贾琏在秋桐房中歇了。凤姐已睡，平儿过来瞧他，又悄悄劝他："好生养病，不要理那畜生。"尤二姐拉他哭道："姐姐！我从到了这里，多亏姐姐照应。为我，姐姐也不知受了多少闲气。我若逃的出命来，我必答报姐姐的恩德。只怕我逃不出命来，也只好等来生罢。"平儿也不禁滴泪，说道："想来都是我坑了你。我原是一片痴心，从没瞒他的话。既听见你在外头，岂有不告诉他的？谁知生出这些个事来。"尤二姐忙道："姐姐这话错了！若姐姐便不告诉他，他岂有打听不出来的？不过是姐姐说的在先，况且我也一心要进来方成个体统。与姐姐何干？"二人哭了一回，平儿又嘱咐了几句。夜已深了，方去安息。

这里尤二姐心下自思："病已成势，日无所养，反有所伤，料定必不能好。况胎已打下，无可悬心，何必受这些零碎气？不如一死，到还干净。常听见人说，生金子可以坠死。岂不比上吊、自刎又干净？”想毕，拃挣起来，打开箱子，找出一块生金子，也不知多重，狠命含泪，便吞入口中，几次狠命直脖子，方咽了下去。于是赶忙将衣服首饰穿带齐整，上炕躺下了。当下人不知，鬼不觉。

到第二日早辰，丫嬛、媳妇们见他不叫人，乐得且自己去梳洗。凤姐便和秋桐都上去了。平儿看不过，说丫头们：“你们就只配那没人心的打着骂着使也罢了。一个病人，也不知可怜可怜。他虽好性儿，你们也该拿出个样儿来，别太过馀了。‘墙倒众人推。’”丫嬛听了，急推房门进来，看时却穿带的齐齐整整，死在炕上了。于是方吓慌了，喊叫起来。平儿进来看了，不禁大哭。众人虽素习惧怕凤姐，然想尤二姐实在温和怜下，比凤姐原强。如今死去，谁不伤心落泪？只不敢与凤姐看见。

当下合宅皆知。贾琏进来，搂尸大哭不止。凤姐也假意哭：“狠心的妹妹！你怎么丢下我去了，辜负了我的心！”尤氏、贾蓉等也来哭了一场，劝住贾琏。贾琏便回了王夫人，讨了梨香院停放五日，挪到铁槛寺去。王夫人依允。贾琏忙命人去开了梨香院的门，收拾出正房来停灵。贾琏嫌后门出灵不像，便对着梨香院的正墙上通街现开了一个大门，两边搭棚，安坛场，做佛事。用软榻铺了锦缎、衾褥，将二姐抬上榻去，用衾单盖了，八个小厮和几个媳妇围随，从内子墙一带抬往梨香院来。那里已请下天文生预备，揭起衾单一看，只见这尤二姐面色如生，比活着还美貌。贾琏又搂着大哭，只叫：“奶奶！你死的不明，都是我坑了你！"贾蓉忙上来劝："叔叔解着些儿。我这个姨娘自己没福。"说着，又向南指大观园的界墙，贾琏会意，只悄悄跌脚，说："我忽略了，终久对出来，我替你报仇。"天文生回说："奶奶卒于今日正卯时，五日出不得。或是三日，或是七日方可。明日寅时入殓大吉。"贾琏道："三日断乎使不得。竟是七日。因家叔、家兄皆在外，小丧不敢多停。等到外头，还放五七做大道场才掩灵。明年往南去下葬。"天文生应诺，写了殃榜而去。宝玉已早过来，陪哭一场。众族中人，也都来了。贾琏忙进去找凤姐要银子，治办棺椁丧礼。

凤姐见抬了出去，推有病，回老太太、太太说："我病着，忌三房，不许我去。"因此也不出来穿孝，且往大观园中来。绕过群山，至北界墙根下，往外听，隐隐绰绰听了一半言语，回来又回贾母说：如此这般。贾母道："信他胡说！谁家痨病死的孩子不烧了一撒。也认真的开丧、破土起来。既是二房一场，也是夫妻之分，停五七日，抬出来，或一烧，或乱葬地上，埋了完事。"凤姐笑道："可是这话！我又不敢劝他。"正说着，丫嬛来请凤姐，说："二爷等着奶奶拿银子呢。"凤姐只得来了，便问他："什么银子？家里近来艰难，你还不知道？咱们的月例，一月赶不上一月，鸡儿吃了过年粮。昨儿我把两个金项圈当了三百银子，你还做梦呢。这里还有二三十两银子，你要就拿去。"说着，命平儿拿了出来，递与贾琏。借着贾母有话，又去了。恨的贾琏没话可说，只得开了尤氏箱柜去拿自己的梯己。及开了箱柜，一滴无存，只有些折簪子，坏了的花儿并几件半新不旧的绸绢衣裳，都是尤二姐素习所穿的。不禁又伤心，哭了起来。自己用个包袱一齐包了，也不命小厮、丫嬛来拿，便自己提着来烧。

平儿又是伤心，又是好笑。忙将二百两一包的碎银子偷了出来，到厢房拉住贾琏，悄递与他，说："你只别作声才好。你要哭，外头多少哭不得，又跑了这里来点眼。"贾琏听说，便说："你说的是。"接了银子，又将一条裙子递与平儿，说："这是他家常穿的。你好生替我收着，作个念心儿。"平儿只得掩了，自己收去。贾琏拿了银子与衣服走来，命人先去买板。好的，又贵；中的，又不要。贾琏骑马自去要瞧。至晚间，果抬了一副好板进来，价银五百两赊着，连夜赶造。一面分派了人口，穿孝守灵。晚上也不进去，只在这里伴宿。正是——

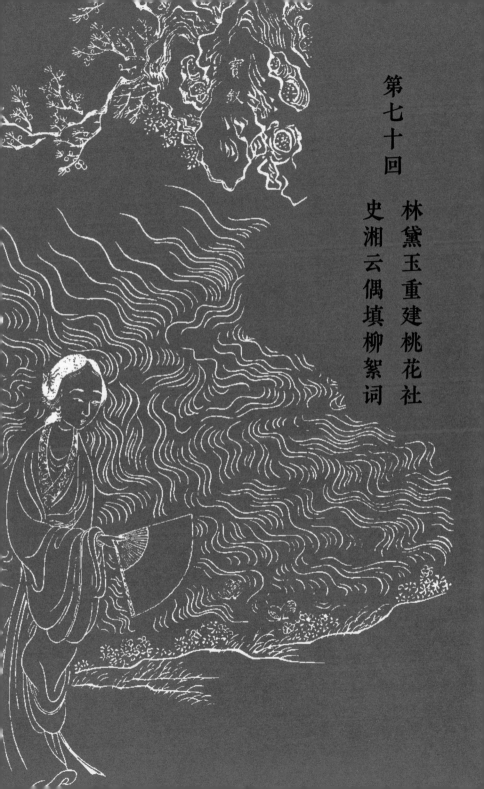

第七十回　林黛玉重建桃花社　史湘云偶填柳絮词

话说贾琏自在梨香院伴宿七日夜，天天僧道不断做佛事。贾母唤了他去，分付不许送往家庙中。贾琏无法，只得又和时觉说了，就在尤三姐之上，点了一个穴，破土埋葬。那日送殡，只不过族中人与王信夫妇、尤氏婆媳而已。凤姐一应不管，只凭他自去办理。

因又年近岁逼，诸务猬集不算外，又有林之孝开了一个人名单子来，共有八个二十五岁的单身小厮应该娶妻成房，等里面有该放的丫头们，好求指配。凤姐看了，先来问贾母和王夫人。大家商议，虽有几个应该发配的，奈各人皆有原故。第一个鸳鸯发誓不去。自那日之后，一向未和宝玉说话，也不盛妆浓饰。众人见他志坚，也不好相强；第二个琥珀，又有病，这次不能了；彩云因近日和贾环分崩，也染了无医之症。只有凤姐儿和李纨房中粗使的大丫嬛出去了，其馀年纪未足，令他们外头自娶去了。

原来这一向因凤姐病了，李纨、探春料理家务，不得闲暇；接着过年过节，出来许多杂事，竟将诗社搁起。如今仲春天气，虽得了工夫，争奈宝玉因冷遁了柳湘莲，剑刎了尤小妹，金逝了尤二姐，气病了柳五儿，连连接接，闲愁胡恨，一重不了一重，添弄得情色若痴，语言常乱，似染怔忡之疾。慌的袭人等又不敢回贾母，只百般逗他顽笑。

这日清辰方醒，只听外间房内咯咯呱呱，笑声不断。袭人因笑说："你快出去解救，晴雯和麝月两个人按住温都里那隔肢呢。"宝玉听了，忙披上灰鼠袄子，出来一瞧，只见他三人被褥尚未叠起，大衣也未穿，那晴雯只穿葱绿苑绸小袄，红小衣，红睡鞋，披着头发，骑在雄奴身上；麝月是红绫抹胸，披着一身旧衣，在那里抓雄奴的肋肢。雄奴却仰在炕上，穿着撒花紧身儿，红裤绿袜，两脚乱蹬，笑的喘不过气来。宝玉忙上前笑说："两个大的欺负一个小的。等我助力。"说着，也上床来膈肢晴雯。晴雯触痒，笑的忙丢下雄奴，和宝玉对抓。雄奴趁势又将晴雯按倒，向他肋下抓动。袭人笑说："仔细冻着了。"看他四人裹在一处，到好笑。

忽有李纨打发了碧月来说："昨儿晚上，奶奶在这里把块手帕子忘了，不知可在这里？"小燕说："有，有，有。我在地下拾了起来，不知是那一位的，才洗了出来，晾着还未干呢。"碧月见他四人乱滚，因笑道："到是这里热闹，大清早起就咭咭呱呱的顽到一处。"宝玉笑道："你们那里人也不少，怎么不顽？"碧月道："我们奶奶不顽，把两个姨娘和琴姑娘也宾住了。如今琴姑娘又跟了老太太前头去了，更寂寞了。两个姨娘今年过了，到明年冬天都去了，又更寂寞呢。你瞧宝姑娘那里，出去了一个香菱，就冷清了多少？把个云姑娘落了单。"

正说着，只见湘云又打发了翠缕来说，"请二爷快出去瞧好诗"！宝玉听了，忙问："那里的好诗？"翠缕笑道："姑娘们都在沁芳亭上，你去了便知。"

宝玉听了，忙梳洗了出来。果见黛玉、宝钗、湘云、宝琴、探春都在那里，手里拿着一篇诗看。见他来时，都笑说："这会子还不起来。咱们的诗社散了一年，也没有人作兴。如今正是初春时节，万物更新，正该鼓舞另立起来才好。"湘云笑道："一起诗社时，是秋天，就不应发达。如今却好，万物逢春，皆主生盛。况这首《桃花诗》又好，就把‘海棠社’改作‘桃花社’。"起时是后有名，此是先有名。宝玉听着点头，说："很好！"且忙着要诗看。众人都又说："咱们此时就访稻香老农去。大家议定好起的。"说着，一齐起来，都往稻香村来。

宝玉一壁走，一壁看。那纸上写着《桃花行》一篇，曰：

桃花帘外东风软，桃花帘内晨妆懒。帘外桃花帘内人，人与桃花隔不远。东风有意揭帘栊，花欲窥人帘不卷。桃花帘外开仍旧，帘中人比桃花瘦。花解怜人花也愁，隔帘消息风吹透。风透湘帘花满庭，庭前春色倍伤情。闲苔院落门空掩，斜日栏杆人自凭。凭栏人向东风泣，茜裙偷傍桃花立。桃花桃叶乱纷纷，花绽新红叶凝碧。雾裹烟封一万株，烘楼照壁红模糊。天机烧破鸳鸯锦，春酣欲醒移珊枕。侍女金盆进水来，香泉影蘸胭脂冷。胭脂鲜艳何相类，花之颜色人之泪。若将人泪比桃花，泪自长流花自媚。泪眼观花泪易干，泪干春尽花憔悴。憔悴花遮憔悴人，花飞人倦易黄昏。一声杜宇春归尽，寂寞帘栊空月痕。

宝玉看了，并不称赞，却滚下泪来。便知出自黛玉，因此落下泪来。又怕众人看见，又忙自己擦了。因问："你们怎么得来？"宝琴笑道："你猜是谁作的？"宝玉笑道："自然是潇湘子稿。"宝琴笑道："现是我作的呢。"宝玉笑道："我不信。这声调、口气，迥乎不像蘅芜之体。所以不信。"宝钗笑道："所以你不通。难道杜工部首首只作'丛菊两开他日泪'之句不成？一般的也有'红绽雨肥梅''水荇牵风翠带长'之媚语。"宝玉笑道：

"固然如此说。但我知道，姐姐断不许妹妹有此伤悼语句。妹妹虽有此才，是断不肯作的。比不得林妹妹，曾经离丧，作此哀音。"众人听说，都笑了。

已至稻香村中，将诗与李纨看了，自不必说，称赏不已。说起诗社，大家议定：明日乃三月初二日，就起社，便改'海棠社'为'桃花社'。林黛玉就为社主。明日饭后齐集潇湘馆。因又大家拟题。黛玉便说："大家就要桃花诗一百韵。"宝钗道："使不得！从来桃花诗最多，纵作了必落套。比不得你这一首古风，须得再拟。"正说着，人回舅太太来了，姑娘们出去请安罢。因此大家都往前头来见王子腾的夫人，陪着说话。吃饭毕，又陪入园中来各处游玩一遍。至晚饭后掌灯方去。

次日乃是探春的寿日。元春早打发了两个小太监送了几件玩器，合家皆有寿仪，自不必说。饭后，探春换了礼服，各处行礼。黛玉笑向众人道："我这一社开的又不巧了。偏忘了这两日是他的生日，虽不摆酒、唱戏的，少不得都要陪他在老太太、太太跟前顽笑一日。如何能得闲空儿？"因此改至初五。

这日，众姊妹皆在房中侍早膳毕，便有贾政书信到了。宝玉请安，将请贾母的安禀拆开，念与贾母听。上面不过是请安的话，说"六月中准进京"等语。其馀家信事务之帖，自有贾琏和王夫人开读。众人听说六七月回京，都喜之不尽。偏生近日王子腾之女许与保宁侯之子为妻，择日于五月初十日过门。凤姐儿又忙着张罗，常三五日不在家。这日王子腾的夫人又来接凤姐儿，一并请众甥男、甥女闲乐一日。贾母和王夫人命宝玉、探春、林黛玉、宝钗四人同凤姐去。众人不敢违拗，只得回房去另妆饰了起来。五人作辞，去了一日，掌灯方回。

宝玉进入怡红院，歇了半刻。袭人便乘机见景劝他收一收心，闲时把书理一理，预备着。宝玉屈指算一算，说："还早呢！"袭人道："书是第一件，字是第二件。到那时，你总有了书，你的字写的在那里呢？"宝玉笑道："我时常也有写的好些，难道都没收着？"袭人道："何曾没收着！你昨儿不在家，我就拿出来，共总数了一数，才有五六十篇。这三四年的工夫，难道只有这几张字不成？依我说，从明日起，把别的心全收了起来，天天快临几张字补上。虽不能按日都有，也要大概看得过去。"宝玉听了，忙的自己又亲检了一遍，实在塘塞不去，便说："明日为始，一天写一百字才好。"说话时，大家安下。至次日起来，梳洗了，便在窗下研墨，恭楷临帖。

贾母因不见他，只当病了，忙使人来问，宝玉方去请安。便说写字之故，先将早起清晨的工夫尽了出来，再作别的。因此出来迟了。贾母听了，便十分欢喜，分付他："以后只管写字、念书，不用出来也使得，你去回你太太去。"宝玉听说，便往王夫人房中来说明。王夫人便说："临阵磨枪也不中用。有这会子着急的，天天写写念念，有多少完不了的？这一赶，又赶出病来才罢。"宝玉回说："不妨事！"这里贾母也说怕急出病来。探春、宝钗等都笑说："老太太不用急。书虽替他不得，字却替得的。我们每人每日临一篇给他，塘塞过这一步就完了。一则老爷到家不生气，二则他也急不出病来。"贾母听说，喜之不尽。

原来林黛玉闻得贾政回家，必问宝玉的工课，宝玉肯分心，恐临期吃了亏。因此自己只妆作不耐烦，把诗社便不起，也不以外事去勾引他。探春、宝钗二人每日也临一篇楷书字与宝玉，宝玉自己每日也加工，或写二百、三百不拘。至三月下旬，便将字又集凑出许多来。这日正算再得五十篇，也就混的过了，谁知紫鹃走来，送了一卷东西与宝玉，拆开看时，却是一色老油竹纸上临的钟王蝇头小楷，字迹且与自己十分相似。喜的宝玉和紫鹃作了一个揖，又亲自来道谢。接着，史湘云、宝琴二人亦皆临了几篇相送。凑成虽不足工课，亦足塘塞了。宝玉放了心。于是将所有应读之书又温理过几遍。正是天天用功。可巧近海一带海啸，又遭遇了几处生民。地方官题本奏闻，奉旨就着贾政顺路查看赈饥回来。如此算去，至冬底方回。宝玉听了，便把书、字又搁过一边，仍是照旧游荡。

时值暮春之际，史湘云无聊，因见柳花飘舞，便偶成一小令，调寄《如梦令》，其词曰：

岂是绣绒残吐，卷起半帘香雾。纤手自拈来，空使鹃啼燕妒。且住！且住！莫使春光别去。

自己作了，心中得意，便用一条纸写好，与宝钗看了，又来找黛玉。黛玉看毕，笑道："好！也新鲜有趣。我却不能。"湘云笑道："咱们这几社总没有填词，你明日何不起社填词，改个样儿，岂不新鲜些？"黛玉听了，偶然兴动，便说："这话说的极是。我如今便请他们去。"说着，一面分付预备了几色果点之类，一面就打发人分头去请众人。这里他二人便拟了柳絮之题，又限出几个调来，写了绾在壁上。

　　众人来看时，以柳絮为题，限各色小调。又都看了史湘云的，称赏了一回。宝玉笑道："这词上我倒平常，少不得也要胡诌起来。"于是大家拈阄。宝钗便拈得了《临江仙》，宝琴拈得了《西江月》，探春拈得了《南柯子》，黛玉拈得了《唐多令》，宝玉拈得了《蝶恋花》。紫鹃炷了一支梦甜香。重建，故又写香。大家思索起来。一时，黛玉有了，写完。接着，宝琴、宝钗都有了，他三人写完，互相看时，宝钗便笑道："我先瞧完了你们的，再看我的。"探春笑道："嗳呀！今儿这香怎么这样快！已剩了三分了，我才有了半首。"因又问宝玉："可有了？"宝玉虽作了些，只是自己嫌不好，又都抹了，要另作，回头看香已将尽了。李纨笑道："这算输了。蕉丫头的半首，且写出来。"探春听说，忙写了出来。众人看时，却是先看没作完的，总是又变一格也。上面却只半首《南柯子》，写道是：

　　空挂纤纤缕，徒垂络络丝。也难绾系也难羁，一任东西南北各分离。

李纨笑道："这也却好作！何不续上？"宝玉见香没了，情愿认负，不肯勉强塞责，将笔搁下，来瞧这半首，见没完时，反到动了兴，开了机，乃提笔续道是：

　　落去君休惜，飞来我自知。莺愁蝶倦晚芳时，纵是明春再见隔年期。

众人笑道:"正经你分内的又不能。这却偏有了。纵然好,也不算得。"说着,看黛玉的《唐多令》:

粉堕百花洲,香残燕子楼。一团团逐对成球。飘泊亦如人命薄,空缱绻,说风流。　　草木也知愁,韶华竟白头。叹今生谁拾谁收?嫁与东风春不管,凭你去,忍淹留。

众人看见,俱点头感叹,说:"太作悲了。好是固然好的。"因又看宝琴的是《西江月》:

汉苑零星有限,隋堤点缀无穷。三春事业付东风,明月梅花一梦。　　几处落红庭院,谁家香雪帘栊?江南江北一般同,偏是离人恨重!

众人都笑说:"到底是他的声调壮。'几处''谁家'两句最妙。"宝钗笑道:"终不免过于丧败。我想柳絮原是一件无根无绊的东西,然依我的主意,偏要把他说好了,才不落套。所以我诌了一首来,未必合你们的意思。"众人笑道:"不要太谦。我们且赏鉴,自然是好的。"因看这一首《临江仙》,道是:

白玉堂前春解舞,东风卷得均匀。

湘云先笑道:"好一个'东风卷得均匀'!这一句就出人之上了。"又看底下道:

蜂团蝶阵乱纷纷。几曾随逝水，岂必委芳尘。　　万缕千丝终不改，任他随聚随分。韶华休笑本无根。好风频借力，送我上青云！

众人拍案叫绝，都说："果然翻得好气力！自然是这首为尊。缠绵悲戚，让潇湘妃子；情致妩媚，却是枕霞。小薛与蕉客，今日落第，要受罚的。"宝琴笑道："我们自然受罚，但不知付白卷子的又怎么罚？"李纨道："不要忙！这定要重重罚他。下次为例。"

一语未了，只听窗外竹子上一声响，恰似窗屉子倒了一般。众人唬了一跳。丫嬛们出去瞧时，帘外丫嬛嚷道："一个大蝴蝶风筝挂在竹梢上了。"众丫嬛笑道："好一个齐整风筝！不知是谁家放断了线的。拿下他来。"宝玉等听了，也都出来看时，宝玉笑道："我认得这风筝，这是大老爷那院里娇红姑娘放的。拿下来，给他送过去罢。"紫鹃笑道："难道天下没有一样的风筝？单他有这个不成？我不管，我且拿起来。"探春道："紫鹃也学小气了。你们一般的也有，这会子拾人走了的，也不怕忌讳。"黛玉笑道："可是呢。知道是谁放晦气的，快拿出去罢。把咱们的拿出来，咱们也放晦气。"紫鹃听了，赶忙命小丫头们："将这风筝送出去与园门上值日的婆子去了，倘有人来找，好与他们去的。"

这里小丫头们听见放风筝，巴不得一声儿，七手八脚都忙着拿出个美人风筝来，也有搬高凳去的，也有捆剪子股的，也有拨籰子的。宝钗等都立在院门前，命丫头们在院外厂地下放去。宝琴笑道："你这个不大好看。不如三姐姐的那一个软翅子大凤凰好。"宝钗笑道："果然。"因回头向翠墨笑道："你把你们的拿来，也放放。"翠墨笑嘻嘻的果然也取去了。

宝玉又兴头起来，也打发个小丫头子家去，说："把昨儿赖大娘送我的那个大鱼取来。"小丫头子去了半天，空手回来，笑道："晴姑娘昨儿放走了。"宝玉道："我还没放一遭儿呢。"探春笑道："横竖是给你放晦气罢了。"宝玉道："也罢！再把那个大螃蟹拿来罢。"丫头去了，同了几个人，扛了一个美人并籰子来，说道："袭姑娘说，昨儿把螃蟹给了三爷了。这一个是林大娘才送来的。放这一个罢。"宝玉细看了一回，只见这美人做的十分精致，心中欢喜，便命叫放起来。

此时探春的也取了来，翠墨带着几个小丫头子们在那边山坡上已放了起来；宝琴也命人将自己的一个大红蝙蝠也取来；宝钗也高兴，也取了一个来，却是一连七个大雁的，都放起来。独有宝玉的美人放不起去。宝玉说丫头们不会放，自己放了半天，只起房高，便落下来了。急的宝玉头上出汗，众人又笑。宝玉恨的掷在地下，指着风筝道："若不是个美人，我一顿脚踩踏个希烂。"黛玉笑道："那是顶线不好，拿出去另使人打了顶线就好了。"宝玉一面使人拿去打顶线，一面又取一个来放。大家都仰面而看。天上这几个风筝都起在半空中去了。

一时丫嬛们又拿了许多各式各样的来，顽了一回。紫鹃笑道："这一回的劲大。姑娘来放罢。"黛玉听说，用手帕垫着手，顿了一顿，果然风紧力大，接过籰子来，随着风筝的势，将籰子一松，只听一阵豁剌剌响，登时籰子线尽。黛玉因让众人来放。众人都笑道："各人都有，你先请罢。"黛玉笑道："这一放，虽有趣，只是不忍。"李纨道："放风筝图的是这一乐，所以又说放晦气。你更该多放些，把你这病根儿都带了去，就好了。"紫鹃笑道："我们姑娘越发小气了。那一年不放几个子？今忽然又心疼了。姑娘不放，等我放。"说着，便向雪雁手中接过一把西洋小银剪子来，齐簬子根下寸丝不留，"咯噔"一声，铰断，笑道："这一去，把病根儿可都带了去了。"那风筝飘飘飖飖，只管往后退了去，一时只有鸡蛋大小，展眼只剩了一点黑星，再展眼便不见了。众人皆仰面瞧看，说："有趣！有趣！"宝玉道："可惜！不知落在那里去了？若落在有人烟处，被小孩子得了，还好；若落在荒郊野外，无人烟处，我替他寂寞。想起来把我这个放去，教他两个作伴儿罢。"于是，也用剪子剪断，照先放去。

　　探春正要剪自己的凤凰，见天上也有一个凤凰，因道："这也不知是谁家的？"众人皆笑说："且别剪你的，看他到像要来绞的样儿。"说着，只见那凤凰渐逼近来，遂与这凤凰绞在一处。众人方要往下收线，那一家也要收线，正不开交，又见一个门扇大的玲珑喜字，带响鞭在半天如钟鸣一般，也逼近来。众人笑道："这一个也来绞了。且别收，让他三个绞在一处到有趣呢。"说着，那喜字果然与这两个凤凰绞在一处。三下齐收乱顿，谁知线都断了，那三个风筝飘飘飖飖都去了。众人拍手，哄然一笑，说："到有趣。可不知那喜字是谁家的？忒促狭了些。"黛玉说："我的风筝也放去了，我也乏了。我也要歇歇去了。"宝钗说："且等我们放了去，大家好散。"说着，看姊妹们都放去了，大家方散。黛玉回房，歪着养乏。要知端的，下回便见。

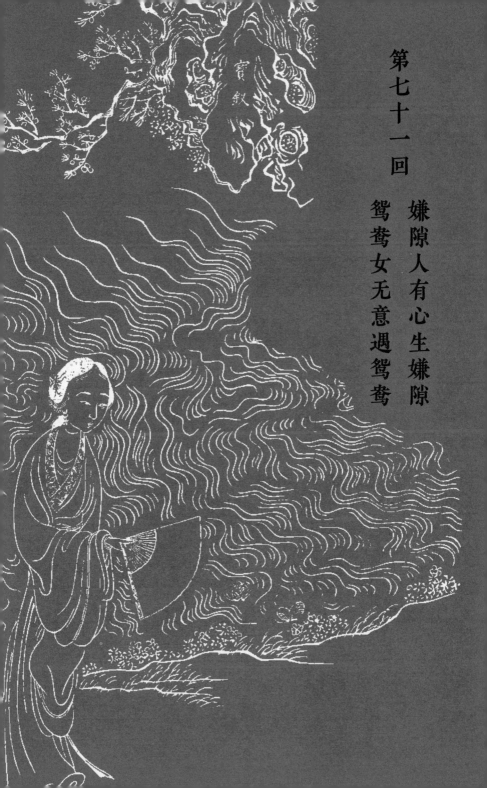

第七十一回　嫌隙人有心生嫌隙

鸳鸯女无意遇鸳鸯

话说贾政回京之后，诸事完毕，赐假一月，在家歇息。因年景渐老，事重身衰，又近因在外几年，骨肉离异，今得晏然复聚于庭室，自觉欣喜不尽。一应大小事务，一概益发付于度外。只是看书，闷了便与清客们下棋、吃酒，或日间在里面母子、夫妻，共叙天伦庭闱之乐。

因今岁八月初三日乃贾母八旬之庆，又因亲友全来，恐筵宴排设不开，便早同贾赦及贾珍、贾琏等商议，议定于七月二十八日起，至八月初五日止，荣、宁两处齐开筵宴。宁国府中单请官客，荣国府中单请堂客。大观园中收拾出缀锦阁并嘉荫堂等几处大地方来，作退居。二十八日，请皇亲、驸马、王公、诸公主、郡主、王妃、国君、太君、夫人等；二十九日，便是阁下、都府、督镇及诰命等；三十日，便是诸官长及诰命，并远近亲友及堂客；初一日是贾赦的家宴；初二日是贾政；初三日是贾珍、贾琏；初四日是贾府中合族长幼大小共凑的家宴；初五日是赖大、林之孝等家下管事人等共凑一日。

自七月上旬，送寿礼者，便络绎不绝：礼部奉旨钦赐金玉如意一柄，彩缎四端，金玉环四个，帑银五百两；元春又命太监送出金寿星一尊，沉香拐一只，伽楠珠一串，福寿香一盒，金锭一对，银锭四对，彩缎十二匹，玉杯四只；馀者自亲王、驸马以及大小文武官员之家，凡所来往者，莫不有礼。不能胜记。堂屋内设下大桌案，铺了红毡，将凡所有精细之物，都摆在上，请贾母过目。贾母先一二日还高兴过来瞧瞧，后来烦了，也不过目，只说叫凤丫头收了，改日闷了再瞧。

至二十八日，两府中俱悬灯结彩，屏开鸾凤，褥设芙蓉，笙箫鼓乐之音，通衢越巷。宁府中，本日只有北静王、南安郡王、永昌驸马、乐善郡王，并几个世交公侯应袭。荣府中，南安王太妃、北静王妃、并几位世交公侯诰命。贾母等皆是按品大妆迎接，大家斯见。先请入大观园内嘉荫堂，茶毕更衣，方出至荣庆堂上拜寿入席。大家谦逊半日，方才入席。上面两席是南北王妃，下面依叙便是众公侯诰命，左边下手一席，陪客是锦乡侯诰命与临昌伯诰命，右边下手一席方是贾母主位。邢夫人、王夫人带领尤氏、凤姐儿并族中几个媳妇，两溜雁翅站在贾母身后侍立。林之孝、赖大家的带领众媳妇都在竹帘外面，伺候上菜、上酒，周瑞家的带领几个丫环在园屏后，伺候呼唤。凡跟来的人，早又有人别处管待去了。一时，台上参了场，台下一色十二个未留发的小厮伺候。须臾，一小厮捧了戏单，至阶下先递与回事的媳妇。这媳妇接了，才递与林之孝家的。用一小茶盘托上，挨身入帘来，递与尤氏的侍妾配凤。配凤接了，才奉与尤氏。尤氏托着，走至上席，南安太妃谦让了一回，点了一出吉庆戏文；然后又谦让了一回，北静王妃也点了一出；众人又让了一回，命随便捡好的唱罢了。少时，菜已四献，汤始一道，跟来各家的放了赏，大家便更衣，复入园来，另献好茶。

南安太妃因问宝玉，贾母笑道："今日几处庙里念'保安延寿经'，他跪经去了。"又问众小姐们，贾母笑道："他们姊妹们病弱的病弱，见人腼腆，所以叫他们给我看屋子去了。有的是小戏子，传了一班在那边厅上，陪着他姨娘家姊妹们，也看戏呢。"南安太妃笑道："既这样，叫人请来。"贾母回头命凤姐儿去把史、薛、林带来，"再只叫你三妹妹陪着来罢"！凤姐答应了，来至贾母这边。只见他姊妹们正吃果子看戏，宝玉也才从庙里跪经回来。凤姐儿说了话，宝钗姊妹与黛玉、探春、湘云五人来至园中。

大家见了，不过请安问好让坐等事。众人中也有见过的，还有一两家不曾见过的，都齐声夸赞不绝。其中湘云最熟，南安太妃因笑道："你在这里，听见我来了，还不出来，还只等请去？我明儿和你叔叔算账。"因一手拉着探春，一手拉着宝钗，问："几岁了？"又连声夸赞；因又松了他两个，又拉着黛玉、宝琴，也着实细看，极夸一回。又笑道："都是好的！你可叫我夸那一个的是呢？"早有人将备用礼物打点出五分来：金玉戒指各五个，腕香珠五串。南安太妃笑道："你姊妹们别笑话，留着赏丫头们罢。"五人忙拜谢过。北静王妃也有五样礼物。馀者不必细说。

吃了茶，园中略逛了一逛。贾母等因又让入席。南安太妃便告辞说："身上不爽快，今日若不来，实在使不得。因此恕我竟先要告别了。"贾母等听说，也不便强留，大家又让了一回，送至园门，坐轿而去。接着北静王妃略坐一坐，也就告辞了。馀者也有终席的，也有不终席的。贾母劳乏了一日，次日便不会人，一应都是邢夫人、王夫人管待。有那些世家子弟拜寿的，只到厅上行礼。贾赦、贾政、贾珍等还礼管待，至宁府坐席，不在话下。

这几日，尤氏晚间也不回那府里去。白日间待客，晚间陪贾母顽笑，又帮着凤姐料理出入大小器皿，以及收放赏礼事务，晚间在园内李氏房中歇宿。这日晚间，伏侍过贾母晚饭后，贾母因说："你们也乏了，我也乏了，早寻一点子吃的歇歇去。明儿还要起早闹呢。"尤氏答应着，退了出来，到凤姐儿房里来吃饭。凤姐儿在楼上看着人收送礼的新围屏，只有平儿在房里与凤姐儿叠衣服。尤氏因问："你们奶奶吃了饭了没有？"平儿笑道："吃饭岂不请奶奶去的？"尤氏笑道："既这样，我别处找吃的去。饿的我受不得了。"说着，就走。平儿忙笑道："奶奶请回来。这里有点心，且点补一点儿。回来再吃饭。"尤氏笑道："你们忙的这样，我园里和他姊妹们闹去。"一面说，一面就走。平儿留不住，只得罢了。

且说尤氏一径来至园中，只见园中正门与各处角门^{伏下文}仍未关，犹吊着各色彩灯。因回头命小丫头叫该班的女人。那丫鬟走入班房中，竟没一个人影，回来回了尤氏。尤氏便命传管家的女人。这丫头应了，便出去到二门外鹿顶内，乃是管事的女人议事取齐之所。到了这里，只有两个婆子分菜果呢。因问："那一位奶奶在这里？东府奶奶立等一位奶奶，有话分付。"

这两个婆子只顾分菜果，又听见是东府里的奶奶，不大在心上，因就回说："管家奶奶们才散了。"小丫头道："散了，你们家里传他去。"婆子道："我们只管看屋子，不管传人。姑娘要传人，再派传人的去。"小丫头听了道："嗳呀！嗳呀！这可反了！怎么你们不传去？你哄那新来了的？怎么哄起我来了！素日你们不传谁传去？这会子打听了梯己信儿，或是赏了那位管家奶奶的东西，你们争着狗颠儿似的传去的，不知谁是谁呢。琏二奶奶要传人，你们可也这么回吗？"这两个婆子一则吃了酒，二则被这丫头揭挑着弊病，便羞激怒了，因回口道："扯你的臊！

我们的事，传不传不与你相干。你未曾挑我们，你想想你那老子娘，在那边管家爷们跟前比我们还更会溜呢。什么'清水下杂面，你吃我也见'的事。各家门，另家户。你有本事排场你们那边人去，我们这边你们还早些呢！"丫头听了，气白了脸，因说道："好！好！这话说的好！"一面转身进来回话。

尤氏已早入园来，因遇见袭人、宝琴、湘云三人，同着地藏庵的两个姑子正说故事顽笑。尤氏因说饿了，先到怡红院，袭人妆了几样荤素点心出来与尤氏吃。两个姑子、宝琴、湘云等都吃茶，仍说故事。那小丫头子一径找了来，气狠狠的把方才的话都说了出来。尤氏听了，冷笑道："这是两个什么人？"两个姑子并宝琴、湘云等听了，生怕尤氏生气，忙劝说："没有的事，必是这一个听错了。"两个姑子笑推这丫头道："你这孩子，好性气！不好那糊涂老嬷嬷们的话，你也不该来回才是。咱们奶奶万金之躯，劳乏了几日，黄汤辣水没吃，咱们哄他欢喜一会还不得一半儿，说这些话做什么？"袭人也忙笑拉出他去，说："好妹子，你且出去歇歇。我打发人叫他们去。"尤氏道："你不要叫人。你去，就叫这两个婆子来。到那边把他们家的凤儿叫来。"袭人笑道："我请去。"尤氏说："偏不要你去。"两个姑子忙立起身来，笑说："奶奶素日宽洪大量，今日老祖宗千秋，奶奶生气，岂不惹人谈论？"宝琴、湘云二人也都笑劝。尤氏道："不是为老太太的千秋，我断不依。且放着就是了。"

说话之间，袭人早又遣了一个丫头去到园门外找人。可巧遇见周瑞家的。这小丫头子就把这话告诉周瑞家的，周瑞家的虽不管事，因着他素日仗着是王夫人的陪房，原有些体面，心性乖滑，专管各处献勤、讨好。所以，各处房里的主人都喜欢他。他今日听了这话，忙的便跑入怡红院来。一面飞走，一面口内说："气坏了奶奶了，可了不得。我们家里如今惯的太不堪了。偏生我不在跟前，若在跟前，且打给他们几个耳刮子，再等过了这几日算账。"尤氏见了他，也便笑道："周姐姐，你来，有这个理你说说。这早晚门还大开着，明灯蜡烛，出入的人又杂。倘有不防的事，如何使得呢！因此叫该班的人吹灯关门。谁知一个人牙儿也没有。"周瑞家的道："这还了得！前儿二奶奶还分付了他们说，这几日事多人杂，一晚就关门吹灯，不是园里人，不许放进去。今就没了人，这事过了这几日，必要打几个才好。"尤氏又说小丫头子的话。周瑞家的道："奶奶不要生气，等过了这几日，等我告诉管事的，打他个臭死，只问他们谁叫他们说这'各家门、各家户'的话。我已经叫他们吹了灯，关上正门和角门子。"正乱着，只见凤姐儿打发人来请吃饭。尤氏道："我也不饿了，才吃了几个饽饽。请你奶奶自己吃罢。"

　　一时，周瑞家的得便出去，便把方才的事回了凤姐。又说："这两个婆子就是管家奶奶。时常我们和他说话，都似狠虫一般。奶奶若不戒饬，大奶奶脸上过不去。"凤姐道："既这么着，记上两个人的名字，等过了这几日，捆了，送到那府里，凭大嫂子开发。或是打几下子，或是他开恩饶了他们，随他去就是了。什么大事！"周瑞家的听了，巴不得一声，素日因与这几个人不睦，出来了，便命一个小厮到林之孝家传凤姐的话，立刻叫林之孝家的进来见大奶奶；一面又传人，立刻捆起这两个婆子来，交到马圈里，派人看守。林之孝家的不知有什么事，此时已经点灯，忙坐车进来。先见凤姐。至二门上传进话去，丫头们出来说："奶奶才歇了，大奶奶在园里，叫大娘见了大奶奶就是了。"林之孝家的只得进园，来到稻香村。丫嬛们回进去，尤氏听了，反过意不去，忙唤进他来，因笑向他道："我不过为找人找不着，因问你，你既去了，也不是什么大事。谁又把你叫进来，到要你白跑一遭。不大的事，已经撂开手了。"林之孝家的也笑道："二奶奶打发人传我，说奶奶有话分付。"尤氏笑道："这是那里的话？只当你没去，白问你。这是谁又多事，告诉了凤丫头。大约是周姐姐说的。家去歇着罢。没有什么大事。"李纨又要说原故，尤氏反拦住了。

林之孝家的见如此，只得回身出园去。可巧遇见赵姨娘，姨娘因笑道："嗳哟哟！我的嫂子！这会子还不家去歇歇？还跑些什么！"林之孝家的便笑说："何曾不家去的？"如此这般进来了，"又是个齐头故事"。赵姨娘原是好察听这些事的，且素日又与管事的女人们扳厚，互相连络，好作首尾。方才之事，已竟听见八九，又听林之孝家的如此说，便这般如此告诉了林之孝家的一遍。林之孝家的听了，笑道："原来是这个事，也值一个屁！开恩呢，就不理论；心窄些儿，也不过打几下子就完了。"赵姨娘道："我的嫂子，事虽不大，可见他们太张狂了些。巴巴的传进你来，明明戏弄你顽呢。你快歇歇去，明儿还有事呢。也不留你吃茶了。"说毕，林之孝家的出来。

到了侧门前，就有方才两个婆子的女儿上来哭着求情。林之孝家的笑道："你这孩子好糊涂！谁叫你娘吃酒混说了？惹出事来，连我也不知道。二奶奶打发人捆他们，连我还有不是呢。我替谁讨情去？"这两个小丫头子才七八岁，原不识事，只管哭啼求告。缠的林之孝家的没法，因说道："糊涂东西！你放着门路不去，却缠我来。你姐姐现给了那边太太作陪房费大娘的儿子，你走过去告诉你姐姐，叫亲家娘和太太一说，什么完不了的事？"一语提醒了这一个，那一个还求。林之孝家的啐道："糊涂攘的！他过去一说，自然都完了。没有个单放了他妈，又只打你妈的理！"说毕，上车去了。

这一个小丫头，果然过来告诉了他姐姐，和费婆子说了。这费婆子原是邢夫人的陪房。起先也曾兴过时，只因贾母近来不大作兴邢夫人，所以连这边的人也减了威势。凡贾政这边有些体面的人，那边各各皆虎视眈眈。这费婆子常倚老卖老，仗着邢夫人，常吃些酒，嘴里胡骂乱怨的出气。如今贾母庆寿这样大事，干看着人家逞才卖技办事，呼幺喝六弄手脚，心中早已不自在，指鸡骂狗，闲言闲语的乱闹。这边的人，也不和他较量。如今听了周瑞家的捆了他亲家，越发火上浇油，仗着酒兴，指着隔断的墙，^{细致之甚。}大骂了一阵，便走上来求邢夫人，说他亲家并没什么不是，不过和那府里的大奶奶的小丫头白斗了两句话，"周瑞家的便调唆了咱们家二奶奶，捆到马圈里，等过了这两日，还要打。求太太——我那亲家也是七八十岁的老婆子——和二奶奶说声，饶他这一次罢。"

邢夫人自为要鸳鸯之后，讨了没意思；后来见贾母越发冷淡了他，凤姐的体面反胜自己；且前日南安太妃来了，要见他姊妹，贾母又只令探春出来，迎春竟似有如无。自己心内早已怨忿不乐，只是使不出来。又值这一干小人在侧，他们心内嫉妒挟怨之事不敢施展，便背地里造言生事，调拨主人，先不过是告那边的奴才，后来渐次告到凤姐，"只哄着老太太喜欢了，他好就中作威作福，辖治着琏二爷，调唆二太太，把这边的正经太太倒不放在心上"。后来又告到王夫人，说："老太太不喜欢太太，都是二太太和琏二奶奶调唆的。"邢夫人纵是铁心铜胆的人，妇女家终不免生些嫌隙之心。近日因此着实厌恶凤姐。今听了如此一篇话，也不说长短。

至次日一早，见过贾母。众族中人到齐，坐席，开戏。贾母高兴，又见今日无远亲，都是自己族中子侄辈，只便衣常妆出来，堂上受礼。当中独设一榻，引枕、靠背、脚踏俱全，自己歪在榻上，榻之前后左右皆是一色的小矮凳。宝钗、宝琴、黛玉、湘云、迎春、探春、惜春姊妹等围绕。因贾珩之母也带了女儿喜鸾、贾琼之母也带了女儿四姐儿，还有几房的孙女儿，大小共有二十来个。贾母独见喜鸾和四姐儿生得又好，说话行事与众不同，心中喜欢。便命他两个也过来，榻前同坐。宝玉却在榻上脚下，与贾母捶腿。首席便是薛姨妈，下边两溜皆顺着房头、辈数下去。帘外两廊都是族中男客，也依次而坐。先是那女客一起一起的行礼，后方是男客行礼。贾母歪在榻上，只命人说："免了罢！"早已都行完了。然后赖大等带领众人，从仪门直跪至大厅上，磕头礼毕。又是众家下媳妇，然后各房的丫环，足闹了两三顿饭时。然后又抬了许多雀笼来，在当院中放了生。贾赦等焚过了天地寿星纸，方开戏饮酒。直到歇了中台，贾母方进来歇息，命他们取便。因命凤姐儿留下喜鸾、四姐儿顽两日再去。凤姐儿出来便和他母亲来说，他两个母亲素日都承凤姐的照顾，也巴不得一声儿，他两个也愿意在园内顽耍，至晚便不回家了。

邢夫人直至晚间散时，当着许多人，陪笑和凤姐求情说："我听见昨儿晚上二奶奶生气，打发周管家的娘子捆了两个老婆子，可也不知犯了什么罪？论理我不该讨情。我想老太太的好日子，发狠的还舍钱舍米，周贫济老。咱们家先到折磨起老人家来了。不看我的脸，权且看老太太，竟放了他们罢。"说毕，上车去了。

凤姐听了这话，又当着许多人，又羞又气，一时抓寻不着头脑，鳖得脸上紫涨，回头向赖大等笑道：又写"笑"，妙！凡凤姐怒则必曰笑，真真不错。"这是那里的话？昨儿因为这里的人得罪了那府里的大嫂子，我怕他多心，所以尽让他发放，并不是得罪了我。这又是谁的耳报神，这么快！"王夫人因问说："什么事？"凤姐儿笑将昨日的事说了，尤氏也笑道："连我并不知道的，原也太多事了。"凤姐儿道："我怕你脸上过不去，所以等你开发。不过是个理！就如我在你那里，有人得罪了我，你自然送了来，尽我开发。凭他是什么好奴才，到底错不过这个礼去。这又不知谁过去没的献勤儿，这也当作一件事情去说。"王夫人道："你太太说的是，就是珍哥儿媳妇，也不是外人，也不用这些虚礼。老太太的千秋要紧，放了他们为是。"说着，回头便命人去放了那两个婆子。凤姐由不得越想越气、越愧，不觉的灰心转悲，滚下泪来，因赌气回房哭泣，又不使人知觉。偏是贾母打发了琥珀来叫，立等说话。琥珀见了，诧异道："好好的，这是什么原故？那里立等你呢。"凤姐听了，忙擦干了泪，洗面另施了脂粉，方同琥珀过来。

贾母因问道："前儿这些人家送礼来的，共有几家有围屏？"凤姐儿道："共有十六家有围屏，十二架大的，四架小的炕屏。内中只有江南甄家一架大屏，十二扇大红缎子缂丝'满床笏'，一面是泥金'百寿图'的是头等的。还有粤海将军邬家一架玻璃的还罢了。"贾母道："既这样，这两架好生搁着，我要送人呢。"凤姐儿答应了。鸳鸯忽过来向凤姐儿面上只管瞧，引的贾母问说："你不认得他？只管瞧什么？"鸳鸯笑道："怎么他的眼肿肿的？所以我诧异，只管看。"贾母听说，便叫进前来，也觑着眼看。凤姐笑道："才觉的一阵痒痒，揉肿了些。"鸳鸯笑道："别又是受了谁的气了不成？"凤姐道："谁敢给我气受？就是受了气，老太太好日子，我也不敢哭。"贾母道："正是呢！我正要吃晚饭，你在这里打发我吃，剩下的，你就和珍儿媳妇吃了。你两个在这里帮着两个师傅替我拣佛豆儿，你们也积积寿。前儿你姊妹们和宝玉都拣了，如今也叫你们拣拣，别说我偏心。"

说话时，先摆上一桌素的来，两个姑子吃了。然后才摆上荤的，贾母吃毕。抬出外间，尤氏、凤姐儿二人正吃，贾母又叫把喜鸾、四姐儿二人也叫来跟他二人吃。吃毕，洗了手，点上香，捧过一升豆子来。两个姑子先念了佛偈，然后一个一个的拣在一个簸箩内。每拣一个，念一声佛，明日煮熟了令人在十字街结寿缘。贾母歪着，听两个姑子又说些佛家的因果善事。鸳鸯早已听见琥珀说凤儿哭之事，又和平儿前打听得原故。

晚间人散时，便回说："二奶奶还是哭的。那边大太太当着人给二奶奶没脸。"贾母因问为什么原故。鸳鸯便将原故说了。

贾母道："这才是凤丫头知礼处。难道为我的生日，由着奴才们把一族中的主子都得罪了也不管罢？这是太太素日没好气，不敢发作，所以今儿拿着这个扎筏子。明是当着众人给凤姐没脸罢了。"

正说着，只见宝琴等进来，也就不说了。贾母因问："你在那里来？"宝琴道："在园里林姐姐屋里，大家说话的。"贾母忽想起一事来，忙唤一个老婆子来分付他："到园里各处女人们跟前嘱咐嘱咐，留下的喜姐儿和四姐儿虽然穷，也和家里的姑娘们是一样。大家照看经心些，我知道咱们家的男男女女，都是一个富贵心，两支体面眼，未必把他两个放在眼里，有人小看了他们，我听见可不依。"婆子应了，方要走时，鸳鸯道："我说去罢。他们那里听他的话！"说着，便一径往园子来。

先到稻香村中，李纨与尤氏都不在这里，问丫嬛们，说："都在三姑娘那里呢。"鸳鸯回身又来至晓翠堂，果见那园中人都在那里说笑。见他来了，都笑道："你这会子又跑来做什么？"又让他坐。鸳鸯笑道："不许我也逛逛么？"于是，把方才的话说了一遍。李纨忙起身听了，就叫人把各处的头儿唤了几个来，令他们传与诸人知道。不在话下。

这里尤氏笑道："老太太也太想的到，实在我们年轻力壮的人，捆上十个也赶不上。"李纨道："凤丫头仗着鬼聪明，还离脚踪不远。咱们是不能的了。"鸳鸯道："罢哟！还提凤丫头、虎丫头呢，他也可怜见儿的。虽然这几年没有在老太太、太太跟前有个错缝儿，暗里也不知得罪了多少人。总而言之，为人是难作的。若太老实了，没有个机变，公婆又嫌太老实了，家里人也不怕；若有些机变，未免又治一经损一经。如今咱们家里更好，新出来的这些底下奴字号的奶奶们，一个个心满意足，都不知要怎么样才好。稍有不得意，不是背地里咬舌根，就是挑三窝四的。我怕老太太生气，一点儿也不肯说。不然，我告诉出来，大家别过太平日子。这不是我当着三姑娘说，老太太偏疼宝玉，有人背地怨言还罢了，算是偏心；如今老太太偏疼你，我听着也是不好，这可笑不可笑？"探春笑道："糊涂人多！那里较量得许多。我说到不如小人家人少，虽然寒素些，到是欢天喜地，大家快乐。我们这样人家，外头看着我们不知千金万金小姐，何等快乐？殊不知我们这里说不出来的烦难，更利害。"宝玉道："谁都像三妹妹好多心多事，我常劝你，总别听那些俗语，想那俗事，只管安富尊荣才是。比不得我们没这清福，是应该受的。"

尤氏道："谁都像你？真是一心无挂碍，只知道和姊妹们顽笑，饿了吃，困了睡，再过几年，不过还是这样，一点后事也不虑。"宝玉笑道："我能彀和姊妹们过一日是一日，死了就完了。什么后事不后事！"李纨等都笑道："这可又是胡说！就算你是个没出息的，终久老在这里，难道他姊妹们都不出阁么？"尤氏笑道："怨不得人都说他是假长了一个胎子，究竟是个又傻又呆的。"宝玉笑道："人事莫定，知道谁死谁活？倘或我在今日、明日，今年、明年死了，也算是随心一辈子了。"众人不等他说完，都说："可是又疯了！别和他说话才好。若和他说话，不是呆话就是疯话。"喜鸾走过来，因笑道："二哥哥，你别这样说。等这里姐姐妹妹们果然都出了阁，横竖老太太、太太也寂寞。我来和你作伴儿。"李纨、尤氏等都笑道："姑娘也别说呆话。难道你是不出嫁的？你这话哄谁呢！"喜鸾低了头。当下已是起更时分，大家各自归房安歇。众人都且不提。

且说鸳鸯一径回来，刚至园门前，只见角门虚掩，犹未上闩。此时园内无人来往，只有该班的房里，灯光掩映，微月半天。_{是月起更初句时也。}鸳鸯又不曾有个作伴的，也不曾提灯笼，独自一个，脚步又轻，所以该班的人皆不理会。偏生又要小解，因下了甬路，寻微草处，行至一湖山石后，大桂树阴下来。_{是八月，随笔点景。}刚转过石后，只听一阵衣裳响。吓了一惊不小。定睛一看，只见是两个人在那里。见他来了，便想往石后树丛藏躲。鸳鸯眼尖，趁月色瞧准是一个穿红裙子、梳鬅头、高大丰壮身材_{是月下所见之像，故不写至容貌也。}的，是迎春房里的司棋。鸳鸯只当他和别的女孩子也在此方便，见自己来了，故意藏躲恐吓着耍。_{此见是女儿们常事，观书者自亦为如此。}因便笑叫道："司棋！你不快出来，吓着我，我就叫喊起来，当贼拿了。这么大丫头了，没个黑家白日的，只是顽不够。"这本是鸳鸯的戏语，叫他出来。谁知他贼人胆虚，_{更奇！不知后为何事？}只当鸳鸯已看见他的首尾了，生恐叫喊起来，使众人知觉，更不好。且素日鸳鸯又和自己亲好，原不比别人，便从树后跑出来，一把拉住鸳鸯，便双膝跪下，只说："好姐姐，千万别嚷！"_{奇甚。}鸳鸯反不知因何，忙拉他起来笑问道："这是怎么说？"司棋满脸红胀，又流下泪来，鸳鸯再一回想，那一个人影恍惚像个小厮，心下便猜疑了八九，_{是聪敏女儿。妙！}自己反羞的面红耳赤，又怕起来。_{是娇贵女儿，笔笔皆到。}因定了一会，忙悄问："那个是谁？"司棋复跪下道："是我姑舅兄弟。"_{妙！}鸳鸯啐了一口，道："该死！该死！"_{如见其面，如闻其声。}司棋又回头悄道："你不用藏着，姐姐已看见了，快出来磕头！"那小厮听得，只得也从树后爬出来，磕头如捣蒜。鸳鸯忙要回身，司棋拉住苦求，哭道："我们的性命都在姐姐身上，只求姐姐超生要紧！"鸳鸯道："你放心！我横竖不告诉一个人就是了。"一语未了，只听角门上有人说道："金姑娘已出去了，角门子上锁罢。"鸳鸯正被司棋拉住，不得脱身。听见如此说，便接声道："我在这里有事，且略等一等。我出来了。"司棋听了，只得松手，让他去了。

第七十二回　王熙凤恃强羞说病　来旺妇倚势霸成亲

　　且说鸳鸯出了角门子，脸上犹红，心内突突的跳，真是意外之事。因想这事非常，若说出来，奸盗相连，关系人命，还保不住带累了傍人。横竖与自己无干，且藏在心内，不说与一人知道。回房复了贾母的命，大家安息。从此凡晚间便不大往园中来。因思园中尚有这样奇事，何况别处？因此连别处也不大轻易走动了。

　　原来那司棋因从小儿和他姑表兄弟在一处顽笑起住时，小儿戏言，便都订下将来不娶不嫁。近年大了，彼此又出落的品貌风流，常时司棋回家时，二人眉来眼去，旧情不忘，只不能入手。又彼此生怕父母不从，二人便设法彼此里外买嘱园内老婆子们，留门看道。今日趁乱，方初次入港，虽未成双，却也海誓山盟，私传表记，已有无限风情了。忽被鸳鸯惊散，那小厮早穿花度柳，从角门出去了。司棋一夜不曾睡着，又后悔不来。至次日，见了鸳鸯，自是脸上一红一白的，百般过不去。心内怀着鬼胎，茶饭无心，起坐恍惚。挨了两日，竟不听见有动静，方略放下了心。这日晚间，忽有个婆子来悄告诉他道："你兄弟竟逃走了，三四天没归家。如今打发人四处找他呢。"司棋听了，气了倒仰，因思道："纵是闹了出来，也该死在一处。他又是男人，先就走了，可见是个没情意的。"因此，又添了一层气。次日便觉心内不快，百般支持不住，一头睡倒，恹恹的成了大病。

　　鸳鸯闻知那边无故走了一个小厮，园内司棋病重，要往外挪。心下料定是二人惧罪之故，"生怕我说出来，方吓到这样"。因此，自己反过意不去，指着来望候司棋，支出人去，反自己立身发誓，与司棋说："我告诉一个人，立刻现死现报！你只管放心养病，别白遭遢了小命儿。"司棋一把拉住，哭道："我的姐姐！咱们从小儿耳鬓厮磨，你不曾拿我当外人待，我也不敢待慢了你。如今我虽一着走错，你若果然不告诉一个人，你就是我的亲娘一样。从此后，我活一日，是你给我一日。我的病好之后，把你立个牌位，我天天焚香礼拜，保佑你一生福寿双全；我若死了时，变驴变狗，报答你。再俗语说：'千里搭长棚，没有不散的筵席。'再过三二年，咱们都是要离这里的。俗语又说：'浮萍尚有相逢日，人岂全无见面时。'倘或日后咱们遇见了，那时我又当怎么报你的德行呢！"一面说，一面哭。这一席话，反把鸳鸯说的心酸，也哭起来了。因点头道："正是这话！我又不是管事的人，何苦我坏你的声名？我白去献勤！况且，这事我自己也不便开口向人说，你只放心！从此养好了，可要安分守己，再不许胡行乱作了。"司棋在枕上点首不已。

鸳鸯又安慰了他一番，方出来。因知贾琏不在家中，又因这两日凤姐儿声色怠惰了好些，不似往日一样，因顺路来也要望候。因进了凤姐的院门。二门上的人见是他来，便立身待他进去。鸳鸯刚至堂屋中，只见平儿从里间出来，见了他来，忙上来悄声笑道："才吃了一口饭，歇了午睡。你且这屋里略坐坐。"鸳鸯听了，只得同平儿到东边房里来。小丫头到了茶来，鸳鸯因悄问："你奶奶这两日是怎么了？我看他懒懒的。"平儿见问，因房内无人，便叹道："他这懒懒的，也不止今日了。这有一个月多，便是这样；又兼这几日忙乱了几天，又受了些闲气，从新又勾起来。这两日比先又添了些病。所以支持不住，便露出马脚来了。"鸳鸯忙道："既这样，怎么不早些请大夫来治？"平儿叹道："我的姐姐，你还不知道他的脾气的？别说请大夫来吃药，我看不过，白问了一声'身上觉怎么样？'他就动了气，反说我咒他病了。饶这样，天天还是察三访四，自己再不肯看破些，且养身子。"鸳鸯道："虽然如此，到底该请大夫来瞧瞧是什么病，也都好放心。"平儿道："我的姐姐，说起病来，据我看，也不是什么小症候。"鸳鸯忙道："是什么病呢？"平儿见问，又往前凑了一凑，向他耳边说道："只从上月行了经之后，这一个月竟沥沥淅淅的没有止住。这可是大病不是？"鸳鸯听了，忙说道："嗳哟！依你这话，这可不成了血山崩了吗？"平儿忙啐了他一口，又悄笑道："你女孩儿家，这是怎么说的？到会咒人的！"鸳鸯见说，不禁红了脸，又悄笑道："究竟我也不知什么是崩不崩的，你倒忘了不成？先前我姐姐不是害这病死了的？我也不知是什么病因，无心听见妈和亲家妈说，我还纳闷。后来也是听见妈细说原故，才明白了一二分。"平儿笑道："你该知道的。我竟也忘了。"

　　二人正说着，只见小丫头进来，向平儿道："方才朱大娘又来了。我们回了他奶奶才歇午觉，他往太太上头去了。"平儿听了，点头。鸳鸯问："那一个朱大娘？"平儿道："就是官媒婆那朱嫂子。因有什么孙大人家来和咱们求亲，所以他这两日天天弄个帖子来赖死赖活。"一语未了，小丫头跑来说："二爷进来了！"说话之间，贾琏已走至堂屋门，口内唤平儿，平儿答应着，才迎出去，贾琏已找至这间房内来。至门前，忽见鸳鸯坐在炕上，便煞住脚步，道："鸳鸯姐姐，今儿贵脚踏贱地。"鸳鸯只坐着笑道："来请爷、奶奶的安。偏又不在家的不在家，睡觉的睡觉。"贾琏笑道:"姐姐一年到头,辛苦伏侍老太太。我还没看你去,那里还敢劳动来看我们。正是巧的很,我才要找姐姐去,因为穿着棉袍子热,先来换了夹袍子,再过去找姐姐。不想天可怜,省我走这一趟。姐姐先在这里等我了。"一面说,一面在椅上坐下。鸳鸯问道:"又有什么说的?"贾琏未语先笑,道:"因有一件事我竟忘了,只怕姐姐还记得。上年老太太生日,曾有一个外路和尚来孝敬一个腊油冻的佛手,因老太太爱,就即刻拿过来摆着。因前日老太太生日要摆,我将古董账一查,还有这一笔,却不知此时这件东西着落何方?古董房里的人也回过我两次,等我问准了好注上这一笔。所以我问姐姐,如今还是老太太摆着呢,还是交到谁手里去了呢?"鸳鸯听说,便道:"老太太摆了几日,厌烦了,就给了你们奶奶。你这会子又问我来了。我连日子还记得呢!还是我打发了老王家的送来的。你忘了,倒是问你们奶奶和平儿罢。"

平儿正拿衣服,听见如此说,忙出来回说:"交过来了,现在楼上放着呢。奶奶已经打发人告诉过他们说给了这屋里。他们发昏,没记上,又来叨登这些没要紧的事。"贾琏笑道:"既然给了你奶奶,我怎么不知道?你们就昧下了?"平儿道:"奶奶告诉二爷,二爷还说要送人,奶奶不肯,好容易留下的。这会子自己忘了,到说我们昧下。那是什么好东西?什么没有的物件?比那强十倍的东西,也没昧下一遭,这会子爱上那不值钱的?"贾琏垂头含笑,想了一想,拍手道:"我如今竟糊涂了,丢三忘四,惹人抱怨,竟大不像先了。"鸳鸯笑道:"也怨不得。事情又多,口舌又杂,你再吃两杯酒,那里清楚的许多?"一面说着，就起身要去。

　　贾琏忙也立身回道："好姐姐！再坐一坐，兄弟还有事相求。"说着，便骂小丫头："怎么不沏好茶来！快拿干净盖碗，把昨儿进上的新茶沏一碗来。"说着，向鸳鸯道："这两日因老太太过千秋，所有的几千两银子都使了。几处房租、地税，通在九月才得呢。这会子竟接不上。明儿还要送南安府里的礼，又要预备娘娘的重阳节礼，还有几家红白大礼。至少还得三二千两银子用。别处难去支借，俗语说：'求人不如求己。'说不得姐姐担个不是，暂且把老太太查不着的金银两样家伙，偷着运出一箱子来，暂押千数两银子，腾挪过去。不上半年的光景，银子来了，我就赎了交还。断不能叫姐姐落下不是。"鸳鸯听了，笑道："你到会变法儿，亏你怎么想了！"贾琏笑道："不是我扯谎。若论除了姐姐，也还有人手里管的起千数两银子的。只是他们为人，都不如姐姐明白有胆量。我若和他们一说，反吓住了他们。所以我宁撞金钟一下，不打破鼓三千。"一语未了，忽有贾母那边的小丫头子，忙忙走来找鸳鸯，说："老太太找姐姐半日，我们那里没找到？却在这里。"鸳鸯听说，忙的且去见贾母。

　　贾琏见他去了，只得回来瞧凤姐。谁知凤姐已醒了，听他和鸳鸯借当，自己不便答话，只躺在榻上听。见鸳鸯去了，贾琏进来，凤姐因问道："他可应准了吗？"贾琏笑道："虽然未应准，却有几分成手。须得你晚上再和他一说，就十成了。"凤姐笑道："我不管这事。倘或说准了，这会子说得好听，到有了钱的时节，你就丢在脖子后头。谁去和你打饥荒去？倘或老太太知道了，到把我这几年的脸面都丢了。"贾琏笑道："好奶奶，你若说定了，我谢你如何？"凤姐笑道："你说，谢我什么？"贾琏笑道："你说要什么，就给你什么。"平儿一傍笑道："奶奶到不要谢的。昨儿正说要作一件什么事，恰少一二百银子使。不如借了来，奶奶拿一二百银子，岂不两全其美？"凤姐笑道："幸亏提起我来，就是这样也罢。"贾琏笑道："你们也太狠了！你们这会子，别说一千两的当头，就是现银子要三五千，只怕也难不倒。我不和你们借就罢了。这会子烦你说一句话，还要个利钱，真真了不得！"凤姐听了，翻身起来，说："我有三千五万，不是赚的你的！如今里里外外，上上下下，背着我嚼说我的不少，就差你来说了。可知没家亲引不出外鬼来。我们王家可那里来的钱？都是你们贾家赚的。别叫我恶心了。你们看着这个家，什么石崇、邓通的。把我王家的地缝子扫一扫，还勾你们过一辈子呢！说出来的话，也不怕臊！现有对证：把太太和我的嫁妆细看看，比一比你们的，那一样是配不上你们的？"贾琏笑道："说句顽话就急了。这有什么？就这样的！要使一二百两银子，值什么。多的没有，这还有。先拿进来，你使了再说，如何？"凤姐道："我又不等着衔口垫背，忙了什么。"贾琏道："何苦来！不犯着这样肝火盛。"凤姐听了，又自笑起来，"不是我着急，你说的话戳人的心！我因为我想着后日是尤二姐的周年，我们好了一场，虽不能别的，到底给他上个坟，烧张纸，也是姊妹一场。他虽没留下个男女，也要'前人撒土，迷了后人的眼'才是"。一语倒把贾琏说没了话，低头打算了半响，方道："难为你想的周全。我竟忘了。既是后日才用，若明日得了这个，你随便使多少就是了。"

一语未了，只见旺儿媳妇走进来。凤姐便问："可成了没有？"旺儿媳妇道："竟不中用。我说须得奶奶作主就成了。"贾琏便问："又是什么事？"凤姐儿见问，便说道："不是什么大事。旺儿有个小子，今年十七岁了，还没说得女人。因要求太太房里的彩霞，不知太太心里怎么样，也总没有说。前日太太见彩霞大了，二则又多病多灾的，因此开恩打发他出去了，给他老子娘随便自己拣女婿去罢。因此旺儿媳妇来求我，我想他两家也就算门当户对的，一说去自然成的。谁知他这会子来了，说不中用。"贾琏道："这是什么大事！比彩霞好的多着呢。"旺儿家的陪笑道："爷虽如此说，连他家还看不起我们，别人越发看不起我们了。好容易相看准一个媳妇，我只说求爷、奶奶的恩典，替作成了。奶奶还说他必肯的，我就烦了人，走过去试一试，谁知白讨了没趣。若论那孩子到好，据我素日私意儿试他，他心里倒没有甚么说的，只是他老子娘两个老东西，太心高了些。"一语戳动了凤姐和贾琏。凤姐因见贾琏在此，且不作一声，只看贾琏的光景。贾琏心中有事，那里把这点子事放在心里，待要不管，只是看着他是凤姐儿的陪房，且又素日出过力的，脸上实在过不去。因说道："什么大事？只管咕咕唧唧的，你放心且去。我明儿作媒，打发两个有体面的人，一面说，一面带着定礼去。就说我的主意，他十分不依，叫他来见我。"旺儿家的看着凤姐。凤姐便扭嘴儿，旺儿家的会意，忙爬下就给贾琏磕头谢恩。贾琏忙道："你只给你姑娘磕头，我虽如此说了这样行，到底也得你姑娘打发个人叫他女人上来，和他好说更好些。虽然他们必依，然这事也不可霸道了。"

凤姐忙道："连你还这样开恩操心呢，我到反袖手傍观不成？旺儿家的，你听见说了这事，你也忙忙的给我完了事来。说给你男人，外头所有的账，一概赶今年年底下都收了进来。少一个钱我也不依的。我的名声不好，再放一年都要生吃了我呢。"旺儿媳妇笑道："奶奶也太胆小了。谁敢议论奶奶！若收了时，公道说，我们到还省些事，不大得罪人。"凤姐笑道："我也是一场痴心白使了。我真个的还等钱作什么？不过为的是日用出的多，进的少。这屋里有的没的，我和你姑爷一月的月钱，再连上四个丫头的月钱，通共一二十两银子，还不勾三五天的使用呢。若不是我千凑万挪的，早不知道到什么破窑里去了。如今到落了一个放账破落户的名声。_{可知放账事发，所谓此家鬼知耻恶之事也。}既这样，我就收了回来。我比谁不会花钱？咱们从今以后就坐着花，到多早晚是多早晚，这不是样儿？前儿老太太生日，太太急了，两个月想不出法儿来。还是我提了一句，后楼上现有些没要紧的大铜锡家伙四五箱子，拿去弄了三百银子，才把太太遮羞礼儿搪过去了。我是你们知道的，那一个金自鸣钟，卖了五百六十两银子。半月的工夫，大事小事没有十件？白填在里头。今儿外头也短住了，不知是谁的主意，搜寻上老太太了。明儿再过一年，各人搜寻到头面、衣服，可就好了。"旺儿媳妇笑道："那一位太太、奶奶的头面、衣服，折变了不勾过一辈子的？只是不肯罢了。"_{闲语补出近日诸事。}凤姐道："不是我说没了能奈的话，要像这样，我竟不能了。昨晚上忽然作了一个梦，说来也可笑。_{反说可笑，妙甚！若必以此梦为凶兆，则思反落套，非红楼之梦矣。}梦见一个人，虽然面善，却又不知名姓。_{是以前授方相之旧数十年后矣。}找我。问他作什么？他说娘娘打发他来要一百匹锦。我问他是那一位娘娘，他说的又不是咱们家的娘娘。我就不肯给他，他就上来夺，正夺着，就醒了。"妙！实家常触景闲梦，必有之理，却是江淹才尽之兆也。可伤！旺儿家的说道："这是奶奶的日间操心，常应候宫里的事。"淡淡抹去，妙！

一语未了，人回夏太府打发了一个小内监来说话。贾琏听了，忙皱眉道："又是什么话？一年他们也搬勾了。"凤姐道："你藏起来！等我见他，若是小事罢了，若是大事，我自有话回他。"贾琏便躲入内套间去。这里凤姐命人带进小太监来，让他椅子上坐，吃了茶。因问："何事？"那小太监便说："夏爷爷因今年偶见一所房子，如今竟短二百两银子，打发我来问舅奶奶家，说：'有现成的银子，暂借一二百。过一两日就送过来。'"可谓密处不容针。凤姐儿听了，笑道："什么是送过来？有的是银子，只管先兑了去，改日等我们短了，再借去，也是一样。"小太监道："夏爷爷还说了，上两回还有一千二百两银子没送来，等今年年底下，自然一齐都送过来。"凤姐笑道："你夏爷爷好小气！这也值得提在心上？我说一句话，不怕他多心！若都这样记清了还我们，不知还了多少了？只怕没有，若有只管拿去。"因叫旺儿媳妇来："出去不管那里先支二百两银子来。"旺儿媳妇会意，因笑道："我才因别处支不动，才来和奶奶支的。"凤姐道："你们只会里头来要钱。叫你们外头算去，就不能了。"说着叫平儿："把我那两个金项圈拿出去，暂且押四百两银子。"

平儿答应了，去半日，果然拿了一个锦盒子来，里面两个锦袱包着。打开时，一个金累丝攒珠的项圈，那珠子都有莲子大小；一个点翠嵌宝石的，两个都与宫中之物不离上下。^{是太监眼中看，心中评。}一时拿去，果然拿了四百两银子来。凤姐命与小太监打叠起一半来，那一半命人与了旺儿媳妇，命他拿去办八月中秋节。^{过下伏脉。}那小太监便告辞了。凤姐命人替他拿着银子，送出大门去了。这里贾琏出来，笑道："这一起外祟，何日是了？"凤姐笑道："刚说着，就来了一股子。"贾琏道："昨儿周太监来，张口一千两。我略应慢了些，他就不自在起来。将来得罪人之处不少。这会子再发上个三二百万的财，就好了。"一面说，一面平儿伏侍凤姐另洗了面，更衣往贾母处去伺候晚饭。

这里贾琏出来，刚至外书房，忽见林之孝走来。贾琏因问何事。林之孝说道："方才听得雨村黜降，却不知因何事。只怕未必真。"贾琏道："真不真，他那官儿也未必保得长，将来必有事的。咱们宁可远着他些好。"林之孝道："何尝不是？只是一时难以疏远。如今东府大爷和他更好。老爷又喜欢他，时常来往。那个不知？"贾琏道："横竖不和他谋事，也不相干。你去再打听真了，是为什么。"

林之孝答应了，却不去，回身坐在下面椅子上，且说些闲话。因又说起家道艰难，便趁势又说："人口太重了。不如拣个日子，回明老太太、老爷：把这些出过力的老家人，用不着的，开恩放几家出去。一则他们各有营运，二则家里一年也省些口粮、月钱。再者里头的姑娘太多，俗语说，'一时比不得一时'。如今说不得先时的例了，少不得大家委屈些。该使八个的使六个，该使四个的便使两个。若各房算起来，一年也可以省得许多月米、月钱。况且里头的女孩子们，一半都太大了，也该配

人的配人。成了房，岂不又孳生出人来。"贾琏道："我也这样
想着，只是老爷才回家来，多少大事未回，那里议到这个上头。
前儿官媒拿了个庚帖来求亲，太太还说老爷才来家，每日欢天喜
地的说骨肉完聚。忽然就提起这事，恐老爷又伤心。所以且不叫
提这事。"林之孝道："这也是正理。太太想的周道。"

　　贾琏道："正是。提起这话，我想起一件事。我们旺儿的小
子要说太太房里的彩霞，他昨儿求我，我想什么大事，不管谁去
说一声去。这会子有谁闲着，我打发个人去说一声，就说我的
话。"林之孝听了，只得应着。半晌，笑道："依我说，二爷竟
别管这件事。旺儿的那小儿子，虽然年轻，在外头吃酒赌钱，无
所不至。虽然都是奴才们，到底是一辈子的事。彩霞那孩子，这
几年我虽没见，听得越发出条的好了。何苦来白遭遢一个人？"
贾琏道："他小儿子原来吃酒不成人？"林之孝的冷笑道："岂只
吃酒赌钱，在外头无所不为。我们看他是奶奶的人，也只见一半
不见一半罢了。"贾琏道："我竟不知道这些事。既这样，那里
还给他老婆，且给他一顿棍，锁起来，再问他老子娘。"林之孝
笑道："也不在这一时。等他再生事，我们自然回爷处置。如今
且随他。"贾琏不语。一时林之孝去了。晚间，凤姐已命人唤了
彩霞之母来说媒。那彩霞之母满心纵不愿意，见凤姐亲自和他
说，何等体面？^{今时人因图此现在体面，误了多少女儿。此回正是为今时女儿一哭。}便心不由意的满口应
了出去。今凤姐问贾琏可说了没有。贾琏因说："我原要说的，
打听得他小儿子大不成人，故还不曾说。若果然不成人，且管教
他两日，再给他老婆不迟。"凤姐听说，便说："你听见谁说他
不成人？"贾琏道："不过是家里的人，还有谁？"凤姐笑道：

"我们王家的人，连我还不中你们的意，何况奴才呢？我才已经和他母亲说了，他娘已经欢天喜地应了。难道又叫进他来，不要了不成？"贾琏道："既你说了，又何必退！明儿说给他老子，好生管他就是了。"这里说话，不提。

且说彩霞因前日出去，等父母择人，心中虽是与贾环有旧，尚未作准。今日又见旺儿每每来求亲，早闻得旺儿之子酗酒赌博，而且容颜丑陋，一技不知。自此心中越发懊恼，生恐旺儿使凤姐之势一时作成，终身为患，不免心中急躁。遂至晚间，悄命他妹子小霞〔霞有大小，奇奇怪怪之文，更觉有趣。〕进二门来找赵姨娘，问个端的。赵姨娘素日深与彩霞契合，巴不得与了贾环，方有个膀背。不承望王夫人又放出去了。每叫贾环去讨，一则贾环羞口难开，二则贾环也不大甚在意，不过是个丫头，他去了，将来自然还有。〔这是世人之情，亦是丈夫之情。〕遂迁延住不说，意思便丢开手。无奈赵姨娘又不舍，又见他妹子来问，是晚，得空便先求了贾政。〔这是使人想不到之文，却是大家必有之事。〕贾政因说道："且忙什么？等他们再念一二年书，再放人不迟；我已经看中了两个丫头，一个与宝玉，一个给环儿。只是年纪还小，又怕他们误了书。所以再等一二年。"〔妙文！又写出贾老儿女之情。细思一部书，总不写贾老则不成文。若不如此写，则又非贾老。〕赵姨娘道："宝玉已有了二年了，老爷还不知道呢？"贾政听了，忙问道："谁给的？"赵姨娘方欲说话，只听外面一声响，不知何物，大家吃了一惊不小。要知端的，且听下回分解。

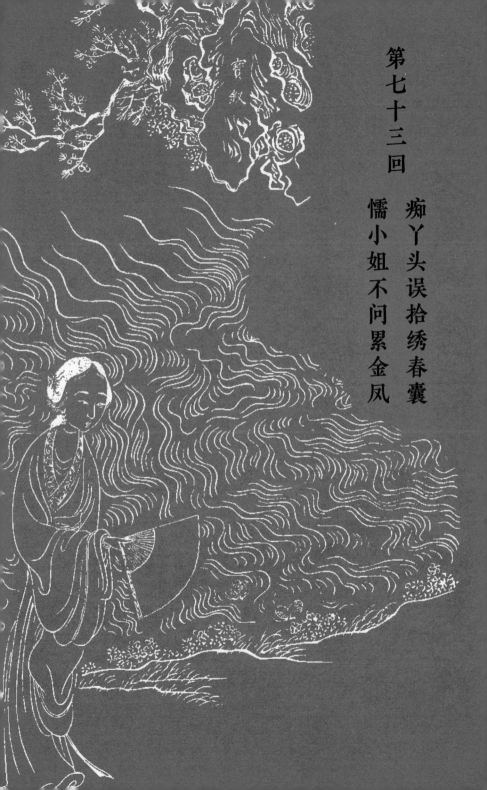

第七十三回

痴丫头误拾绣春囊

懦小姐不问累金凤

话说那赵姨娘和贾政说话，忽听外面一声响。不知何物，忙问时，原来是外间窗屉不曾扣好，榻了屈成了，吊下来。赵姨娘骂了丫头几句，自己带领丫嬛上好，方进来，打发贾政安歇。不在话下。

却说怡红院中宝玉正才睡下，丫嬛们正欲各散安歇。忽听有人击院门，老婆子开了，见是赵姨娘房内的丫嬛，名唤小鹊的，问他什么事，小鹊不言语，直往房内来找宝玉。奇！从未见此婢也。只见宝玉才睡下，晴雯等犹在床边坐着，大家顽笑。见他来了，都问："什么事？这时候又跑了来作什么？"又是补出前文矣，非只张一回也。小鹊笑向宝玉道："我来告诉你一个信儿，方才刚我们奶奶这般如此在老爷跟前说了。你仔细明儿老爷问你话。"说着回身就去了。袭人命留他吃茶，因怕关门，遂一直去了。

这里宝玉听了，便如孙大圣听见了紧箍咒一般：登时四肢五内一齐都不自在起来，想来想去，别无主意，就只念熟了书，预备着明儿盘考。口内不舛错，没有他事，也可搪塞一半。想罢，忙披衣起来，要读书。心中又自后悔，这些日子只说不提了，偏又把书丢生了。早知该天天好歹温习些的，如今打算打算，肚子内现可背诵的不过只有"学""庸""二论"是带注背得出的。至上本《孟子》就有一半是夹生的，若凭空提一句，断不能接背的；至"下孟"就有一大半忘了。算起《五经》来，因近来作诗，常把《诗经》读些。虽不甚精阐，还可塞责。妙！宝玉读书，原系从闺中游而有。别的虽不记得，素日贾政也幸未分付过叫读的，纵不知道，也还不妨。至于古文，还是那几年所读过的几篇，连《左传》《国策》《公羊》《穀梁》、汉唐等文，不过几十篇。这几年竟未曾温得半篇片语，虽闲时也曾遍阅，不过一时之兴，随看随忘，未下苦工夫，如何记得？这是断难塞责的。更有时文八股一道，因素日恶此道，原非圣贤孔子制撰，焉能阐发圣贤之微奥，不过作后人饵名钓禄之阶，虽贾政当日起身的时节，选了百十篇命他读的，不过偶因见其中或一二股内，或起承之中，有作的或精警、或流荡、或戏谑、或悲感，稍能适性者，偶然一读。不过供一时之兴趣，究竟何曾成篇潜心玩索？ 妙！写宝玉读书，非为功名也。如今若温习这个，又恐明日盘结那个；若温习那个，又恐盘驳这个。况一夜的工夫，亦不能全然温习。因此越添了焦燥。自己读书，不致紧要，却带累着一房的丫环们皆不能睡。袭人、麝月、晴雯等几个大的是不用说，在傍剪烛、斟茶；那些小的，都困眼朦胧，前仰后合起来。晴雯因骂道："什么蹄子们！一个个黑日白夜挺尸挺不勾，偶然一次睡迟了些，就妆出这个腔调儿来了。再这样，我拿针戳给你们两下子。"

话犹未了，只听外间咕咚一声，急忙看时，原来是一个小丫头子坐着打盹，一头撞到壁上了，从梦中惊醒，恰正是晴雯说这话之时，他怔怔的只当是晴雯打了他一下，遂哭着说："好姐姐！我再不敢了。"众人都发起笑来。宝玉忙劝道："饶他去罢！原该叫他们都睡去才是的。就是你们，也该替换着睡去。"袭人忙道："小祖宗！你只顾你的罢！通共这一夜的工夫，你把心暂且用在这几本书上。等过了这一关，由你再张罗别的人，也不算误了什么？"宝玉听他说的恳切，只得又念。才念了没有几句，麝月又斟了一杯茶来润舌。宝玉接茶吃了，因见麝月只穿着短袄，解了裙子。宝玉道："夜静了，冷。到底穿一件大衣裳才是。"麝月笑指着书道："你暂且把我们忘了罢！把心且略对着他些罢。"此处岂是读书之处？又岂是伴读之人？古今天下误尽多少纨绔？何况又是此等时之怡红院，此等之嬛婢，又是此等一个宝玉哉？

　　话犹未了，只听金星玻璃从后房门跑进来，口内喊说："不好了！一个人从墙上跳下来了。"众人听说，忙问："在那里？"即忙起身，叫人来各处寻找。晴雯因见宝玉读书苦恼，空费一夜神思，明日也未必妥当，心下正要替宝玉想出一个主意来脱此难。正好忽然逢此一惊，即便生计，向宝玉道："趁这个机会，快妆病。只说唬着了。"此话正中宝玉心怀，遂传起上夜人等来，打着灯笼各处搜寻，并无踪迹，都说："小姑娘们想是睡花了眼出去，风摇的树枝儿错认作人了。"晴雯便道："别放屁！你们查的不严，怕得不是，还拿这话来支吾？才刚并不是一个人看见的，宝玉和我们出去有事，大家亲见的。如今宝玉唬的颜色都变了，满身发热。我如今还要上房里取安魂丸药去。太太问起来，是要回明白的。难道依你说，就罢了不成？"众人听了，吓的不敢则声，只得又各处找。晴雯和玻璃二人果然出去要药，故意闹的众人皆知宝玉吓着了。王夫人听了，忙命人来看视给药，又分付各处上夜的人仔细搜查，又叫查二门外邻园墙外上夜的小厮们。于是园内灯笼火把，整闹了一夜。至五更天，就传管家男女，命仔细查一查，拷问内外上夜男女等人。

　　贾母闻知宝玉被吓，细问原由，不敢再隐，只得回明。贾母道："我必料道有此事。如今各处上夜，都不小心还是小事，只怕他们就是贼，也未可知。"当下邢夫人并尤氏等都过来请安。凤姐及李纨姊妹等皆陪侍。听贾母如此说，都默无所答。独探春出位笑道："近因凤姐姐身子不好了几日，园内的人竟放肆了许多。先前不过是大家偷着一时半刻，或夜里坐更时，三四个人凑在一处，或掷骰或斗牌，小小的顽意，不过为熬困。近来渐次放诞，竟开了赌局，甚至有头家局主，或三十吊、五十吊、三百吊的大输赢。半月前，竟有争斗相打之事。"贾母听了，忙说："你既知道，为何不早回我们来？"探春道："我因想着太太事多，且连日的不自在，所以没回。只告诉了大嫂子和管事的人们，戒饬过几次，近日好些。"贾母忙道："你姑娘家如何知道这里头的利害！你自为要钱常事，不过怕起争端。殊不知夜间既要钱，就保不住不吃酒；既吃酒，就免不得门户任意开锁。或买东西，寻张找李。其中夜静人稀，趁便藏贼、引奸、引盗，何等事作不出来？况且园内的姊妹们，起居所伴者皆系丫头、媳妇们，贤愚混杂，贼盗事小，再有别事，倘略沾染些，关系不小。这事岂可轻恕？"探春听说，便默然归坐。

凤姐虽未大愈，精神因此比常稍减，看他渐次写来，从不作一平直易安之笔。况阿凤之文哉？今见贾母如此说，便忙道："偏偏的我又病了。"遂回头命人速传林之孝家的等总理家事四个媳妇来，当着贾母痛说了一顿。贾母命即刻查了头家赌家来，有人出首者，赏；隐情不告者，罚。

林之孝家的等见贾母动怒，跪在院内磕响头。谁敢徇私？忙至园内传齐人，又一一盘查。虽不免大家赖一回，终不免水落石出：查得大头家三人，小头家八人，聚赌者通共二十多人。都带来见贾母。跪在院内磕响头求饶。贾母先问大头家名姓和钱之多少。原来这三个大头家，一个就是林之孝的两姨亲家，一个就是园内厨房内柳家媳妇之妹，一个就是迎春之乳母。这是三个为首的，馀者不能多记。贾母便命将骰子、牌一并烧毁，所有的钱入官，分散与众人。将为首者，每人四十大板，撵出，总不许再入；从者每人二十大板，革去三月月钱，拨入圊厕行内。又将林之孝家的申饬了一番。林之孝家的见他的亲戚又与他打嘴，自己也觉没趣。迎春在坐，也觉没意思。黛玉、宝钗、探春等见迎春的乳母如此，也是物伤其类的意思，遂都起身，笑向贾母讨情，说："这个妈妈素日原不顽的，不知怎么也偶然高兴。求看二姐姐面上，饶他这次罢。"贾母道："你们不知，大约这些奶子们一个个仗着奶过哥儿、姐儿，原比别人有些体面，他们就生事，比别人更可恶，专管调唆主子护短偏向。我都是经过的。况且要拿一个作法，恰好果然就遇见了一个。你们别管，我自有道理。"宝钗等听说，只得罢了。

一时，贾母歇晌，大家散出。都见贾母今日生气，皆不敢各散回家，只得在此暂候。尤氏往凤姐儿处来，闲话了一回，因他也不自在，只得往园内寻众姑嫂闲谈。邢夫人在王夫人处坐了一回，也就往园内散散心来。刚至园门前，只见贾母房内的小丫头子，名唤傻大姐的，笑嘻嘻走来，手内拿着个花红柳绿的东西，低头一壁瞧着，一壁只管走，不妨迎头撞见邢夫人，抬头看见，方才站住。邢夫人因问："这痴丫头，又得了个什么狗不识儿，这么欢喜？拿来我瞧瞧。"原来这傻大姐年方十四五岁，是新挑上来的，与贾母这边提水桶、扫院子，专作粗活的一个丫头。只因他生得体肥面阔，两只大脚，作粗活简捷爽利，且心性愚顽，一无知识，行事出言，常在规矩之外。贾母因喜欢他爽利、便捷，又喜他出言可以发笑，便起名为"呆大姐"，常闷来便引他来取笑一回，毫无避忌。因此又叫他作"痴丫头"。他纵有失礼之处，见贾母喜欢他，众人也就不去苛责。这丫头了得了这个力，若贾母不唤他时，他便入园内来顽耍。今日正在园内掏促织，忽在山石背处得了一个五彩绣香囊，其华丽精致，固是可爱；但上面绣的，并非花鸟等物，一面却是两个人赤条条的盘踞相抱，一面是几个字。这痴丫头原不认得是春意，便心下盘算："敢是两个妖精打架？不然必是两口子相打！"左右猜解不来，正要拿去与贾母看。

险极！妙极！荣宁堂堂诗礼之家，且大观官园又何等严肃、清幽之地，金闺玉阁尚有此等秽物，天下浅闲浦慕之家，宁不慎乎？虽然，但此等偏出大官世族之中者，盖因其房室春宵、媵婢混杂，焉保其个个守礼持节乎？此正为大官世族而告戒；其浅闲浦慕之处，毋乃主婢日夕耳鬓交磨，一止一动，悉在耳目之中。又何必谆谆再四焉？

笑嘻嘻一壁里正走。忽见了邢夫人如此说，便笑道："太太真个说的巧，真个是个狗不识呢！

妙！寓言也。大凡知此交媾之情者，真狗富之流耳。非肆言恶謷，凡识此事者即狗矣。然则云与贾母看，则先骂贾母矣。此处邢夫人亦看，然则又骂邢夫人乎？故作者又难。

太太请瞧一瞧。"说着，便送过去。邢夫人接来一看，吓得连忙死紧攥住，

妙！这一"吓"字，方是写世家夫人之笔。虽前文明书邢夫人之为人稍劣，然亦在情理之中。若不用慎重之笔，则邢夫人直系一小家卑污、极轻贱之人矣。岂得与荣府联房哉？所谓此书针线缜密处，全在无意中一字一句之间耳。看者细心方得。

忙问："你是那里得的？"傻大姐道："我掏促织儿，在山石上拣的。"邢夫人道："快休告诉一人！这不是好东西，连你也该打死。皆因你素日是傻子，以后再别提起了。"这傻大姐听了，反吓的黄了脸，说："再不敢了。"磕了个头，呆呆而去。邢夫人回头看时，都是些女孩儿们，不便递与，自己便塞在袖内，心内十分罕异，揣摩此物，从何而至，且不形于声色。来至迎春室中。

迎春正因他乳母获罪，自觉得无趣，心中不自在。忽报母亲来了，遂接入内室，奉茶毕。邢夫人因说道："你这么大了，由着你奶子行此事，你也不说说他。如今别人都好好的，偏咱们的

人做出这事来，什么意思？""咱们"二字，便见自怀异心。从上文生离异发泄而来，缜密之至，更有人于此者，君未知也。迎春低着头弄衣带，半晌方道："我说过他两次，他不听，也无法。况且，他是妈妈，只有他说我的，没有我说他的。"

妙极！一直画出一个懦弱小姐来。邢夫人道："胡说！你不好了，他原该说；如今他犯了法，你就该拿出小姐的身分来，他敢不从，你就回我去才是。如今直等外人共知，是什么意思？我敬问"外人为谁"？再者，只他去放头儿，还恐怕他巧言花语的和你借贷些簪环衣履作本钱。你这心活面软，未必不周济他些。若被他骗去，我是一个不再给的，看你明日怎么过节！"迎春不语，只低头弄衣带。

邢夫人见他这般，因冷笑道："总是你好哥哥、好嫂子，一对儿赫赫扬扬，琏二爷、凤奶奶，两口子遮天盖日，百事周到。竟通共这们一个妹子，全不在意。加在于琏、凤，是父母常情，极是！何必又如此说来，便见又有私意。但凡是我身上掉下来的，又有一话说，只好凭他们罢了。如何？此皆妇女私假之意，不可者。况且你又不是我养的。更好。你虽然不是同他一娘所生，到底是同出一父，也该彼此瞻顾些，也免别人笑话。又问"别人为谁"？又问"彼二人虽不同母，终是同文。彼二人既同父，其父又系君之何人"？吁！妇人私心，今古有之。我想天下的事，也难较定。你是大老爷跟前人养的，这里探丫头也是二老爷跟前人养的，出身一样，如今你娘死了，从前看来，你两个的娘，只有你娘比如今赵姨娘强十倍的，你该比探丫头强才是，怎么反不及他一半？谁知竟不然。这可不是异事？到是我一生无儿无女的，一生干净，不能惹人笑话议论为高。"最可恨妇人无子者引此话自说。傍边伺候的媳妇们便趁机道："我们的姑娘老实仁德，那里像他们三姑娘伶牙俐齿，会要姊妹们的强！他们明知姐姐这样，他竟不顾恤一点儿。"杀！杀！杀！此辈专生离异。余因实受其盅，今读此文直欲扯剑劈纸，又不知作者多少眼泪洒出此回也。又问：不知如何顾恤些，又不知有何可顾恤之处？真令人不解。愚奴贱婢之言，酷肖
之至。邢夫人道："连他哥哥、嫂子还是这么着，别人又作什么呢？"一言未了，人回琏二奶奶来了。邢夫人听了，冷笑两声，命人出去说："请他自去养病，我这里不用他伺候。"接着，又有探事的小丫头来报说："老太太醒了。"邢夫人方起身前边来，迎春送至院外，方回。

绣橘因说道："如何？前儿我回姑娘，那一个攒珠累丝金凤竟不知那里去了。回了姑娘，姑娘竟不问一声儿。我说别是老奶奶拿去典了银子放头儿的，姑娘不信，只说司棋收着呢。问司棋，司棋虽病着，心里却明白。我去问他，他说没有收起来，还在书架上匣内暂放着，预备八月十五日恐怕要带呢。姑娘就该问老奶奶一声，只是脸软怕人恼。如今自怕没了。看明儿要带时，独咱们不带，是什么意思呢？"这个"咱们"使得。恰是女儿喁喁私语，
非前问之一例可比者。写得出，批得出。迎春道："何用问，自然是他拿去暂时借一肩了。我只说他悄悄的拿了出去，不过一时半晌，仍旧悄悄的送来就完了。谁知他就忘了。今日偏又闹出来，问他想也无益。"绣橘道："何曾是忘记了，他是试准了姑娘的性格，所以才这样。如今我有个主意，我竟走到二奶奶房里，将此事回了他，或他着人去要，或他要省事，拿几吊钱来替他陪补如何？"写女儿各有机变，
个个不同。迎春忙道："罢！罢！罢！省些事罢！宁可没了，又何必生事？"总是懦
语 绣橘道："姑娘怎么这样软弱？都要省起事来，将来连姑娘还骗了去呢！我竟去的是。"说着，便走。迎春便不言语，只好由他。

谁知迎春乳母子媳王住儿媳妇，正因他婆婆得了罪，来求迎春去讨情。听他们正说金凤一事，且不进去，也因素日迎春懦弱，他们都不放在心上。如今见绣橘立意要去回凤姐，估量着这事脱不去的。况且又有求迎春之事，只得进来陪笑，先向绣橘说：“姑娘你别去生事！姑娘的金丝凤，原是我们老奶奶老糊涂了，输了几个钱，没的捞稍，所以暂借了去。原说一日半晌就赎的。因总未捞过本，就迟住了。可巧今儿又不知是谁走了风声，弄出事来。虽然这样，到底主子的东西，我们不敢迟误下，终久是要赎的。如今还要求姑娘看自小儿吃奶的情常，往老太太那边去讨个情，救出他老人家来才好。”迎春先便说道：“好嫂子！你趁早儿打了这个妄想。要等我去说情儿，等到明年也不中用。方才连宝姐姐、林妹妹，大伙儿说情，老太太还不依，何况是我一个人？我自己愧还愧不来，反去讨臊去？”绣橘便说：“赎金凤是一件事，说情是一件事，别绞在一处说。难道姑娘不去说情，你就不赎了不成？嫂子且去赎了金凤来再说。”

　　王住儿家的听见迎春如此拒绝他，绣橘的话又锋利，无可回答。一时脸上下不来，也明欺迎春素日好性儿，乃向绣橘发话道：“姑娘你别太张势了！你把合家子算一算，谁的妈妈、奶子不仗着主子哥儿多得些便益？偏咱们就这样丁是丁，卯是卯的？只许你们偷偷摸摸的哄骗了去？自从邢姑娘来了，太太分付一个月俭省出一两银子来与舅太太去，这里饶添了邢姑娘的使费，反少了一两银子，常时短了这个，少了那个。那不是我们供给？谁又要去？不过大家将就些罢了。算到今日，少说些，也有三十两了。我们这一项岂不白填了限呢？”绣橘不待说完，便啐了一口，道：“作什么的白填了三十两？我且和你算算账！姑娘要了些什么东西？”迎春听见这媳妇说出邢夫人之私意，^{大书此句，诛心之笔。}忙止他道：“罢，罢，罢！你不能拿了金凤来，不必牵三扯四的乱嚷。我也不要那凤了。便是太太们问时，我只说丢了，也妨碍不着你什么的。出去歇息歇息到好。"一面叫绣橘倒茶来。绣橘又气又急，因说道："姑娘虽不怕，我们是作什么的？把姑娘的东西丢了，他到来说姑娘使了他们的钱！这如今竟要准折起来。倘或太太问姑娘为什么使了这些钱，敢是我们就中取势了？这还了得！"一行说，一行就哭了。司棋听不过，只得勉强过来，帮着绣橘问着那媳妇。迎春劝止不住，自拿了一本《太上感应篇》来看。神妙之甚！从书上跳出一位懦弱小姐。且书又有奇。大妙！

三人正没开交，可巧宝钗、黛玉、宝琴、探春等因恐迎春今日不自在，都约来安慰他。走至院中，听得两三个人角口。探春从纱窗内一看，只见迎春倚在床上看书，若有不闻之状。看他写迎春虽稍劣，然亦大家千金之格也。探春也笑了。小丫嬛们忙打起帘子，报道："姑娘们来了！"迎春方放下书，起身。那媳妇见有人来，且又有探春在内，不劝而自止了，遂趁便要去。

探春坐下，便问："才刚谁在这里说话，到像拌嘴似的。"瞧他写探春气宇。迎春笑道："没有说什么。左不过是他们小题大作罢了。何必问他。"探春笑道："我才听见说什么金凤，又是什么'没有钱使，只和我们奴才要'。谁和奴才要钱了？难道姐姐和奴才要钱了不成？难道姐姐不是和我们一样有月钱的，一样有用度不成？"司棋、绣橘道："姑娘说的是了。姑娘们都是一样的，那一位姑娘的钱不是由着奶奶、妈妈们使？连我们也不知道怎样是算账。不过要东西，只说得一声儿，如今他偏要说姑娘使过了头儿，他赔出许多来了。究竟姑娘何曾和他要什么了！"探春笑道："姐姐既没有和他要，必定是我们或者和他们要了什么不成？你叫他进来，我到要问问他。”

迎春笑道：“这话又可笑了！你们又无沾碍，有何带累于他？”探春笑道：“这到不然！我和姐姐一样，姐姐的事和我的也是一般，他说姐姐就是说我。我那边的人有怨我的，姐姐听见也即同怨姐姐是一理。咱们是主子，自然不理论那些钱财小事。只知想起什么要什么。他们是用钱的人，也别委屈了他们，但不知金累丝凤因何又夹在这里头？”那王住儿媳妇生恐绣橘等告出他来，遂忙进来用话掩饰。探春深知其意，因笑道：“你们所以糊涂。如今你奶奶已得了不是，趁此求求二奶奶把方才的钱尚未散人的，拿出些来赎取了就完了，比不得没闹出来，大家都藏着，留脸面。如今既是没了脸，趁此时纵有十个罪，也只一人受罚，没有砍两颗头的理。依着我，竟是和二奶奶说说，在这里大声小气如何使得？”这媳妇被探春说出真病，也无可赖了，只不敢往凤姐处自首。探春笑道：“我不听见便罢，既听见，少不得替你们分解，分解。”谁知探春早使个眼色与侍书出去了。

这里正说话，忽见平儿进来。宝琴拍手笑说道：“三姐姐敢是有驱神召将的符术。”黛玉笑道：“这到不是道家玄术，到是用兵最精的。所谓‘守如处女，脱如狡兔’。‘出其不备’之妙策也。”二人取笑，宝钗便使眼色与他们，令其不可。遂以别话岔开。

探春见平儿来了，遂问：“你奶奶可好些了？真是病糊涂了。事事都不在心上，叫我们受这样的委曲。”平儿忙道：“姑娘怎么委曲？谁敢给姑娘气受？姑娘快分付我。”

当时王住儿媳妇儿方慌了手脚，遂上来赶着平儿叫：“姑娘坐下，让我说原故姑娘听。"平儿正色道："姑娘这里说话，也有你我就插口的礼？你但凡知礼，你只该在外头伺候。不叫你，进不来的地方，几曾有外头的媳妇子们无故到姑娘们房里来的？"绣橘道："你不知我们这屋里，是没礼的！谁爱来就来。"平儿道："都是你们的不是！姑娘好性儿，你们就该打出去，然后再回太太去才是。"王住儿媳妇见平儿出了言，红了脸，方退出去。

探春接着道："我且告诉你，若是别人得罪了我，到还罢了。如今那住儿媳妇和他婆婆，仗着是妈妈，又瞅着二姐姐好性儿。如此这般，私自拿了首饰去赌钱，而且还捏造假账，折算威逼着还要去讨情，和这两个丫头在卧房里大嚷大叫。二姐姐竟不能辖治，所以我看不过，才请你来问一声，还是他原是天外的人，不知道理？还是谁主使他如此先把二姐姐制伏，然后就要治我和四姑娘了？"平儿忙陪笑道："姑娘怎么今日说这话出来？我们奶奶如何当得起？"

探春冷笑道："俗语说的，'物伤其类'，'唇亡齿寒'。我自然有些惊心。"平儿问迎春道："若论此事，还不是大事，极好处置。但他现是姑娘的奶嫂，据姑娘怎么样是？"当下迎春只和宝钗阅《感应篇》故事，究竟连探春之语亦不曾闻得。忽见平儿如此说，仍笑道："问我？我也没什么法子。他们的不是，自作自受，我也不能讨情，我也不去苛责就是了。至于私自拿去的东西，送来我收下；不送来我也不要了。太太们要问我，可以隐瞒遮饰过去，是他的造化；若瞒不住，我也没法。没有个为他们反欺枉太太们的理。少不得直说。你们若说我好性儿，没个决断，竟有好主意，可以使此事周全，不使太太们生气，任凭你们处治，我总不知道。"众人听了，都好笑起来。黛玉笑道："真是'虎狼屯于阶壁，尚谈因果'。若使二姐姐是个男人，这一家上下若许人，又如何裁治他们？"迎春笑道："正是。多少男人尚如此，何况我哉？"一语未了，只见又有一人进来。正不知道是那个？且听下回分解。

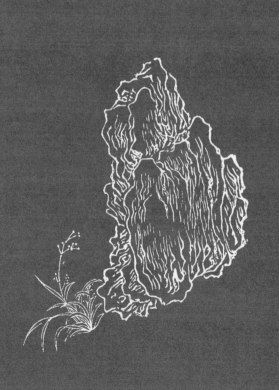

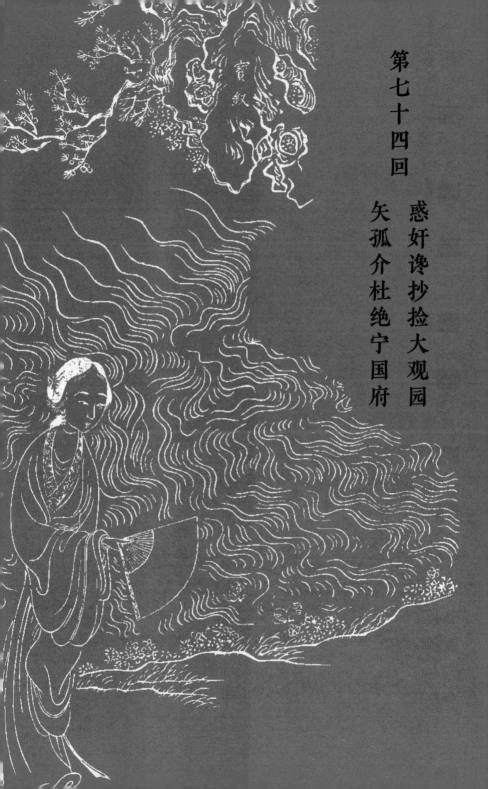

第七十四回　惑奸谗抄捡大观园　矢孤介杜绝宁国府

话说平儿听迎春说了，正自好笑。忽见宝玉也来了。原来管厨房柳家媳妇之妹，也因放头开赌得了不是。这园中有素与柳家不睦的，^{前文已埋之伏线。}便又告出柳家来，说他和他妹子是伙计，虽然他妹子出名，其实赚了钱两个人平分。因此凤姐要治柳家之罪。那柳家的因得此信，便慌了手脚。因思素与怡红院人最为深厚，故走来悄悄的央求晴雯、金星玻璃等人。金星玻璃告诉了宝玉。宝玉因思内中迎春之乳母也现有此罪，不若来约同迎春去讨情，比自己独去单为柳家的说情又更妥当，故此前来。忽见许多人在此，见他来时，都问："你的病可好了？跑来作什么？"宝玉不便说出讨情一事，只说来看二姐姐。当下众人也不在意。且说些闲话。

平儿便出去办累丝金凤一事。那王住儿媳妇紧跟在后，口内百般央求，只说："姑娘好歹口内超生，我横竖去赎了来。"平儿笑道："你迟也是赎，早也是赎。既有今日，何必当初？你的意思得过去就要过去了。既是这样，我也不好意思告人，趁早去赎了来，交给我送去，我一字不提。"王住儿媳妇听说，方放下心来，就拜谢。又说："姑娘自去贵干。我赶晚拿了来，先回了姑娘，再送去如何？"平儿道："赶晚不来，可别怨我。"说毕，二人方分路，各自散了。

平儿来家里，凤姐问他："三姑娘叫你作什么？"平儿笑道："三姑娘怕奶奶生气，叫我劝着奶奶些。问奶奶这两天可吃些什么？"凤姐笑道："到是他还记挂着我。刚才又出来了一件事。有人来告柳二媳妇和他妹子通同开局，凡妹子所为，都是他作主。我想：家人、媳妇如此，也是常事；况且，你素日又劝我，'多一事不如省一事'。并可以闲一闲心，自己保养保养，也是好的。我因听不进去，果然应了此话。先把太太得罪了，而且自己反赚了一场病。如今我也看破了，随他们闹去罢。横竖还有许多人呢。我白操一会子心，到惹的万人咒骂。我且养病要紧。便是好了，我也作个好好先生，得乐且乐，得笑且笑，一概是非，都凭他们去罢。〖历来世人，到此作此想，但悔不及矣。可伤！可叹！〗所以我只答应着知道了，也不在我心上。"平儿笑道："奶奶果然如此，便是我们的造化。"

一语未了，只见贾琏进来，拍着手叹气道："好好的，又生事！前儿我和鸳鸯借当，那边太太又怎么知道了？才刚太太叫过我去，叫我不管那里先迁挪二百银子，做八月十五日节间的使用。我回没处迁挪，太太就说：'你没有钱就有地方迁挪。我白和你商量，你就搪塞我，你就说没地方！前儿一千银子的当，是那里的？连老太太的东西，你都有神通弄出来。这会子二百银子你就这样！幸亏我没和别人说去。'我就总没有言语，但我想太太分明不短，何苦来要寻事奈何人？"凤姐儿道："那日并没一个外人。但晚上送过来时有谁在这里来着？"平儿听了，也细想那日有谁在此。想了半日，笑道："是了。那日说话时没一个外人；但晚上送东西来的时节，老太太那边傻大姐的娘，也可巧来送浆洗衣服。他在下房里坐了一会子，见一大箱子东西，自然要问。必是小丫头们不知道，说了出来了，也未可知。"〖奇奇怪怪，从何处转至素日？真如常山之蛇〗因此便唤了几个小丫头来问，那日是谁告诉呆大姐的娘的？众小丫头慌了，都跪下，赌咒发誓说："自来也不敢多说一句话。有人凡问什么，都答应不知道。这事如何敢多说。"凤姐向贾琏道："到别委屈了他们，如今且把这事靠后。且把太太打发了去要紧。宁可咱们短些，又别讨没意思。"因叫平儿："把我的金项圈拿来，且去暂押二百银子来，送去完事。"贾琏道："越性多押二百，咱们也要使呢。"凤姐道："很不必。我没处去使钱。这一去还不知指着那一项赎呢。"平儿拿去，分付一个人，唤了旺儿媳妇来领去。不一时拿了银子来。贾琏亲自送去。不在话下。

这里凤姐和平儿猜疑终是谁人走的风声，竟拟不出人来。凤姐儿又道："知道这事还是小事，怕的是小人趁便又造非言，又生出别的事来。就算都不打紧，那边正和鸳鸯有仇，如今听得他私自借给琏二爷东西，那起小人眼馋肚饱，连没缝儿的鸡蛋还要下蛆呢。如今有了这个因由，恐怕又造出些没天理的话来也定不得。在你琏二爷还无妨，只是鸳鸯正经女孩儿，带累了他受屈，岂不是咱们的原故？"说着，平儿笑道："这也无妨。鸳鸯借东西，看的是奶奶，并不为的是二爷。一则鸳鸯虽应名是他私情，其实他也是回过老太太的。老太太因怕孙女孙子多，这个也借，那个也要，到跟前撒个娇儿，和谁要去？因此只妆不知道。

奇文神文！岂世人余相得出者。前文云一箱子，若私是拿出，贾母其睡梦中之人矣。盖此等事作者曾经，批者曾经，实系一写往是，非特造出，故弄新笔，究竟不记不神也。鸳鸯借物一回于此便结线。

总闹了出来，究竟那也无碍。"凤姐儿道："理固如此，只是你我是知道的。那不知道的，焉得不生疑呢？"

一语未了，人报："太太来了！"凤姐听了诧异，不知为什么事情，与平儿等忙迎出来，只见王夫人气色更变，^奇。只扶着一个贴己的小丫头走来，一语不发，走至里间坐下。凤姐忙奉茶，因陪笑说："太太今日高兴，到这里逛逛？"王夫人喝命：

"平儿出去！"平儿见了这般，着慌不知怎么样了，忙应了一声，带着众小丫头一齐出去，在房门外站住。越性将房门掩了，自己坐在台矶上，所有的人一个不许进去。

凤姐也着了慌，不知有何等事。只见王夫人含着泪，从袖内掷出一个香袋子来，说："你瞧！"凤姐忙拾起一看，见是十锦春意香袋，也吓了一跳。忙问："太太这是那里得来的？"王夫人见问，越发泪如雨下，颤声说道："我从那里得来？我天天坐在井里呢。把你当个细心人，所以我才偷个空儿。谁知你也和我一样。这样的东西，大天白日，摆在园里山石上，被老太太的丫头拾着。不亏你的婆婆遇见，早已送到老太太跟前去了。我且问你：这个东西如何遗在那里来着？"^{奇问。}

凤姐听了，也更了颜色，忙问："太太怎知是我的？"^{问的是。}王夫人又哭又叹，说道："你反问我？你想，一家子除了你们小夫小妻，馀者老婆子们要这个何用？再，女孩子们是从那里得来？自然是那琏儿不长进下流种子，那里弄来。你们又和气，当作一件顽意儿，年轻人儿女闺房私意是有的，你还和我赖！幸而园内上下人还不解事，尚未拣得。倘或丫头们拣着，你姊妹看见，这还了得！不然有那小丫头们拣着，出去说是园内拣着的。外人知道，这性命脸面要也不要？"

凤姐听说，又急又愧，登时紫涨了面皮，便依炕沿双膝跪下，也含泪诉道："太太说的固然有理。我也不敢辨我并无这样的东西。但其中还要求太太细详其理：那香袋是外头雇工仿着内工绣的，带这穗子一概是市中卖货。我便年轻，不尊重些，也不要这捞什子。自然都是好些的。此其一。二者，这东西也不是常带着的。我纵有，也只好在家里带，焉肯带在身上往各处去？况且又往园子里去？个个姊妹，我们都肯拉拉扯扯，倘或露出来，不但在姊妹前，就是奴才看见，我有什么意思？我虽年轻不尊重，亦不能糊涂至此。三则，论主子里头，我是年轻媳妇；算起奴才们来，比我更年轻的又不止一个人。况且他们也常进园里去，晚间各人家去，焉知不是他们身上的。四则，除我常在园里之外，还有那边太太，常带过几个小姨娘来。比如嫣红、翠云等人，皆系年轻侍妾，他们更该有这个了。还有那边珍大嫂子，他也不算甚老，他也常带过佩凤等人来，焉知又不是他们的？五则，园内丫头太多，保的住个个都是正经的不成？也有年纪大些的，知道了人事的。或者一时半刻人查问不到，偷着出去或借着因由同二门上小么儿们打牙犯嘴，外头得了来的，也未可知。如今不但我没此事，就连平儿，我也可以下保的。太太请细想。"

　　王夫人听了这一席话，大近情理，因叹道："你起来！我也知道你是大家小姐出身，焉得轻薄至此。不过我气急了，拿了话激你。但如今却怎么处？你婆婆才打发人封了这个给我瞧，说是前日从傻大姐手里得的。把我气了个死。"凤姐道："太太快别生气。若被众人觉察了，保不定老太太不知道。且平心静气，暗暗访察，才得确实。纵然访不着，外人也不能知道。这叫作'胳膊折在袖内'。如今惟有趁着赌钱的因由，革了许多的人这空儿，把周瑞媳妇、旺儿媳妇等四五个贴近不能走话的人，安插在园里，以查赌为由。再如今各处的丫头也太多了，保不住人大心大，生事作耗，等闹出事来，反悔之不及。如今若无故裁革，不但姑娘们委屈烦恼，就连太太和我也过不去。不如趁此机会，以后凡年纪大些的，或有些咬牙难缠的，拿个错儿，撵出去配了人。一则保得住没有别的事；二则也可省些用度。太太想，我这话如何？"王夫人叹道："你说的何尝不是！但从公细想，我想他们几个姊妹，也甚可怜了。_{犹云"可怜"，妙人！在别人视之今古无此，若在荣府论，实不能比先矣。}也不用远比，只说如今你林妹妹的母亲。未出阁时，是何等的娇生惯养，是何等的金尊玉贵，那才像个千金小姐的体统！如今这几个姊妹，不过比别人家的丫头略强些罢了。_{所谓"观于海者难为水"。俗子谓王夫人不知足，是不可矣。又诋作太过，真"螅蛄鸠莺"之见也。}通共每人只有两三个丫头像个人样，馀者总有四五个小丫头子，竟是庙里的小鬼。如今还要裁革了去，不但于我心不忍，只怕老太太未必就依。虽然艰难，难不至此。我虽没受过大荣华富贵，比你们是强的。如今我宁可自己省些，别委屈了他们。以后要省俭，先从我来到使的。如今且叫人传了周瑞家的等人进来，就分付他们快快暗地访拿这事要紧。"

凤姐听了，即唤平儿进来，分付出去。一时，周瑞家的与吴兴家的、郑华家的、来旺家的、来喜家的现在五家陪房进来，馀者皆在南方，各有执事。_{又伏一笔。}王夫人正嫌人少，不能详细勘察，忽见邢夫人的陪房王善保家的走来，方才正是他送香囊来的。王夫人向来看视邢夫人之得力心服人等原无二意，_{大书看下人犹如此，可知待邢夫人矣。}今见他来打听此事，十分关切，_{小人外是内非，委皆如此。}便向他说："你去回了太太，也进园内照管照管。不比别人又强些？"这王善保家正因素日进园去，那些丫嬛们不大趋奉他，他心里大不自在，要寻他们的故事，又寻不着。恰好生出这事来，以为得了把柄，又听王夫人委托，正撞在心坎上，连忙应道："这个容易。不是奴才多话，论理这是该早如此的。太太也不大往园里去。

这些女孩子们，一个个到像受了封诰是的，他们就成了千金小姐了。闹下天来，谁敢哼一声儿？不然就调唆姑娘的丫头们，说欺负了姑娘们了。谁还耽得起？"王夫人道："这也有的常情。跟姑娘的丫头，原比别的娇贵些。你们该劝他们。连主子们的姑娘不教导尚且不堪，何况他们？"王善保家的道："别的都还罢了。太太不知道，一个宝玉屋里的晴雯。那丫头仗着他生的模样儿比别人标致些，又生了一张巧嘴，天天打扮的像个西施的样子，在人跟前能说惯道，抓尖要强。一句话不投机，他就立起两个骚眼睛来骂人。妖妖趫趫，大不成个体统。活画晴雯出来。可知以前知晴雯必应遭妒者。可怜，可伤，竟死矣。

王夫人听了这话，猛然触动往事，便问凤姐道："上次我们跟了老太太进园逛去，有一个水蛇腰，妙！妙！好腰。削肩膀，妙！妙！好肩。俗云"水蛇腰"，则游曲小也；又云"美人无肩"。又曰"前或皆至美之形也"。凡写美人，偏用俗笔，反笔，与他书不同也。眉眼又有些像你林妹妹的，更好，形容尽矣。正在那里骂小丫头。我的心里很看不上那狂样子。因同老太太走，我不曾说得。后来要问是谁，又偏忘了。今日对了坎儿。这丫头想必就是他了。"凤姐道："若论这些丫头们，共总比起来，却是晴雯生得好。若论举止言语，他原有些轻薄。方才太太说的到很像他。我也忘了那日的事，不敢乱说。"王善保家的便道："不用这样。此刻不难叫了他来给太太瞧瞧。"王夫人道："宝玉房里常见我的，只有袭人、麝月这两个。笨笨的到好；若有这个，他自然不敢来见我的。我一生最嫌这样人，况且又生出这个事来。好好的一个宝玉，倘或叫这蹄子勾引坏了，那还了得。"因叫自己的丫头来分付他道："到园里去。只说我说有话问他们，留下袭人、麝月伏侍宝玉，不必来。

有一个晴雯，最伶俐，叫他即刻快来的。不许和他们说什么。"

小丫头子答应了，走入怡红院。正值晴雯身上不自在，^{传神之至，所}谓魂早离舍矣，将死之兆也。睡中觉才起来，正发闷。听如此说，只得答应了他们。素日这些丫嬛皆知王夫人最嫌趁妆艳服，语薄言轻。故晴雯素日不敢出头。因连日不自在，并没十分妆饰，自为无碍。好！可知天生美人，原不在妆饰。使人一见，不觉心惊目骇。可恨世之涂脂抹粉，竟同鬼魅而不见觉。若俗笔必云"十分妆饰"，今云"不自在"，想无挂心之态，更不入王夫人之眼也。及到了凤姐房中，王夫人一见他，钗軃鬓松，衫垂带褪，有春睡捧心之遗风。而且形容面貌恰是上次见的那人，不觉勾起方才的火来。王夫人原是天真烂漫之人，喜怒出于心臆，不比那些饰词掩意之人。今既真怒攻心，又勾起往事，便冷笑道："好个美人！真像个病西施了！你天天作这轻狂样儿给谁看？你干的事，打量我不知道呢？我且放着你，自然明儿揭你的皮！宝玉今日可好些？"晴雯一听如此说，心内大异，便知有人暗算了他。虽然着恼，只不敢作声。他本是个聪敏过顶的人，^{深罪聪明，到底不错一笔。}见问"宝玉可好些"，他便不肯以实话对，只说："我不大到宝玉房里去，又不常和宝玉在一处。好歹我不能知道，只问袭人、麝月两个。"王夫人道："这就该打嘴巴。你难道是死人！要你们作什么？"

晴雯道："我原是跟老太太的人。因老太太说园里空大人少，宝玉害怕。所以拨了我去外间屋里上夜，不过看屋子。我原回过我笨，不能去伏侍。老太太骂了我一顿，说又不叫你管他的事，要伶俐作什么？我听了这话才去的。不过十天半个月之内，宝玉闷了，大家顽一会子，就散了。至于宝玉饮食起坐，上一层有老奶奶、老妈妈们，下一层又有袭人、麝月、秋纹几个人，我闲着还要作老太太屋里的针线。所以宝玉的事，竟不曾留心。太太既怪，从此后我留心就是了。"王夫人信以为真实了，忙说："阿弥陀佛！你不近宝玉是我的造化！竟不劳你费心。既是老太太给宝玉的，我明儿回了老太太，再撵你。"因向王善保家的道："你们进去，好生防他几日。不许他在宝玉房里睡觉。等我回过老太太，再处治他。"喝声："去！站在这里，我看不上这浪样儿！谁许你这样花红柳绿的妆扮！"晴雯只得出来。这一惊一气，非同小可，一出门，便拿手帕子握着脸，一头走，一头哭，直哭到园门内去。

这里王夫人向凤姐等自怨道："这几年我越发精神短了，照顾不到。这样妖精似的东西，竟没有看见，只怕这样的还有。明日倒得查查。"凤姐见王夫人盛怒之际，又因王善保家的是邢夫人的耳目，常调唆着邢夫人生事。纵有千百样言词，此刻也不敢说，只低头答应着。王善保家的道："太太请养息身体要紧。这些小事，只交与奴才们。如今就要查这个主儿，也极容易。等到晚上，园门关了的时节，内外不通风，我们竟给他们个猛不防，带着人到各处丫头们房里搜寻搜寻。想来谁有这个，断不单只有这个，自然还有别的东西。那时翻出别的来，自然这个也是他的。"王夫人道："这话到是。若不如此，断不能清的清，白的白。"因问凤姐如何。凤姐只得答应说："太太说的是，就行罢了。"王夫人道："这主意很是。不然一年也查不出来。"于是大家商议已定。

至晚饭后，待贾母安寝了，宝钗等入园时，王善保家的便请了凤姐，一并入园，喝命将角门上锁，便从上夜的老婆子屋内抄

拣起。不过抄捡出些多馀攒下的蜡烛、灯油等物。^{毕真。}王善保家
的道："这也是赃，不许动。等明儿回过太太再动。"于是，先
就到怡红院中，喝命关门。当下宝玉正因晴雯有了不是，心里不
舒服。忽见这一干人进来，不知为何，直扑了丫头们的房门去。
因迎出凤姐来，问是何故。凤姐道："丢了一件要紧的东西，因
大家混赖，恐怕有丫头们偷了。所以大家都查一查，去去疑。"
一面说，一面坐下吃茶。王善保家的等搜了一回，又细问："这
几个箱子是谁的？"都叫本人来亲自打开。袭人因见晴雯这样，
知道必有异事；又见这番抄拣，只得自己先出来，打开了箱子并
匣子，任其搜检一番。不过是日常动用之物，随即放下，又搜
别人的。挨次都一一搜过，到了晴雯的箱子，因问："这一个是
谁的？怎么不开开让搜。"袭人等方欲代晴雯开时，只见晴雯
挽着头发，闯进来，"豁"一声，将箱子掀开，两手端着底子，
朝天往地下尽情一倒，将所有之物，尽都倒出。王善保家的也觉
没趣，看了一看，也没有什么私弊之物，回了凤姐，要往别处
去。凤姐儿道："你们可细细的查。若这一番查不出来，难回话
的。"众人都道："都细细翻看了，没什么差错东西。虽有几样
男人物件，都是小孩子的东西，想是宝玉的旧物件，没甚关系
的。"凤姐听了，笑道："既如此，咱们就走，再瞧别处去。"

　　说着，一径出来。因向王善保家的道："我有一句话，不知
是不是。要抄拣的原是咱们家的人，薛大姑娘屋里，断乎拣抄不
得的。"王善保家的笑道："这个自然！岂有抄起亲戚家来？"
凤姐点头，道："我也这样说呢。"^{写阿凤心灰意懒，且避祸从时，迥又是一个人矣。}一头说，
一头到了潇湘馆内。黛玉已睡了。忽报这些人来，也不知为甚

事，才要起来，只见凤姐已走进来，忙按住他，不许起来。只说："你睡着罢！我们就走。"这边且说些闲话。那个王善保家的带了众人，到丫嬛房中，也一一的开箱倒枕，抄拣了一番，因从紫鹃房中抄出宝玉换下来的寄名符儿，一副束带上的披带，两个荷包并扇套，套内有扇子，看时皆是宝玉往年夏天手内曾拿过的。王善保家的自以为得了意。遂忙请凤姐过来验视，又说："这些东西从那里来的？"凤姐笑道："宝玉和他们从小儿在一处，混了几年。这自然是宝玉的旧东西。这也不算什么罕事。撂下再往别处去是正经。"紫鹃笑道："直到如今，我们两下里的东西也记不清。要问这一个，连我也忘了是那年月日有的。"王善保家的又听见凤姐如此说，也只得罢了。

又到探春院内，谁知早有人报与探春了。探春也就猜着必有原故，所以引出这些丑态来。遂命众丫嬛秉烛开门而待。一时众人来了。探春故意问有何事。凤姐笑道："因丢了一件东西，连日访察不出人来，恐怕傍人赖这些女孩子们，所以爽利大家搜一搜，使人去疑。到也干净。"探春冷笑道："我们的丫头自然都是些贼，我就是头一个窝主。既如此，先来搜我的箱柜。他们所有偷了来的，都交给我藏着呢。"说着，便命丫嬛们把箱柜一齐打开，将镜奁、妆盒、衾袱、衣包，若大若小之物，一齐打开，请凤姐去抄阅。凤姐陪笑道："我不过是奉太太的命来，妹妹别错怪我。何必生气？"因命丫嬛们："快快关上！"平儿、丰儿等忙着替侍书等关的关、收的收。

探春道："我的东西到许你们搜阅，要想搜我的丫头，这却不能。我原比众人歹毒，凡丫头所有的东西，我都知道，都在我这里间收着，一针一线他们也没的收藏。要搜，你们只管来搜我。你们不依，只管去回太太。只说我违背了太太，该怎么处治，我自领。你们别忙，往后自然连你们一齐抄的日子还有呢。你们今日早起不曾议论甄家？自己家里好好的抄家，果然今日真抄了。_{奇极！此日甄家事。}咱们家也渐渐的来了。可知这样大族人家，若从外头杀来，一时是杀不死这些的。古人曾说的：'百足之虫，死而不僵。'必须先从家里自杀自灭起来，才能一败涂地。"说着，不觉留下泪来。

（说得透。）

凤姐只看着众媳妇们。周瑞家的便道："既是女孩子的东西全在这里，奶奶且请到别处去罢。也让姑娘好安寝。"凤姐便起身告辞。探春道："可细细的搜明白了。若明日再来，我就不依了。"凤姐笑道："既然丫头们的东西都在这里，就不必搜了。"探春冷笑道："你果然到乖。连我的包袱都打开了，还说没翻。明日该说我护着丫头们，不许你们翻了。你趁早说明，若还要翻，不妨再翻一遍。"凤姐知道探春素日与众不同的，只得陪笑道："我已经连你的东西都搜察明白了。"探春又问众人："你们也都搜明白了不曾？"周瑞家的等都陪笑说："都翻明白了。"

那王善保家的不过是个心内没成算的人，素日虽闻探春的名，他自为众人没眼力、没胆量罢了。

那里一个姑娘家，就这样起来？况且又是庶出，他敢怎么？他自恃是邢夫人陪房，连王夫人尚另眼相看，何况别个？今见探春如此，他只当是探春认真单恼凤姐，与他们无干。他便要趁势作脸献好，因越众向前拉起探春的衣襟，故意一掀，嘻笑道："连姑娘身上我都翻了，果然没有什么。"凤姐见他这样，忙说："妈妈走罢！别疯疯颠颠的。"一语未了，只听啪的一声，王家的脸上早着了探春一掌。探春登时大怒，指王家的问道："你是什么东西？敢来拉扯我的衣裳！我不过看着太太的面上，你又有年纪，叫你一声妈妈。你就狗仗人势，天天作耗，专管生事！如今越性了不得了！你打谅我是同你们姑娘一样好性儿！由着你们欺负？你可就错了主意了。你搜拣东西，我不恼；你不该拿我取笑。"说着，便亲自解衣、卸裙，拉着凤姐儿，细细的翻，又说："省得叫奴才来翻我身上。"凤姐儿、平儿等忙与探春束裙整袂，口内喝着王善保家的说："妈妈吃两口酒，就疯疯颠颠起来！前儿把太太也冲撞了，快出去！不要提起了。"又劝探春："休得生气。"探春冷笑道："我但凡有气，早一头碰死了。不然岂许奴才来我身上翻贼赃来了？明儿一早，我先回过老太太、太太，然后过去给大娘赔礼。该怎么着我就领。"那王善保家的讨了个没意思，在窗外只说："罢了，罢了，这也是头一遭挨打。"心里气忿说："我明儿回了太太，仍回老娘家去罢。这个老命还要他做什么！"探春喝命丫嬛道："你们没听他说话？还等我和他对嘴去不成？"侍书等听说，便出去道："你果然回老娘家去，到是我们的造化了。只怕舍不得去。"凤姐笑道："好丫头！真是有其主，必有其仆。"探春冷笑道："我们作贼的人，嘴里都有三言两语。他还算笨的。背地里就只不会调唆主子。"平儿忙也陪笑，解劝。一回又拉了侍书进来。周瑞家的等人劝了一番。凤姐直待伏侍探春睡下，方带着人往对过暖春坞来。

彼时李纨犹病在床上，他与惜春是紧邻，又与探春相近。故顺路先到这两处。因李纨才吃了药睡着，不好惊动。只到丫嬛们房中，一一的搜了一遍，也没有搜出什么东西来。

遂到惜春房中来。因惜春年少，尚未识事，吓的不知当有什么事故。故凤姐也少不得安慰他。谁知竟在入画箱中寻出一大包金银锞子来，约共三四十个。^{奇。} 为察奸情，反得贼赃。又有一付玉带板子，并一包男人的靴袜等物。入画也黄了脸。因问："这是那里来的？"入画只得跪下，哭诉真情，说："这是珍大爷赏我哥哥的。^{妙极！是极！盖入画本系宁府之人也。}因我们老子娘都在南方，如今只跟着叔叔过日子。我叔叔、婶子只要吃酒赌钱。我哥哥怕交给他们又花了。所以每常得了，悄悄的烦了老妈妈带进来，叫我收的。"惜春胆小，见了这个，也害怕，说："我竟不知道。这还了得！二嫂子，你要打他，好歹带他出去打罢。我听不惯的。"凤姐笑道："你的话若果真呢，也倒可恕；只是不该私自传送进来。这个可以传得，什么不可以传得？这到是传的人不是了。若你的话不真，倘是偷来的，你可就别想活了。"入画跪着哭道："我不敢撒谎。奶奶只管明日问我们奶奶和大爷去。若说不是赏的，就拿我和我哥哥一同打死无怨。"凤姐道："这个自然要问的。只是真赏的，也有不是。谁许你私自传送东西的？你且说是谁作接应，我便饶你。下次万万不可。"惜春道："嫂子别饶他！这次既可，下次这里人多，若不拿这些人作法，那些大的听见了，又不知要怎样呢。嫂子若饶他，我也不依。"_{这是自己反不依的，各得自然之理，各有自然之妙。}凤姐道："素日我看他还好。谁没一个错？只这一次，第二次犯了，二罪俱罚。但不知传进来的是谁？"惜春道："若说这传进来的人，再无别个，必是后门上的张妈。他常肯和这些丫头们鬼鬼祟祟的。这些丫头们也都肯照顾他。"凤姐听说，便命人记下。将东西且交给周瑞家的暂拿着，等明日对明再议。于是别了惜春，方往迎春房内来。

迎春已经睡着了。丫嬛们也才要睡。众人扣门，半日才开。凤姐分付不必惊动小姐，遂往丫嬛们房里来。因司棋是王善保的外孙女儿，_{玄妙奇诡，出人意外。}凤姐到要看王家的可藏私不藏，遂留心看他搜捡。先从别人箱子搜起，皆无别物，及到了司棋箱子中，搜了一回，王善保家的说："也没有什么东西。"才要盖箱子，周瑞家的道："且住！这是没有什么？"说着，便伸手掣出一双男人的锦带袜，并一双缎鞋来。_{险极！}又有一个小包袱，打开一看，里面有一个同心如意，并一个字帖儿。一总递与凤姐。凤姐因管理家事，每每看开帖并账目，也颇识得几个字了。便看那帖子是大红双喜笺帖，_{纸就好。余为司棋心动。}上面写道："上月你来家后，父母已觉察你我之意。但姑娘未出阁，尚不能完你我之心愿。若园内可以相见，你可托张妈给一信息。若得在园内一见，到比来家得说话。千万！千万！再：所赐香袋二个，今已查收。外特寄香珠一串，略表我心。千万收好！表弟潘又安拜具。"名字便妙。凤姐看罢，不怒而反乐。恶毒之至！别人并不识字，王家的素日并不知道他姑表姊弟有这一节风流故事，见了这鞋袜，心内已是有些毛病；又见有一红帖，凤姐又看着笑。他便说道："必是他们胡写的账目，不成个字，所以奶奶见笑。"凤姐笑道："正是这个账竟算不过来。你是司棋的老娘，他的表弟也该姓王，怎么又姓潘呢？"王善保家的见问的奇怪，只得勉强告道："司棋的姑妈给了潘家，所以他姑表兄弟姓潘。上次逃走了的潘又安，就是他表弟。"凤姐笑道："这就是了。"因道："我念给你听听。"说着，从头念了一遍。大家都唬了一跳。

这王家的一心只要拿人的错儿，不想反拿住了他外孙女儿，又气又臊。周瑞家的四人又都问着他："你老可听见了？明明白白，再没的话说了。如今据你老人家该怎么样？"这王家的只恨没有地缝儿钻进去。凤姐只瞅着他嘻嘻的笑。恶毒之至。向周瑞家的笑道："这到也好。不用你们作老娘的操一点儿心，他鸦雀不闻的给你们弄了一个好女婿来。大家到省心。"刻毒之至！按凤姐虽系刻毒，然亦不应在下人前为寻不是。次等人前不得不如是也。周瑞家的也笑着凑趣儿。王家的又气又愧，自己用手打自己的脸，骂道："老不死的娼妇，怎么造下孽了！说嘴打嘴，现世现报在人眼里。"众人见这般，俱笑个不住。又半劝半讽的。

凤姐见司棋低头不语。他并无畏惧惭愧之意，到觉可异。料此时夜深且不必盘问此事，只怕他夜间自愧去寻拙志，遂唤两个婆子监守起他来。带了人，拿了赃证回来，且自安歇，等明日料理。谁知到夜里，又连起来几次，下面淋血不止。至次日，便觉身体十分软弱，起来发晕，遂掌不住，请太医来胗脉毕，遂立药案云：“看得奶奶系心气不足，虚火乘脾。皆由忧劳所伤，以致嗜卧好眠，胃虚土弱，不思饮食。今聊用升阳养荣之剂。”写毕，遂开了几样药名，不过是人参、当归、黄芪等类之剂。一时，退去。有老嬷嬷们拿了方子，回过王夫人。王夫人不免又添一番愁闷，遂将司棋等事暂未理。

可巧这日尤氏来看凤姐，坐了一回，到园中去，又看过李纨，才要望候众姊妹去。忽见惜春遣人来请。尤氏遂到他房中来。惜春便将昨晚一事，细细告诉与尤氏。又命人将入画的东西一概要来，与尤氏过目。尤氏道：“实是你哥哥赏他哥哥的，只不该私自传送。如今官盐竟成了私盐了。”因骂入画：“胡涂脂油蒙了心的！”惜春道：“你们管教不严，反骂丫头。这些姊妹，独我的丫头这样没脸，我如何去见人？昨儿我立逼着凤姐姐带了他去，他只不肯。我想他原是那边的人，凤姐姐不带他去，也原有理。我今日正要送过去，嫂子来的恰好，快带了他去。或打、或杀、或卖，我一概不管。”入画听说，又跪下哭求，说：“奴才再不敢了。只求姑娘看从小儿服侍的情常，好歹生死在一处罢。”尤氏和奶娘等人，也都十分分解，说：“他不过一时糊涂了，下次再不敢的。你看他从小儿伏侍你一场，到底留着他为是。”

谁知惜春虽然年幼，却天生的一种百折不回的廉介孤独僻性，任人怎么说，他只以为丢了他的体面，咬定牙断乎不肯。便又说道："不但不要入画，如今我也大了，连我也不便往你们那边去了。况且，近日我每每风闻得有人背地里议论什么，多少不堪的闲话。我若再去，连我也编派上了。"尤氏道："谁议论什么？又有什么可议论的？姑娘是谁？我们是谁？姑娘既听见人议论我们，就该问着他才是。"惜春冷笑道："你这话问着我到好！我一个姑娘家，只有躲是非的，我反去寻是非？成个什么人了？还有一句话，我不怕你恼。好歹自有公论，又何必去问人？古人说得好，'善恶生死，父子不能有所勖助'。何况你我二人之间！我只知道保得住我就勾了，不管你们。从此以后，你们有事，也别累我。"

尤氏听了，又气又好笑，因向地下众人道："怪道人人都说这四丫头年轻糊涂，我只不信。你们听才一篇话，无原无故，又不知好歹，又没个轻重。虽然是小孩子的话，却又能寒人的心！"众嬷嬷笑道："姑娘年轻，奶奶自然要吃些亏的。"惜春冷笑道："我虽年轻，这话却不年轻。你们不看书，不识几个字，所以都是些呆子。看着明白人，到说我年轻糊涂。"尤氏道："你是状元、榜眼、探花，古今第一个才子。我们是糊涂人，不如你明白，何如？"惜春道："状元、榜眼难道就没有糊涂的不成？可知他们也有不能了悟的。"尤氏笑道："你到好，才是才子！这会子又作大和尚了。又讲起了悟来。"惜春道："我不了悟，也舍不得入画了。"尤氏道："可知你是个心冷口冷，心狠意狠的人。"惜春道："古人曾也说的好，'不作狠心人，难得自了汉'。我清清白白的一个人，为什么教你们带累坏了我！"

　　尤氏心内原有病，怕说这些话，听说有人议论，已是心中羞恼激怒。只是在惜春分上不好发作，忍耐了大半，又听这些话，不免说："那里就带累了你了？你的丫头有了不是，无故说我，我到忍了这半日，你到越发得了意，只管说这些话。你是千金万金的小姐，我们以后就不亲近，仔细带累了小姐的美名。"即刻就叫人将入画带了过去，说着，便赌气起身去了。惜春道："若果然不来，到也省了口舌是非。大家到还清净。"尤氏也不答话，一径往前边去了。不知后事如何——

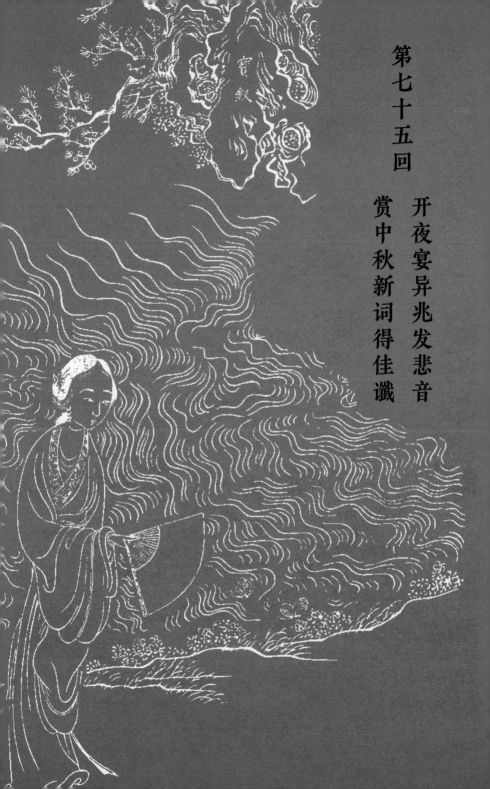

第七十五回

开夜宴异兆发悲音

赏中秋新词得佳谶

乾隆二十一年五月初七日对清。缺中秋诗，俟雪芹。

开夜宴。发悲音。赏中秋。得佳谶。

话说尤氏从惜春处赌气出来，正欲往王夫人处去。跟从的老嬷嬷们因悄悄的回道："奶奶且别往上房去。才有甄家的几个人来，还有些东西，不知是作什么机密事。奶奶这一去，反恐不便。"尤氏听了，道："昨日听见你爷说，看邸报：甄家犯了罪。现今抄没了家私，调取进京治罪。怎么又有人来？"老嬷嬷道："正是呢。才来了几个女人，气色不成气色，慌慌张张的，想必有什么瞒人的事情，也是有的。"尤氏听了，便不往前去，仍往李氏这边来了。_{前只有探春一语，过至此回，又用尤氏略为陪点，且轻轻淡染出甄家事故。此画家历来落墨之法也。}

恰好太医才诊了脉去，李纨近日也略觉精爽了些，拥衾倚枕，坐在床上，正欲有一二人来，说些闲话。因见尤氏进来，不似往日和霭可亲，只呆呆的坐着。李纨因问道："你过来了这半日，你可在别人屋里吃些东西没有？只怕饿了。"即命素云瞧有什么新鲜点心，拣了来。尤氏忙止道："不必，不必。你这一向病着，那里有什么新鲜东西？况且我也不饿。"李纨道："昨日他姨娘家送来的好茶面子，到是对一碗来你喝罢。"说毕，便分付人去对茶。

尤氏出神无语。跟来的丫头、媳妇们因问："奶奶今日中晌尚未洗脸，这会子趁便可净一净罢。"尤氏点头。李纨忙命素云来取自己妆奁。素云一面取来，一面将自己的胭粉拿来，笑道："我们奶奶就只没粉合胭脂。奶奶不嫌赃，这是我没有用过的。"李纨道："我虽没有，你就该往姑娘们那里取去，怎么公然拿出你的来？幸而是他，若是别人，岂不恼呢？"尤氏笑道：
"这有何妨？自来我凡过来，谁的没使过？今日忽然又嫌赃
了。"一面说，一面盘膝坐在炕沿上。银蝶上来，忙代为卸去腕
镯戒指，又将一大袱手巾盖住下半截，将衣裳护严。小丫嬛炒豆
儿捧了一大盆温水，走至尤氏跟前，只弯腰捧着。李纨道："怎
么这样没规矩！"银蝶笑道："说一个个没权变的，说一个葫芦
就是一个瓢。奶奶不过待咱们宽些，在家里你不管怎样罢了，你
就得了益。不管在家、出外，当着亲戚，也只随你的便了！"尤
氏道："你随他去罢！横竖洗了就完事了。"炒豆儿忙赶着跪
下。尤氏笑道："你们家下大小的人，只会讲外面见的虚礼、假
体面，究竟作出来的事，都勾使的了。" 按尤氏犯七出之条，不过只是
"过于从夫"四字，此世间妇
人之常情耳。其心术慈厚宽顺，竟可出于阿凤之上。特用此明犯七出之人从公一论，
可知贾宅中暗犯七出之人亦不少。此明犯者，反可宥恕，其饰己非而扬人恶者，阴昧
僻谲之流，实不能容于世者也。此为
"打草惊蛇法"，实写邢夫人也。 李纨听如此说，便知他已知道昨夜的
事，因笑道："你这话有因。谁作事究竟勾使的了？"尤氏道：
"你到问我？敢是你病的死过去了。"

　　一语未了，只见人说："宝姑娘来了！"忙说快请时，宝钗
已走进来。尤氏忙擦脸，起身让坐，因问："怎么一个人忽然走
来？别的姊妹都怎么不见？"宝钗道："正是！我也没有见他
们。只因今日我们奶奶身上不自在，再家里的两个女人也都因
时症病着，没下炕呢。别人靠不得，我今儿要出去伴着老人家
夜里作伴儿。要去回老太太、太太，我想又不是什么大事，且不
用提，等好了我横竖进来的。所以，告诉大嫂子一声。"李纨听
说，只看着尤氏笑。尤氏也只看着李纨笑。一时尤氏盥沐已毕。
大家吃面茶。李纨因笑道："既这样，且打发人去请姨娘的安。

问是何病。我也病着，不能亲自来请安。好妹妹，你去只管去，我自打发人去到你那里去看屋子。你好歹住一两天，还进来。别叫我落不是。"宝钗笑道："落什么不是呢！这也是通共常情。你又不曾卖放了贼。依我的主意，也不必添人过去，竟把云丫头请了来，你和他住一两日，岂不省事？"尤氏道："可是呢！史大妹妹往那里去了？"宝钗道："我才打发他们找你们探丫头去了。叫他同到这里来，我也明白告诉他。"

正说着，果然报"云姑娘和三姑娘来了"。大家让坐已毕，宝钗便说要出去一事。探春道："很好！不但姨妈好了，还来的；就便好了，不来也使得。"尤氏笑道："这话奇怪！今日怎么撺起亲戚来了？"探春冷笑道："正是呢。有别人撺的，不如我先撺。亲戚们好，也不在必要死住着才算是好。咱们到是一家子亲骨肉呢，一个个不像乌眼鸡？恨不得你吃了我，我吃了你！"尤氏忙笑道："我今儿是那里来的晦气！偏都碰着你姊妹们的气头儿上！"探春道："谁叫你赶热灶火来了？"因问："谁又得罪了你呢？"因又寻思道："惜丫头不犯啰唣你，却是谁呢？"尤氏只含糊答应。探春知他畏事，不肯多言，因笑道："你别妆老实了。除了朝廷治罪，没有砍头的。不必畏头畏尾。实告诉你罢！我昨日把王善保家那老婆子打了，我还顶着个罪呢。他也不过背地里说我些闲话，难道他还打我一顿不成？"宝钗忙问："因何又打他？"探春就把昨夜怎的抄拣，怎的打他，一一说了出来。尤氏见探春已经说了出来，便把惜春方才之事也说了出来。探春道："这是他的僻性，孤介太过。我们再傲不过他。"因又告诉他们说："今日一早，不见动静。打听凤辣子又病了。我就打发我妈妈出去打听王善保家的是怎样。他回来告诉我说,王善保家的挨了一顿打,大太太嗔着他多事。"尤氏、李纨道:"这到也是正理。"探春冷笑道:"这种掩饰谁不会作?且再瞧就是了。"尤氏、李纨皆点头不语。一时,估着前头用饭。湘云和宝钗回房打点衣衫,不在话下。尤氏等遂辞了李纨,往贾母这边来。

贾母歪在榻上,王夫人说甄家因何获罪,如今抄没了家产,回京治罪等语。贾母听了心里不自在。恰好见他姊妹来了,因问:"从那里来的?可知凤姐妯娌两个的病今日怎样?"尤氏等忙回道:"今日都好些。"贾母点头叹道:"咱们别管人家的事。且商量咱们八月十五日赏月是正经。"<small>贾母已看破狐悲兔死。故不改已往,聊来自遣耳。</small>王夫人笑道:"都已预备下了。不知老太太拣那里好?就只是园里空,夜晚风冷。"贾母笑道:"多穿两件衣服,何妨?那里正是赏月的地方。岂可倒不去的?"

说话之间,早有媳妇、丫嬛们抬过饭棹来。王夫人、尤氏等忙上来放筷子,捧饭。贾母见自己的几色菜已摆完,另有两大捧盒内捧了几色菜来,便知是各房另外孝敬的旧规矩。贾母因问:"都是些什么?上几次我就分付,如今可以把这些免了罢!你们还不听。如今比不得在先辐辏的时光了。"鸳鸯忙道:"我说过好几次,都不听,也只罢了。"王夫人笑道:"不过都是家常东西。今日我吃斋,没有别的,不过是些面筋豆腐,老太太又不大甚爱吃。只拣了一样椒油纯虀酱来。"贾母笑道:"这样正好。我正想这个吃。"鸳鸯听说,便将碟子挪在跟前。宝琴一一的让了,方归坐。贾母便命探春来同吃。探春也都让过了,便和宝琴对面坐下。侍书忙去取了碗来。鸳鸯又指着几样菜道："这两样看不出是什么东西来，大老爷送来的。这一碗是鸡髓笋，是外头老爷送上来的。"一面说，一面就只将这碗笋送至桌上。贾母略尝了两点，便命："将那两样叫人送回去，就说我吃了。以后不必天天送。我想吃，自然来要。"媳妇们答应着，仍送过去。不在话下。贾母因问："有稀饭盛些来罢。"尤氏早捧过一碗来，说是红香稻米粥。贾母接来，吃了半碗，便分付："将这粥送给凤哥儿吃去。"又指着这一碗笋和这一盘风腌果子狸："给颦儿、宝玉两个吃去。那一碗肉给兰小子吃去。"又向尤氏道："我吃了，你就在这里吃了罢。"尤氏答应着。待贾母漱口、洗手毕，贾母便下地和王夫人说闲话行食。尤氏告坐。探春、宝琴二人也起来了，笑道："失陪，失陪。"尤氏笑道："剩我一个人，大摆桌的吃不贯。"贾母笑道："鸳鸯、琥珀来趁势也吃些，又作了陪客。"尤氏笑道："好，好，好。我正要说呢。"贾母笑道："看着多多的人吃饭，最有趣的。"又指银蝶道："这孩子也好，也来同你主子一块来吃。等你们离了我，再立规矩去。"尤氏道："快过来！不必妆假。"

　　贾母负手看着取乐。因见伺候添饭的人手内捧着一碗下人的米饭，尤氏吃的仍是白粳米饭。贾母问道："你怎么昏了？盛这个饭来给你奶奶？"那人道："老太太的饭吃完了。今日添了一位姑娘，所以短了些。"鸳鸯道："如今都是可着头做帽子了，要一点儿富裕也不能的。"王夫人忙回道："这一二年旱涝不定，田上的米都不能按数交上来。这几样细米，更艰难了。所以都可着吃的多少关出去，生恐一时短了，买的不顺口。"贾母笑

道："这正是巧媳妇做不出没米的粥来。"众人都笑起来。鸳鸯
道："既这样，你就去把三姑娘的饭拿来添，也是一样。就这样
笨！"尤氏笑道："我吃这个就勾了。也不用取去。"鸳鸯道：
"你勾了，我不会吃？"地下的媳妇们听说，方忙着取去了。
总伏下文。一时，王夫人也去用饭。这里，尤氏直陪贾母说话取笑。

　　到起更的时候，贾母说："黑了，你过去罢。"尤氏方告辞
出来。走至大门前，上了车，银蝶坐在车沿上。众媳妇放下帘子
来，便带着小丫头们先直走过那边大门口等着去了。因二府之门
相隔没有一箭之路，每日家常来往，不必定要周备。况天黑夜晚
之间，回来的遭数更多，所以老嬷嬷带着小丫头，只几步便走了
过来。两边大门上的人都到东西街口，早把行人断住。尤氏大车
上也不用牲口，只用七八个小厮挽环拽轮，轻轻的便推拽过这边
阶矶上来。于是众小厮退过狮子以外，众嬷嬷打起帘子，银蝶先
下来，然后挽下尤氏来。大小七八个灯笼，照的十分真切。

　　尤氏因见两边狮子下放着四五辆大车，便知是来赴赌之人所
乘的。遂向银蝶众人道："你看，坐车的是这样，骑马的还不知
有几个呢！马自然在圈里拴着，咱们看不见，也不知道他们的娘
老子挣下多少钱，与他们这么开心儿。"一面说，一面已到了厅
上。贾蓉之妻带领家下媳妇、丫头们也都秉烛接了出来。尤氏笑
道："成日家我要偷着瞧瞧他们，也总没得瞧。今儿到巧，就顺
便打他们窗户跟前走过去。"众媳妇答应着，提灯引路。又有一
个先去悄悄的知会伏侍的小厮们，不要失惊打怪。于是尤氏一行
人悄悄的来至窗下，只听里面称三赞四，要笑之音虽多，妙！先画赢家。
又兼有恨五骂六忿怨之声亦复不少。妙！又画输家。

原来贾珍近因居丧，既不得游玩旷朗，又不得观优闻乐作遣。无聊之极，便生了个破闷之法：日间以习射为由，请了各世家的弟兄，及诸富贵亲友来较射。因说："白白的只管乱射，终无裨益，不但不能长进，而且坏了式样，必须立个罚约，赌个利物，大家才有勉力之心。"因此在天香楼下箭道内，立了鹄子，说定了每日早饭后来射鹄子。贾珍不肯出名，便命贾蓉作局家。这些来的人，皆系世袭公子，人人家道丰富，且都在少年，正是斗鸡走狗、问柳评花的一干游侠纨绔。因此大家议定，每日轮流作晚饭之主，每日来射，不便独扰贾蓉一人之意。于是天天宰猪割羊、屠鹅戮鸭，好似临潼斗宝的一般，都要卖弄自己家的好厨役、好烹炮。不到半月工夫，贾赦、贾政听见这般，不知就里，反说这才是正理。文既误矣，武事亦该习，况在武荫之属。两处遂也命贾环、贾琮、宝玉、贾兰等四人于饭后过来，跟着贾珍习射一回，方许回去。

贾珍之志不在此。再过一二日，便渐次以歇背、养力为由，晚上或抹抹骨牌，赌个酒东而已，至后渐次至钱。如今三四月的光景，竟一日一日赌胜于射了，公然斗叶掷骰，放头开局，夜赌起来。家下人借此各有些益，巴不得的如此，所以竟成了势了。外人皆不知一字。

近日邢夫人之胞弟邢德全也酷好如此，故也在其中。又有薛蟠头一个惯喜送钱与人的，见此岂不快乐？这邢德全虽系邢夫人之胞弟，却居心行事大不相同。这个邢德全，只知吃酒赌钱、眠花宿柳为乐，手中滥漫使钱，待人无二心，尤喜与好酒之人亲近，无论上下主仆，皆出自一意，并无贵贱之分，因此都唤他

"傻大舅"。薛蟠早已出名的呆大爷。

今日二人皆凑在一处，都爱抢新快爽利，便又会了两家，在外间炕上抢新快。别的又有几家在当地下大桌子上打公番，里间屋里又一起斯文些的抹骨牌，打天九。此间伏侍的小厮都是十五岁已下的孩子，若成丁的男子就到不了这里了。故尤氏方潜至窗外偷看。其中有两个十六七岁娈童，以备奉酒的，都打扮的粉妆玉琢。今日薛蟠又输了一张，正没好气，幸而掷第二张完了，算来除番过本儿来到反赢了，心中只是兴头起来。贾珍道："且打住！吃了东西再来。"因问那两处怎么样了。里头打天九的也作了账，等吃饭；打公番的未清账，且不肯吃。于是各不能顾，先摆下一大桌，贾珍陪着吃，命贾蓉落后陪那一起。

薛蟠此时兴头了，便搂着一个娈童吃酒，又命将酒去敬那傻大舅。傻大舅是输家，没心绪，吃了两碗，便有些醉意，嗔着两个娈童只赶着赢家，不理输家了。因骂道："你们这起兔子，就是这样专洑上水。天天在一处，谁的恩你们不沾？只不过我这一会子输了几两银子，你们就三六九等了？难道从此以后你再没有求着我们的事了？"众人见他带酒，忙说："很是！很是！果然他们风俗不好。"因喝命："快敬酒赔罪！"两个娈童都是演就的局套，忙都跪下奉酒，说："我们这行人，师父教的，不论远近厚薄，只看一时有钱势就亲敬，便是活佛神仙；一时没了钱势了，就不去理他。况且我们又年轻，又居这个行次，求舅太爷体恕些，我们就过去了。"说着，便举着酒，双膝跪下。邢大舅心内虽软了，只还故作怒意，不理。众人又劝道："这孩子说的是实情话。老舅是久惯怜香惜玉的，如何今日反这样起来？若不吃这酒，叫他两个怎样起来？"邢大舅已掌不住了，便说道："若不是众位说，我再不理。"说着，方接过来，一气喝干了。又斟一碗来。

这邢大舅便酒勾往事，醉露真情起来。乃拍案对贾珍叹道："怨不的他们视钱如命。多少世宦大家出身的，若提起'钱势'二字，连骨肉都不认了。老贤甥，昨日我和你那边的令伯母都赌气，你可知道否？"贾珍道："不曾听见。"邢大舅叹道："就为钱这件混账东西。利害！利害！"贾珍深知他与邢夫人不睦，每遭邢夫人弃恶，扳出怨言，因劝道："老舅，你也太散漫些。若只管花去，有多少给老舅花的？"邢大舅道："老贤甥，你不知我邢家底理。我母亲去世时，我那时尚小，世事不知。他姊妹三个人，只有你令伯母年长。出阁时，一分家私都是他把持带来。如今二家姐虽也出阁，他家里也甚艰窘；三家姐尚在家里，一应用度，都是这里陪房王善保家的掌管。我便来要钱，

太真，反不得其为钱为势之神。当改以委曲认罪语方妥。

调侃骂死世人。不是骂。

也非要了你贾府的，就是我邢家家私，也就勾我花的了。无奈竟不得到手。所以有冤无处诉。"众恶之，必察也。今邢夫人一人，贾母先恶之，恐贾母心偏，亦可解之；若贾琏、阿凤之怨，恐儿女之私，亦可解之；若探春之怨，女子不识大而知小，亦可解之；今又忽用乃弟一怨，吾不知将又何如矣！贾珍见他酒后叨叨，恐人听见不雅，连忙用话解劝。

外面尤氏等听得十分真切，乃悄向银蝶笑道："你听见了？这是北院里大太太的兄弟抱怨他呢。可怜他亲兄弟还是这样说，这就怨不得这些人了。"因还要听时，正值打公番的也歇住了，要吃酒。因有一个问道："方才是谁得罪了老舅？我们竟不曾听明白，且告诉我们评评理！"邢德全见问，便把两个娈童不理论自己输家，只赶赢家的话说了一遍。这一个年少的纨绔道："这样说，原可恼的，怨不得舅太爷生气。我且问你两个：舅太爷虽然今日输了，输的不过是银子钱，并没有输丢了铋秕，怎就不理他了？"说着，众人大笑起来，连邢德全也喷了一地饭。尤氏在外面悄悄的啐了一口，骂道："你听听这一起子没廉耻的小挨刀的，才丢了脑袋骨子，就混嗑嚼毛了。再肏攮下黄汤去，还不知嗑出些什么来呢！"一面说，一面便进去，卸妆安歇。至四更时，贾珍方散了，往佩凤房里去了。

次日起来，就有人回："西瓜、月饼都全了，只待分派送人。"贾珍分付佩凤道："你请你奶奶看着送罢。我还有别的事呢。"佩凤答应去了，回了尤氏。尤氏只得一一分派，遣人送去。一时，佩凤又来说："爷问奶奶今儿出门不出门？说咱们是孝家，明儿十五过不得节。今儿晚上到好，可以大家应个景儿，吃些瓜饼酒。"尤氏道："我到不愿意出门呢！那边珠大奶奶又病了，凤丫头又睡倒了，我再不过去，越发无个人了。况且又不得闲，应什么景儿？"佩凤说道："爷说了，今儿已辞了众人，直等十六才来呢。好歹定要请奶奶吃酒的。"尤氏笑道："请我？我没的还席。"佩凤笑着去了。一时又来，笑道："爷说连晚饭也请奶奶吃，好歹早些回来。叫我跟了奶奶去呢。"尤氏道："既然这样，把饭快些吃了，我好走。"佩凤道："爷说早饭在外头吃，请奶奶自己吃罢。"尤氏问道："今日外头有谁？"佩凤道："听见说外头有两个南京新来的，到不知是谁。"说话之间，贾蓉之妻也梳妆了上来见过。少时，摆上饭来，尤氏在上，贾蓉之妻在下陪，婆媳二人吃毕饭，尤氏便换了衣服，仍过荣府来，至晚方回去。

果然贾珍煮了一口猪，烧了一腔羊，馀者桌菜及果品之类不可胜记，就在汇芳园丛绿堂中，屏开孔雀，褥设芙蓉，带领妻子姬妾，先饭后酒，开怀赏月作乐。将一更时分，真是风清月朗，上下如银。贾珍因要行令，尤氏便叫佩凤等四个人也都入席，下面一溜坐下，猜枚划拳，饮了一回。贾珍有了几分酒，亦发高兴，便命取了一枝紫竹箫来，命佩凤吹箫，文化唱曲，喉清嗓嫩，真令人魄醉魂飞。唱罢，复又行令。

那天将有三更时分，贾珍酒已八分，大家正在添衣饮茶、换盏更酌之际，忽听那边墙下，有人长叹之声。大家明明听见，都悚然疑畏起来。余亦悚然疑畏。贾珍忙厉声叱咤，问："谁在那里？"连问几声，没有人答应。尤氏道："必是墙外边家里人也未可知。"贾珍道："胡说！这墙四面皆无下人的房子，况且那边又紧靠着祠堂，奇绝神想，余更为之悚惧矣。焉得有人。"一语未了，只听得一阵风声，竟过墙去了。恍惚闻得祠堂内槅扇开合之声。只觉得风气森森，比先更觉凉飒起来；月色惨淡，也不似先明朗。众女妇人都觉毛发倒竖，贾珍酒已醒了一半，只比别人支撑得住些，心下也十分疑畏，便大没兴头起来，勉强又坐了一会子，就归房安歇去了。次日一早起来，乃是十五日，带领众子侄开祠堂、行朔望之礼。细察祠堂内，都仍是照旧好好的，并无怪异之迹。贾珍自为醉后自怪，也不足理论。礼毕，仍闭上门，看着锁禁起来。未写荣府庆中秋，却先写宁府开夜宴。未写荣府数尽，先写宁府异兆。盖宁乃家宅，凡有关于吉凶者，故必先示之。且列祖祠祀，岂无得而警乎凡人？先人虽远，然气运相关，必有之理也。非宁府之祖独有感应也。

　　贾珍夫妻至晚饭后方过荣府来。只见贾赦、贾政都在贾母房内坐着，说闲话与贾母取笑。贾琏、宝玉、贾环、贾兰皆在地下侍立。贾珍来了，都一一见过，说了两句话后，贾母命坐。贾珍方在近门小杌子上告了坐，侧着身子坐下。贾母笑问道："这两日你宝兄弟的箭射的如何？"贾珍忙起身笑道："大长进了。不但样式好，而且弓也长了一个力气。"贾母道："这也勾了，且别贪力，仔细努伤。"贾珍忙答应几个"是"。贾母又道："你昨日送来的月饼好；西瓜看着好，打开却也罢了。"贾珍笑道："月饼是新来的一个专做点心的厨子，我试了试，果然好才敢孝敬。西瓜往年都还可以，不知今年怎么就不好了。"贾政道："大约今年雨水太勤之故。"贾母笑道："此时月已上了，咱们且去上香。"说着，便起身，扶着宝玉的肩膀，带领众人齐往园中来。

　　当下园之正门俱已大开，吊着羊角大灯。嘉荫堂前月台上，焚着斗香，秉着几烛，陈献着瓜饼及各色果品。邢夫人等一干女客，先在里面久候。真是：月明灯彩，人气香烟，晶艳氤氲，不可形状。地下铺着拜毯、锦褥，贾母盥手上香，拜毕。于是大家皆拜过。贾母便说："赏月在山上最好。"因命在那山脊上的大厅上去。众人听说，就忙着在那里去铺设。贾母且在嘉荫堂中吃茶少歇，说些闲话。

一时人回"都齐备了"。贾母方扶着人上山来。王夫人等因说："恐石上苔滑，还是坐竹椅子上去。"贾母道："天天有人打扫，况且极平稳的宽路，何必不疏散疏散筋骨？"于是贾赦、贾政等在前导引，又是两个老婆子秉着两把羊角手罩灯，鸳鸯、琥珀、尤氏等贴身搀扶，邢夫人等在后围随。从下逶迤而上，不过百馀步，至山之峰脊上，便是这座敞厅。因在山之高脊上，故名曰凸碧山庄。于厅前平台上，列下棹椅；又用一架大围屏，隔作两间。凡棹椅形式，皆是圆的，特取团圆之意。上面居中，贾母坐下。左垂首贾赦、贾珍、贾琏、贾蓉，右垂首贾政、宝玉、贾环、贾兰，团团围坐，只坐了半壁。下面还有半壁馀空。贾母笑道："往常到还不觉人少，今日看来，还是咱们的人也甚少，算不得甚么。*未饮先感人丁，总是将散之兆。*想当年遇见这个日子，到此时男女三四十个，何等热闹！今日就这样，太少了。待要再叫几个来，他们都是有父母的，家里去应景了，不好来的。如今叫女孩们来坐那边罢。"于是令人将迎春、探春、惜春三个请出来。贾琏、宝玉等一齐出坐，先尽他姊妹坐了。然后在下面依次坐定。

贾母便命折一枝桂花来。令一媳妇在屏后击鼓传花。若花到谁手中，饮酒一杯，罚说笑话一个。*不犯前几次饮酒。*于是先从贾母起，次贾赦，一一接过。鼓声两转，恰恰在贾政手中住了。*奇妙！偏在政老手中！竟能使政*

老一谑，真大文章矣。只得饮了酒。众姊妹、弟兄皆悄悄的你扯我一下，暗暗的我又捏你一把，都含笑到要听是何笑话。余也要细听。贾政见贾母喜悦，只得承欢。方欲说时，贾母又笑道："若说的不笑了，还要罚。"贾政笑道："只得一个，说来不笑，也只好受罚了。"因笑道："一家子一个人最怕老婆的。"才说了一句，大家都笑了。因从不曾见贾政说过笑话，所以才笑。是极摹神之至。贾母笑道："这必是个好的。"贾政笑道："若好，老太太多吃一杯。"贾母笑道："自然！"贾政又说道："这个怕老婆的人，从不敢多走一步。偏是那日是八月十五，到街上买东西，便遇见了几个朋友，死活拉到家里去吃酒。不想吃醉了，便在朋友家睡着了，第二日才醒。后悔不及，只得来家陪罪。他老婆正洗脚，说：'既是这样，你替我舔舔我就饶你。'这男人只得给他舔。未免恶心要吐，他老婆便恼了，要打，说：'你这样轻狂！'唬得他男人忙跪下，求说：'并不是奶奶的脚赃，只因昨晚吃多了黄酒，又吃了几块月饼馅子，所以今日有些作酸呢。'"说的贾母与众人都笑了。这方是贾政之谑，亦善谑矣。贾政忙斟了一杯，送与贾母。贾母笑道："既这样，快自叫人取烧酒来，别叫你们受累。"众人又都笑起来。于是，又击鼓。便从贾政传起，可巧传至宝玉鼓止。

宝玉因贾政在坐，自是局踏不安。花偏又在他手内。因想："说笑话，倘或不发笑，又说没口才，连一笑话不能说，何况别的？这有不是；若说好了，又说正经的不会，只惯油嘴贫舌，更有不是。不如不说的好。"实写旧日往事。乃起身辞道："我不能说笑话，求再限别的罢了。"贾政道："既这样，限一个'秋'字，就即景作一首诗。若好便赏你，若不好明日仔细。"贾母忙道：

"好好的行令，如何又要作诗了？"贾政道："他能的。"贾母听说，"既这样，就作。"命人取了纸笔来。贾政道："只不许用那些冰、玉、晶、银、彩、光、明、素、练等样堆砌字眼，要另出已见，试试你这几年的情思。"宝玉听了，磞在心坎里上，遂立想了四句，向纸上写了，呈与贾政看。道是：……

　　贾政看了，点头不语。贾母见这般，知无甚大不好，便问："怎么样？"贾政因欲贾母喜悦，便说："难为他。只是不肯念书，到底词句不雅。"贾母道："这就罢了。他能多大？定要他做才子不成？这就该奖励。他以后越发上心了。"贾政道："正是。"因回头命个老嬷嬷，"出去分付书房内的小厮，把我海南带来的扇子取两把给他"。宝玉忙拜谢，仍复归座，行令。当下贾兰见奖励宝玉，他便出席，也做一首，递与贾政。看时，写道是：……

　　贾政看了，喜不自胜，遂并讲与贾母听时，贾母也十分欢喜，也忙令贾政赏了。一时，大家归坐，复行起令来。这次在贾赦手内住了。只得吃了酒，说笑话。因说道："一家子一个儿子，最孝顺。偏生母亲病了，各处求医不得，便请了一个会针灸的婆子来。这婆子原不知道脉理，只说是心火，如今用针灸之法，针灸针灸就好了的。这儿子慌了，便问：'心见针即死，如何针得？'婆子道：'不用针心，只针肋条就是了。'儿子道：'肋条离心甚远，怎么就好？'婆子道：'不妨事，你可知天下父母心偏的多着呢！'"众人听说都笑起来。贾母也只得吃半杯酒，半日笑道："我也得这个婆子针一针才好。"贾赦听说，便知自己出言冒撞，贾母动疑，忙起身笑与贾母把盏，以别言解释。贾母亦不好再提，且行起令来。

不料这次花却在贾环手里。贾环近日读书稍进，其脾味亦不好务正，也与宝玉一样。故每常也好看些诗词，专好奇诡仙鬼一格。今见宝玉作诗受奖，他便技痒，只当着贾政不敢造次。如今可巧花在手中，便也索纸笔来，立挥一绝与贾政…… 偏让贾政戏谑，已是异文；而贾环作诗，实奇中又奇之奇文也。总在人意料之外，竟有人曰：贾环如何又有好诗？似前言不搭后文矣。盖不可详说。问：贾环亦荣公之正脉，虽少年顽劣，见今古小儿之常情耳。读书岂无长进之理哉？况贾政之教使弟子自己大觉疏忽矣。若是贾环连一平仄也不知，岂荣府是寻常膏粱、不知诗书之家哉？然后知宝玉之一种情思，正非有益之聪明，不得谓比诸人皆妙者也。 贾政看了，亦觉罕异。只是词句终带着不乐读书之意，遂不悦道："可见是弟兄了。发言吐气，总属邪派。将来都是不由规矩准绳，一起下流货。妙在古人中有'二难'，你两个也可以称'二难'了。只是你两个的'难'字，却是作'难以教训'之'难'字讲才好。哥哥是公然以温飞卿自居，如今兄弟又自为曹唐再世了。"说的贾赦等都笑了。

贾赦乃要诗瞧了一遍，连声赞好，道："这诗据我看，甚是有骨气！想来咱们这样人家中，原不比那起寒酸，定要雪窗萤火，一日蟾宫折桂方得扬眉吐气。咱们的子弟，都原该读些书，不过比别人略明白些，可以做得官时，就跑不了一个官的，何必多费了工夫，反弄出书呆子气像来？所以我爱他这诗，竟不失咱们侯门的气概。"因回头分付人去取了自己的许多玩物来，赏赐与他。因又拍着贾环的头笑道："以后你就这么做去，方是咱们的口气，将来这世袭的前程定跑不了你袭呢。"贾政听说，忙劝说："不过他胡诌如此，那里就论到后事了。"

说着，便斟上酒，又行了一回令。 便又轻轻抹去也。 贾母便说："你们去罢！自然外头还有相公们候着，你们也不可轻忽了他们。况且

二更多了，你们散了，再让我们和姑娘们多乐一回，好歇着
了。"贾赦等听了，方止了令。又大家公进了一杯酒，方带着子
侄们出去了。要知端的，再听下回。

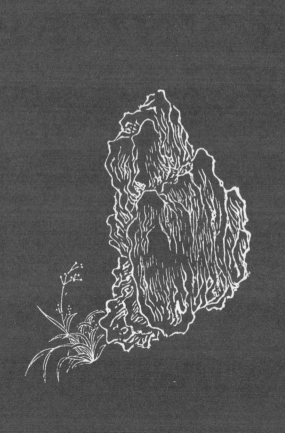

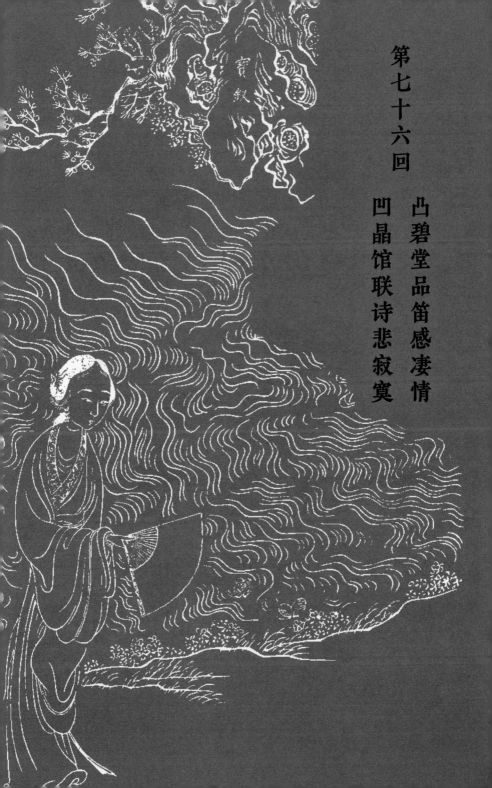

第七十六回

凸碧堂品笛感凄情

凹晶馆联诗悲寂寞

　　话说贾赦、贾政带领贾珍等散去，不提。且说贾母这里命将围屏撤去，两席并而为一席。众媳妇另行擦桌整果，更杯洗箸，陈设一番。贾母等都添了衣，盥漱吃茶，方又入坐，团团围绕。贾母看时，宝钗姊妹二人不在坐内，已知他们家去圆月去了。且李纨、凤姐二人又病着，少了四个人，便觉冷清了好些。贾母因笑道："往年你老爷们不在家，咱们越性请过姨太太来，大家赏月，却十分热闹。忽一时想起你老爷来，又不免想到母子、夫妻、儿女不能一处，也都没兴。及至今年你老爷来了，正该大家团圆取乐，又不便请他们娘儿们来说说笑笑。况且他们今年又添了两口人，也难丢了他们跑到这里来。偏又把凤丫头病了，有他一个人来说说笑笑，还抵得十个人的空儿。可见天下事总难十全。"说毕，不觉长叹一声，遂命拿大杯来，斟热酒。王夫人笑道："今日得母子团圆，自比往年有趣。往年娘儿们虽多，终不似今年自己骨肉齐全的好。"贾母笑道："正是为此。所以才高兴拿大杯来吃酒。你们也换大杯才是。"邢夫人等只得换上大杯来。因夜深体乏，且不能胜酒，未免都有些倦意，无奈贾母兴犹未阑，只得陪饮。

　　贾母又命将麂毡铺于阶上，命将月饼、西瓜、果品等类都叫搬下去，令丫头、媳妇们也都团团围坐赏月。贾母因见月至中天，比先越发精彩、可爱，因说："如此好月，不可不闻笛。"因命人将十番上女孩子传来。贾母道："音乐多了，反失雅致。只用吹笛的，远远的吹起来，就够了。"说毕，刚才去说时，只见跟邢夫人的媳妇走来，向邢夫人前说了两句话。贾母便问："说什么事？"那媳妇便回说："方才大老爷出去，被石头绊了

　　（眉批：不想这次中秋反写得十分凄楚。）

一下，歪了腿。"贾母听说，忙命两个婆子："快看去！"又命邢夫人快去。

邢夫人遂告辞起身。贾母便又说："珍哥媳妇也趁着便就家去罢。我也就要睡了。"尤氏笑道："我今日不回去了，定要和老祖宗吃一夜。"贾母笑道："使不得！使不得！你们小夫妻家，今夜不要团圆团圆，如何为我担搁了？"尤氏红了脸，笑道："老祖宗说的我们太不堪了。我们虽然年轻，已经是十来年的夫妻，也奔四十岁的人了。况且孝服未满，陪着老太太顽一夜，还罢了，岂有自去团圆的理？"贾母听说，笑道："这话很是。我到也忘了孝未满。可怜你公公已是二年多了。不是算贾敬，却是算贾赦死期也。可是我到忘了，该罚我一大杯。既这样，你就索性别送，陪着我罢了。你叫蓉儿媳妇送去，就顺便回去罢。"尤氏说了，蓉妻答应着，送出邢夫人，一同至大门，各自上车回去。不在话下。

这里贾母仍带领众人赏了一回桂花，又入席换暖酒来。正说着闲话，猛不妨只听那壁厢桂花树下呜呜咽咽悠悠扬扬吹出笛声来，趁着这明月清风，天空地净，真令人烦心顿解，万虑齐除，都肃然危坐，默相赏听。约两盏茶时，方才止住。大家称赞不已。于是，遂又斟上暖酒来。贾母笑道："果然可听么？"众人笑道："实在可听。我们也想不到这样。须得老太太带领着，我们也得开些心胸。"贾母道："这还不大好，须得拣那曲谱越慢的吹来越好。"说着，便将自己吃的一个内造瓜仁油松穰月饼，又命斟一大杯热酒，送给谱笛之人，慢慢的吃了，再细细的吹一套来。媳妇们答应了，方送去。只见方才瞧贾赦的两个婆子回来了，说右脚面上白肿了些，如今调服了药，疼的好些了，也不甚大关系。贾母点头叹道："我也太操心！打紧说我偏心，我反这样。"因就将方才贾赦的笑话，说与王夫人、尤氏等听。王夫人等因笑劝道："这原是酒后大家说笑，不留心也是有的。岂有敢说老太太之理？老太太自当解释才是。"只见鸳鸯拿了软巾兜与大斗蓬来说："夜深了，恐怕露水下来，风吹了头。须要添了这个。坐坐也该歇了。"贾母道："偏今儿高兴，你又来催。难道我醉了不成？偏到天亮。"因命再斟酒来，一面带上兜巾，披了斗蓬。大家陪着又饮，说些笑话。

　　只听桂花阴里，呜呜咽咽，袅袅悠悠，又发出一缕笛音来。果真比先越发凄凉。大家都寂然而坐，夜静月明，且笛声悲怨，众人彼此都不禁有凄凉寂寞之意。半日，方知贾母伤感，才忙转身陪笑，发语解释。"转身"妙！画出对月听笛，如痴如呆，不觉尊长在上之形景来。又命斟暖酒，且住了笛。

　　尤氏笑道："我也就学一个笑话，说与老太太解解闷。"贾母勉强笑道："这样更好，快说来我听。"尤氏乃说道："一家子养了四个儿子，大儿子只一个眼睛，二儿子只一个耳朵，三儿子只一个鼻子眼，四儿子到都齐全，偏又是个哑叭。"正说到这里，只见贾母已朦胧双眼，似有睡去之态。总写出凄凉无兴景况来。尤氏方住了，忙和王夫人轻轻的请醒。贾母睁眼笑道："我不困，白闭闭眼，养神。你们只管说，我听着呢。"活画。王夫人等笑道："夜已四更了，风露也太清冷。老太太歇着罢。明日再赏十六，也不辜负这月色。"贾母道："那里就四更了？"王夫人笑道："实已四更天了。他们姊妹们熬不过，都去睡了。"贾母听说，细看了一看，果然都散了，只有探春在此。贾母笑道："也罢！你们也熬不惯。况且弱的弱、病的病，去了到省心。只是三丫头为何还等着？你也去罢。我们散了。"说着，便起身，吃了一口清茶。便有预备下的竹椅小轿，便围着斗蓬，坐上。两个婆子搭起，众人围随，出园去了。不在话下。

　　这里众媳妇收什杯盘碗盏时，却少了个细茶杯。各处寻觅不见，又问众人："必是谁失手打了？撂在那里？告诉我，拿了磁瓦子去交收，是证见。不然，又说偷起来。"众人都说："没有打了。只怕跟姑娘的人打了也未可知。你细想想罢。问问他们去。"一语提醒了这管家伙的媳妇，因笑道："是了，那一会儿记得是翠缕拿着的，我去问他。"说着，便去找时，刚下了甬路，就遇见了紫鹃和翠缕来了。翠缕便问道："老太太散了？可知我们姑娘那去了？"这媳妇道："我来问那一个茶钟往那里去了，你们到问我要姑娘！"翠缕笑道："我们倒茶给姑娘吃的，展眼回头就连姑娘也没了。"那媳妇道："太太才说都睡觉去了。你不知那里顽去了，还不知道呢。"翠缕向紫鹃道："断乎没有悄悄的睡去之理。只怕在那里走走呢。如今见老太太散了，赶过前边送去，也未可知。我们且往前边找找去。有了姑娘，自然你的茶钟也有了。你明日一早再找，有什么忙的？"媳妇笑道："有了下落，就不必忙了。明儿就和你要罢。"说毕，回去查收家伙。这里紫鹃和翠缕便往贾母处来，不在话下。

　　原来黛玉和湘云二人并未去睡觉，只因黛玉见贾府中许多人赏月，贾母犹叹人少，不似当年热闹；又提宝钗姊妹家去，母女、弟兄自去赏月等语。不觉对景感怀，自去俯栏垂泪。宝玉近因晴雯病势甚重，诸务无心，带一笔，妙！更觉谨密不漏。王夫人再四遣他去睡觉，他就去了。探春又因近日家事烦恼，无暇游玩。虽有迎春、惜春二人，偏又素日不大甚合，所以只剩了湘云一人宽慰他，因说：“你是个明白人！何必作此形景自苦？我也和你一样，我就不似你这样心窄。何况你又多病，还不自己保养。可恨宝姐姐和他妹妹，天天说亲道热，早已说今年中秋要大家一处赏月，必要起诗社，大家联句，到今日便弃了咱们，自己赏月去了。社也散了，诗也不作了，到是他们父子、叔侄纵横起来。你可知宋太祖说的好：‘卧榻之侧岂许他人酣睡？’他们不作，咱们两个竟联起句来，明日羞他们一羞。”黛玉见他这般劝慰，不肯负他的豪兴，因笑道：“你看这里这等人声嘈杂，有何诗兴？”湘云笑道：“这山上赏月虽好，终不及近水赏月更妙。你知道，这山坡底下就是池沿，山坳里近水一个所在，就是凹晶馆。可知当日盖这园子时，就有学问。这山之高处，就叫作凸碧；山之低洼近水处，就叫作凹晶。这‘凸’‘凹’二字，历来用的人最少。如今直用作轩、馆之名，更觉新鲜，不落窠臼。可知这两处，一上一下，一明一暗，一高一矮，一山一水，竟特是因玩月而设此处。有爱那山高月小的，便往这里来；有爱那皓月清波的，便往那里去。只是这两个字俗念作‘洼’‘拱’二音，便说俗了，不大见用。只陆放翁用了一个凹字，说‘古砚微凹聚墨多’，还有人批他俗。岂不可笑？”林黛玉道：“也不只放翁才用，古人中用者太多。如江淹《青苔赋》、东方朔《神异经》，以致《画记》上云张僧繇画一乘寺的故事，不可胜举。只是今人不知，误作俗字用了。实和你说罢，这两个字还是我拟的呢。因那年试宝玉，因他拟了几处，也有存的，也有删改的，也有尚未拟的。这是后来我们大家把这没有名色的也都拟出来了，注了出处，写了这房屋的坐落，一并带进去与大姐姐瞧了，他又带出来命给舅舅瞧过。谁知舅舅倒喜欢起来，又说：'早知这样，那日就该叫他姊妹一并拟了。岂不有趣！'所以凡我拟的，一字不改，都用了。如今就往凹晶馆去看看。"

说着，二人便一同下了山坡，只一转弯，就是池沿。沿上一带，竹栏相接，直通着那边藕香榭的路径。*点明，妙！不然此园竟有多大地面了。*因这几间房子在此山怀抱之中，乃凸碧山庄之退居，因洼而近水，故颜其额"凹晶溪馆"。因此处房宇不多，且又矮小，故只有两个老婆子上夜。今日打听得凸碧山庄的人应差，与他们无干，这两个老婆子关了月饼、果品并犒赏的酒食来，二人吃得既醉且饱，早已息灯睡了。*妙极！此书有进一步写法。如王夫人云："他姊妹可怜，那里像当日林姑妈那样"，又如贾母云："如今人少，那里有当日人多"等数语。此谓进一步法也。有退一步法，如宝钗之对邢岫烟云："此一时也彼一时也，如今比不得先的活了，只好随他十分。"又如凤姐之对平儿云："如今我也又明白了，我如今也要作好好先生罢"等类，此谓退一步法也。今又方收拾过贾母高乐，却又写出二婆子高乐，此退一步之实也。如前文海棠诗四首，已足，忽又用湘云独成二律，反压卷。此又进一步之实事也。所谓法法皆全，全然不爽也。*

黛玉、湘云见熄了灯，湘云笑道："到是他们睡了好。咱们就在这卷棚底下近水赏月，如何？"二人遂在两个湘妃竹墩子上坐下。只见天上一轮皓月，池中一轮水月，上下争辉，如置身于水晶宫鲛绡室之内。微风一过，粼粼然池面皱碧铺纹，真令人神清气净。湘云笑道："怎得这会子坐上船吃酒到好，这要是我家里这样，我就立刻坐船了。"黛玉笑道："正是古人常说的好：

'事若求全，何所乐？'据我说这也罢了。偏要坐船起来。"湘云笑道："'得陇望蜀'，人之常情。可知那些老人家说的不错，说贫穷之家自为富贵之家事事趁心，告诉他说竟不能随心，他们不肯信。必得亲历其境，他也不知是如何。即如咱们两个，虽父母不在了，然却也忝在富贵之乡，只你我竟有许多不遂心的事。"黛玉笑道："不但你我不能趁心，就连老太太、太太，以至宝玉、探丫头等人，无论事大事小，有理无理，其不能各遂其心者，同一理也。何况你我旅居客寄之人哉！"^{以立未不怡然得享自然之乐者矣。书中若}干女子，从主各婢，未有必各有所觉、各有所试、各有所长者，皆未如宝玉无可见切、筹画。可叹！湘云听说，恐怕黛玉又伤感起来，忙道："休说这些闲话。咱们且联诗。"

　　正说着，只听笛韵悠扬起来。黛玉笑道："今日老太太、太太高兴的很。这笛子吹的有趣，到是助咱们的兴趣了。^{妙！正是吹笛之时，勿}^{认作又一处}之笛也。咱两个都爱五言，就还是五言排律罢。"湘云道："限何韵？"黛玉笑道："咱们数这个栏杆的直棍，这头到那头为止。他是第几根，就用第几韵。若是十六根，便是'一先'起。这可新鲜么？"湘云笑道："这到别致。"于是二人起身，便从头数至尽头，止得十三根。湘云道："偏又是十三元的韵。这个韵很少，作排律只怕牵强，不能压韵呢。少不得你先起一句罢了。"黛玉笑道："到要试试咱们谁强谁弱。只是没个纸笔记下。"湘云道："不妨。明儿再写。只怕这一点聪明还有。"黛玉道："我先起一句现成的俗语罢。因念道：

　　　三五中秋夕，

湘云想了一想，道：

清游拟上元。撒天箕斗灿，

林黛玉笑道：

匝地管弦繁。几处狂飞盏，

湘云笑道："这一句'几处狂飞盏'有些意思。这到要对的好呢。"想了一想，笑道：

谁家不启轩？轻寒风剪剪，

黛玉道："对的比我的却好。只是底下这句又说熟话了，就该加劲说了去才是。"湘云道："诗多韵险，也要铺陈些才是。纵有好的，且留在后头。"黛玉笑道："到后头没有好的，我看你羞不羞。"因联道：

良夜景暄暄。争饼嘲黄发，

湘云笑道："这句不好，是你杜撰，用俗事来难我了。"黛玉笑道："我说你不曾见过书呢。'吃饼'是旧典。《唐书》《唐志》，你看了来再说。"湘云笑道："这也难不倒我。我也有了。"因联道：

分瓜笑绿媛。香新荣玉桂，

黛玉笑道："'分瓜'二字可是实实是你的杜撰了。"湘云笑道："明日咱们对查了出来，大家看看。这会子别耽误工夫。"黛玉笑道："虽如此，下句也不好。不犯着又用'玉桂''金兰'等字样来塞责。"因联道：

色健茂金萱。蜡烛辉琼宴，

湘云笑道："'金萱'二字便宜了你，省着多少力？这样现成的韵偏被你得了。只是不犯着替他们送圣去。况且下句你也是塞责了。"黛玉笑道："你不说'玉桂'，我难到强对个'金萱'么？再也要铺陈些富丽，方才是即景之实事。"湘云只得又联道：

觥筹乱绮园。分曹尊一令，

黛玉笑道："下句好。只是难对些。"因想了一想，联道：

射覆听三宣。骰彩红成点，

湘云笑道："'三宣'有趣，竟化俗成雅了。只是下句又说上骰子。"少不得联道：

传花鼓滥喧。晴光摇院宇，

黛玉笑道："对的却好。下句又溜了。只管拿这风月来塞责。"
湘云道："究竟没说到月上，也要点缀点缀，方不落题。"黛玉
道："且姑存之。明日再斟酌。"因联道：

素彩接乾坤。赏罚无宾主，

湘云道："又说他们作什么？不如说咱们。"只得联道：

吟诗序仲昆。构思时倚槛，

黛玉道："这可以入上你我了。"因联道：

拟景或依门。酒尽情犹在，

湘云说道："这时候了。"乃联道：

更残乐已谖。渐闻语笑近，

黛玉说道："这时候可知一步难似一步了。"因联道：

空剩雪霜痕。阶露团朝菌，

湘云笑道："这一句怎么押韵？让我想想。"因起身负手，想了一想，笑道："酽了！幸而想出一个字来。几乎败了。"因联道：

庭烟敛夕椿。秋湍泻石髓，

黛玉听了，不禁也起身叫妙，说："这促狭鬼果然留下好的。这会子才说'椿'字。亏你想得出。"湘云道："幸而昨日看历朝文选，见了这个字，我不知是何树，因要查一查。宝姐姐说，'不用查，这就是如今俗语叫作明开夜合的'。我信不及，到底查了一查，果然不错。看来宝姐姐知道的竟多。"黛玉笑道："'椿'字用在此时，更恰。也还罢了，只是'秋湍'一句，亏你好想头。只这一句，把别的都要抹倒。我少不得打起精神来对一句，只是再不能似这一句了。"因想了一想，道：

风叶聚云根。宝婺情孤洁，

湘云道："这对的也还好。只是下一句你也溜了些。幸而是景中情，不是用'宝婺'来塞责。"因联道：

银蟾气吐吞。药经灵兔捣，

黛玉不语点头，半日随念道：

人向广寒奔。犯斗邀牛女，

湘云也望月点首，联道：

乘槎访帝孙。虚盈轮莫定，

黛玉笑道："又用比兴了。"因联道：

晦朔魄空存。壶漏声将涸，

湘云方欲联时，黛玉指池中黑影与湘云看道："你看那河里，怎么像个人往黑影里去了？敢是个鬼罢！"湘云笑道："可是你又见鬼了。我是不怕鬼的，等我打他一下。"因弯腰拾了一块小石片，向那池中打去。只听打得水响，一个大圆圈将月影荡散，后复聚而散者几次。写得出！试思：若非亲历其境者，如何摹写得如此？只听那黑影里嘎然一声，却飞起一个白鹤来，写得出。直往藕香榭去了。黛玉笑道："原来是他！猛然想不到，反吓了一跳。"湘云笑道："这个鹤有趣，到助了我了。"因联道：

窗灯焰已昏。寒塘渡鹤影，

林黛玉听了，又叫好，又跺足，说："了不得！这鹤真是助他的兴了。这一句更比'秋湍'不同，叫我对什么才好？'影'字只有一个'魂'字可对，况且'寒塘渡鹤'，何等自然！何等现成！何等有景且又新鲜！我竟要搁笔了。"湘云笑道："大家细想就有了。不然就放着明日再联，也可。"黛玉只看天，不理他。半日猛然笑道："你不必捞嘴，我也有了。你听。"因对道：

　　　　冷月葬花魂。

湘云拍手赞道："果然好极！非此不能对。好个'葬花魂'。"因又叹道："诗故新奇，只是太颓丧了些。你现病着，不该作此过于凄清奇谲之语。"黛玉笑道："不如此，如何压倒你？下句竟还未得，只为用工在这一句了。"

　　一语未了，只见栏杆外山石后转出一个人来，笑道："好诗！好诗！果然太悲凉了。不必再往下联了。若底下只是这样去，反不显这两句的好处，到显的堆砌牵强了。"二人不防，到唬了一跳。细看时，不是别人，却是妙玉。二人皆诧异，_{原可诧异，余亦诧异}因问："你如何到了这里？"妙玉笑道："我听见你们大家赏月，又吹的好笛，我也出来玩赏这清池皓月，顺脚走到这里，忽听见你两个联诗，更觉清雅异常。故此听住了。只是方才我听见这一首诗中，有几句虽好，只是过于颓败凄楚。此亦关人之气数，所以我出来止住。如今老太太都已早散了，满园的人想俱已睡熟了。你两个的丫头还不知在那里找你们呢。你们也不怕冷了，快同我来，到我那里去吃杯茶，只怕就天亮了。"黛玉笑道："谁知道就这个时候了。"

　　三人遂一同来至栊翠庵中。只见龛焰犹青，炉香未烬，几个老嬷嬷也都睡了，只有小丫嬛在蒲团上垂头打盹。妙玉唤他起来，现去烹茶。忽听叩门之声。小丫嬛忙去开门。看时，却是紫鹃、翠缕与几个老嬷嬷来找他姊妹两个。进来见他们正吃茶，因都笑道："要我们好找！一个园里走遍了，连姨太太那里都找到了，才到了那山坡底下小庭里找时，可巧那里上夜的人正睡醒了，我们问他们，他们说方才庭外头棚下两个人说话，后来又添了一个，听见说大家往庵里去。我们就知是这里了。"

妙玉忙命小丫嬛引他们到那边去坐着，歇息吃茶。自取了笔砚纸墨出来，将方才的诗，命他二人念着，遂从头写出来。黛玉见他今日十分高兴，便笑道："从来没见你这样高兴。若不见你这样高兴，我也不敢唐突请教，这还可以见教否？若不堪时，便就烧了；若或可以教政，即请改正改正。"妙玉笑道："也不敢忘加评赞，只是这才有了二十二韵。我意思想着你二位警句已有，再若续时，恐后力不加。我竟要续貂，又恐有玷。"

黛玉从没见妙玉作过诗，今见他高兴如此，忙说："果然如此，我们的虽不好，亦可以带好了。"妙玉道："如今收拾字句外该归到本来面目上去。若只管丢了真情真事，且去搜奇捡怪，一则失了咱们闺阁的面目；二则也与题目无涉了。"二人皆道极是。妙玉遂提笔一挥而就，递与他二人，道："休要见笑。依我必须如此，方番转的过来。虽前头有凄楚之句，亦无甚碍了。"二人接了看时，只见他续道：

香篆锁金鼎，脂冰腻玉盆。箫增娲妇泣，衾倩侍儿温。空帐悬文凤，闲屏掩彩鸳。露浓苔更滑，霜重竹难扪。犹步萦纡沼，还登寂历原。石奇神鬼搏，木怪虎狼蹲。赑^{音避}。屃^{音戏}。朝光透，罘罳晓露屯。振林千树鸟，啼谷一声猿。岐熟焉忘径，泉知不问源。钟鸣栊翠寺，鸡唱稻香村。有兴悲何继，无愁意岂烦。芳情只自遣，雅趣向谁言？彻旦休云倦，烹茶更细论。

后书：右中秋夜大观园即景联句三十五韵。黛玉、湘云二人皆赞赏不已，说："可见我们天天是舍近而求远。现有这样诗仙在此，却天天去纸上谈兵。"妙玉笑道："明日再润色。此时想是天亮了，到底要歇息歇息才是。"黛玉二人听说，便起身告辞，带领丫嬛出来。妙玉送至门外，看他们去远，方掩门进来。不在话下。

　　这里翠缕向湘云道："大奶奶那里还有人等着咱们睡去呢。如今还是那里去好。"湘云笑道："你顺路告诉他们，叫他们睡罢。我这一去，未免惊动病人，不如闹林姑娘半夜去罢。"说着，大家走至潇湘馆中，有一半人已睡去。二人进去，方才卸妆宽衣，盥漱已毕，方上床安歇。紫鹃放下绡帐，移灯掩门出去。

　　谁知湘云有择席之病，虽在枕上，只是睡不着；黛玉又是个心血不足，常常失眠的。今日又错过了困头，自然也是睡不着。二人在枕上番来复去。黛玉因问道："怎么你还没睡着？"湘云微笑道："我有择席的病。况且走了困，只好躺躺罢。你怎么也睡不着？"黛玉叹道：^{一"笑"一"叹"，只二字便写出平日之行景。}"我这睡不着，也并非今日了。大约一年之中，通共也只好睡几夜满足的觉。"湘云道："却是因你病的原故，所以……"不知下文什么？

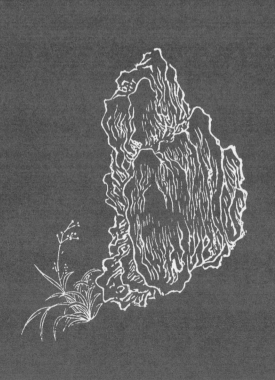

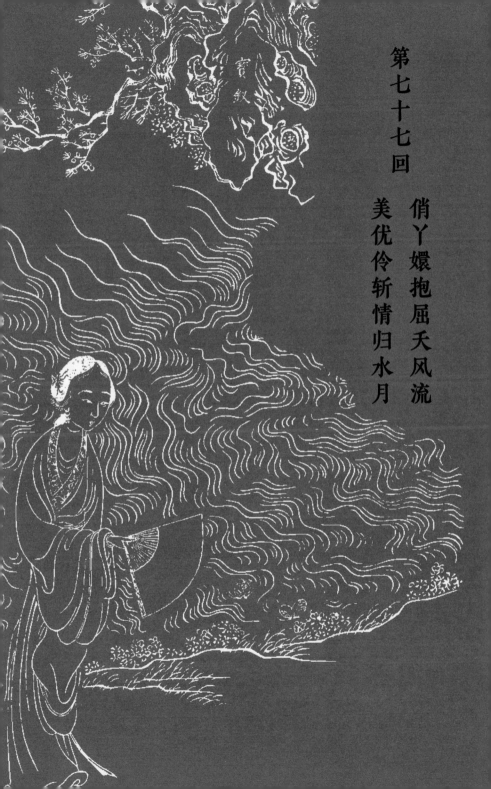

第七十七回　俏丫嬛抱屈夭风流　美优伶斩情归水月

话说王夫人见中秋已过，凤姐病已比先减了，虽未大愈，然亦可以出入行走得了，仍命大夫每日诊脉服药，又开了丸药方来配调经养荣丸。因用上等人参二两，王夫人取时，翻寻了半日，只向小匣内寻了几枝簪挺粗细的。王夫人看了，嫌不好，命再找去。又找了一大包须沫出来。王夫人焦燥道："用不着偏有，但用着了，再找不着。成日家我说叫你们查一查，都归椸在一处，你们总不听，就随手混搁。你们不知他的好处，用起来得多少换，买来还不中使呢。"彩云道："想是没了。就只有这个。上次那边的太太来，寻了些去，太太都给过去了。"王夫人道："没有的话，你再细找找。"彩云只得又去找，又拿了几包药材来，说："我们不认得这个，请太太自己看。除这个再没有了。"王夫人打开看时，也都忘了，不知都是什么药，并没有一枝人参。因一面遣人去问凤姐有无，凤姐来说："也只有些参膏、芦须，虽有几枝，也不是上好的。每日还要煎药里用呢。"王夫人听了，只得向邢夫人那里问去。邢夫人说："因上次没了，才往这里来寻，早已用完了。"王夫人没法，只得亲身过来，请问贾母。贾母忙命鸳鸯取出当日所馀的来，竟还有一大包，皆有手指头粗细的，遂称二两与王夫人。王夫人出来，交与周瑞家的拿去，令小厮送与医生家去。又命将那几包不认得的药，也带了去，命医生认了，各记号上来。此等皆家常细事，岂是揣拿得者。

一时，周瑞家的又拿了进来，说："这几包都各包好，记上名字了。但这一包人参固然是上好的，如今连三十换也不能得这样的了。但年代太陈了。这东西比别的不同，凭他是怎样好的，只过一百年后，便自己就成了灰了。如今这个虽未成灰，然已成了朽槽烂木，也无性力的了。请太太收了这个，到不拘粗细，好歹再换些新的才好。"王夫人听了，低头不语，半日才说："这可没法儿了。只好去买二两来罢。"也无心看那些，只命："都收了罢。"因向周瑞家的道："你就去说给外头人们，拣好的换二两来。倘一时老太太问，你们只说用的是老太太的。不必多说。"

周瑞家的方才要去时，宝钗因在坐，乃笑道："姨娘且住。如今外头卖的人参，都没有好的。虽有一枝全的，他们也必截做两三段，厢嵌上芦泡须枝，掺匀了好卖，看不得粗细。我们铺子的人常和参行交易，如今我去和妈说了，叫哥哥去托了伙计过去，和参行里商议说明，叫他把未作的原枝好参兑二两来。不妨咱们多使几两银子，也得了好的。"王夫人笑道："到是你明白。就难为你亲自走一趟，还明白些。"于是，宝钗去了，半日回来说："已遣人去，赶晚就有回信的。明日一早去配也不迟。"王夫人自是喜悦，因说道："'卖油的娘子水梳头。'自来家里有的，好坏不知给了人多少，这会子轮到自己用，反到各处求人去了。"说毕，长叹。宝钗笑道："这东西虽然值钱，究竟不过是药，原该给人救急才是。咱们比不得那没见世面的人家，得了这个，就珍藏密敛的。"_{调侃语。}王夫人点头道："这话极是。"

一时，宝钗去后，因见无别人在室，遂唤周瑞家的来，问前日园中搜捡的事情可得了下落没有。周瑞家的是已和凤姐等人商议妥当，一字不隐，遂回明王夫人。王夫人听了，既惊且怒，却又作难，因思司棋系迎春之人，皆系那边的人，只得令人去回邢夫人。周瑞家的回道："前日那边太太嗔着王善保家的多事，打了他几个嘴巴子，如今他也妆病在家，不肯出头了。况且又是他外孙女儿，自己打了嘴，他只好妆个忘了，日久平服了再说。如今我们过去回时，恐怕那边太太又多心，到像似咱们多事是的。不如直把司棋带过去，一并连赃证与那边太太瞧了，不过打一顿，配了人，再指个丫头过来，岂不省事？如今白告诉去，那边太太再推三阻四的，又说：'既这样，你太太就该料理，又来说什么？'岂不反耽搁了。倘那丫头瞅空儿寻了死，反不好了。如今看了他两三天，人都有个偷懒的时候，倘一时不到，岂不到弄出事来？"王夫人想了一想，说："这也到是。快办了这一件，再办咱们家的那些妖精。"

周瑞家的听说，会齐了那几个媳妇，先到迎春房里，回迎春道："太太们说了，司棋大了，近日他娘求了太太，太太已赏了他，叫他自己配人。今日叫他出去，另挑好的与姑娘使。"说着，便命司棋打点走路。迎春听了，含泪似有不舍之意。因前日夜里，别的丫嬛悄悄的说了原故，虽数年之情难舍，但事关风化，亦无可如何了。那司棋亦曾求了迎春，实指望迎春能死保救下的。只是迎春语言迟慢，耳软心活，是不能作主的。司棋见了这般，知不能免。因哭道："姑娘好狠心！哄了我这两日。如今怎么连一句话也没有了？"周瑞家的等说道："你还要姑娘留下你不成？便留下你，也难见园里这些人了。依我们的话，快快的收了这个样子，到是人不知、鬼不觉的去罢。大家还体面些。"迎春含泪道："我知道你干了什么大不是，我还十分说情留下你，岂不连我也完了？你瞧入画，也是几年的人，怎么说去就去了？自然不止你两个，想来这园里几个大的，都要去呢。依我说，将来终有一散，不如你各人去罢。"周瑞家的道："所以到底是姑娘明白。明儿还有打发的人呢。你放心罢。"司棋无法，只得含泪与迎春磕头，和众姊妹告别。又向迎春耳根说："好歹打听我要受罪，替我说个情儿，就是主仆一场。"迎春亦含泪答应："放心。"

于是周瑞家的等人带了司棋出了院门，又命两个婆子将司棋所有的东西都与他拿着。走了没几步，只见后头绣橘赶来，一面也擦着眼泪，一面递与司棋一个绢包儿。说："这是姑娘给你的。主仆一场，如今一旦分离，这个与你作个想念罢。"司棋接了，不觉更哭起来了。又和绣橘哭了一回。周瑞家的不耐烦，只管催促，他二人只得散了。司棋因又哭告道："婶子大娘们，好歹略徇个情儿。如今且歇一歇，让我到相好的姊妹跟前辞一辞，也是我们这几年好了一场。"周瑞家的等人皆各有事务，作这些事便是不得已了。况且又深恨他们素日大样，如今那里有工夫听他的话？因冷笑道："我劝你走罢！别拉拉扯扯的了。我们还有正经事呢。谁是你一个衣包里爬出来的，辞他们作什么？他们看你的笑声还看不了呢。你不过是挨一会子是一会罢了。难道就算了不成？依我说，快走罢。"一面说，一面总不住脚，直送出角门子去了。司棋无奈，又不敢再说，只得跟了出来。

可巧，正值宝玉从外而入，一见带了司棋出去，又见后面包着些东西，料着此去再不能来了。因闻得上夜之事，又兼晴雯之病亦因那日加重，细问晴雯又不说是为何。上日又见入画已去，今日又见司棋亦走，不觉如丧魂魄一般，因忙拦住，问道："那里去？"周瑞家的等皆知宝玉素习行为，又恐劳叨误事，微笑道："不干你事，快念书去罢。"宝玉笑道："好姐姐们！且站一站！我有道理。"周瑞家的便道："太太不许少撂一刻。你又有什么道理？我们只知尊太太的话，管不得许多！"司棋见了宝玉，因拉住哭道："他们做不得主，你好歹求求太太去。"宝玉不禁也伤心含泪，说道："我不知你作了什么大事，晴雯也病了，如今你又去，都要去了，这却怎么是好？"<small>宝玉之语，全作囫囵意。最是极无味之语，是极浓极有情之语也。只合如此写，方是宝玉，稍有真切，则不是宝玉了。</small>周瑞家的发燥，向司棋道："你如今不是二号小姐了，若不听话，我就打得你！别想着往日姑娘护着，任你们作耗。越说着你，还不好好的快走。如今和小爷们拉拉扯扯，成个什么体统？"那几个媳妇，不由分说，拉着司棋便出去了。

宝玉又恐他们去告舌，恨的只瞪着他们，看已去远，方指着恨道："奇怪！奇怪！怎么这些人只一嫁了汉子，染了男人的气味，就这样混帐起来。比男人更可杀了！"守园门的婆子听了，也不禁好笑起来，因问道："这样说，凡女儿各各是好的了，女人各各是坏的了。"宝玉点头道："不错，不错。"婆子们笑道："还有一句话，我们糊涂不解，到要请问。"方欲说时，只见几个老婆子走来，忙说道："你们小心，传齐了人伺候着。此刻

<small>"染了男人气味"，实有些情理，非躬亲阅历者，亦不知此语之妙。</small>

太太亲自来园里，在那里查人呢。只怕还查到这里来呢。"又分付："快叫怡红院的晴雯姑娘的哥嫂来在这里等着，领出他妹妹去。"因笑道："阿弥陀佛！今日天睁了眼睛了。把这一个祸害妖精退送了，大家清净些。"

宝玉一闻得王夫人进来亲查，便料定晴雯也保不住了，早飞也似赶了去。所以这后来趁愿之语，竟未得听见。宝玉及到了怡红院，只一见好些人在那里，王夫人在屋里坐着，一脸怒色，见宝玉也不理。晴雯四五日水米不曾沾牙，恹恹弱息，如今现从炕上拉了下来，蓬头垢面，两个女人才架起来去了。王夫人分付："只许把他贴身的衣服撂出去，馀者好衣服留下给好丫头们穿。"又命把这里所有的丫头们都叫来，一一过目。

原来王夫人自那日着恼之后，王善保家的就趁势告倒了晴雯，本处有人和园中不睦的，也就随机趁便下了些话。王夫人皆记在心中，因节间有碍，故忍了两日，故今日特来亲自阅人。一则为晴雯犹可，二则因竟有人指宝玉为由，说他大了，已解人事，都由屋里的丫头们不长进，教习坏了。因这事，更比晴雯一人较甚。<small>暗伏一段"更比"，觉烟迷雾罩之中，更有无限溪山矣。</small>乃从袭人起，以至于极小作粗活的小丫头们，个个亲自看了一遍。

因问："谁是和宝玉一日的生日？"本人不敢说，老嬷嬷指道："这一个蕙香，又叫作四儿的，是同宝玉一日生日的。"王夫人细看了一看，虽比不上晴雯一半，却有几分水秀，视其行止，聪明皆露在外，且也打扮的不同。王夫人冷笑道："这也是个不怕臊的。他背地里说的，同日生日就是夫妻。这可是你说的？打量我隔的远，都不知道呢！可知道我身子虽不大来，我的心耳神意时时都在这里。难道我通共一个宝玉，就这么放心凭你们勾引坏了不成？"这个四儿见王夫人说着他素日和宝玉的私语，不禁红了脸，低头垂泪。王夫人即命也快把他家的人叫来，领出去配人。

又问："谁是耶律雄奴？"老嬷嬷们便将芳官指出。王夫人道："唱戏的女孩子，自然是狐狸精了。上次放你们，你们又懒待出去，可就该安分守己才是。你就成精鼓捣起来，调唆着宝玉无所不为。"芳官笑辩道："并不敢调唆什么。"王夫人笑道："你还犟嘴！我且问你，前年因我们往皇陵上去，是谁调唆宝玉要柳家的丫头五儿了，幸而那个丫头短命死了。不然进来了，你们又连伙聚党，不知又做出什么事来呢！你连你的干娘都欺负倒了，岂止别人？"因喝命："唤他干娘来领去！就赏他外头自己寻个女婿去罢。把他的东西一概给他。"又分付："上次几个姑娘都分了唱戏的女孩子们，一概不许留在园里。都令其各人干娘带出，自行聘嫁。"一语传出，这些作干娘的皆感恩趁愿不尽，都约齐来与王夫人磕头领去。

王夫人又满屋里搜捡宝玉之物。凡略有眼生之物，一并命收的收，卷的卷，着人拿到自己房里去了。因说："没这些也干净，省得傍人口舌。"因又分付袭人、麝月等人："你们小心！往后再有一点分外之事，我一概不饶！因叫人查看了，今年不宜迁挪，暂且挨过今年一年，明年给我仍旧搬出去心净。"一段神奇鬼讶之文，不知从何想来。王夫人从来未理家务，岂不一木偶哉？且前文隐隐约约，已有无限口舌，浸润之谮，原非一日矣。若无此一番更变，不独无散场之局，且亦大不近乎情理。况此亦是余旧日目睹亲闻，作者身历之现成文字，非搜造而成者，故迥不与小说之离合悲欢窠臼相对。想遭零落之大族儿孙见此，虽事有各殊，然其情理似亦有默契于心者焉。此一段不独批此，直从抄检大观园及贾母对月兴尽生悲，皆可附者也。说毕，茶也不吃，遂带领众人又往别去处查人。

暂且说不到后文。如今且说宝玉，只当王夫人不过来搜检搜检，无甚大事。谁知竟这样雷嗔电怒的来了。所责之事，皆系平日之语，一字不爽，料必不能挽回的。虽心下恨不能一死，但王夫人盛怒之际，又不敢多言一句，多动一步，一直跟送王夫人到沁芳亭。王夫人命："回去好生念念那书！仔细明儿问你。才已发下狠了。"宝玉听如此说，方回来，一路打算：谁这样犯舌？况这里事也无人知道，如何就都说着了？一面想，一面进来，只见袭人在那里垂泪。且又去了心上第一等的人，岂不伤心？便倒在床上也哭起来。袭人知他心内别的还犹可，独有晴雯去了是第一件大事，乃推他说道："哭也不中用了。你起来，我告诉你。晴雯已经好了，他这一家去，到心净。养几天，你果然舍不得他，等太太气消了，你再求老太太，慢慢的叫进来，也不难。不过太太偶然信了人的谗言，一时气头上如此罢了。"宝玉哭道："我究竟不知晴雯犯了何等滔天大罪！"余亦不知。盖此等冤，实非晴雯一人也。袭人道："太太只嫌他生的太好了，未免轻佻些。在太太是深知这样美人似的人不能安净，所以恨嫌他。像我们这粗粗笨笨的，到好。"宝玉道："这也罢了！咱们私自顽话，怎么也都知道了？又没外人走风的，这可奇怪！"袭人道："你有甚么忌晦？你一时高兴了，就不管有人无人了。我也曾和你使过眼色，也曾递过暗号，到被别人已知道了。你反不觉。"宝玉道："怎么人人的不是，太太都知道？单不说，又单不挑出你和麝月、秋纹来？"

袭人听了这话，心内一动，低头半日，无可回答，因便笑道："正是呢！若论我们，也有顽笑不留心的猛浪去处，怎么太太竟忘了？想是还有主意，等完了，再发放我们，也未可知。"
宝玉笑道："你是头一个出了名的至善至贤的人。他两个又有你
陶冶教育，那里还有孟浪该罚之处！只是芳官尚小，过于伶俐
些，未免倚强压倒了人；若说四儿是我误了他。还是那年我和你
办嘴的那日起，叫上他来作些细活，未免夺占了地位，讨人嫌，
致有今日。只是晴雯也是和你一样，从小儿在老太太屋里过来
的。虽然他生得比人强，也没有妨碍着谁。就是他的性情爽利，
口角锋芒些，究竟也不曾得罪你们。想是他过于生得好了，反被
这好所误。"说毕，复又哭起来。

　　袭人细揣此话，好似宝玉有疑他之意，竟不好再劝。因叹
道："天知道罢了。此时也查不出人来了。白哭一会子也无益。
到是养着精神，等老太太喜欢时，回明白了再要他进来是正
理。"宝玉冷笑道："你不必虚宽我的心。等到太太平服了，再
瞧势头去要，他到那时知他的病等得等不得！他自幼上来，娇生
惯养，何尝受过一日的委屈。连我知道他的性格，还时常冲撞了
他。他这一下去，就如同一盆才抽出嫩箭来的兰花，送到猪窝里
去一般。况又是一身的重病，里头一肚子的闷气，他又没有亲爷
熟娘，只有一个醉泥鳅姑舅哥哥。他这一去，一时也不惯，那里
还等得几日？知道还能见他一面两面不能了？"说着，又越发心
酸起来。

　　袭人笑道："可是呢。你自'许州官放火，不许那百姓点
灯'。我们偶然说一句略妨碍些的话，就说是不利之谈。你如
今好好的咒他，是该的吗？他便比别人姣些，也不至于这样起
来。"宝玉道："不是我妄口咒他。今年春天已有兆头的。"袭

人忙问："何兆？"宝玉道："这阶下好好的一株海棠花，竟无故死了半边。我就知有异事。果然应在他身上。"袭人听了，又笑起来，因笑道："我待不说，又掌不住。你太也婆婆妈妈的了。这样的话，岂是你读书的男人说出来的？草木怎又关系起人来了？若不婆婆妈妈的，真也成了个呆子了。"宝玉叹道："你们那里知道！不但草木，凡天下之物，皆是有情有理的，也和人一样。得了知己，便极有灵验的。若用大题目比，就有孔子庙前之桧、坟前之墓，诸葛祠前之柏，岳武穆坟前之松。这都是堂堂正大，随人之正气，千古不磨之物。世乱则萎，世治则荣，几千百年来，枯而复生者几次。这岂不是兆应？小题目比，就是杨太真沉香亭之木芍药，端正楼之相思树，王昭君冢上之草，岂不也有灵验？所以这海棠亦应其人欲亡，故先就死了半边。"

袭人听了这篇痴话，又可笑，又可叹，因笑道："真真的你这话越发说上我的气来了。那晴雯是个什么东西，就费这样心思，比出这些正经人来！还有一说，他纵好，也灭不过我的次序去。便是这海棠，也该先来比我，也还轮不到他！想是我要死了。"宝玉听说，忙握他的嘴，劝道："这是何苦！一个未清，你又这样起来！罢了，再别提这事，别弄的去了三个，还要饶上一个。"袭人听说，心下暗喜道："若不如此，你也不能了局。"宝玉乃道："从此休提起，全当他们三个死了。不过如此。况且死了的也曾有过，也没见我怎么样，此一理也。宝玉至终一着全作

如是想，所以始于情终于悟者，既能终于悟而止，则情不得滥漫而涉于淫佚之事矣。一人前事，一人了法，皆非弃竹而复悯笋之意。如今且说现在的罢。倒是你把他的东西，作瞒上不瞒下，悄悄的打发人送出去与了他。再或者咱们常时积下的钱，拿几吊出去，给他养病，也

是你们姊妹好了一场。"袭人听了，笑道："你太把我们看的又小器又没人心了。这话还等你说！我才已将他素日所有的衣裳以至各什各物，共总打点下了，都放在那里呢。如今白日里人多眼杂，又恐生事，且等到晚上，悄悄的叫宋妈给他拿出去。我还有攒下的几吊钱，也给他罢。"宝玉听了，感谢不尽。袭人笑道："我原是久已出了名的贤人，连这一点子好名儿还不会买来不成？"宝玉听他点方才的话，忙陪笑抚慰一回。晚间，果密遣宋妈送去。

宝玉将一切人稳住，便独自得便出了后角门，央一个老婆子带他到晴雯家去瞧瞧。先是这婆子百般不肯，只说："怕人知道回了太太，我还吃饭不吃饭？"无奈宝玉死活央告，又许他些钱，那婆子方带了他来。

这晴雯当日系赖大家用银子买的，那时晴雯才得十岁，尚未留头，因常跟赖嬷嬷进来，贾母见他生得伶俐标致，十分喜爱，故此赖嬷嬷就孝敬了贾母使唤。后来所以到了宝玉房里。这晴雯进来时，也不记得家乡、父母，只知有个姑舅哥哥，专能庖宰，也沦落在外，故又求了赖家的收买进来吃工食。赖家的见晴雯虽在贾母跟前，千伶百俐，嘴尖性大，却到还不忘旧，^{只此一句，便是晴雯正传。可知晴雯为聪明风流所害也。一篇为晴雯写传，是哭晴雯也；非哭晴雯，乃哭风流也。}故又将他姑舅哥哥收买进来，把家里一个女孩子配了他。成了房后，谁知他姑舅哥哥一朝身安泰，就忘却当年流落时，任意吃死酒，家小也不顾。偏又娶了个多情美色之妻，见他不顾身命，不知风月，一味死吃酒，便不免有兼葭倚玉之叹，红颜寂寞之悲。又见他器量宽宏，^{趣极！"器量宽宏"如此用，真扫地矣。}并无嫉衾妒枕之意。这媳妇遂恣情纵欲，满宅内便延揽英雄，收纳材俊，上上下下竟一半是他考试过的。若问他夫妻姓甚名谁？便是上回贾琏所接见的多浑虫灯姑娘儿的便是了。^{奇奇怪怪，左盘右旋，千丝万缕，皆自一体也。}目今晴雯只有这一门亲戚，所以出来就在他家。

此时多浑虫外头去了。那灯姑娘吃了饭去串门子。只剩下晴雯一人在外间房内爬着。宝玉命那婆子在院门瞭哨，他独自掀起草帘^{草帘。}进来，一眼就看见晴雯睡在芦席土炕上，^{芦席，土炕。}在外间房内爬着。^{总哭晴雯。}幸而衾褥还是旧日铺的。心内不知自己怎么才好，因上来含泪伸手轻轻拉他，悄唤两声。当下晴雯又因着了风，又受了他哥嫂的歹话，病上加病，嗽了一日，才朦胧睡了。忽闻有人唤他，强展星眸，一见是宝玉，又惊又喜，又悲又痛，忙一把死攥住他的手，哽咽了半日，方说出半句话来："我只当不得见你了！"接着，便嗽个不住。宝玉也只有哽咽之分。晴雯道："阿弥陀佛！你来的好！且把那茶到半碗我喝，渴了这半日，叫半个人也叫不着。"宝玉听说，忙拭泪，问："茶在那里？"晴雯道："那炉台子上就是。"

宝玉看时，虽有个黑沙吊子，却不像个茶壶。只得棹上去拿了一个碗，也甚大甚粗，不像个茶碗，未到手内，先就闻得有油膻之气。^{不独为晴雯一哭，且为宝玉一哭，亦可。}宝玉只得拿了来，先拿些水洗了两次，复又用水汕过，方提起沙壶，斟了半碗。看时，绛红的，也太不成茶。晴雯扶枕道："快给我喝一口罢！这就是茶了。那里比得咱们的茶。"宝玉听说，先自己尝了一尝，并无清香，且无茶味，只一味苦涩，略有茶意而已。尝毕，方递与晴雯。只见晴雯如得了甘露一般，一气都灌下去了。宝玉心下暗道："往常那样好茶，他尚有不如意之处。今日这样看来，可知古人说的'饱饫烹宰，饥厌糟糠'。又道是'饭饱弄粥'，可见都不错的了。"

妙！通篇宝玉最恶书者，每因女子之所历，始信其可。此谓触类傍通之妙诀矣。一面想，一面流泪，问道："你有什么说的？趁着没人告诉我。"晴雯呜咽道："有什么可说的！不过挨一刻是一刻，挨一日是一日。我也知横竖不过三五日的光景，就好回去了。只是一件，我死也不甘心的！我虽生的比别人略好些，并没有私情密意勾引你怎样，如何一口死咬定了我是个狐狸精？我太不服！今日既已耽了虚名，而且临死，不是我说一句后悔的话，早知如此，我当日也另有个道理。不料痴心傻意，只说大家横竖是在一处。不想平空里生出这一节话来，有冤无处诉。"说毕，又哭。

宝玉拉着他的手，只觉瘦如枯柴。腕上犹带着四个银镯，因泣道："且卸下这个来，等好了再带上罢。"因与他卸下来，塞在枕下。又说："可惜这两个指甲，好容易长了二寸长了。这一病好了，又损好些。"晴雯拭泪，就伸手取了剪刀，将左指上两根葱管一般的指甲，齐根铰下；又伸手向被内将贴身穿着的一件旧红绫袄脱下，并指甲都与宝玉道："这个你收了。以后就如见我的一般。快把你穿的袄儿脱下来，我穿。我将来在棺材内独自倘着，也就像还在怡红院的一样了。论理不该如此，只是耽了虚名，我可也是无可如何了。"宝玉听说，忙宽衣换上，藏了指甲。晴雯又哭道："回去他们看见了要问，不必撒谎，就说是我的。既耽了虚名，索性如此，也不过是这样。"

一语未了，只见他嫂子笑嘻嘻掀帘子进来，道："好呀！你两个的话，我也都听见了。"又向宝玉道："你一个作主子的，跑到下人房里作什么？看我年轻又俊，敢是来调戏我么？"宝玉听说，吓的忙陪笑央告道："好姐姐！快别大声！他扶侍我一场，我私自来瞧瞧他。"灯姑娘便一手拉了宝玉，进里间来，笑道："你不叫嚷，也容易。只是依我一件事。"说着，便坐在炕沿上，却紧紧的将宝玉搂入怀中。

宝玉如何见过这个？心内早突突的跳起来了，急的满面红涨，又羞又怕，只说："好姐姐！别闹！"<small>如闻，如见。"别闹"二字活跳。</small>灯姑娘乜斜醉眼，笑道："呸！成日家听见你风月场中惯作工夫的，怎么今日就反赸起来？"宝玉红了脸，笑道："姐姐放手！有话咱们好说。外头有老妈妈听见，是什么意思？"灯姑娘笑道："我早进来了，却叫婆子去园门那里等着呢。我等什么似的，今儿等着了你。虽然闻名，不如见面。空长了一个好模样儿，竟是没药性炮烨，只好妆幌子罢了。到比我还发赸怕羞。可知人的嘴，一概听不得的。就比如方才我们姑娘下来，我也料定你们素日偷鸡盗狗的。我进来一会，在窗下细听，屋内只你二人，若有偷鸡盗狗的事，岂有不谈及于此？谁知你两个竟还是各不相扰，可知天下委屈事也不少。如今我反后悔错怪了你们。既然如此，你但放心，以后你只管来，我也不罗皂你！"

宝玉听说，才放下心来，方起身整衣，央告道："好姐姐！你千万照看他两天，我如今去了。"说毕出来，又告诉晴雯。二人自是依依不舍，也少不得一别。晴雯知宝玉难行，遂用被蒙头，总不理他。宝玉方出来。意欲到芳官、四儿两处去，无奈天黑了。出来了半日，恐里面人找他不见，又恐生事。遂进园来，明日再作计较。因乃入后角门。小厮们正抱铺盖，里边嬷嬷们正查人。若再迟一步，也就关了。

　　宝玉进入园中，且喜无人知道。到了自己房内，告诉袭人，只说在薛姨妈家去的，也就罢了。一时铺床。袭人不得不问："今日怎么睡？"宝玉道："不管怎么睡罢了。"

　　原来这一二年间，袭人因王夫人看重了他，他越发自己要尊重。凡背人之处，或夜晚之间，总不与宝玉狎昵，较先幼时，反到疏远了。况虽无大事办理，然一应针线，并宝玉及诸小丫头们里外出入等银钱、衣履、什物等事，也甚烦琐。且有吐血旧症，虽愈，然每因劳碌、风寒所感，即嗽中带血，故迩来夜间总不与宝玉同房。宝玉夜间常醒，又极胆小，每醒必唤人。因晴雯睡卧惊醒，且举动轻便，故夜晚一应茶水、起坐、呼唤之任，皆悉委他一人。所以宝玉的外床只是他睡。今他去了，袭人只得要问。因思此任比日间紧要，宝玉既答不管怎样，袭人只得还依旧年之例，遂仍将自己的铺盖搬来，设于床外。

　　宝玉发了一晚上呆。^{一句是笑。}及催他睡下，袭人等也都睡后，听着宝玉在枕上长吁短叹，复去翻来，直至三更以后，方渐渐的安顿了，略有鼾声。袭人方放心，也就朦胧睡着。没半盏茶时，只听宝玉叫"晴雯"。袭人忙睁开眼，连声答应，问："作什么？"宝玉因要吃茶，袭人忙下去向盆内洗过手，从暖壶内到了半盏茶来，吃过。宝玉乃笑道：^{"笑"字，好极。有文章，盖恐冷落袭人也。}"我近来叫惯了他，却忘了是你。"袭人笑道："他一乍来时，你也曾睡梦中总叫我。半年后，才改了。我知道，这晴雯人虽去了，这两个字只怕是不能去的。"说着，大家又卧下。宝玉又翻转了一个更次，至五更方睡去时，只见晴雯从外头走来，仍是往日形景，进来笑向宝玉道："你们好生过罢！我从此就别过了。"说毕，番身便走。宝玉忙叫时，又将袭人叫醒。袭人还只当他惯了口，乱叫。却见宝玉哭了，说道："晴雯死了！"袭人笑道："这是那里的话？你就知道胡闹！被人听见什么意思？"宝玉那里肯听，恨不得一时亮了，就遣人去问信。

及至天亮时，就有王夫人房里小丫头立等着叫开前角门，传王夫人的话："'即时叫起宝玉，快洗脸，换了衣裳，快来！因今儿有人请老爷寻秋赏桂花。老爷因喜欢他前儿作的诗好，故此要带他们去。'这都是太太的话。一句别错了。你们快飞跑告诉他去。立刻叫他快来。老爷在上房里还等他吃面茶呢。环哥儿已来了，快跑！快跑！再着一个人去叫兰哥儿，也要这等说。"里面的婆子听一句，应一句。一面扣扭子，一面开门，一面早有两三个人，一行扣衣，一行分头去了。

袭人听得叩院门，便知有事，忙一面命人问时，自己已起来了。听得这些话，赶着叫人来舀了面汤，催宝玉起来盥漱。他自己去取衣裳。因思跟贾政出门，便不肯拿出十分出色的新鲜衣履来，只拣那二等颜色的出来。宝玉此时亦无法，只得忙忙的前来。果然贾政在那里吃茶，十分喜悦。宝玉忙行了晨省之礼。贾环、贾兰二人，也都见过宝玉。贾政命坐下吃茶，向环、兰二人道："宝玉读书不如你们两个，若论题联和诗这种聪明，你们皆不及他。今日此去，未免要作诗词的。宝玉我倒放心，他是能的，你们两个不要给我丢丑。"王夫人等自来不曾听见这等考语，真是意外之喜。一时候他父子二人等去了，方过贾母这边来时，就有芳官等三个的干娘走来，回说："芳官自前日蒙太太的恩典，赏了出去，他就疯了似的，茶也不吃，饭也不用，勾引上藕官、蕊官三个人，寻死觅活，只要铰了头发作尼姑去。我只当是小孩子家，一时出去不惯也是有的，不过隔两日就好了。谁知越闹越凶，打骂着也不怕。实在没法，所以来求太太，或是就依他们做尼姑去，或教导他们一顿，赏给别人作女儿去罢。我们也没这福。"王夫人听了，道："胡说！那里由得他们起来！佛门也是轻易入进去的？每人打一顿，看他们还闹不闹了！"

当下因八月十五日各庙内上供去，皆有各庙内的尼姑来送供尖之例。王夫人曾于十五日就留下水月庵的智通与地藏庵的圆信住两日。今日闻听得此信，巴不得又可以拐两个女孩子去作活使唤。因都向王夫人道："咱们府上到底是善人家。因太太好善，所以感应得这些小姑娘们皆如此。虽说佛门轻易难入，也要知道佛法平等。我佛立愿，原是一切众生，无论鸡犬，皆要度他。无奈迷人不醒；若果有善根，能醒悟，即可以超脱轮回。所以，经上现有虎狼蛇虫得道者就不少。如今这两三个姑娘，既然无父无母，家乡又远，他们既经了这样富贵，又想他从小儿命苦，入了这风流行次，将来知道终身怎么样？所以苦海回头是岸，立意出家修修来世，也是他们的高意。太太到不要限了善念。"

王夫人原是个好善的，先听彼等干娘之语，不肯听其自由者，因思芳官等不过皆系小儿女一时不遂心，故有此意。但恐将来熬不得清净，反致获罪。今听这两个拐子的话大近情理，且近日家中多故，又有邢夫人遣人来知会明日接迎春家去住两日，以备人家相看。且又有官媒婆来求说探春等事，心绪甚繁，那里着意在这些小事上。既听此言，便笑答道："你两人既这等说，你们就带了作徒弟去如何？"两个姑子听了，念一声佛，道："善哉！善哉！若如此，可是你老人家阴德不小。"说毕，便稽首拜谢。王夫人道："既这样，你们问他们去。若果真心，即上来当着我，拜了师父去罢。"这三个女人听了出去，果然将他三人带了来。

王夫人问之再三，他三人已是立定主意，遂与两个姑子叩了头，又拜辞了王夫人。王夫人见他们意皆决断，知不可强了，反倒伤心可怜，忙命人取了些东西来赍赏了他们，又送了两个姑子些礼物。从此芳官跟了水月庵的智通，蕊官、藕官二人跟了地藏庵的圆心，各自出家去了。再听下回分解。

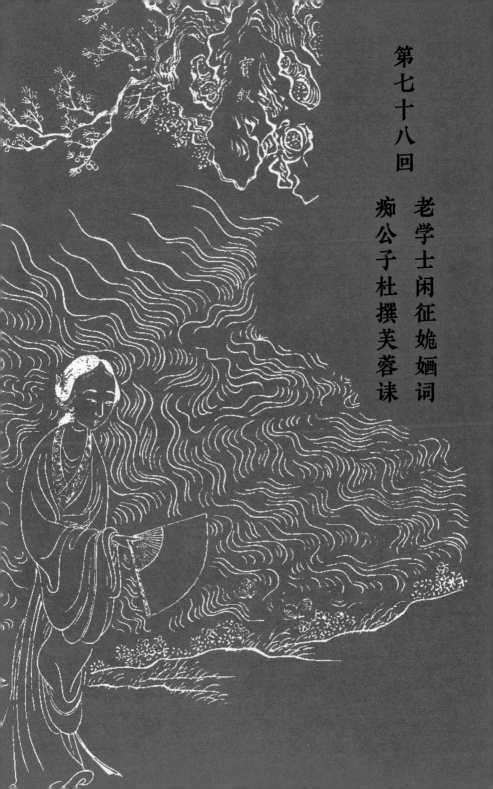

第七十八回

老学士闲征姽婳词

痴公子杜撰芙蓉诔

话说两个尼姑领了芳官等去后，王夫人便往贾母处来晨省。见贾母喜欢，便趁便回道："宝玉屋里有个晴雯，那个丫头也大了，而且一年之间，病不离身。我常见他比别人分外淘气，也懒；前日又病倒了十几天，叫大夫瞧，说是'女儿痨'。所以我就赶着叫他下去了。若养好了，也不用叫他进来，就赏他家配人去也罢了。再那几个学戏的女孩子，我也作了主意放出去了，头一则他们都会戏，口里没轻没重只会混说，女孩儿们听了，如何使得？二则他们既唱了会子戏，白放了他们也是应该的。况丫头们也太多，若说不彀使，再挑上几个来，也是一样。"贾母听了，点头道："这倒是正理。我也正想着如此呢。但晴雯那丫头我看他甚好，怎么就这样起来？我的意思，这些丫头们那模样儿、爽利言谈、针线，多不及他。将来只他还可以给宝玉使唤得，谁知变了。"

王夫人笑道："老太太挑中的人原不错，只怕他命理没造化，所以得了这个病。俗语又说，'女大十八变'。况且是有本事的人，未免就有些调歪。老太太还有什么不曾经验过的？三年前，我也就留心这件事。先只取中了他，我便留心冷眼看去，他色色虽比人强，只是不大沉重。若说沉重、知大礼，莫若袭人第一。虽说贤妻美妾，然也要性情和顺，举止沉重的更好些。就是袭人模样虽比晴雯略次一等，然放在房里也算得一二等的了。况且行事大方，心地老实，这几年来，从未逢迎着宝玉淘气。凡宝玉十分胡闹的事，他只有死劝的。因此品择了二年，一点不错了。我就早以悄悄的把他丫头的月分钱止住，我的月分银子里批出二两银子来给他。不过使他自己知道，越发小心效好之意。且不明说者，一则宝玉年纪尚小，老爷知道了，又恐说耽误了书；二则宝玉再自为已是跟前的人，不敢劝他说他，反倒纵性起来。所以直到今日，才回明老太太。"贾母听了，笑道："原来这样。如此更好了。袭人本来从小儿不言不语，我只说他是没嘴的葫芦。既是你深知，岂有大错误的？而且，你这不明说与宝玉的主意便好，且大家别提这事，只是心里知道罢了。我深知，宝玉将来也是个不听妻妾劝的，我也解不过来，也从未见过这样的孩子。别的淘气都是应该的，只他这种和丫头们好，更叫人难懂。我为此也耽心。每每的冷眼查看，他只和丫头们顽闹，必是人大心大，知道男女的事了？所以爱亲近他们？及至细细查试，究竟不是为此，岂不奇怪？想必原是个丫头，错投了胎不成？"说着，大家笑了。王夫人又回今日贾政如何夸奖，又如何打发他们逛去。贾母听了，更加喜悦。

　　一时，只见迎春妆扮了前来告辞过去。凤姐也来省晨，伺候过早饭。又说笑了一回。贾母歇晌后，王夫人便唤了凤姐，问他："丸药可曾配来？"凤姐儿道："还不曾呢。如今还是吃汤药呢。太太只管放心，我已大好了。"〔总是勉强。〕王夫人见他精神复初，也就信了。〔只用此一句，便入后文。〕因告诉撵逐晴雯等事。又说："怎么宝丫头私自回家去了，你们都不知道？我前儿顺路都查了一查，谁知兰小子这一个新进来的奶子，也十分的妖乔。我也不喜欢他，我也说与你嫂子了，好不好叫他各自去罢。况且，兰小子也大了，用不着这些奶子了。我因问你大嫂子：'宝丫头出去，难道你也不知道不成？'他说是告诉了他的，不过住两三日，等你姨妈好了就进来。你姨妈究竟没甚大病，不过还是咳嗽、腰疼，年年是如此的，他这去，必有原故。敢是有人得罪了他不成？那孩子心重，亲戚们住一场，别得罪了人，反不好了。"凤姐笑道："可好好的，谁得罪着他？况且他天天在园里，左不过是他们一群人。"王夫人道："别是宝玉有嘴无心，傻子似的从没个忌讳。高了兴，信嘴胡说也是有的。"凤姐笑道："这可是太太过于操心了。若说他出去干正经事、说正经话去，却像个傻子；若只叫进来，在这些姊妹跟前，以至于大小的丫头们跟前，他最有尽让，还恐怕得罪了人，那是再不得有人恼他的。我想，薛大妹妹此去，想必为着前日搜检众丫头的东西的原故。他自然为信不过园里的人，才搜检。他又是亲戚，现也有丫头、老婆在内。我们又不好去搜检了，恐我们疑他，所以多了这个心，自己回避了，也是应该避嫌疑的。"

王夫人听了这话不错，自己遂低头想了一想，便命人请了宝钗来，分晰前日的事，以解他疑心；又仍命他进来照旧居住。宝钗陪笑道："我原要早出去的，只是姨娘有许多的大事，所以不便来说。可巧前日妈又不好了，家里两个靠得的女人又病着，我所以趁便出去了。姨娘今日既已知道了，我正好明讲出情理来，就从今日辞了，好搬东西的。"王夫人、凤姐都笑道："你太固执了！正经再搬进来住的为是！休为那没要紧的事，反疏远了亲戚。"宝钗笑道："这话说的太不解了。并没为什么事。我出去，我为的是妈近来神思比先大减，而且夜间晚上没有得靠的人，通共只我一个；二则如今我哥哥眼看要娶嫂子，多少针线活计并家里一切动用的器皿，尚有未齐备的，我也须得帮着妈去料理料理。姨妈和凤姐姐都知道我们家的事，不是我撒谎；三则要是我在园里住，东南上小角门子就常开着，原是为我走的，保不住出入的人就图省路，也从那里走，又没人盘查。设若从那里弄出一件事来，岂不两碍脸面？而且我进园里来住，原不是什么大事。因前几年年纪皆小，且家里没事，有在外头的，不如进来姊妹相共，或作针线，或顽笑，总比在外头闷坐着好。如今彼此也都大了，彼此皆有事。况姨娘这边历年皆遇不遂心的事故，那园子也太大，一时照顾不到，皆有关系。惟有少几个人，就可以少操些心。所以今日不但我执意辞去，此外还要劝姨娘，如今该减些的就减些，也不为失了大家的体统。据我看，园里这一项费用也竟可以免的，说不得当日的话。姨娘深知我们家的，难道我们当日也是这样冷落来着不成？"凤姐听了这篇话，便向王夫人笑道："这话竟是不必强了。"王夫人点头："我也无可回答，只好随你便罢了。"

说话之间，只见宝玉等已回来，因说他父亲还未散，恐天黑了，所以先叫我们回来了。王夫人忙问："今日可又丢了丑？"宝玉笑道："不但不丢丑，倒拐了许多东西来。"接着，就有老婆子们从二门上小厮手内接了东西来。王夫人一看时，只见扇子三把，扇坠三个，笔墨共六匣，香珠三串，玉绦环三个。宝玉说道："这是梅翰林送的，那是杨侍郎送的，这是李员外送的，每人一分。"说着，又向怀中取出一个旃檀香小护身佛来，说："这是庆国公单给我的。"王夫人又问在席何人，作何诗词等语毕，只将宝玉一分令人拿着，同宝玉、兰、环前来见过贾母。贾母看了，喜欢不尽，不免又问些闲话。无奈宝玉一心垫记着晴雯，答应完了话时，便说骑马颠了骨头疼。贾母便说："快回房

去，换了衣服，疏散疏散就好了。不许睡倒。"宝玉听了，便忙
入园来。当下麝月、秋纹已带了两个丫头来等候，见宝玉辞了贾
母出来，秋纹便将笔墨拿起来，一同随宝玉进园来。宝玉满口里
说好热，一壁便摘冠带，将外面的大衣服都脱下来。麝月拿着，

<small>看他用智
之处。</small>只穿着一件松花绫子夹袄，袄内露出血点般大红裤子来。
秋纹见这条红裤是晴雯手内针线，因叹道："这条裤子以后收了
罢，真是物在人亡了。"麝月忙也笑道："这是晴雯的针线。"
也叹道："真真物在人亡了。"秋纹将麝月拉了一把，笑道："这
裤子配着松花色袄儿，石青靴子，越显出这靛青的头，雪白的脸
来了。"宝玉在前，只妆听不见。又走了两步，便止步道："我
要走一走，这怎么好？"麝月道："大白日里，还怕什么？还怕
丢了你不成？"因命两个小丫头跟着，"我们送了这些东西去再
来。"宝玉道："好姐姐！等一等我再去。"麝月道："我们去了
就来。两个人手里都有东西，到像摆执事的，一个捧着文房四
宝，一个捧着冠袍带履，成个什么样子！"宝玉听见，正中心
怀，便让他两个去了。

　　他便带了两个小丫头到一石后，也不怎么样，只问他二人
道："自我去了，你袭人姐姐打发人瞧晴雯姐姐去了不曾？"这
一个答道："打发宋妈瞧去了。"宝玉道："回来说了些什么？"
小丫头道："回来说晴雯姐姐来直着脖子叫喊了一夜，今日早起
就闭了眼，住了口，世事不知，也出不得一声儿，只有倒气的分
儿了。"宝玉忙道："一夜叫的是谁？"小丫头子说："一夜只叫
他娘。"宝玉拭泪道："他还叫谁？"小丫头子道："没有听见叫
别人了。"宝玉道："你糊涂，想必没有听真！"

旁边那一个小丫头最伶俐，听宝玉如此说，便上来说："真个他糊涂！"又向宝玉道："不但我听得真切，我还亲自偷着看去的。"宝玉听说，忙问："你怎么又亲自看去的？"小丫头道："我因想晴雯姐姐素日与别人不同，带我们极好。如今他虽受了委屈出去，我们不能别的法子救他，只亲去瞧瞧，也不枉素日疼了我们一场。就是人知道了，回了太太，打我们一顿，也是愿受的。所以，我拚着挨一顿打，偷着下去瞧了一瞧。谁知他平生为人聪明，至死不变。也因想着那起俗人不可说话，所以只闭着眼养神。见我去了，便睁开眼，拉我的手，问：'宝玉那去了？'我告诉他实情。他叹了一口气，说：'不能见了。'我就说：'姐姐何不等一等！他回来见一面，岂不两完心愿？'他就笑道：'你们还不知道！我不是死，如今天上少了一位花神。玉皇敕命我去司掌。我如今在未正二刻到任去司花。宝玉须待未正三刻才到家，只少得一刻的工夫，不能见面。世上凡该死之人，阎王勾取了过去，只差些小鬼来捉人的魂魄。若要迟延一时半刻，不过烧些纸钱，浇些浆饭，那些鬼只雇抢钱去了，该死的人就可以多待些个工夫。好！奇之至！又从来皆说"阎王注定三更死，谁人留至五更"之语。今忽借此小女儿一篇无稽之谈，反成无人敢翻之案。且又寓意调侃，骂尽世态，岂非文章之至耶？寄语观者至此不浮一大白者，以后不必看书也。我这如今是有天上的神仙来召请，岂可捱得时刻？'我听了这话，竟不大信。及进来到房里留神看时辰表时，果然是未正二刻他咽了气，正三刻上就有人来叫我们说你来了。这时候到都对合。"

宝玉忙道："你不识字看书，所以不知道。这原是有的。不但花有一个神，一样花一位神之外，还有总花神。但他不知是作总花神去了，还是单管一样花的神呢？"这丫头听了，一时诌不出来。恰好这是八月时节，园中池上芙蓉正开。这丫头便见景生情，忙答道："我也曾问他是管什么花的神，告诉我们，日后也好供养的。他说：'天机不可泄漏，你既这样虔诚，我只告诉你，你只可告诉宝玉一人，除他之外，若泄漏了天机，五雷就来轰顶的。'他就告诉我说，他就是专管这芙蓉花的花神。"宝玉听了这话，不但不以为怪，亦且去悲而生喜，乃指芙蓉笑道："此花也须得这样一个人去司掌。我早料定了他那样的人，必有一番事业做的。"虽然超出苦海，从此不能相见，也免不得伤感思念。因又想："虽然临终未见，如今且去灵前一拜，也算尽这五六年的情常。"

　　想毕，忙至房中，又另穿带了，只说去看黛玉。遂一人出园来，往前次之处来，意为停枢在内。谁知他哥嫂见他一咽气，便回了进去，希图早些得几两发送例银。王夫人闻知，便命赏了十两烧埋银子，又命"即刻送到外头焚化了罢！女儿痨死的，断不可留"。他哥嫂听了这话，一面得银，一面就雇了人来入殓，抬往城外化人厂上去化了。剩的衣履簪环，约有三四百金之数，他兄嫂自收了，为日后之计。二人将门锁上，一同送殡去未回。宝玉走来扑了个空。收拾晴雯。故为红颜一哭。然亦太令人不堪。上云王夫人怕女儿痨不祥，今则忽从宝玉心中凄苦。又非模拟出，是已悒郁其词，其母子至心中体贴眷爱之情，曲委已尽。

　　宝玉自立了半天。别无法术，只得转身进入园中。待回至房中，甚觉无味，因乃顺路来找黛玉。偏黛玉不在房中，问其何往，丫嬛们回说："往宝姑娘那里去了。"宝玉又至蘅芜苑中，只见寂静无人，房内搬的空空落落的，不觉吃一大惊。忽见几个老婆子走来，宝玉忙问这是什么原故呢。老婆子道："宝姑娘出去了。这里交我们看着呢。还没有搬清楚，我们帮着送了些东西去，这也就完了。你老人家请出去罢，让我们扫扫灰尘。也好，从此你老人家省了跑这一处的腿子了。"宝玉听了，怔了半天，因看着那院中的香藤异蔓，仍是翠翠青青，忽比昨日好像是改作凄凉了一般，更又添了伤感。默默出来，又见门外的一条翠樾埭上，也半日无人来往，不似当日各处房中丫嬛不约而来者络绎不绝。又俯身看那埭下之水，仍是溶溶脉脉的流将过去。心下因想："天地间竟有这样无情的事！"悲感一番，忽又想到："去了司棋、入画、芳官等几个；死了晴雯；今又去了宝钗等 一处；迎春虽未去，然连日也不见回来，且接连有媒人来求亲。大约园中之人，不久都要散的了。纵生烦恼，也无济于事。不如还是找黛玉去相伴一日，回来家里还是和袭人厮混，只这两三个人，只怕还是同死同归的。"想毕，仍往潇湘馆来。偏黛玉尚未回来。宝玉想亦当出去候送才是，无奈不忍悲感，还是不去的好。遂又垂头丧气的回来。

正在不知所以之际，忽见王夫人的丫头进来找他，说："老爷回来了，找你呢。又得了好题目来了。快走！快走！"宝玉听得，只得跟了他出来。到王夫人房中，他父亲已出去了。王夫人命人送宝玉至书房中。

彼时贾政正与众幕友们谈论寻秋之胜，又说："快散时，忽然谈及一事，最是千古佳谈，'风流俊逸，忠义感慨'八字皆备。到是一个好题目，大家要作一首挽词。"众幕宾听了，都忙请教系何等妙事。贾政乃道："当日曾有一位王，封曰'恒王'。出镇青州。这恒王最喜女色，且公馀好武，因选了许多美女，日习武事。每公馀辄开宴连日，令众美女习战斗攻取之事。其姬中有姓林行四者，姿色既冠，且武艺更精，皆呼为'林四娘'。恒王最得意，遂超拔林四娘统辖诸姬，又呼为'姽嫿将军'。"众清客都称："妙极！妙极！神奇之至。竟以'姽嫿'下加'将军'二字，反更觉妖媚风流，真绝世奇文也。想这恒王也是千古第一风流人物了。"贾政笑道："这话自然是如此。但更有可奇、可叹之事。"众清客都愕然惊问道："不知底下有何奇事？"贾政道："谁知次年便有黄巾、赤眉一干流贼馀党，复又乌合，抢掠山左一带。妙！赤眉、黄巾，两时之事，今合而为一。盖云不过是此等众类，非特历历指名某赤某黄。若云不合两用便呆矣。此书全是如此，为混人也。恒王意为犬羊之恶，不足大举。因轻骑前剿。不意贼众颇有诡谲智术，两战不胜，恒王遂为众贼所戮。于是青州城内文武官员，各各皆谓'王尚不胜，你我何为？'遂将有献城之举。林四娘得闻凶报，遂集聚众女将，发令说道：'你我皆向蒙王恩，戴天履地，不能报其万一。今王既殒身国事，我等亦当捐身以报王。你等有愿随者，即时同我前往；有不愿者，亦早各散。'众女将听他这样，都一齐说愿意。于是林四娘带领众人连夜出城，直杀至贼营里头。众贼不防，也被斩戮了几员首贼；然后大家见是不过几个女人，料不能济事，遂回戈倒兵，奋力一阵，把林四娘等一个不曾留下，倒作成了这林四娘的一片忠义之志。后来报至中都，自天子以及百官，无不惊骇。想其朝中自然又有人去剿灭，天兵一到，化为乌有，不必深论。只就林四娘一节，众位听了，可羡不可羡呢？"众幕友都叹道："实在可羡可奇！实是个妙题。原该大家挽一挽才是。"说着，早有人取了笔砚，按贾政口中之言，稍加改易了几个字，便成了一篇短序。递与贾政看了，贾政道："不过如此。他们那里已有原序。昨日因又奉恩旨，着察核前代以来应加褒奖而遗漏、未经请奏各项人等，无论僧尼、乞丐、女妇人等，有一事可嘉，即行投送履历至礼部，备请恩奖。所以他这原序也送往礼部去了。大家听见这新闻，所以都要作一首《姽婳词》，以志其忠义。"众人听了，都又笑道："这原该如此。只是更可羡者，本朝皆系千古未有之旷典隆恩，实历代所不及处者，可谓'圣朝无阙事'，唐朝人预先竟说了，竟应在本朝。如今年代，方不虚此一句。"贾政点头道："正是。"

说话间，贾环叔侄亦来了。贾政命他们看了题目。他两个虽能诗，较腹中之虚实，虽也去宝玉不远，但第一件，他两个终是别路，若论举业一道，似高过宝玉；若论杂学，则远不能及。第二件，他二人才思滞钝，不及宝玉空灵涓逸，每作诗亦如八股之法，未免拘板庸涩。那宝玉虽不算是个读书人，然亏他天性聪敏，且素喜好些杂书，他自为古人中也有误失之处，拘较不得许多；若只管怕前怕后起来，总堆砌成一篇，也觉得甚无趣味。因心里怀着这个念头，每见一题，不拘难易，他便毫无费力之处，就如世人流嘴滑舌之人，捕风捉影，信着伶口俐舌，长篇大论，胡扳乱扯，敷演出一篇话来。虽无稽考，却都说的四座春风。虽有正言厉语之人，亦不得压倒这一种风流去。

近日贾政年迈，名利大灰。起初天性，也是个诗酒放诞之人，因在子侄辈中，少不得规以正路。近见宝玉虽不读书，竟颇能解此。细评起来，也还不算十分玷辱了祖宗。就思及祖宗们，各各亦皆如此。虽有深精举业的，也不曾发迹过一个。看来此亦贾门之数。况母亲溺爱，遂也不强以举业逼他了。所以，近日是这等待他。又要环、兰二人举业之馀，怎得亦能同宝玉才好。所以每欲作诗，必将三人一齐唤来对作。妙！世事皆不可无足厌。只有"读书"二字，是万不可足厌的。父母之心可不甚哉？近日父母只怕儿子不能名利，岂不可叹乎？闲言少述。

且说贾政又命他三人各吊一首，谁先成者赏，佳者额外加赏。贾环、贾兰二人近日当着多人皆作过几首了，胆量愈壮，今看了题目，遂自去思索。一时，贾兰先有了，贾环生恐落后，也就有了。二人皆已录出，宝玉尚出神。妙！偏写出钝态来。贾政与众人且看他二人的二首。贾兰的是一首七言绝句。写道是：

姽婳将军林四娘，玉为肌骨铁为肠。

捐躯自报恒王后，此日青州土亦香。

众幕宾看了，便皆大赞："小哥儿十三岁的人，就如此。可知家学渊源，真不诬矣。"贾政笑道："稚子口角，也还难为他。"又看贾环的。这首是五言律，写道是：

红粉不知愁，将军意未休。掩啼离绣幕，怕恨出青州。自谓酬王德，讵能复寇仇。谁题忠义墓，千古独风流。

众人道："更佳！倒底是大几岁年纪。立意又自不同。"贾政道："还不甚大错，终不恳切。"众人道："这也就罢了。三爷才大不多两岁，俱在未冠之时，如此用了工夫，再过几年，怕不是大阮、小阮了？”贾政笑道：“过奖了。只是不肯读书的过失。”

因又问宝玉的怎么样了。众人道：“二爷细心缕刻，定又是风流悲感，不同此等的了。”宝玉笑道：“这个题目，似不称近体，须得古体，或竟是长篇一首，方能恳切。”众人听了，都立身点头拍手道：“我说他立意不同，每一题到手，必先度其体格宜与不宜，这便是老手妙法。就如裁衣一般，未下剪时，须度其身量。这题目，名曰《姽婳词》，且既有了序，必当是长篇歌行方合体的，或拟白乐天《长恨歌》，或拟咏古词，半叙半咏，流利飘逸，始能尽妙。”

贾政听说，也合了主意，遂自提笔，向纸上要写。又向宝玉笑道：“如此，你念我写。若不好了，我捶你那肉！谁许你先大言不惭了？”宝玉只得念了一句，道是：

恒王好武兼好色，

贾政写了看时，摇头道：“粗鄙。”一幕宾道：“要这样方古，究竟不粗。且看他底下的。”贾政道：“姑存之。”宝玉又道：

遂教美女习骑射。秾歌艳舞不成欢，列阵挽戈为自得。

贾政写出，众人都道：“只这第三句便古朴、老健，极妙！这四句平叙出也最得体。”贾政道：“休谬加奖誉。且看转的如何？"宝玉念道：

眼前不见尘沙起，将军俏影红灯里。

众人听了这两句，便都叫妙："好个'不见尘沙起'！又承了一句'俏影红灯里'。用字用句皆入神化了。"宝玉道：

叱咤时闻口舌香，霜矛雪剑娇难举。

众人听了，便拍手笑道："亦发画出来了。当日敢是宝公也在座，见其娇且闻其香否？不然，何体贴至此？"宝玉笑道："闺阁习武，任其勇悍，怎似男人？贾老在坐，故不便出"浊物"二字。妙甚，细甚！不待问可想而知娇怯之形的了。"贾政道："还不快续！这又有你说嘴的了。"宝玉只得又想了一想，念道：

丁香结子芙蓉绦，

众人都道："转'绦'，'萧'韵更妙。这才流利飘荡。而且这一句也绮靡秀媚的妙。"贾政写了，看道："这一句不好。已写过'口舌香''娇难举'，何必又如此？这是力量不加，故又用这些堆砌货来搪塞。"宝玉笑道："长歌也须得要些词藻点缀点缀，不然便觉萧索。"贾政道："你只顾用这些，但这一句底下如何能转至武事？若再多说两句，岂不蛇足了？"宝玉道："如此，底下一句转煞住，想亦可矣。"贾政冷笑道："你有多大本领？上头说了一句大开门的散话，如今又要一句连转带煞。岂不心有馀而力不足些！"宝玉听了，垂头想了一想，说了一句，道：

不系明珠系宝刀。

忙问："这一句可还使得？"众人拍案叫绝。贾政写了，看着笑道："且放着！再续。"宝玉道："若使得，我便要一气下去了；若使不得，越性涂了，我再想别的意思出来，再另措词。"贾政听了，便喝道："多话！不好了，再作！便作十篇、百篇，还怕辛苦了不成！"宝玉听说，只得想了一会，便念道：

战罢夜阑心力怯，脂痕粉渍污鲛绡。

贾政道："又一段。底下怎么样呢？"宝玉道：

明年流寇走山东，强吞虎豹势如蜂。

众人道："好个'走'字！便见得高低了。且通句转的也不板。"宝玉又念道：

王率天兵思剿灭，一战再战不成功。腥风吹折陇头麦，日照旌旗虎帐空。青山寂寂水漸漸，正是恒王战死时。雨淋白骨血染草，月冷黄沙鬼守尸。

众人都道："妙极！妙极！布置，叙事，词藻，无不尽美。且看如何至四娘，必另有妙转奇句。"宝玉又念道：

纷纷将士只保身，青州眼见皆灰尘。
不期忠义明闺阁，愤起恒王得意人。

众人都道："铺叙得委婉。"贾政道："太多了。底下只怕累赘呢。"宝玉乃又念道：

恒王得意数谁行？姽婳将军林四娘。号令秦姬驱赵女，艳李秾桃临战场。绣鞍有泪春愁种，铁甲无声夜气凉。胜负自然难预定，誓盟生死报前王。贼势猖獗不可敌，柳折花残实可伤。魂依城郭家乡近，马践胭脂骨髓香。星驰时报入京师，谁家儿女不伤悲！天子惊慌恨失守，此时文武皆垂首。何事文武立朝纲，不及闺中林四娘。我为四娘长太息，歌成馀意尚徬徨！

念毕，众人都大赞不止，又都从头看了一遍。贾政笑道："虽然说了几句，到底不大恳切。"因说："去罢！"三人如得了赦的一般，一齐出来，各自回房。

众人皆无别话，不过自去安歇而已。独有宝玉，一心凄楚，回至园中，猛然见池上芙蓉，想起小丫嬛说晴雯作了芙蓉花之神，不觉又喜欢起来，乃看着芙蓉嗟叹了一会。忽又想起死后并未到他灵前一祭，如今何不在芙蓉前一祭，岂不尽了礼？比俗人去灵前祭吊又更觉别致些。想毕，便欲行礼，忽又止住，道："虽如此，亦不可太草率。也须得衣冠整齐，奠仪周备，方为诚敬。"想了一想："如今若学那世俗之奠礼，断然不可。竟也还别开生面，另立排场，风流奇异，于世无涉，方不负我二人之为人。况且，古人有云：'潢污行潦，蘋蘩蕴藻之贱，可以羞王公，荐鬼神'。原不在物之贵贱，全在心之诚敬而已。此其一也。二则，诔文挽词，也须另出己见，自放手眼，亦不可蹈袭前人的套头，填几字搪塞耳目之文，亦必须洒泪泣血，一字一咽，一句一啼，宁使文不足、悲有馀，万不可尚文藻而反失悲切。况且古人多有微词，非自我今作俑也。奈今人全惑于'功名'二字，将尚古之风一洗皆尽，恐不合时宜，于功名有碍之故。我又不希罕那功名，不为世人观阅称赞，何必不远师楚人之《大言》《招魂》《离骚》《九辩》《枯树》《问难》《秋水》《大人先生传》等法，或杂参单句，或偶成短联，或用实典，或设譬寓，随意所之，信笔而去，喜则以文为戏，悲则以言志痛，辞达意尽为止，何必效世俗之拘拘于方寸之间哉？"

本来宝玉是个不读书之人，再心中有了这篇歪意，怎得有好诗、好文作出来？他自己却任意纂著，并不为人知慕。所以大肆妄诞，竟杜撰成一篇长文，用晴雯素日所喜之冰鲛縠一幅，楷字写成，名曰《芙蓉女儿诔》，前序、后歌，又备了四样晴雯所喜之物。于是，夜月下，命那小丫头捧至芙蓉花前，先行礼毕，将那诔文即挂于芙蓉枝上，乃泣涕念曰：诸君阅至此，只当一笑话看去便可醒倦。

维太平不易之元，_{年便}_{奇。}蓉桂竞芳之月，_{是八}_{月。}无可奈何之日，

〔日更奇。细思日何难于说真某某，今偏用如此说，则可知矣。〕怡红院浊玉，〔自谦的更奇。盖常以"浊"字评天下之男子，竟自谓。所谓以责人之心责己矣。〕谨以群花之蕊，〔奇香。〕冰鲛之縠，〔奇帛。〕沁芳之泉，〔奇奠。〕枫露之茗，〔奇名。〕四者虽微，聊以达诚申信，乃致祭于白帝宫中抚司秋艳芙蓉女儿之前。〔奇称。〕曰：

窃思女儿自临浊世，〔世不浊，为物所混而浊也，前后便有照应。女儿称，妙！盖思普天下之称，断不能有如此二字之清洁者，亦是宝玉之真心。〕迄今凡十有六载，〔方十六岁而夭，亦伤矣。〕其先之乡籍姓氏，湮沦而莫能考者久矣。〔忽又有此文不可，后来亦可伤矣。〕而玉得于衾枕栉沐之间，栖息宴游之夕，亲昵狎亵，相与共处者，仅五年八月有畸。〔相共不足六载，一旦天别，岂不可伤？〕

噫！女儿曩生之昔，其为质，则金玉不足喻其贵；其为性，则冰雪不足喻其洁；其为神，则星日不足喻其精；其为貌，则花月不足喻其色。姊妹悉慕媖娴，姬媪咸仰惠德。孰料鸠鸩恶其高，鹰鸷翻遭罦罬，〔《离骚》："鸷鸟之不群兮。"又"吾令鸩为媒兮，鸩告余以不好。雄鸩之鸣逝兮，余犹恶其佻巧"。注：鸷特立不群，故不群，故不豫。鸩羽毒杀人，雄多声，有如人之多言不实。罦罬音孚拙，翻车网。《诗经》："雉离于罦。"《尔雅》："罬谓之罦。"〕葹菉妒其嗅，茞兰竟被芟鉏！〔《离骚》：葹菉皆恶草，以辨邪佞。茞兰芳草，以别君子。〕花原自怯，岂奈狂飙；柳本多愁，何禁骤雨！偶遭蛊虿之谗，遂抱膏肓之疚。故尔樱唇红褪，韵吐呻吟；杏脸香枯，色陈颧颔。〔《离骚》"长顑颔亦何伤"，面黄色。〕诼谣謑诟，出自屏帏；荆棘蓬榛，蔓延户牖。岂招尤则替，实攘诟而终。〔《离骚》："朝谇夕替"，废也。"忍尤而攘诟"；诟，同诟。攘，取也。〕既忳幽沉于不尽，复含罔屈于无穷。高标见嫉，闺帏恨比长沙；〔汲黯苯姝贾谊之才，谪贬长沙。〕直烈遭危，巾帼惨于羽野。〔鲧刚直自命，舜殛于羽山。《离骚》曰："鲧婞直以亡身兮，终然夭乎羽野。"〕

自蓄辛酸，谁怜夭折！仙云既散，芳趾难寻。洲迷聚窟，何来却死之香？海失灵槎，不护回生之药。眉黛烟青，昨犹我画；指环玉冷，今倩谁温？鼎炉之剩药犹存，襟泪之馀痕尚渍。镜分鸾别，愁开麝月之奁；梳化龙飞，哀折檀云之齿。委金钿于草莽，拾翠盒于尘埃。楼空鳷鹊，徒悬七夕之针；带断鸳鸯，谁续五丝之缕？况乃金天属节，白帝司时，孤衾有梦，空室无人。桐阶月暗，芳魂与倩影同销；蓉帐香残，娇喘共细言皆绝。连天衰草，岂独蒹葭；匝地悲声，无非蟋蟀。露苔晚砌，穿帘不度寒砧；雨荔秋垣，隔院希闻怨笛。芳名未泯，檐前鹦鹉犹呼；艳质将亡，槛外海棠预老。恰极。捉迷屏后，莲瓣无声；元微之诗："小楼深迷藏。"斗草庭前，兰芽枉待。抛残绣线，银笺彩缕谁裁？折断冰丝，金斗御香未熨。

昨承严命，既趋车而远涉芳园；今犯慈威，复拄杖而近抛孤匶。柩本字。及闻槥棺被燹，惭违共穴之盟；石椁成灾，愧迨同灰之诮。唐诗云："先开石椁，木可为棺。"晋杨公回诗云："生为并身物，死作同棺灰。"尔乃西风古寺，淹滞青燐；落日荒丘，零星白骨。楸榆飒飒，蓬艾萧萧。隔雾圹以啼猿，绕烟塍而泣鬼。自为红绡帐里，公子情深；始信黄土陇中，女儿命薄！汝南泪血，班班洒向西风；梓泽馀衷，默默诉凭冷月。

呜呼！固鬼蜮之为灾，岂神灵而亦妒。箝诐奴之口，讨岂从宽；剖悍妇之心，忿犹未释。《庄子》"箝杨、墨之口"。《孟子》谓"诐辞知其所蔽"。在君之尘缘虽浅，然玉之鄙意岂终。因蓄拳拳之思，不禁谆谆之问。始知上帝垂旌，花宫待诏，生侪兰蕙，死辖芙蓉。听小婢之言，似涉无稽；据浊玉之思，则深为有据。何也？昔叶法善摄魂以撰碑，李长吉被诏而为记，事虽殊，其理则一也。故相物以配才，苟非其人，恶乃滥乎？始信上帝委托权衡，可谓至洽至协，庶不负其所秉赋也。因希其不昧之灵，或陟降于兹。特不揣鄙俗之词，有污慧听。乃歌而招之曰：

天何如是之苍苍兮，乘玉虬以游乎穹窿耶？楚词：驷玉虬
以乘鹥兮。地何
如是之茫茫兮，驾瑶象以降乎泉壤耶？楚词：杂瑶
象以为车。望伞盖之陆离
兮，抑箕尾之光耶？列羽葆而为前导兮，卫危虚于傍耶？驱丰隆
以为比从兮，望舒月以离耶？危、虚二星为卫护星。丰
隆，雷师。望舒，月御也。听车轨而伊轧
兮，御鸾鹥以征耶？闻馥郁而菱然兮，纫蘅杜以为纕耶？炫裙裾
之烁烁兮，镂明月以为珰耶？籍葳蕤而成坛畤兮，檠莲焰以烛银
膏耶？文瓟匏以为觯斝兮，漉醽醁以浮桂醑耶？瞻云气而凝盼
兮，仿佛有所觇耶？俯窈窕而属耳兮，恍惚有所闻耶？期汗漫而
无天阅兮，忍捐弃余于尘埃耶？《逍遥游》：
天阅，止也。倩风廉之为余驱车
兮，冀联辔而携归耶？余中心为之慨然兮，《庄子·至乐篇》：
"我独何能无慨然。"徒嗷
嗷而何为耶？《庄子》："嗷嗷
然随而哭之。"君偃然而长寝兮，岂天运之变于斯耶？
《庄子》："偃然寝于巨室。"谓人死也。又变而有气，气变而有形，形变之有
生，今又变之死，是相与为春秋冬夏，四时行也。《天道篇》："其死也物化。"既
窀穸且安稳兮，反其真而复奚化耶？窀穸，胅。《左传》"窀穸之事"，
墓穴幽堂也。左贵嫔杨后诔："早即
窀穸。"《庄子·大宗师》："而
余犹桎梏而悬附兮，灵格余以嗟来耶？
《庄子·大宗师》："桎梏之名。彼以生为悬疣附赘，以死为决疣溃痈。""嗟来桑
户乎，嗟来桑户乎！"注：桑户，人名，孟子反琴张二人，招其魂而语之也。"方将
不化，知已化哉！"言人死犹如化去。《法华经》云："法华道中多
诸方便，于险道中化一城，疲极之众，入城皆生度想，安稳想。"来兮止兮，
君其来耶？

若夫鸿蒙而居，寂静以处，虽临于兹，余亦莫睹。搴烟罗而
为步幛，列枪蒲而森行伍。警柳眼之贪眠，释莲心之味苦。素女
约于桂岩，宓妃迎于兰渚。弄玉吹笙，寒簧击敔。征嵩岳之妃，
启骊山之姥。龟呈洛浦之灵，兽作咸池之舞。潜赤水兮龙吟，集
珠林兮凤翥。爰格爰诚，匪簠匪筥。发轫乎霞城，返旌乎玄圃。
既显微而若通，复氤氲而倏阻。离合兮烟云，空濛兮雾雨。尘霾
敛兮星高，溪山丽兮月午。何心意之忡忡，若寤寐之栩栩。余乃

歔歔怅望，泣涕彷徨。人语兮寂历，天籁兮篔筜。鸟惊散而飞，鱼唼喋以响。志哀兮是祷，成礼兮期祥。呜呼哀哉！尚飨！

读毕，遂焚帛奠茗，犹依依不舍。小鬟催至再四，方才回身。忽听山石之后，有一人笑道："且请留步。"二人听了，不免一惊，那小鬟回头一看，却是个人影从芙蓉花中走出来，他便大叫："不好！有鬼！晴雯真来显魂了。"唬得宝玉也忙看时……且听下回分解。

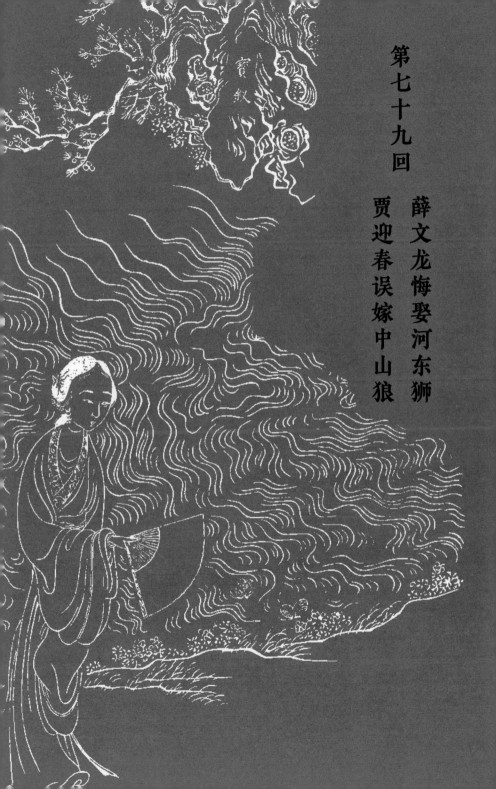

第七十九回

薛文龙悔娶河东狮

贾迎春误嫁中山狼

话说宝玉祭完了晴雯，只听花影中有人声，到唬了一跳。即走出来细看，不是别人，却是林黛玉。满面含笑，口内说道："好新奇的祭文！可与曹娥碑并传的了。"宝玉听了，不觉红了脸，笑答道："我想着世上这些祭文都熟滥的很，所以改个新样，原不过是我一时的顽意，谁知又被你听见了。有什么大使不得的，何不改削改削？"黛玉道："原稿在那里？到要细细一读。长篇大论不知说的是什么。我听中间有两句什么'红绡帐里，公子多情；黄土陇中，女儿薄命'。这一联意思却好，只是'红绡帐里'未免熟滥些，放着现成真事，为什么不用？"宝玉忙问："什么现成的真事？"黛玉笑道："咱们如今都系霞影纱糊的窗隔，何不说'茜纱窗下，公子多情'呢？"

宝玉听了，不禁跌足，笑道："好极！好极！到底是你想的出，说的出。可知天下古今，现成的好景妙事尽多，只是愚人蠢子说不出、想不出罢了。但只一件，虽然这一改新妙之极，但你居此则可，在我实不敢当。"说着，又接连说了一二百句"不敢"。黛玉笑道："何妨？我的窗即可作为你之窗，何必分晰得如此生疏？古人异姓陌路者，尚然同肥马，衣轻裘，敝之而无憾，何况咱们？"宝玉笑道："论交之道，不在肥马轻裘，即黄金白璧，亦不当锱铢较量。倒是这唐突闺阁，万万使不得的。如今我越性将'公子''女儿'改去，竟算是你诔他倒妙。况且素日你又待他甚厚，故今宁可弃此一篇大文，万不可弃此'茜纱'新句，竟莫若改作'茜纱窗下，小姐多情；黄土陇中，丫鬟薄命'。如此一改，虽于我无涉，我也是惬怀的。"黛玉笑道："他又不是我的丫头，何用作此语？况且小姐、丫鬟亦不典雅，等我的紫鹃死了，我再如此说，还不算迟！"（明是为与阿颦作谶，却先偏说紫鹃。总用此狡猾之法。）宝玉听了，忙笑道："这是何苦？又咒他！"（又画出宝玉来。究竟不知是咒谁，使人一笑一叹。）黛玉笑道："是你要咒的，并不是我说的。"宝玉道："我又有了，这一改可极妥当了。莫若说'茜纱窗下，我本无缘；（双关句，意妥极。）黄土陇中，卿何薄命'。"（如此我亦谓妥极。但试问当面用尔我字样，竟究不知是为谁之谶，一笑一叹。一篇谶文，总因此二句而有，又当虽谶晴雯，而又实谶黛玉也。奇幻至此。若云必因晴雯来，则呆之至矣。）

黛玉听了，怵然变色，（慧心人可为一哭。观此句，便知谶文实不为晴雯而作也。）心中虽有无限的狐疑乱拟，（用此字更妙，又欲瞒观者。盖）外面却不肯露出，反连忙笑着点头，称说："果然改的好。再不必乱改了。快去干正经事去罢。才刚太太打发人叫你明儿一早快过大舅母那边去，你二姐姐已有人家求准了，想是明儿那家人来拜允。所以叫你们过去呢。"宝玉拍手道："何必又如此忙！我身上也不大好，明儿还未必能去呢。"黛玉道："又来了！我劝你把这脾气改改罢。一年大二年小……"一面说话，一面咳嗽起来。（总为后文伏线。阿颦之问，可见不是一笔两笔所写。）宝玉忙道："这里风冷，咱们只顾呆站在这里，快回去罢。"黛玉道："我也家去歇息了。明儿再见罢。"说着，便自取路去了。宝玉只得闷闷的转步，又忽想起来黛玉无人跟随，忙命小丫头子跟了送回去。自己到了怡红院中，果有王夫人打发老嬷嬷来分付他，明日一早过贾赦这边来，与方才黛玉之言相对。

原来贾赦已将迎春许与孙家了。这孙家乃是大同府人氏，（设云大概相同也，若必云真大同府则呆。）祖上系军官出身，乃当日宁、荣府中之门生，算来亦系世交。如今孙家只有一人在京，现袭指挥之职。此人名唤孙绍祖，生得相貌魁伟，体格健壮，弓马娴熟，应酬权变。（画出一个俗物年纪未满三十，且又家资饶富。此句断不可少。现在兵部候缺提升。
来。
因来求亲，贾赦见是世交之孙，且人品、家当都相称合，遂青目
择为东床佳婿。亦曾回明贾母。贾母心中却不十分趁意，想来拦
阻，亦必不听。况儿女之事，自有天意。况且他是亲父主张，何
必出头多事。为此，只说"知道了"三字，馀不多及。

　　贾政又深恶孙家。虽是世交，当年不过是彼祖希慕荣、宁之
势，有不能了结之事，才拜在门下的。并非诗礼名族之裔，因此
到劝谏过两次。无奈贾赦不听，也只得罢了。

　　宝玉却从未会过这孙绍祖一面的。次日只得过去了，聊以塞
责。只听见说娶亲的日子甚急，不过今年就要过门的。又见邢夫
人等回了贾母，将迎春接出大观园去等事。越发扫去了兴头，每
日痴痴呆呆的，不知作何消遣。又听得说陪四个丫头过去，更又
跌足自叹，道："从今后，这世上又少了五个青洁人了。"因此
天天到紫菱洲一带地方，徘徊瞻顾，见其轩窗寂寞，屏帐倏然，
不过有几个该班上夜的老妪。先为对景悼颦儿作引。再看那岸上的蓼花、苇
叶，池内的翠荇、香菱，也都觉摇摇落落，似有追忆故人之态，
迥非素常逞妍斗色之可比。既领略得如此寥落凄惨之景，是以情
不自禁，乃信口吟成一歌曰：此回题上半截是悔娶河东狮，今却偏连中山
狼。倒装上下情事，细腻写来，可见迎春是书
中正传，呆呆夫妻是副。宾主次序严肃之至。其婚聚俗
礼一概不及，只用宝玉一人过去，正是书中之大旨。

　　池塘一夜秋风冷，吹散芰荷红玉影。蓼花菱叶不胜愁，重露
繁霜压纤梗。不闻永昼敲棋声，燕泥点点污棋枰。古人惜别怜朋
友，况我今当手足情！

宝玉方才吟罢，忽闻背后有人笑道："你又发什么呆呢！"宝玉回头，忙看是谁，原来是香菱。宝玉便转身笑问道："我的姐姐，你这会子跑到这里来做什么？许多日子也不进来逛逛？"香菱拍手笑嘻嘻的说道："我何曾不想来！如今你哥哥回来了，那里比先时自由自在的了？才刚我们奶奶使人找你凤姐姐的，竟没找着。说他往园子里来了。我听见了这个信，我就讨了这件差，进来找他。果见他的丫头说在稻香村呢。如今我往稻香村去，谁知又遇见了你。我且问你，袭人姐姐这几日可好？怎么忽然把个晴雯姐姐也没了？到底是什么病？二姑娘搬出去的好快！你瞧瞧，这地方好空落落的。"宝玉应之不迭，又让他同到怡红院去吃茶。^{断不可少。}香菱道："此刻竟不能。等我找着琏二奶奶，说完了正经事再来。"宝玉道："什么正经事？这么忙！"香菱道："你哥哥娶嫂子的事。所以要紧。"^{出题去闲闲引出。}宝玉道："正是，说的到底是那一家的？只听见吵嚷了这半年，今儿又说张家的好，明儿又要李家的，后儿又嚷论王家的，这些人家的女儿，也不知道造了什么罪了，白叫人家好端端议论。"香菱道："这如今定了，可以不用搬扯别家了。"

宝玉忙问："定了谁家的？"香菱道："因你哥哥上次出门贸易时，在顺路到了个亲戚家去。这门亲原是老亲，且又和我们是同在户部挂名行商的，也是数一数二的大门户。前日说起来，你们两府里都也知道的。合长安城中，上至王侯，下至买卖人，都称他家是'桂花夏家'。"^{夏日何得有桂？又桂花时节焉得有雪？三者原系风马牛。今若强凑合，故终不相符。来此败运之事，大都如此。当局者自不解耳。}宝玉笑问道：^{听得桂花浑号，原觉新雅，故不觉一笑。余亦欲笑问。}"如何又称为'桂花夏家'？"香菱道："他家本姓夏，非常的富贵。其馀田地不用说，单有几十顷地，独种桂花。凡这长安城里城外桂花局子，俱是他家的，连宫里一应陈设盆景亦是他家贡奉。因此才有这个浑号儿。如今太爷也没了，只有老奶奶带着一个亲生的姑娘过活，也并没有哥儿兄弟，可惜他这一门竟绝了后。"宝玉忙道："咱们也别管他绝后不绝后，只是这姑娘可好吗？你们大爷怎么就中意了？"_{补出阿呆素日难得中意来。}香菱笑道："一则是天缘，二则是'情人眼里出西施'。当年又是通家来往，从小儿都在一处厮混过，叙亲是姑舅兄妹，又没嫌疑。虽离开了这几年，前儿一到他家，夏奶奶又是没儿子的，一见了你哥哥出落的这样，又是哭、又是笑，竟比见了儿子的还胜。又令他兄妹相见。谁知这姑娘出落得花朵似的了。在家里也读书写字，所以你哥哥当时就一心看准了。连当铺里老朝奉伙计们，一群人遭扰了人家三四日，他们还要留多住几日，好容易苦辞才放回家。你哥哥一进门，就咕咕唧唧求我们奶奶去求亲。我们奶奶原也是见过这姑娘的，且又门当户对，也就依了。和这里姨太太、凤姑娘商议了，打发人去，一说就成了。只是娶的日子太急，所以我们忙乱的很。阿呆求妇一段文字，却从香菱口中补明，却许多闲文累笔。我也巴不得早些过来，又添一个作诗的人了。"妙极！香菱口声断不可少。看他下此死语，知其心中略无忌讳疑虑等意。真是浑然天真。余为之一哭。宝玉冷笑道：忽曰"冷笑道"，二字便有文章。"虽如此说，但只我听这话，不知怎么到替你耽心虑后呢？"又为香菱之谶，偏是此等事体等到。香菱听了，不觉红了脸，正色道："这是什么话？素日咱们都是斯抬斯敬的，今日忽然说起这些话！这是什么意思？怪不得人人都说你是个亲近不得的人。"一面说，一面转身走了。

宝玉见他这样，便怅然如有所失，呆呆的站了半天，思前想后，不觉滴下泪来。只得没精打采，还入怡红院来。一夜不曾安稳，睡梦之中，犹唤晴雯。若魇魔惊怖，种种不宁。次日便懒进饮食，身体作热，此皆近日抄拣大观园，逐司棋、别迎春、悲晴雯等羞辱惊恐悲凄之所至。兼之风寒外感，故酿成一疾，卧床不起。贾母听得如此，天天亲来看视。王夫人心中暗悔不该因晴雯过于逼责了他。心中虽如此，脸上却不露出，只分付众奶娘等好生伏侍看守。一日两次带进医生来诊脉下药。一月之后方才渐渐的痊愈。贾母命好生保养，过一百日后方许动荤腥油面等物，方可出门行走。这一百日内，连院门前皆不许到，只在房中顽笑。四五十日后，就把他拘束的火星乱迸，那里忍耐得住！虽百般设法，无奈贾母、王夫人执意不从，也只得罢了。因此和些丫嬛们无所不至，姿意耍笑作戏。又听得薛蟠摆酒、唱戏，热闹非常，已娶亲入门。闻得这夏家小姐十分俊俏，也略通文翰。宝玉恨不得就过去一见才好。再过些时，又闻得迎春出了阁。宝玉思及当时姊妹们一处，耳鬓厮磨，从今一别，纵得相逢，也必不似先前那等亲密了。眼前又不能去一望，真令人凄惶迫切之至。少不得潜心忍耐，暂同这些丫嬛们厮闹释闷，幸免贾政责备逼迫读书之难。这百日内，只不曾拆毁了怡红院，和这些丫头们无法无天，凡世上所无之事，都顽耍出来。如今且不消细说。

　　且说香菱自那日抢白了宝玉之后，心中自为宝玉有意唐突他："怨不得我们宝姑娘不敢亲近，可见我不如宝姑娘远矣；怨不得林姑娘时常和他角口，气的痛哭，自然唐突他也是有的了。从此到要远而避之才好。"因此以后连大观园也不轻易进来。日日忙乱着，薛蟠娶过亲，自为得了护身符，自己身上分去责任，到底比这样安宁些；二则又闻得是个有才有貌的佳人，自然是典雅和平的。因此，他心中盼过门的日子，比薛蟠还急十倍。好容易盼得一日娶过了门，他便十分殷勤，小心伏侍。

原来这夏家小姐今年方十七岁，生得亦颇有姿色，亦颇识得几个字。若论心中的邱壑经纬，颇步熙凤之后尘。只吃亏了一件，从小时父亲去世的早，又无同胞弟兄，寡母独守此女，娇养溺爱，不啻珍宝。凡女儿一举一动，他母亲皆百依百随，因此未免娇养太过，竟酿成个盗跖的性气。爱自己尊若菩萨，窥他人秽如粪土；外具花柳之姿，内秉风雷之性。在家中，时常就和丫嬛们使性弄气，轻骂重打的。今日出了阁，自为要作当家的奶奶，比不得作女儿时腼腆温柔，须要拿出些威风来才弹压得住人。况且见薛蟠气质刚硬，举止骄奢，若不趁热灶一气炮制熟滥，将来必不得能自竖旗帜矣。又见有香菱这等一个才貌俱全的爱妾在室，越发添了"宋太祖灭南唐"之意，"卧榻之侧，岂容他人酣睡"之心。因他家多桂花，他小名就唤做"金桂"，他在家时不许人口中带出"金桂"二字来。凡有不留心误道一字者，他便定要苦打重罚才罢。他因想"桂花"二字是禁止不住的，须另换一名。因想桂花曾有广寒嫦娥之说，便将桂花改为"嫦娥花"，又寓自己的身分如此。

薛蟠本是个得新弃旧的人，且是有酒胆无饭力的，如今得了这样一个妻子，正在新鲜兴头上，凡事未免尽让他些。那夏金桂见了这般形景，便也试着一步紧似一步。一月之中，二人气概还都相平，至两月之后，便觉薛蟠的气概渐次低矮了下去。一日，薛蟠酒后，不知要行何事，先与金桂商议。金桂执意不从。薛蟠忍不住便发了几句话，赌气自行了。这金桂便气的哭如醉人一般，茶汤不进，妆起病来。请医疗治，医生又说"气血相逆，当进宽胸顺气之剂"。

薛姨妈恨的骂了薛蟠一顿，说："如今娶了亲，眼前抱儿子了，还是这样胡闹。人家养凤凰似的好容易养了一个女儿，比花朵儿还轻巧。原看的你是个人物，才给你作老婆。你不说收了心，安分守己，一心一计，和和气气的过日子，还是这样胡闹。噇了黄汤，折磨人家，这会子花钱吃药，白遭心。"一席话说的薛蟠后悔不迭，反来安慰金桂。金桂见婆婆如此说丈夫，越发得了意，便妆出些张致来，总不理薛蟠。薛蟠没了主意，惟自怨而已。好容易十天半个月之后，才渐渐的哄转过金桂的心来。自此便加一倍小心，不免气概又矮了半截下来。

那金桂见丈夫旗纛渐倒，婆婆良善，也就渐渐的持戈试马起来。先时不过挟制薛蟠，后来倚娇作媚，将及薛姨妈，后将及薛宝钗。宝钗久察其不轨之心，每随机应变，暗以言语弹压其志。金桂知其不可犯，每欲寻隙，又无隙可乘，只得曲意俯就。一日金桂无事，因和香菱闲谈。问香菱家乡父母，香菱皆答忘记。金桂便不悦，说有意欺瞒了他。因问他"香菱"二字是谁起的名字，香菱便答道是姑娘起的。金桂冷笑道："人人都说姑娘通，只这一个名字就不通。"香菱忙笑道："嗳哟！奶奶不知道，我们姑娘的学问，连我们姨老爷时常还夸呢。"欲明后事，且见下回。

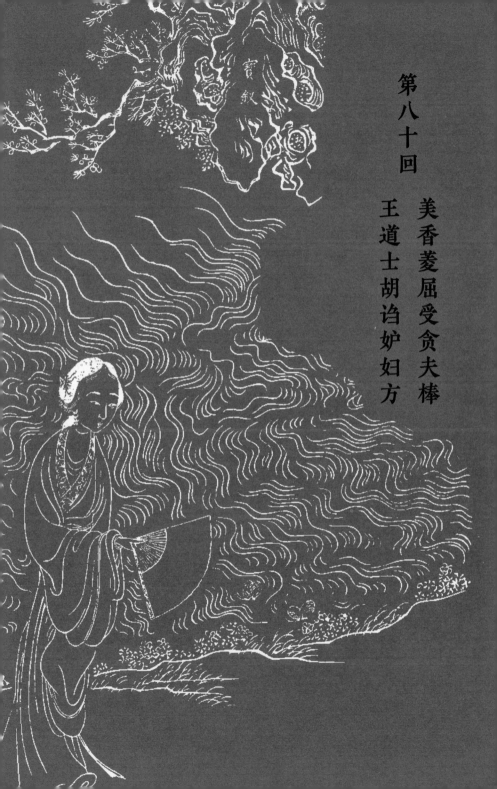

第八十回　美香菱屈受贪夫棒　王道士胡诌妒妇方

话说金桂听了，将脖项一扭，嘴唇一撇，_{画出一个悍妇来。}鼻孔里哼了两声，_{真真追魂摄魄之笔。}拍着掌冷笑道："菱角花谁闻见香来着？若说菱角也香了，正经那些香花儿放在那里呢？可是不通之极。"香菱道："不独菱角花，就连荷叶、莲蓬都是有一股清香的。但他那原不是花香可比。若静日静夜，或清早半夜，细领略了去，那一股香，比是花儿都好闻呢。就连菱角、鸡头、苇叶、芦根，得了风露，那一股清香，就令人心神爽快的。"_{说的出，便是慧心人。何况菱卿哉！}金桂道："依你说，那兰花、桂花，到香的不好了？"_{又一陪一个兰花，一则是自高身价，二则是诱人犯法。}香菱说到热闹头上，忘了忌讳，便接口道："兰花、桂花的香，又非别花之香可比。"一句话未完，金桂的丫嬛名唤宝蟾者，忙指着香菱的脸儿说道："要死！要死！你怎么真叫起姑娘的名字来了？"香菱猛省了，反不好意思，忙陪笑赔罪说："一时说顺了嘴，奶奶别计较。"金桂笑道："这有什么？你也太小心了！但只是我想，这个'香'字到底不妥，意思要换一个字，不知你服不服？"香菱忙笑道："奶奶说那里话？此刻连我一身一体俱属奶奶，何得换一名字反问我服不服，叫我如何当得起。奶奶说那一个字好，就用那一个。"金桂笑道："你虽说的是，只怕姑娘多心，说：'我起的名字，反不如你！你能来了几日，就驳我的回了。'"香菱笑道："奶奶有所不知。当日买了我来时，原是给奶奶使唤的，故此姑娘起得名字。后来我自伏侍了爷，就与姑娘无涉了。如今又有了奶奶，亦发不与姑娘相干。况且姑娘又是极明白的人，如何恼得这些呢？"金桂道："既这样说，'香'字竟不如'秋'字妥当。菱角、菱花皆盛于秋，岂不比'香'字有来历些？"香菱道："就依奶奶这样罢了。"自此后遂改了"秋菱"。宝钗亦不在意。

只因薛蟠天性是"得陇望蜀"的。如今得娶了金桂，又见金桂的丫嬛宝蟾有三分姿色，举止轻浮可爱。便时常要茶要水的时节撩逗他。宝蟾虽亦解事，只是怕着金桂，不敢造次，且看金桂的眼色。金桂亦颇觉察其意，想着："正要摆布香菱，无处寻隙。如今他既看上了宝蟾，如今且舍出宝蟾去与他，他一定就和香菱疏远了。我且乘他疏远之时，摆布了香菱。那时，宝蟾原是我的人，也就好处了。"打定了这个主意，伺机而发。

这日薛蟠晚间微醺，又命宝蟾到茶来吃。薛蟠接碗时，故意捏他的手。宝蟾又乔妆躲闪，连忙缩手，两下失误，"豁啷"一声，茶碗落地，泼了一身一地的茶。薛蟠不好意思，佯说宝蟾不好生递，宝蟾说："姑爷不好生接。"金桂冷笑道："两个人的腔调儿都勾使得的了，别打谅谁是傻子。"薛蟠低头，微笑不语。宝蟾红了脸出去。一时安歇之时，金桂便故意的撵薛蟠别处去睡，"省得你馋痨饿眼"。薛蟠只是笑。金桂道："要作什么和我说，别偷偷摸摸的不中用。"薛蟠听了，仗着酒盖着脸，便趁势儿跪在被上，拉着金桂笑道："好姐姐！你若要把宝蟾赏了我，你要怎样就怎样！你要人脑子，我也弄来给你。"金桂笑道："这话好不通！你爱谁，说明了就收在房里，省得别人看着不雅。我可要什么呢？"薛蟠得了这话，喜的称谢不尽。是夜曲尽丈夫之道，奉承金桂。_{"曲尽丈夫之道"，奇闻奇语。}次日也不出门，只在家中厮奈，越发放大了胆子。

至午后，金桂故意的出去，让个空儿与他二人。薛蟠便和他拉拉扯扯的起来。宝蟾心里也知八九了，也就半推半就的，正要入港。谁知金桂是有心等候的，料必在难分之际，便叫丫头小舍儿过来。——原来这小丫头也是金桂从小儿在家里使唤的，因他自幼父母双亡，无人看管，便大家叫他作小舍儿，专作些粗笨的生活。_{铺叙小舍儿首尾，忙中又点"薄命"二字，与痴丫头遥遥对作。}金桂如今有意独唤他来，分付道："你去告诉秋菱，到我屋里，将手帕子取来。不必说我说的。"_{金桂坏极！所以独使小舍为此。}小舍儿听了，一径寻着香菱，说："菱姑娘，奶奶的手帕子忘记在屋里了，你去取来送上去，岂不好？"

香菱正因金桂近日每每的折挫他，不知何意，百般竭力挽回不暇。_{总为痴心一人笑。}听了这话，忙往房里来取，不防正遇见他二人推就之际，一头撞了进去。自己到羞的耳面飞红，忙抽身回避不迭。那薛蟠自为是过了明路的，除了金桂无人可怕，所以连门也不掩。今见香菱撞来，故也略有些惭愧，还不十分在意。无奈宝蟾素日最是说嘴要强的，今遇见了香菱，便自恨无地缝儿可入，忙推开薛蟠，一径跑了。口内还恨怨不迭，说他强奸、力逼等语。

薛蟠好容易圈哄的要上手，却被香菱打散，不免一腔兴头，变作了一腔恶怒，都挪在香菱身上。不容分说，赶出来，啐了两口，骂道："死娼妇！你这会子作什么来撞尸游魂！"香菱料事不好，三步两步早已跑了。薛蟠再来找宝蟾，已无踪迹了。于是恨的只骂香菱。至晚饭后，已吃得醺醺然。洗澡时，不防水略热了些，烫了脚，便说香菱有意害他，赤条精光赶着香菱踢打了两下。香菱虽没受过这气苦，既到此时，也说不得了。只好自悲自怨，各自走开。

彼时金桂已暗和宝蟾说明，今夜令薛蟠和宝蟾在香菱房中去成亲，命香菱过来陪自己先睡。先是香菱不肯，金桂说他嫌赃了；再必是图安逸，怕夜里劳动伏侍；又骂说："你那没见世面的主子，见一个爱一个，把我的人霸占了去，又不叫你来。到底是什么主意？想必是逼我死罢了。"薛蟠听了这话，又怕闹黄了宝蟾之事。忙又赶来骂香菱："不识抬举，再不去睡，便要打了。"香菱无奈，只得抱了铺盖来。金桂命他在地下铺睡，香菱无奈，只得依命。刚睡下，便叫倒茶，一时又要捶腿。如是一夜七八次，总不使其安逸稳卧片刻。那薛蟠得了宝蟾，如获珍宝，一概都置之不顾。恨的金桂暗暗的发恨道："只叫你乐这几天，等我慢慢的摆布了来，那时可别怨我。"一面隐忍，一面设计摆布香菱。

半月光景，忽又妆起病来。只说心疼难忍，四肢不能转动。

半月工夫，
诸计安矣。

请医疗治不效，众人都说是香菱气的。闹了两日，忽又从金桂的枕头内抖出些纸人来。上面写着金桂的年庚八字，有五根针钉在心窝并四肢骨节等处。于是众人反乱起来，当作新闻，先报与薛姨妈。

薛姨妈先忙手忙脚的，薛蟠自然更乱起来，立刻要拷打众人。金桂笑道："何必冤枉众人。大约是宝蟾的镇魇法儿。"

恶极！
坏极！

薛蟠道："他这些时并没多馀的空儿在你房里，何苦赖好人！"

正要老兄
此句。

金桂冷笑道："除了他，还有谁？莫不是我自己不成？虽有别人，谁可敢进我的屋子呢。"薛蟠道："香菱如今是天天跟着你。他自然知道。先拷问他，就知道了。"金桂冷笑道："拷问谁？谁肯认？依我说，竟妆个不知道。大家丢开手罢了。横竖治死我也没什么要紧，乐得再娶好的。若据良心上说，左不过你们三个多嫌着我一个。"说着，一面痛哭起来。薛蟠更被这一席话激怒，顺手抓起一根门闩来，与前要"打死宝玉"遥遥一对。一径抢步找着香菱，不容分说便劈头劈面打起来。一口咬定是香菱所施。香菱叫屈。薛姨妈跑来镇喝他说："不问明白，你就打起人来了！这丫头伏侍了你这几年，那一点不周到，不尽心？他岂肯如今倒作这没良心的事！你且问个清浑皂白，再动粗卤！"金桂听见他婆婆如此说着，怕薛蟠耳软心活，便益发嚎啕痛哭起来。一面又哭喊说："这半个多月，把我的宝蟾霸占了去，不容进我的房，惟有秋菱跟着我睡。我要拷问宝蟾，你又护到头里。你这会子又赌气打他，不过要治死我，再拣富贵的、标致的娶来就是了。何苦作出这些把戏来！"薛蟠听了这些话，越发着了急。

薛姨妈听见金桂句句挟制着儿子，百般恶赖的样子，十分可恨。无奈儿子偏不硬气，已是被他挟持，软惯了。如今又见薛蟠没脸，勾搭他的丫头，被他说霸占了去。他自己反要占温柔让夫之礼。这魔魔法法究竟不知谁作的，实是俗语说的，"清官难断家务事"。此事正是"公婆难断床帏事"了。因此无法，只赌气喝骂薛蟠说："不争气的孽障！骚狗也比你体面些。谁知你三不知就把陪房丫头也摸索上了。叫老婆说嘴，占了他的丫头！什么脸出去见人？也不知谁使的法子，也不问青红皂白，好歹就打人！我知道你是个得新弃旧的东西，白辜负了我当日的心。他既不好，你也不许打！我即刻叫人牙子来卖了他，你就心净了。"说着又命香菱："收拾了东西，跟我来。"一面叫人去："快叫个人牙子来，多少卖几两银子，拔去肉中刺，眼中钉。大家过太平日子。"

薛蟠见母亲动了气，早也低下头了。金桂听了这话，便隔着窗户向外哭说道："你老人家只管卖人，不必说着一个，扯着一个的。我们很是那吃醋拈酸、容不下人的不成？怎么拔出肉中刺、眼中钉？是谁的钉？谁的刺？但凡多嫌着他，也不肯把我的丫头叫他收在房里了。"薛姨妈听说，气的身战气咽道："这是谁家的规矩！婆婆这里说话，媳妇隔着窗户拌嘴！亏你是旧家子人家的女孩儿，满嘴里大呼小叫，说的是些什么？"

薛蟠急的跺脚，说："罢哟！罢哟！看人听见笑话！"金桂意谓一不作，二不休，越发发泼喊起来了，说："我不怕人笑话！你的小老婆治我，害我，我到怕人笑话了？再不然留下他，就卖了我。谁还不知道你薛家有钱，行动就拿钱垫人。又有好亲戚挟制着别人。你不趁早施为，还等什么？嫌我不好，谁叫你们瞎了眼，三求四告的，跑了我们家作什么去了？这会子人也来了，金的银的也赔了，略有个眼睛、鼻子的，也霸占去了。该挤发我了。"一面哭喊，一面滚揉，自己拍打。

薛蟠急的，说又不好，劝又不好，打又不好，央告又不好，只自己出入咳声叹气，抱怨说运气不好。_{果然不羞。}

当下薛姨妈早被薛宝钗劝进去了，只命人来卖香菱。宝钗笑道："咱们家从来只知道买人，并不知有卖人之说。妈可是气的胡涂了。倘或叫人听见，岂不笑话？哥哥、嫂子嫌他不好，留着我使唤，我正也没人使呢。"薛姨妈道："留下他，还是淘气。不如打发了他，倒干净。"宝钗笑道："他跟着我也是一样。横竖不叫他到前头去。从此断绝了他那里，也如卖了一般。"香菱早已跑到薛姨妈跟前，痛哭哀求，只不愿出去，情愿跟着姑娘。薛姨妈也只得罢了。从此后，香菱果跟宝钗在屋里去，把前面路径竟一心断绝。虽然如此，终不免对月伤悲，挑灯自叹。本来怯弱，虽在薛蟠房中几年，皆由血分中有病，是以并无胎孕。今复加以气怒伤感，内外折挫不堪，竟酿成干血之症，日渐羸瘦作烧，饮食懒进，请医诊视服药，亦不效验。

那时金桂又吵闹了数次，气的薛姨妈母女惟暗中垂泪，怨命而已。薛蟠虽曾仗着酒胆挺撞过他两三次，持棍欲打，那金桂便递与他身子，随意叫打；这里持刀欲杀时，便伸给他脖项。薛蟠也实不能下手，只得乱闹一阵罢了。如今习惯成自然，反使金桂越发长了威风。薛蟠越发软了气骨。虽是香菱犹在，却亦如不在的一般。总不能十分畅快了，也就不觉的碍眼了。且姑置不究，如此又渐次寻趁宝蟾。

宝蟾却不比香菱的情性，最是个烈火干柴。既和薛蟠情投意合，便把金桂忘在脑后。近见金桂又作践他，他便不肯低服容让半点。先是一冲一撞的拌嘴，次后来，金桂急了，甚至于骂，再至于厮打。他虽不敢还言、还手，便大撒泼性，抬头打滚，寻死觅活，昼则刀剪，夜则绳索，无所不闹。薛蟠此时一身难以两顾，惟徘徊观望于二者之间，十分闹的无法，便出门躲在外厢。

金桂不发作性气，有时欢喜，便纠聚人来斗牌掷骰行乐。又生平最喜啃骨头，每日务要杀鸡鸭，将肉赏人吃，自己只以油炸焦骨头下酒。吃的不奈烦，或动了气，便肆行海骂，说："有别的忘八粉头乐的，我为什么不乐！"薛家母女总不去理他。薛蟠亦无别法，惟日夜悔恨，不该娶这绞家星罢了。都是一时没了主意。^{补足本题。}于是宁、荣二宅之人，上上下下，无有不知，无有不叹者。

此时宝玉已过了百日，出门行走。亦曾过来见过金桂，"举止形容也不怪厉，一般是鲜花嫩柳，与众姊妹不差上下的，焉得这等样情性？可为奇怪之至"！别书中形容妒妇，必曰黄发黧面，岂不可笑？因此心下纳闷。这日与王夫人请安去，又正遇见迎春奶娘来家请安，说起孙绍祖甚属不端，"姑娘惟有在背地里倘眼抹泪的。只叫接了来家散诞两日"。王夫人因说："我正要这两日接他去。只因七事八事的都不遂心，"草蛇灰线"，文方不见突然。所以就忘了。前儿宝玉去了，回来也曾说过的。后补明。明日是个好日子，就接他去。"正说着，贾母打发人来找宝玉，说明儿一早往天齐庙还愿去。宝玉如今巴不得各处去逛逛。听见如此，喜的一夜不曾合眼，盼明不明的。

次日一早，梳洗穿戴已毕，随了两三个老嬷嬷坐车，出西城门外天齐庙来烧香还愿。这庙里已是昨日预备停妥的。宝玉天性胆怯，不敢近狰狞神鬼之像。这天齐庙本系前朝所修，极其雄壮。又因年深岁久，又极其荒凉。里面泥胎塑像，皆极其凶恶，是以忙忙的焚过纸马、钱粮，便退至道院歇息。一时吃过饭，众嬷嬷和李贵等人围随，宝玉到处散诞顽耍了一回。宝玉困倦，复回至静室安歇。众嬷嬷生恐他睡着了，便请当众的老王道士来陪他说话儿。这老王道士专意在江湖上卖药，弄些海上方儿治人射利。这庙外现挂着招牌，丸散膏丹，色色俱备。亦长在宁、荣两宅走动熟惯，都与他起了浑号，唤他作"王一贴"。言他的膏药最效验，只一贴，百病皆除之意。

当下王一贴进来，都笑道："来的好！来的好！王师父，你极会说古记的，说一个与我们小爷听。"王一贴笑道："正是呢。哥儿别睡，仔细肚里面筋作怪。"说着，满屋里人都笑了。

王一贴又与张道士递递一对，特犯不犯。宝玉也笑着，起身整衣。王一贴喝命徒弟们："快泡好酽茶来！"茗烟道："我们爷不吃你的茶，连这屋里坐着还嫌膏药气息呢。"王一贴笑道："没当家花花的。膏药从不拿进这屋里来的。知道哥儿今日必来，头三五天就拿香熏了又熏的。"

宝玉道："可是呢。天天只听见你的膏药好，到底治些什么病？"王一贴道："哥儿若问我的膏药，说来话长。其中细理，一言难尽，共药一百二十味，君臣相际，宾客得宜，温凉兼用，贵贱殊方。内则调元补气，开胃口，养荣卫，宁神安志，去寒去暑，化食化痰；外则和血脉，舒筋络，出死肌，生新肉，去风散毒。其效如神，贴过的便知。"宝玉道："我不信！一张膏药就治这些病？我且问你，到有一种病，可也贴的好么？"王一贴道："百病千灾，无不立效。若不见效，哥儿只管揪着胡子打我这老脸，拆我这庙，何如？只说出病源来。"宝玉笑道："你猜！或你猜的着，便贴的好了。"王一贴听了，寻思一会，笑道："这到难猜。只怕膏药有些不灵了。"

宝玉命李贵等："你们且出去散散。这屋里人多，越发蒸臭了。"李贵等听说，且都出去自便。只留下茗烟一人。这茗烟手内点着了一枝梦甜香，_{与前文一出。}宝玉命他坐在身傍，却倚在他身上。王一贴心有所动，_{四字好，万端生于心，心邪则意在于财。}便笑嘻嘻走近前来，悄悄的说道："我可猜着了。想是哥儿如今有了房中的事情，要滋助的药，可是不是？"话犹未完，茗烟先喝道："该死！打嘴！"宝玉犹未解，_{未解！妙！若解则不成文矣。}忙问他说什么。茗烟道："信他胡说！"唬的王一贴不敢再问。只说："哥儿明说了罢！"

宝玉道："我问你，可有贴女人的妒病方子？"王一贴听了，拍手笑道："这可罢了，不但说没有方子，就是听也没有听见过。"宝玉笑道："这样还算不得什么。"王一贴又忙道："这贴妒病的膏药到没径过，到有一种汤药，或者可医。只是慢些儿，不能立竿见影的效验。"宝玉道："什么汤药？怎么吃法？"王一贴道："这叫做'疗妒汤'。用极好的秋梨一个，二钱冰塘，一钱陈皮，水三碗，梨熟为度。每日清早吃这么一个梨。吃来吃去，就好了。"宝玉道："这也不值什么。只怕未必见效。"王一贴道："一剂不效，吃十剂；今日不效，明日再吃；今年不效，吃到明年。横竖这三味药，都是润肺开胃，不伤人的，甜丝丝的，又止咳嗽，又好吃。吃过一百岁，人横竖是要死的。死了还妒什么？那时就见效了。"_{如此科诨一收，方为奇趣之至。}说着，宝玉、茗烟都大笑不止。骂："油嘴的牛鼻子！"王一贴笑道："不过是闲着解午困罢了。有什么关系？说笑了你们，就值钱。实告诉你们说，连膏药也是假的，我有真药，我还吃了作神仙呢！有真的，跑到这里来混？"_{寓意深远，在此数语。}

正说着，吉时已到，请宝玉出去焚化钱粮，散福。功课完毕，方进城回家。

那时迎春已来家好半日了。孙家的婆娘、媳妇等人，已待过晚饭，打发回家去了。迎春方哭哭泣泣的在王夫人房中诉委曲，说："孙绍祖一味好色、好赌、酗酒，家中所有的媳妇、丫头，将及淫遍。略劝过两三次，便骂我是醋汁子老婆拧出来的。_{奇文奇骂}_{为迎春一哭。恨薛蟠何等刚霸，偏不能以此语金桂使人念念。此书中全是不平，又全是意外之辞。}又说老爷曾收着他五千银子，不该使了他的，如今他来要了两三次不得，他便指着我的脸，说道：'你别和我充夫人、娘子。你老子使了我五千银子，把你准折卖给我的。好不好，打一顿撵在下房里睡去。当日有你爷爷在时，希图上我们的富贵，赶着相与的。论理我和你父亲是一辈儿，如今强压着我的头长了一辈。又不该作了这门亲，到没的叫人看着赶势利似的。'"不通可笑，遁辞如闻。一行说，一行哭的呜呜咽咽。连王夫人并众姊妹，无不落泪。王夫人只得用言语解劝，说："已是遇见这不晓事的人，可怎么样呢？想当日你叔叔也曾劝过大老爷，不叫作这门亲的。大老爷执意不听，一心情愿，到底作不好了。我的儿，这也是你的命！"迎春哭道："我不信我的命就这么不好！从小儿没了娘，幸儿过婶子这边，过了几年心净日子。如今偏又是这么个结果！"

王夫人一面解劝，一面问他随意要在那里安歇。迎春道："乍乍的离了姊妹们，只是眠思梦想；二则还记挂着我的屋子。还得在园里旧房子里，住得三五天，死也甘心了。不知下次还可能住得住不得了呢。"王夫人忙劝道："快休乱说！不过年轻的夫妻们闲牙斗齿，亦是万万人之常事，何必说这丧话！"仍命人忙忙的收拾紫菱洲房屋，命姊妹们陪伴着解释。又分付宝玉："不许在老太太跟前走漏一些风声。倘或老太太知道了这些事，都是你说的。"宝玉唯唯的听命。

迎春是夕仍在旧馆安歇。众姊妹等更加亲热异常。一连住了三日，才往邢夫人那边去。先辞过贾母及王夫人，然后与众姊妹分别，更皆悲伤不舍。还是王夫人、薛姨妈等安慰劝释，方止住了，过那边去。凡迎春之文，皆从宝玉眼中写出。前"悔娶河东狮"是实写；误嫁中山狼，出迎春口中，可为虚写。以虚虚实实，变幻体格，各尽其法。又在邢夫人处住了两日，就有孙绍祖的人来接去。迎春虽不愿去，无奈惧孙绍祖之恶，只得免强忍奈，作辞去了。邢夫人本不在意，也不问其夫妻和睦，家务烦难，只面子情，塞责而已。终不知端的，且听下回分解。

　　此回未成而芹逝矣。叹叹！丁亥夏。畸笏叟。（曹雪芹所撰《红楼梦》至此即止。斯人已逝，下回再也无法分解，特移二十二回尾批于此，以志悼念。编者。）

图书在版编目（CIP）数据

脂砚斋批评本红楼梦 / (清) 曹雪芹著; (清) 脂砚斋评点;
王丽文校点. 一长沙: 岳麓书社, 2023.11（2024.5重印）
ISBN 978-7-5538-1946-4

Ⅰ. ①脂… Ⅱ. ①曹… ②脂… ③王… Ⅲ. ①《红楼梦》

评论 Ⅳ. ①I207.411

中国国家版本馆CIP数据核字(2023)第176417号

ZHIYANZHAI PIPINGBEN HONGLOUMENG

脂砚斋批评本红楼梦

著　者｜〔清〕曹雪芹
评　点｜〔清〕脂砚斋
校　点｜王丽文
出 版 人｜崔　灿
出版统筹｜马美著　蒋　浩
策划编辑｜陈文韬
责任编辑｜陈文韬　陶嵋玲　曾　倩　周家琛　肖　航
助理编辑｜夏楚婷
责任校对｜舒　舍
营销编辑｜谢一帆　唐　睿　向媛媛
书籍设计｜罗志义

岳麓书社出版发行
地址｜长沙市岳麓区爱民路47号
承印｜湖南天闻新华印务有限公司

开本｜890mm×1240mm 1/32　印张｜41.25　字数｜1000千字
版次｜2023年11月第1版　印次｜2024年5月第3次印刷
书号｜ISBN 978-7-5538-1946-4
定价｜198.00元

如有印装质量问题，请与本社印务部联系
电话｜0731-88884129